道德情操论

[英]亚当·斯密 著

宋德利 译

译林出版社

图书在版编目（CIP）数据

道德情操论／（英）亚当·斯密（Adam Smith）著；宋德利译. —南京：译林出版社，2023.9
书名原文：The Theory of Moral Sentiments
ISBN 978-7-5447-9636-1

Ⅰ.①道⋯　Ⅱ.①亚⋯　②宋⋯　Ⅲ.①伦理学－思想史－英国　Ⅳ.①B82-095.61

中国国家版本馆 CIP 数据核字（2023）第 061266 号

道德情操论 [英国] 亚当·斯密 ／ 著　宋德利 ／ 译

责任编辑　陆晨希
装帧设计　胡　苨
责任印制　董　虎

出版发行　译林出版社
地　　址　南京市湖南路 1 号 A 楼
邮　　箱　yilin@yilin.com
网　　址　www.yilin.com
市场热线　025-86633278
排　　版　南京展望文化发展有限公司
印　　刷　江苏凤凰扬州鑫华印刷有限公司
开　　本　880 毫米 ×1240 毫米　1/32
印　　张　11.375
版　　次　2023 年 9 月第 1 版
印　　次　2023 年 9 月第 1 次印刷
书　　号　ISBN 978-7-5447-9636-1
定　　价　75.00 元

亚当·斯密的真正遗产

卢周来

很早就答应下为译林版的《道德情操论》写一个导读。但真到了动手写这篇文字时,才突然发觉:如果是让我为《国富论》写导读,可能还勉强;而要为《道德情操论》写导读,可能让一位伦理学家捉刀更为合适。但朋友之情难却,姑且从梳理与解析所谓的"斯密悖论"入手,散漫地写下一些想法,希望能对读者有些启发。

如果一个对亚当·斯密背景较为陌生或此前没读过《国富论》的读者,接触《道德情操论》,肯定会为斯密在著作中所倡导的人世间该有的道德——同情弱者、悲悯苦难、像爱自己一样去爱邻人、正义、谨慎、律己……——所动容,肯定会把斯密视为一个时代的道德教化者或努力倡导人伦规范的伟大伦理学家。

但现在的问题在于:在思想史上,斯密更被公认为一个伟大的经济学家,是现代经济学的鼻祖;而他在《道德情操论》(1759)出版十七年后问世的另一本著作《国民财富的性质与原因》(简称《国富论》,1776),至少在当世的影响盖过了《道德情操论》。更让人迷惑不解的是:与《道德情操论》中主张以道德约束人的行为、进而又把道德的缘起归结为对他人的"感同身受"不同的是,《国富论》把人们的行为归结为追求自利,并认为个人自利行为经由市场这只"看不见的手"引导,会不自觉地增进全社会利益。或者更简单地,如曾在我国影响深远的马克思主义者卢森贝在其《政治经济学史》中所说:斯密在《道德情操论》中"研究道德世界的出发点是同情心",而"他研究经济世界的出发点"则"是利己主义"!

也因此,在19世纪后期,德国历史学派代表人物之一的布伦塔诺,就提出了所谓的"亚当·斯密悖论",认为《道德情操论》和《国富论》对人性和道德说法矛盾,把斯密视为伦理学上的利他主义者和经济学上的利己主义者。于是,近一个半世纪以来,围绕这一"悖论"产生了无数文献。

改革开放之后,国内思想界在理解"斯密悖论"上也出现多种说法。我试着在中国知网(CNKI)上进行检索,相关论文也有1700多篇。

尽管国内外关于"斯密悖论"的解释非常多,但若粗加梳理,主要的说法不外两种:

第一种:承认斯密在伦理学与经济学上的人性观点差异,并且认为这种差异是斯密不同角色在不同时期思想发展的结果。比如,有人指出,当亚当·斯密写《道德情操论》的时候,他已经不是在作为经济学家进行经济分析,而是在作为一个个人或一位伦理学家在讨论问题了;还有人提出,从写作时间看,《国富论》写在《道德情操论》之后,因此,《国富论》中关于人性利己的观点才是斯密后期的成熟观点。国内曾有位主张"经济学家不讲道德"的学者,在未搞清《道德情操论》与《国富论》写作先后顺序的情况下,就擅言可能是因为社会舆论对其《国富论》主张利己批评强烈,斯密"非得再写点什么来表明他的清白"。

第二种:不承认有斯密悖论,认为斯密在《国富论》和《道德情操论》中关于人性的观点都是"人是利己的"。还有学者认为,斯密在《道德情操论》中竭力要证明的是:具有利己主义本性的个人如何控制自己的感情和行为,尤其是自私的感情和行为,从而为建立一个有必要确立行为准则的社会而有规律地活动;而斯密在《国富论》中所建立的经济理论体系,就是以他在《道德情操论》中的这些论述为前提的。

对以上两种说法,我想谈谈自己的见解。

第一种说法是无论如何不能成立的。

在我们眼中具有伦理学家与经济学家双重角色的斯密,在当时却只是斯密一个人:格拉斯哥大学的哲学教授。尽管我们今天习惯于把经济学作为一门独立学科的历史上溯到斯密的《国富论》问世,但在斯密时代,经济学还是与哲学、伦理学和历史学融合在一起的,而斯密本人也是在其道德哲学课中讲授经济学。也正因此,在学科分工导致学者从事的研究越来越专业,尤其是经济学已从哲学、历史学母体中独立出来二百多年的今天,以学科分野导致的"视角不同"来解释斯密在"两论"中关于人性观点的"差异",显然是"以今人之心度古人之腹"。

至于从时间的先后来解释"斯密悖论",并且认为《国富论》中关于人性利己的观点是斯密晚年更成熟观点的说法,更是附会。因为实际情况是,《道德情操论》出版后,斯密本人先后修订了六次。就在《国富论》于1776年面世之后,斯密还对《道德情操论》修订了两次,而且最后一次也是最重大的修订是在斯密逝世之前才完成的。不仅看不出这两次修订中作者更倾向于赞同"人的利己之心",相反,两次修订中作者恰是在更高声呼吁建设一个"以正直、人性和公正支配"而非"利己之心支配"的世界。约翰·格雷在《亚当·斯密传》中曾指出,在斯密晚年最后修订的《道德情操论》中,有三点值得注意:首先,也是最重要的,是增加了一章:"论嫌贫爱富、贵尊贱卑的倾向所导致的道德情操之腐败"。斯密用大量篇幅"谴责了有权有势者的恶行与愚蠢",认为"与智慧和道德相比,人们却更崇奉地位和财产,这是完全错误的"。其次是删除了此前几个版本中对罗德斯哥的批评,而专注于批评以《蜜蜂的寓言》一著主张"自私和纵欲"的孟德维尔,认为孟德维尔"私人的罪恶就是公众的福祉"的观点极其荒谬。三是在评价卡拉斯案件时,斯密"生动地描述了他未来的信仰和一个洞察一切的最高审判者"。这个"最高审判者"即上帝将"向人们展示另一个世界的图景。那是比现世更美好,由正直、人性与正义支配的世界"。"在那里美德终将得到报偿,而且那唯一能使人对骄奢的恶德感到战栗的伟大原则将有效地安慰被侮辱与被损害的无辜者。"

我们重点讨论第二种说法。

这种说法试图弥合人们在阅读《国富论》和《道德情操论》时所产生的"距离";我很赞同这种努力,甚至其中的一些观点我也认可。但我认为不少论述过于轻佻,采取的方法仍然是将《道德情操论》往《国富论》上靠,在极大程度上消解了《道德情操论》在道德教化和呼吁人性美方面的意义。

就我个人对《道德情操论》的阅读理解而言,有以下几点体会很深:

第一,人性的丰富性。如果说利己之心是人之本性,那么,对他人的同情之心也是人的本性。仅仅是因为《道德情操论》中也提到人有利己之心,就认为《道德情操论》和《国富论》"都是从人的利己本性出发的",从而"在本质上是一致的"(见商务印书馆 1997 年版译者序),这种观点不能成立。《道德情操论》开篇就说得非常清楚:"一个人的性格中,显然存在某些天性,无论他被认为私心有多重,这些天性也会激励他去关注别人的命运,而且还将别人的快乐变成自己的必需品。他因目睹别人快乐而快乐,不过除此之外,不啻一无所获,然而他依旧乐此不疲。同情或怜悯,就是这种天性。""同情在任何意义上都不可能被看成一种自私的本性"。可见,"怜悯或同情像人性的其他所有原始感情一样",至少是与"利己之心"并列的本性,而非产生于"利己之心"。所以,试图把人性归为"利己"一端,是一种学术上一元论式的霸道。

实际上,已经有人指出(如商务版译者序),斯密在《道德情操论》中区分了"自爱"与"自私",并把这种基于个人利益的利己主义称为"自爱",同时称"自爱"是人类的一种美德,它决不能跟"自私"相混淆。但即使如此,斯密也没有把"自爱"看成是包括同情他人在内的人性的基础。他明确提出,与同情有关的愉快和痛苦的感情,并非出自人的"自爱之心",因为"它们不能从任何利己的考虑中产生"。他更是批评,"那种

4

从自爱角度推断所有情感的对人性的解释,那种曾经鸣噪于世的理论,在我看来根本没有充分明晰地解释人性,其产生的全部原因,在我看来似乎就是对同情心规律的混乱不堪的误解"。

第二,利己之心恰恰是需要被约束的。正因为人性存在诸多侧面,斯密才需要通过伦理学层面的研究,写作《道德情操论》来回答"应该提倡什么、约束什么、反对什么"。与现世经济学家凭借对《国富论》的简单化理解,就认为斯密"提倡支配人行为的利己之心"不同的是,《道德情操论》所提倡的是"同情之心"。斯密说,正是更多地同情他人,更少地同情我们自己,约束我们的自私自利之心,激发我们的博爱仁慈之情,构成了人性的完善。需要约束的恰是"利己之心"。"关心我们自己的幸福要求我们具备谨慎的美德……约束我们不去损害他人的幸福。"斯密最反对的,恰是出于利己之心去损害他人利益的行为。即使只是利己而不损人、但没有"同情之心"的人,也是斯密无法认可的。他写道:"仁慈和慷慨应该向仁慈和慷慨者表示。那些心扉永闭、不知仁慈为何物的人,我们认为应该以牙还牙,将他们拒之于同伴关爱之情的大门外,让他们生活在酷似广袤无垠、乏人问津的荒漠一般的社会环境中。"

尽管提倡"同情之心",约束"利己之心",但斯密在《道德情操论》中所主张的,却并非上帝或圣人,而就是一个凡人:他"关心自己的幸福",同时也"关注他的家人、朋友和国家的幸福";"关注更崇高的事情",同时也不"忽视更低级的事情"。约翰·格雷在《亚当·斯密传》里说,作为一个影响历史进程的伟大学者,斯密在现实生活中对邻居"以慈善、博爱、富于人情和宽容著称"。这给我们描述了一个"人间斯密"的形象,也表明践行他所主张的道德体系,并不是难事。

第三,"公民的幸福生活"绝非在利己之心支配行为的社会里可以实现。现世许多经济学家,从《国富论》中得出片面的结论:凭利己之心支配行为,"受一只看不见的手的引导",会不自觉地增进全社会福利,并最终会使全体公民获得和谐与幸福生活。甚至对于现实世界中广泛存在的

"利他行为"，经济学家也以"利他最终也不过是为了利己"来解释。关于这一观点是否符合《国富论》原意我们稍后再论，但这一观点与斯密专门探讨"以公民幸福生活为目标"的伦理体系的《道德情操论》不相符。在《道德情操论》中，斯密指出，支配人类行为的动机有自爱、同情心、追求自由的欲望、正义感、劳动习惯和交换倾向等，而非如一些经济学家所认为的只有自私或利己之心在支配行为。而且，从斯密的论述中可看出，与自爱之心相比较，同情之心对于建立和维系一个公民生活幸福的社会更为重要。首先，同情之心才能"捍卫和保护社会"。斯密指出，因为同情心使得我们具有对别人的苦难感同身受的能力，尤其是"对于别人所受的伤害具有一种非常强烈的感受能力"，才使我们在对苦难及侮辱和伤害充满恐惧的同时，"又是对人类不义的巨大抑制"。其次，同情之心才能"使社会兴旺发达"。斯密写道："只能在社会中存在的人，在天性作用之下便适于自己所生长的环境。人类社会的所有成员都需要互相帮助，而同样也都在彼此伤害。彼此之间必要的帮助在爱情、感激、友谊和尊重中得以满足时，社会就繁荣昌盛，人们就幸福美满。"而如果没有同情之心，"社会依然可以存在；然而邪恶当道，必定会将社会彻底毁灭"。

那么，以上三点是否意味着《道德情操论》与《国富论》有关人性与道德的观点更加不可调和了呢？并非如此。这又可以从两个维度加以理解。

第一维度：社会与经济不同领域的区分。人性的丰富性——斯密将其主要区分为利己之心与同情之心——在不同领域有不同表现，而这种不同的表现也如同人性的丰富性一样，并行不悖。

马克斯·韦伯较早地区分了"社会领域"与"经济领域"。如果要简单地做一对应的话，可以这样说，在社会领域，人们更多地应该展现出对他人的同情之心，以维护社会法则，捍卫社会正义，提升社会幸福。而在经济领域尤其是在市场交易过程中，人们更多地表现出"利己之心"，以获得更多财富回报。这二者之间没有矛盾：就好像在市场上拼命赚钱的比尔·盖茨,在社会上拼命做慈善并试图说服更多富翁一起做慈善;也正如早上还在在菜市场上为五分钱与菜贩费尽口舌的主妇,上午把上千元钱捐给汶川地震灾区却连眼睛都不眨!完全可以这样说:对他人的感同身受之心,是使得我们社会呈现良序的前提;而在市场交易中追求利己的行为,是使得经济充满活力的保障。也正因此,我们看到,斯密在《道德情操论》中使用得最多的字眼之一是"社会",探讨的是社会伦理;而在《国富论》中出现最多的字眼之一是"市场",探讨的是经济交易法则。

但是,正如卡尔·波兰尼反复警告的那样:要防止"市场"对"社会"的侵蚀!也就是说,不能拿应用于经济交易领域的"利己"法则,替代社会领域应该有的以"同情心"为核心的道德规范。否则,不仅会祸害"社会",导致社会的崩溃,而且最终连市场本身也会因"社会"反弹而被破坏。历史上法西斯主义的兴起就是惨痛的教训。

第二个维度:公正的道德高尚的"第三方"存在。尽管可以对社会领域和经济领域进行简单区分,但这两个领域在现实世界中却是相互影响甚至相互重叠的。因此,如何"中和"社会领域与经济领域的不同人性法则,如何使得个体利益符合群体利益,特别是如何制约利己之心不使之发展成为损人之心,如何提倡道德抨击恶行,斯密并没有简单地交给所谓"看不见的手",恰恰相反,在《道德情操论》中,斯密让一个"公正的旁观者"承担了上述责任,并为后来《国富论》中国家干预的思想定调。

"公正的旁观者"在《道德情操论》中最初与经济学中推动市场均衡的"影子拍卖者"一样,只是个"虚拟人"。但后来发展成为新制度经济学中"强制契约执行的第三方",即"政府",这中间长长的学术链条,完全可以写一长篇大论。这里仅想指出的是,在斯密那里,"虚拟人"变成"现实人",并且由其统治政府,已有迹象可循。

《道德情操论》中写道:"当我们总是如此之深地抱有关心自己比关心他人为重的私心时,又是什么东西能在所有的情况之下,在总是以邪压正的许多时候,使我们为他人之大利而牺牲一己之小利呢?这既非人性之微弱力量,也非造物主在人心中所激发的慈悲之火花,那种能够抑制强烈之至的自恋情结的火花。这是一种更强大的力量,一种在此情况下能将自己作用发挥得淋漓尽致的更加有力的动机。这就是理智、天性、良心、胸中居民、内心之人、我们行动的伟大法官和仲裁人。当我们准备采取行动来影响他人幸福时,就是他以一个能震慑我们激情中最专横成分的声音向我们大声疾呼:我们不过是芸芸众生中的一员,在哪方面都不比他人强;当我们无耻而盲目地在自己和他人之间选择自己时,我们就成了怨恨、憎恶和咒骂的适当目标。我们只是从他那里才弄明白:我们自己,以及与我们休戚相关的东西,真的很渺小;自恋情结自然发出的误导是可以被这位公正的旁观者雪亮的眼睛所矫正的。"这段话充分表明,与当代经济学尤其是公共选择理论所认为的,包括政府官员在内的所有人都是"追求私利的经济人"不同的是,斯密始终强调,存在一些道德极其高尚的人,而正是这些人应该成为"公正的旁观者"。

也正因此,两位研究亚当·斯密社会哲学经济思想的杰出当代权威,都指出现代人可能误解了斯密。斯金纳(A. S. Skinner)教授提醒人们,不要把亚当·斯密只看作经济自由主义者,斯密还是一位积极强调国家和社会干预的调解论者。乔万尼·阿里吉(Giovanni Arrighi)则更明确指出,斯密在《道德情操论》中引入的"公正旁观者",为《国富论》中的政治经济制度概念奠定了基础。斯密预设了一个强大的国家创造并催生出市场存在的条件,并且校正市场的不良后果,他关注的是通过政府行动来反制资本家的权力,从而保障市场的顺利运行。

对斯密的解读,有部分中国经济学家误会颇深。不妨举一个小例证:国内经济学家对于斯密极为反感的《蜜蜂的寓言》盲目推崇。

此书作者孟德维尔也是英国著名古典经济学家。《蜜蜂的寓言》说有一个蜂国,每个蜜蜂都自私自利,都奢华消费,但蜂国却非常繁荣;有一天,蜂国居民开始良心发现,向神忏悔自己的邪恶,主神施加魔法使那个蜂巢里的蜜蜂都变得利他而节俭。但谁也没有料到,曾经繁荣兴旺的蜂国竟逐渐变成了万户萧疏的不毛之地!

《蜜蜂的寓言》自问世以来,在世界各地产生了很大的影响。2002年,这本写于1714年的著作也被引入中国,国内一些经济学家赋予其太多特定的含义。很多学者专门论证说,斯密关于"利己经济人"的假说就来自于孟德维尔;有学者提出这样一个观点:富人的高消费有利于财富向穷人转移。他引用孟德维尔书中的例子说,正是富人常出入于高档酒店并经常喝得酩酊大醉,富人手中的钱才流向了比他穷的酒店主;酒店主又通过购买酒,将手中的钱流向了比他还穷的制酒商;而制酒商酒销量一大,就会有更多的钱从他手中流向更贫穷的麦芽商;麦芽商的麦芽越好卖,社会中最为贫困的农夫当然也因能卖出更多小麦而变得日子好过起来。相反,如果富人不去酒店喝酒,受害的是酒店主、制酒商、麦芽商和农夫。还有学者同样引用孟德维尔的观点指出:富人把钱花在奢侈消费上比直接给穷人对他们更有利,因为把钱花在奢侈消费上就给穷人创造了工作,而仅仅给穷人钱则使穷人懒惰;等等。而这些学者都有一个共同点:声称自己是笃信"自由市场"的"斯密信徒"。

我想这些学者肯定没有读过《道德情操论》,起码没有好好读。因为前文说过,从第一版开始,斯密就批评孟德维尔;而为了集中火力批判孟德维尔,斯密去世前修订的最后一版甚至删除了对另一位与孟德维尔观点相同的学者的批评。斯密在列举了历史上种种主张善行的学说之后,笔锋突然一转:"然而另有一个学说似乎将邪恶与美德之间的差异一笔勾销了,正是因为如此,其倾向就完全是有害的了:我这里是指孟德维尔博士的学说。虽然这位作家的见解几乎在各个方面都是错误的,但是也揭示了人性的一些表象,当我们以某种方式来观察的时候,起初还会赞成它们。这些被生动幽默的笔调所描绘和夸张的观点,虽然不无粗陋,却依然为其学说增添一种真实和恰当的色彩,这一点十分容易欺骗那些不够成熟老到的人。"斯密尤其指出,"孟德维尔著作的大谬之处在于把每一种激情都作为彻头彻尾的邪情恶意,而不论其各种程度与各个方面。……正是凭借这种诡辩术,他才得出自己最得意的结论,即私人的罪恶就是公众的福祉。"

对《蜜蜂的寓言》的盲目推崇,只是中国部分经济学者无视斯密主张约束利己之心、把对"人性自私"的盲目赞美加诸斯密思想的一个极小例证而已。

斯密在系统批评孟德维尔的观点之后,这样总结:"这就是孟德维尔博士的学说,曾经在世界上名噪一时,虽然它也许没有产生更多的罪恶,但它至少是在教唆出于其他原因的恶行,使它们更加厚颜无耻,并且以一种前所未闻的厚颜无耻来宣称其动机的败坏。"

斯密晚年担心的"道德情操之腐败",在中国大地上天天在上演,我不知道这与中国经济学家对斯密的误读关系到底有多大;但我敢肯定的是:某些成天混迹于资本与权贵中间的经济学者,伪托斯密的言论,公开主张自私与纵欲,公开把主张群体利益和利他行为的美德诋毁成"虚伪",必须为斯密说到的一种后果承担部分责任:"强者的罪恶和愚蠢越来越少受到人们的轻视,而无罪者的贫困和软弱反而成了嘲笑的对象",而这在中国社会越来越成为"常态"。

因此,是时候该认真读读《道德情操论》,并重新思考斯密真正的思想遗产了!

2010 年 10 月 7 日于京郊北望

目　　录

第一卷

论行为得体

第一篇　论得体

第一章　论同情

一个人的性格中，显然存在某些天性，无论他被认为私心有多重，这些天性也会激励他去关注别人的命运，而且还将别人的快乐变成自己的必需品。他因目睹别人快乐而快乐，不过除此之外，不啻一无所获，然而他依旧乐此不疲。同情或怜悯，就是这种天性，亦即这样一种情感：当我们或亲眼目睹，或浮想联翩地设想他人的痛苦时，我们就会感同身受。我们时常因他人之悲而悲，其实这种情况朗如白昼，无需例证；这种情感，与人性中其他所有的原始激情毫无二致，既不为德高望重者所专美，也不为慈悲为怀者所独善，诚然，他们对这种情感的体察可能极其微妙与敏感。因此，即便是为非作歹、罪大恶极的暴徒，及至冥顽不化、违反社会公德的恶棍，也绝非毫无同情之心的冷血动物。

我们对于他人的感受缺乏直接体验，只能设身处地加以想象，否则就无法感同身受。如果我们采取事不关己、高高挂起的态度，即使亲兄弟遭受严刑拷打，我们的官能也会麻木不仁，无法感知他的痛苦。可惜的是，无论过去，还是现在，官能的作用只囿于自身，因此无法使我们超脱自我。有鉴于此，我们只能凭借想象，才能对那位兄弟的感觉形成某种概念。我

3

们的官能倾其力而为之的,也只能是向我们描绘彼时彼地我们自己可能有何感受。这只是我们通过自己的,而不是那位兄弟的感觉所形成的印象,而这种印象只是通过想象所产生的复制品而已。通过身临其境的想象,设想自己正在遭受同样的折磨,我们似乎已经融入他的体内,在某种程度上已变成和他一样的人,因而对他的感受形成一些概念,而这些概念有时与他的感受颇为相近,虽则程度上有所不及。当他的痛苦被如此这般地传递给我们时,当我们又这般如此地接受他的痛苦时,当我们将他的痛苦变成我们自己的痛苦时,他的痛苦就终于开始影响我们了。于是乎,当我们想到他的感觉时,我们就会战栗发抖。亲身经受痛苦或失望,会激发极度的悲伤;想象经受痛苦或失望,在某种程度上也会激发相同的情感,而这种情感的鲜活度或呆滞度,都与想象形成的概念之鲜活度或呆滞度互成比例。

这就是我们同情他人痛苦的始末,也就是通过想象与遭受痛苦者换位,对他的感觉加以想象,或受其感染,而所有这些,如果并非足够昭彰,则都可能凭借明显的观察结果加以证明。当我们看到另外一个人的腿部或手臂将要受到打击的时候,我们自己的腿部和手臂就自然而然地抽搐或者回缩;而一旦真的打到,我们则会在某种程度上感觉打到了自己身上,并像被打者那样感到疼痛。当观众凝视一位舞者置身松弛的绳索之上,继而扭动摇摆以求平衡时,或当他们感到如果自己处于舞者的位置也会如此动作时,他们也身不由己地做出了同样的动作。性格脆弱或体质羸弱者经常抱怨说,看到乞丐在大街上外露的溃疡或脓疮时,他们自己身体的相应部位也会感到瘙痒或不适。他们对那些可怜人的痛苦加以想象所产生的恐怖,对他们自身那个具体部位产生的影响,要超过任何一位其他人;因为那种恐怖起源于如此想象:如果他们自己真的就是亲眼目睹的那些可怜人,如果他们自身那个具体部位确实以相同的方式遭受痛苦,他们自己将可能经受何种折磨。这种基于想象形成的概念,其力甚巨,足以使他们脆弱的躯体产生为其所抱怨的那种瘙痒感或不适感。即便身体极其强健的人,有时也会注意到:当他们看到别人红肿的眼睛时,经常敏感地感觉到自己的眼睛也会疼痛,而这种情况也产生于相同的原因;眼睛那个部位极其脆弱,即便是体质最强者的眼睛,与体质最弱者身上的其他任何器官相比,也还是脆弱得多。

上述产生痛苦或忧伤的种种情形,并非激发我们同情心所需的绝无仅有的条件。对于每一位关心他人痛痒的旁观者来说,当他设想自己所倾心关注者的处境时,都会为之动情,无论这情源于被关注者身上的何种部位,都是大同小异。悲剧或浪漫剧中为我们所关注的英雄人物一旦获得释放,我们就会为之喜不自禁,这种喜,与他们的不幸在我们心中所激发的悲,同样真诚不二。不幸引发怜悯,幸福激发热情,二者同样真切。他们感谢自己那些逆境中不舍不弃的忠实朋友,他们也对那些伤害自己、背弃自己、欺骗自己的背信弃义的叛徒极其愤慨,而我们则亦步亦趋,随他们而感恩戴德,因他们而恨之入骨。大凡最煽动人的激情,都能使旁观者设身处地去设想一些自认为是受害者所必有的情绪,进而做出回应。

用“怜悯”和“体谅”这两个词来表示因他人哀伤所产生的同情,是再贴切不过的了。“同情”这个词,其原意也许和上述两者毫无二致,然而现在,用它来表示我们对任何激情的感同身受,也未尝不合宜。

在某些情况下,之所以会产生同情之心,似乎仅仅是因为目睹了他人身上流露出的某种情感。这种情感,在某些场合里,看似能从一个人那里传递给另一个人,而这种传递的奇妙之处就在于,这“另一个人”尚未知晓这种情感何以会在对方身上产生,情感传递就闪电般结束了。以悲伤和愉快为例,任何一个人都可以通过眼神和手势来表达这两种情感,而同时也会像痛苦或惬意的情感那样,立即感染旁观者。一张满面春风的阳光之脸,人见人爱,那是因为它令人心旷神怡;一张愁云密布的苦瓜之脸,人见人怕,那是因为它令人心塞肺闷。诚然,这种情况既非放诸四海,皆准无疑,亦非千人一面,毫无例外。有一些感情,在旁观者弄清其产生的来龙去脉之前,表达者在人们心中所激发出来的并非同情,而是厌恶或怨怒。一个怒火中烧的人，其暴跳如雷的表现更像是要激怒我们和他本人作对，而不是与他的敌人作对。因为我们并不了解此人大发雷霆的原因，所以我们既无法将他的情况与我们自己挂钩，也无法想象使此人大为光火的导火索。但是我们却清楚地看到被他发飚者的情况，以及他们可能会从这位凶悍的对头那里遭到何等的狂暴蹂躏。因此我们就自然而然地同情这些人由此产生的恐惧或怨恨，更有甚着，还会立即和他们一起，去反对那个看来要对他们形成严重危害的咆哮者。

如果悲伤和快乐的情感流露，能在某种程度上激发我们产生类似的情感，那是因为这种流露能使我们对感情流露者或好或坏的命运产生一种总体概念：悲伤和快乐这些激情足能使我们产生些许共鸣。悲伤和快乐产生的效果最终只会显现在那个具有这些情感的人身上，但是它们的表达，不像怨怒的表达一样，会让我们想到尚有任何其他会令我们关切之人，正处于对立之境地。至于命运，无论好坏，只要人们对它产生一个总体概念，它就能使命运的主人赢得外界关注。然而震怒则当别论，无论它给人以何种总体概念，也无法赢得他人的同情。天性似乎在劝诫我们，对于动辄咆哮这种激情，不要轻易介入，不仅如此，在知晓咆哮的原因之前，甚至还应该与他人一起，合力对其大加挞伐。

即便我们同情他人的悲伤与快乐，但在弄清悲伤与快乐的原因之前，我们的这份同情之心也总是极不完美的。一般的悲伤，它所表现的只不过是事主的极度痛苦，而它在别人身上所产生的效果，与其说是一种切切实实的同情，毋宁说仅仅激发别人产生渴望了解事主处境的好奇，以及催生一种同情事主的意向。我们提出的第一个问题就是，你究竟怎么啦？在这一问题得以解答之前，我们的心情总是忐忑不安，这是因为我们对事主的不幸所产生的印象十分模糊，更有甚者，是因为我们需要对可能发生的情况加以揣测，而这将使我们备受折磨，但，我们的同情之心，体谅之情，却无关宏旨。

因此，同情之心的起源并非是目睹情感本身，而是目睹激发这种情感的处境。我们有时对别人产生同情之心,而这种同情之心,对方本人却似乎全然不知;这是因为这种同情之心并非来源于实际,而只是由于我们设身处地加以想象,同情之心才油然而生。我们为别人的失礼或粗鲁感到羞愧难当,虽然对方对自己的行为并未感到不得体;这是因为如果我们的行为也是如此荒唐,我们就会情不自禁地感到如此这般地难为情。

面临灭顶之灾时,对于人性稍存者来说,丧失理智最为恐怖,他们带着他人难以企及的怜悯之心,见证人类终极的苦难。然而置身其中的那个可怜虫却开怀大笑,或放声高歌,对于自己的悲苦麻木不仁,了然无知。因此,在目睹实情之际,出于人性所感知的痛苦,就丝毫没能反映出这位蒙受苦难者的真实情感。由此可知,旁观者的同情之心完全是出自他自己一厢情愿的设想,即,如果他本人置身于同样悲苦的情况之下 ——这也许是不可能的—— 而且能以现有的理智和判断水准加以思考,他该有何感觉。

一位母亲听到自己病魔缠身却有苦难言的宝宝在呻吟时,她该是多么地痛苦不堪。她按照自己的想法,把自己对宝宝孤独无助的猜想,把自己因设想宝宝病情之不可逆料的后果而产生的恐惧,与宝宝实际的孤独无助融为一体,正因为所有这些,她根据自己的悲情,才对痛苦和抑郁产生了最全面的印象。然而,宝宝感觉到的只是眼前一时的不适,没什么大不了的,以后完全能痊愈。儿时的无知与缺乏远见,乃是战胜恐惧与忧伤的万应灵药,至于人类内心的巨大悲痛则当别论,宝宝一旦长大成人,就会抛弃那种万应灵药,试图以理智和哲理去战胜恐惧与忧伤,但结果总是徒劳无功。

我们甚至同情死者,但却忽视在其所处境况中真正重要的东西,即等待着他们的那种恐怖未来,我们主要是被那些刺激感官的环境所感染,然而这些对他们的快乐却不能施加任何影响。被剥夺阳光;被摒除于人们的生活及谈资;被埋葬在冰冷的坟墓中,继而腐烂变质成为蛆虫果腹的猎物;在人世间不再为人所思念,旋即从至爱亲朋的慈爱乃至记忆中被驱离；凡此种种，都被我们视为至悲至惨，蔑以加矣。诚然，对那些惨遭如此恐怖的灭顶之灾者，我们清醒地认识到，同情之心仅限于此，除此之外，已是爱莫能助。他们处于被每个人都彻底遗忘的危险境地时，我们就会因同情而向他们大唱赞歌。我们已经对死者的苦难形成不无伤感的记忆，而现在我们则会通过向他们的记忆注入虚浮的荣耀，也为表达我们自己的痛苦，人为地、竭尽全力地确保这种痛彻心扉的记忆永不磨灭。然而我们的同情却无法使死者得以慰藉，这对他们既有的灾难来说不啻雪上加霜。我们所做的一切最终都将归于徒劳。想一想吧！为缓解亲朋因死者所产生的抑郁、愧疚、眷恋、悲伤，我们无论如何去做，也丝毫不能使死者获得慰藉，相反却只能加剧我们自己因死者的悲惨遭遇而感觉到的痛苦。然而千真万确，死者的快乐不会受到这些客观环境的影响，因客观环境而产生的主观意念也不会干扰他们安然无虞的长眠。死者要经历万劫不复的苦难，其实这种想法只是一种幻想，它的产生自然要归因于死者所处的环境，而且也完全是因为我们将死者经历的变化与我们本身对那种变化形成的意识紧紧相连，因为我们将自己置身于死者的处境，因为我们将自己鲜活的灵魂，附在死者了无生机的躯体上——如果我可以这样说的话——而后再去想象这种条件该为我们催生出怎样的情感。正是因为如此这般地浮想联翩，我们才一想到死就毛骨悚然，我们才在活着的时候，一想到死后无疑不会令我们产生任何痛苦的环境而痛苦不堪。也正是因为如此，人类性格中的一种最重要的天性应运而生，那就是怕死，怕死是危害快乐的烈性毒药，然而它却是降服人类不公正之魔的神力克星，它虽伤及个体，却捍卫和保护社会。

第二章 论互相同情的快乐

无论产生同情的原因是什么，也无论同情是如何产生的，最令我们快乐的莫过于看到我们发自内心的情感在别人身上产生共鸣；打击我们最甚的莫过于看到与此相反的情形。有些人喜欢根据自爱之心的某些细腻的表现来推断我们全部的情感。这些人自认为根据自己的原则已经把这种快乐和痛苦的原因说得一清二楚。他们说，人都能意识到自己的软弱，也能意识到需要他人的帮助。看到别人受到自己激情的感染，他就心花怒放，因为他确信能获得别人的帮助；不过看到相反的情况，他就会郁闷悲伤。然而，无论是快乐，还是痛苦的感觉，都会转瞬即逝，而且这种情况经常是在一些无关痛痒的场合发生。于是似乎很明显，快乐与痛苦这两种情感都无法从这种限于自我利益的考虑中产生。一个人竭尽全力想通过逗趣博得同伴一乐，但环顾四周，发现除他本人之外，再没别人对他的笑话捧腹时，他就感到很难为情。而相反，同伴的欢乐和他高度合拍的时候，他就把这种情感的合拍看作是最高的喝彩。

欢乐与痛苦生成的轨迹大致如此，但仔细想来，他之所以欢乐，似乎并非全然因为从同伴那里博得一乐而感到喜悦倍增；他之所以痛苦，亦非因为未能博得同伴共鸣而感到失望。我们翻来覆去阅读一本书或一首诗，就不再能从独自阅读中发现乐趣，但如果读给同伴听，我们依然可以感到情趣盎然。对同伴来讲，此书或此诗堪称新颖之至，乐趣充盈。于是我们就会发现对方惊喜莫名，赞不绝口，之所以如此，自然是此书或此诗使然。但是此时此刻，书也好，诗也罢，早已不能再在我们心中泛起任何激情的涟漪。由是观之，在考虑诗、书所描述的所有思想时，我们的着眼点与其说是集中于我们自己，毋宁说是集中于那位伙伴。我们因为自己对他的愉悦之情感同身受而开心不已。相反，如果同伴看上去并不欣赏这本书或这首诗，我们就会很郁闷，于是就再也不能从对他阅读诗、书中获得任何乐趣。这里的情况也相同。同伴的欢乐，毫无疑问，使我们倍加欢乐；同伴的沉默，毫无疑问，使我们倍加失望。不过，虽然这能使我们在一种情况下获得欢乐，而在另一种情况下产生痛苦，但这绝然不是二者产生的唯一原因；他人与我们的情感吻合，看来就是产生快乐的一个原因，而缺乏这种吻合，看来便是产生痛苦的一个原因，虽然如此，但这也不能用以解读快乐与痛苦产生的根源。如果朋友对我的快乐产生同情，而这种同情反过来又能使我的快乐倍增，那我就感到很开心；但是如果朋友对我的悲伤产生同情，而这种同情反过来却只能使我的悲伤加剧，我就不能感到开心。然而，同情既能增加快乐，也能缓解悲伤。它为产生满意的情绪提供另一个温床，因而增加快乐；它使彼时彼刻能够接受的愉悦情绪潜入心灵，从而缓解悲伤。

因此可以说：我们更急于向朋友表达不快之情，而不是愉悦之情；我们从他们对前者而不是对后者的同情中，获得更多的满足；我们由于他们缺乏同情之心而受创更重。

不幸者发现一个能与之倾诉悲伤原因的人，他们该是何等地如释重负啊！有他的同情，他们似乎就能减轻自己的悲痛：说此人能与他们分担痛苦未必欠妥。对于他们的悲伤，他不仅能够感受到，而且还觉得似乎已经部分地加以分担，他所能感受到的悲情，似乎能够减轻他们所感受的重负。然而，倾诉不幸在某种程度上反而会使悲伤死灰复燃。他们会重新忆及以往使自己备受煎熬的环境。他们因此会加快从前泪水的流速，从而极易浸沉于哪怕是极度微弱的悲伤之中。不过他们会从所有这些当中获得快乐，而且显然会因此感到明显的慰藉；因为获得同情所产生的美好感觉，会对悲伤所引起的痛苦加以补偿，至于这些悲伤，则是因为他们要去激发同情之心，而被重新赋予生机，进而卷土重来的。与之相反，不幸者大祸临头之际，却遭他人熟视无睹，置若罔闻，这似乎就是对他们极度残忍的戕害。面对同伴的快乐而心如古井，无动于衷，这似乎只是失礼而已；然而当他们倾诉衷肠，备述遭际时，我们却依然故我，毫不动容，这实在是货真价实的丧尽天良，毫无人性。

爱是一种愉悦的激情，恨是一种郁闷的激情。我们渴望朋友与自己共享友情，我们同样也渴望朋友与自己同仇敌忾。我们春风得意，他们漠然处之，我们会原谅他们；我们水深火热，他们若无其事，我们会忍无可忍。同样，我们感恩戴德，他们置之不理，我们会怒火中烧；我们恨之入骨,他们置若罔闻,我们会五内俱焚。对他们来讲,避免成为我们朋友的朋友,简直易如反掌;但避免成为我们敌人的敌人,则几乎不可能。他们与朋友反目失和,我们很少抱怨,虽然有时我们也为此与他们小有口角。但如果他们与敌人和睦相处,我们就会与他们舌战到底,难解难分。爱与欢乐的激情,无需添加额外的乐趣,就能使人由衷地感到心满意足,受益匪浅。悲伤与怨恨引发的痛苦,则亟需同情之心加以治愈。

任何当事之人,会因为我们的同情而感到高兴,会因为无人同情而感到伤心,因此当我们能够同情他的时候,我们自己似乎也十分高兴,而不能这样做的时候,我们也会感到伤心。我们不仅乐于祝贺因成功而春风得意者,也乐于安慰因落败而愁肠寸断者,与一个激情满怀而我们又完全能够同情的人谈话,就会感到快乐,而这种快乐似乎远不止于能够解除因目睹其情况而产生的悲伤与痛苦。相反,我们感到无法同情他时就总是郁闷不已。我们不会因为免除同情心导致的痛苦而高兴,只会因为发现自己不能分担他的不快而感到痛心。我们听到一个人因为自己的不幸而嚎啕大哭时,如果我们认为这种不幸一旦落到我们头上,并不会对我们产生如此巨大的作用,那我们就会因为他的悲伤而感到震惊;因为我们无法进入这个角色,因此就将这种行为称之为胆怯与懦弱。另一方面,看到别人因为交了点小运就十分高兴,甚至心花怒放,我们就不屑一顾。我们甚至对他的快乐心生怨怒;因为我们对此无法苟同,便称之为轻浮与愚笨。对于一个本不值得为之长时间哈哈大笑的笑话,如果我们感觉自己根本不会为之发笑,然而同伴却笑得超过分寸,我们甚至会怒火中烧。

第三章 论通过我们和他人感情是否一致,来判断其情感是否得体

当事者激情四溢,旁观者感同身受,二者完全吻合,后者就会认为前者必定正确得体,其情不谬;反之,后者如设身处地,发现前者的原初激情

并非自己心中所感时，就会认为它既不正确，也不得体，与激发情感的原因风马牛不相及。认同他人的情感，因而认可它如实反映了客体，就如同说我们完全同情他们；如果不能认同，那就如同说我们丝毫不同情他们。一个人如果对我所遭受的伤害表示不满，而且认为我也和他有同感，那么，一旦我真的表示不满，他就必然会赞同。一个人如果完全同情我的悲伤，他就不能不承认我悲得合情，伤得合理。如果对同一首诗或同一幅画，他和我都赞赏不已，毫无二致，那他就一定认可我赞赏的正确性。为相同的笑话，而和我一同捧腹者，他就无法否认我笑得十分得体。相反，如果这个人在这些不同场合里，既不能全然也不能部分地和我有同感，他就必定会因与我感情不一致而无法赞同我。如果我的怨恨超过朋友相应产生的愤慨，如果我的悲伤超过朋友温情脉脉的怜悯之心，如果我对他的赞美过高或过低，以致无法与他自己的实际情况相吻合，如果我开怀大笑，而他仅仅是面带笑容，或者相反，他开怀大笑，而我却仅仅面带笑容，凡此种种的情况之下，他对客体研究之后势必加以思考，并且根据他和我在情绪之间存在的或多或少的差异，观察我受客体感染的来龙去脉，一旦如此，我就必然遭受程度不一的责难：在所有的场合，他自己的情感就是判断我的标准和尺度。

　　赞同另外一个人的意见就是采纳那些意见，采纳也就是赞同。如果同样的论据使你确信无疑，也使我确信无疑，那我自然赞同你这样做；如果那个论据做不到这点，我自然不赞同它；我也不可能想象自己会做这个，撇那个，比如说光赞同，不采纳。因此，对别人的意见是赞同，还是反对，自然就像每个人都承认的那样，其含义无非就是说，别人的意见和我们的是否一致。对别人的情绪或激情我们是否认可，与此并无二致。

　　千真万确，有时我们似乎仅有赞同，没有同情或情感的一致，因此在这些情况下情感的认可和感觉的一致之间就似乎存在差异。不过，稍加注意，我们就会确信，即使在这些场合里，我们的认可最终依然是建立在这种同情或情感一致的基础之上。我将从凡情琐事中提取一例，因为在这些并不起眼的事情中,人们的判断不易受到错误方法的误导。我们可能经常会对一则笑话持有赞同的态度,认为同伴的大笑正常得体,虽然我们自己并不发笑,因为我们也许是当时情绪低落,或正好将注意力集中在其他事情上。然而我们从切身体验中已经明了,哪种笑话在绝大多数的场合下是能够令我们发笑的,我们说,上述笑话即是一例。虽然由于此时此刻的情绪,我们不易介入此事,但是在多数场合,我们应该能够非常开心地介入其中,因此,我们对同伴的发笑就持赞同态度,感到他因那则笑话发笑,既自然又得体。

至于其他所有的情感,类似的情况也经常发生。一个神情痛苦的陌生人在大街上从我们身边经过,我们就立即做出判断,此人刚刚得知丧父的噩耗。在这种情况下,我们不可能不认可他的悲伤。然而经常会发生这样的情况,就我们自己而言,并非缺乏仁爱之心,但无论如何也不能介入对方的巨大悲痛,我们居然很少会考虑在第一时间向对方表示关切。他和他的父亲也许都不认识我们,或者我们正好为它事所累,因此无暇想象另有一番悲情惨状落在他的头上。然而,我们从切身体验中完全可以明白,这种不幸自然会激发如此之深的悲情,我们深知,如果肯花时间,充分全面地考虑他的情况,毫无疑问,我们应该对他表现出诚挚的同情之心。

情感或心绪是行动的出发点,而最终行善抑或行恶,皆取决于此。对情感或心绪的研究可以从两个不同的方面,或两种不同的关系着手:其一,情感或心绪与其产生原因之间的关系,或与其产生动机之间的关系;其二,情感或心绪与其预期结局之间的关系,或与其势必产生的效果之间的关系。

情感相对于产生它的原因或客观条件来说,是否适宜,是否谐调,这其中就包含着随后的行为是否得体,是儒雅抑或粗野。

情感的预期效果,或势必产生的效果,是有益还是有害,这其中就包含着行为的是非曲直,亦即决定应该受到褒奖还是惩罚的诸般品质。

近些年来,哲学家们的研究主要集中于情感的倾向性,几乎没有留意情感及其成因之间的关系。然而,我们在日常生活中判断人们的行为以及引发它的情感时,却在不断地从这两方面加以思考。当我们责备别人爱得过头、悲得过火、恨得过深时,我们所考虑的不仅包括其势必产生的破坏性后果,而且也包括导致其产生的微乎其微的诱因。或许,在证实他如此强烈的激情不无道理时,我们却发现,他所尊崇的人并非如此伟大,他本人的不幸并非如此恐怖,惹他发怒的事情并非如此严重。如果激情的成因在各方面都与激情谐调一致,也许我们早就应该放任他的激情,或许已经赞同他的激情也未可知。

当我们以这种方式判断情感是否与产生的原因相谐调时,除我们自己与之相应的情感之外,我们几乎不可能采用任何其他的尺度或标准。如果将这种情况与我们自己挂钩,我们就会发现它所激发的情感与我们自己的完全相符,而且因为与客体相吻合,我们就必然加以赞同;否则我们就因为它们太过分和不协调而不会赞同。

一个人的各种官能都是判断他人相同官能的尺度。我以我的视觉判断你的视觉,以我的听觉判断你的听觉,以我的理智判断你的理智,以我的怨恨判断你的怨恨,以我的爱判断你的爱。我没有,也不可能有其他任何方法来对它们加以判断。

第四章 续前章

我们判断另外一个人的情感是否得体,可以根据这些情感在如下两种情况下是否与我们自己的情感一致:第一,当激发情感的客体被认为与我们自己,或与我们需要对其情感做出判断的那个人毫无特殊关系时;第二,当这些客体被认为对我们中间的某人产生特殊影响时。

1.关于那些被认为与我们自己和我们要判断其情感的人没有任何特殊关系的客体;当他的情感与我们的完全一致时,我们就认为他品位高雅,判断力强。平原的秀美,山峰的巍峨,建筑的装饰,图画的意境,演说的架构,第三者的行为,各种数量及数字的比例,宇宙的宏伟机器以其玄妙之轮及弹簧不断产生并展示的千姿百态,科学及审美研究方面所有一般性课题,这一切的一切,都被我们及同伴看作与我们毫无特殊关系的。我们都以相同的视点观察它们,我们没有任何动因驱使自己为与客体在情感上完全一致就产生同情心,也没有任何动因驱使自己对激发同情心的环境变化加以想象。尽管如此,如果我们经常受到各种不同的影响,这是因为,我们不同的生活习性导致自己对一部分复杂客体的关注程度不同,或是因为,我们观察客体时自己感官的先天敏感度不同。

当同伴的情感在一些显而易见的事情中和我们的情感一致的时候,虽然在这些事情上,其他所有人都和我们一样,无疑都会赞同他的情感,但他本人却似乎并不能因为这些情感而获得我们的赞赏。然而,当他的情感不仅能和我们的情感相一致,而且还能引领和指导我们的情感时,当他在这些情感形成的过程中,似乎已经关注到许多我们曾经忽略的事情,并且根据客体的不同环境来调整自己的情感时,我们就不仅赞同这些情感,而且还为他们那非凡的、出人意表的敏感度和理解力感到惊异,而此时此刻,他似乎就值得我们高度赞扬了。因为感到惊异而被加强的认可度,这时就会产生那些也许可以被称为赞美的情感,而欢呼喝彩则是对这些情感的自然表达方式。经过判断做出要美人不要丑八怪决定的人,或者做出二乘二等于四决定的人,必然会受到世人的赞同,然而却并不一定大受赞美。只有具备鉴赏能力的人,才具有高度的敏锐性和缜密的洞察力,也才能明察秋毫,才能在识别美丑的问题时极少出现误差;只有数学家所具备的综合精准度,才能轻而易举地解开盘根错节令人迷惑不解的比例难题。是科学和审美领域的领军人物,引领和驾驭我们的情感,他们才华横溢,成绩斐然,令人惊诧不已,刮目相看;他们激发我们对其油然而生崇敬之情,他们看来很值得我们称赞喝彩:人们对明哲睿智者的赞美大多是建立在这个基础之上的。

可以这样认为,在谈及上述那些才能的时候,最先让我们想到的就是这些才能的实用性;毫无疑问,在我们注意到并且考虑到这种实用性的时候,就赋予了这些才能一种新的价值。然而,我们最初赞同另一个人的判断时,并不是因为它像某种东西那样有用,而是因为它正确、精准、与真情实况相符:很显然,我们之所以将那些才能归因于正确的判断,只是因为发现他的判断与我们的一致。同样道理,鉴赏力最初受到赞许的时候,也同样不是因为它有用,而是因为它正确、精准,而且完全与所鉴赏的客体相称。对所有这些才能的实用性所形成的理念,显然只是一种事后产生的想法,而不是最初让我们认可的那些东西。

2. 关于另一类客体,它们既能以特殊方式影响我们自己,也能影响那些情感有待于我们判断的人,保持这种和谐及一致绝非易事,但同时也更为重要。对于我遭遇的不幸,以及我受到的伤害,我的同伴自然不会以和我相同的观点来看待。这种不幸与伤害对我产生的影响要大很多。但是我们不会站在与鉴赏一幅画、一首诗或一种哲学体系时相同的立场来看待这些,因此它们就会以不同的方式来影响我们。有些客体对于我和同伴来说无关紧要,如果我们情感达不到一致,我不会看得太重,不过有些客体却与我遭遇的不幸和受到的伤害息息相关,如果我们情感达不到一致,我却很难采取轻视的态度。虽然你轻视我所赞赏的图画、诗歌甚至哲学体系,我们为此发生争执的危险微乎其微。我们双方都不会对此太在意。所有这些对我们双方来说都无关宏旨;因此,虽然我们双方的意见相左,我们的感情却依然近乎相同。但是,如果涉及到那些对你或我能产生特殊影响的客体,则当别论。虽然你经过沉思做出的判断、你因鉴赏而产生的情感都与我大相径庭,但我依然会轻易地包容这些截然相反的差异;而如果我有好的情绪,我还会发现你的谈话情趣盎然,即使谈到这些话题亦复如此。然而,如果你对我遭受的不幸,既无同情之心,也不分担我的悲痛;对我受到的伤害,既不义愤填膺,也不分担我因此产生的怨恨,我就会三缄其口,不再谈论这些话题。一旦如此,我们彼此之间就会冰火不能同器,进而,老死不相往来。我的情之激,行之烈,你却惑然不解,你如此麻木不仁,如此冷漠无情,实在令我五内俱焚,怒不可遏。

在所有这些情况之下,旁观者和当事者之间也可能存在某些情感的一致,不过旁观者首先必须竭尽全力,通过设身处地的想象,细致入微地深切感受到受难者可能遭遇的险恶环境。他对同伴的情况必须全盘接收;而且力求不折不扣地去想象其怜悯之心赖以存在的处境变换。

然而在所有这些之后,旁观者的情感将依然不会像受难者那样激烈。人类,虽然同情之心与生俱来,但对于他人所遭遇的不幸,却根本无法想象出当事者心中自然激发的情感究竟会激烈到何种程度。对怜悯之心赖以存在的处境变换所做的想象,不过是瞬间即逝而已。对自身安全的考虑,自己并非真是受难者的想法,依然继续充斥他们的头脑;不过这种情况既不妨碍他们对类似受难者所感受的一种激情加以想象,也不妨碍他们对任何势必具有相同激烈度的事情加以设想。当事者对此当然十分敏感,同时还期待着获得更充分的同情。他渴望得到宽慰,然而这种宽慰只能使他体验到旁观者和他本人在情感上已臻于全然的一致,仅此而已。从各方面都发现他们内心的激情,在那些强烈的郁闷情绪中与他自己达成一致,一种绝无仅有的快慰便应运而生。不过,为达此目的,他只能依靠降低自己激情的强度,只有如此,旁观者才能与他并行不悖。他必须削减自己本能的锐气,如果能允许我这样说的话,才能降低调子,以便和那些与己相关者在情感上实现一致。旁观者的感受,的确在某些方面,将永远有别于受难者的感受:同情之心根本无法与原始悲痛丝毫不差;因为他隐隐意识到,同情之心赖以生成的处境变换,仅仅是想象而已,这种潜意识不仅令情感在程度上有所降低,而且在性质上也有某种程度的区别,甚至面目迥异。不过,这两种情感显然能达成一种足以促进社会和谐的谐调。虽然二者永远不可能一致,但是却可以和谐,而这,正是人们所缺乏或者所需要的。

为了达到这种和谐,正如天性教导旁观者们要设想当事者的处境一样,她也教导当事者在某种程度上要设想旁观者们的处境。因为旁观者们不断地将自己置身于当事者的处境,因此就想象出了与当事者相似的情感;当事者也不断地将自己置身于旁观者们的处境,因此也就在某种程度上对自己命运有了旁观者的那份冷静,而他意识到旁观者们必将这样看待他的命运。因为他们正在不断地考虑,如果实际上他们就是受难者,他们自己将会有何感觉,与此相应,当事者也会不断地被引导着去想象,如果他自己就是自己环境中的一名旁观者,那该以何种方式受到影响。旁观者们出于同情心,或多或少地会以当事者的观点来看待这一问题,反之,由于当事者出于同情心,也或多或少地会以旁观者的观点来看待这一问题,尤其是当这位当事者的表现和举动处在旁观者的观察之下时,就更是如此:当事者通过假设产生的反思性激情,如果远远不如原始激情强烈,他就势必会削弱自己置身于旁观者地位之前形成的情感,削弱在开始回想他们将以何种方式受到影响之前所产生的情感,削弱在开始以这种公正的、毫无偏见的视角观察其处境之前产生的情感。

心灵于是就会出现少见的烦恼,但是有一位朋友陪伴却能或多或少地使之恢复平静与安宁。就在他进入我们的视野之际,情绪在某种程度上便会镇定自若。我们立即就会想到他将会观察我们的处境,而我们自己则开始以相同的观点来审视自己的处境;因为同情心的作用稍纵即逝。拿一位普通相识者与一位朋友相比,在我们的心目中,从前者那里得到的同情要少于从后者那里得到的:我们不能把对朋友公开的所有那些小境况,原封不动地展示给普通相识者;因此我们会设想在朋友面前我们的心情会安静得多,从而将我们的思想都集中到那些他乐于考虑的处境之要点上。我们从一群陌生人那里所能期待的同情心会更少,因此我们会设想在他们面前我们心情的宁静也会更少,于是坚持把我们的激情从只有在特殊同伴中才能达到的高度降低下来。这也并非仅仅是一种装出来的样子:因为如果我们能控制自己的情绪,一个仅仅是普通相识者的人出现在我们面前时,就真的会比一位朋友更能令我们安心镇静;而以此类推,一位陌生人的出现则又比一位普通相识者的出现更能令我们安心镇静。

因此，无论什么时候，如果情绪不幸一落千丈，交往和谈话在恢复情绪平静方面则是最具威力的灵丹妙药，同样，保持平稳的愉悦心情，在确保自我满足以及自娱自乐方面也是不可或缺的。退休和从事投机生意的人，极易坐在家里因为悲伤和怨恨而愁肠寸断，郁郁寡欢，虽然他们经常会有更多的仁慈之心，更强的慷慨之情，以及一份美妙的荣誉感，然而却很少具备在世人中间极为普通的那种平稳性情。

第五章 论和蔼可亲及令人尊敬的品德

旁观者努力体谅当事者的情感，当事者则努力将自己的情感降低到能与旁观者谐调的水平，就在这两种努力的基础之上，形成了两组风格迥异的品德。温顺礼貌、和蔼可亲、公正谦卑、宽厚仁慈，这些美德建立在一种努力的基础上；庄重严肃、自谦自律、精于自治、严于克己，这些美德则建立在另一种努力的基础之上。而其中所谓的严于克己，则是指克制自己的激情，使之合乎我们自己的尊严荣誉以及行为规范的要求。

试想一个人该有多么和蔼可亲呀！无论他和谁谈话，其同情心似乎都要对他们所有的情感做出回应，他不仅为他们遭遇的不幸感到悲伤，也对他们受到的伤害感到义愤，更为他们的时来运转感到高兴！当我们切身体会到他的怜悯之心时，我们就会和他们一样产生感激之情，也能感觉到他们从这样一位深情的朋友温馨的同情心中获得怎样的慰藉。反之，一个人又该是怎样的令人生厌！他那颗冷酷无情的铁石心肠只关心他自己，而对别人的快乐与痛苦毫不关心，麻木不仁。在这种情况之下，我们同样会体会到他的表现给每一个和他谈话的普通人，尤其是那些我们最易同情的不幸者和被伤害者所造成的痛苦。

另一方面，在这样一些人的行为中我们会感到他们该是多么的高尚，多么的有风度！他们自己尽力保持平静心情和自我克制，让每一种情感都不失尊严并且使之达到他人能够体谅的程度。我们厌恶那种闹闹嚷嚷的悲伤,它使当事者毫无风度地呼唤我们以叹息和泪水,乃至被迫而为的嚎啕痛哭来表达怜悯之心。然而我们尊敬那种有节制、沉默不语、体面的悲伤,这种悲伤只能在红肿的眼睛中发现,只能在抽搐的双唇和面颊上发现,只能在行为举止中隐隐约约却感人至深的冷漠中发现。它把类似的沉默灌注给我们。我们则以崇敬之心给予关注,进而急切地关注我们自己的行为,怕的是我们会因为自己举止的不得体而干扰和谐的宁静,这种宁静需要以巨大的努力加以维持。

当我们毫无节制地大发雷霆之怒,因而表现得傲慢无礼、粗暴蛮横时,这种表现无论针对何种对象都是最令人厌恶的。然而,我们却赞赏那种高尚脱俗、宽宏大度的愤慨之情,这种愤慨能够控制自身可能造成的伤害,而且凭借的手段并非那种易于在受害者心中产生的勃然大怒,而是凭借在公允旁观者心中自然产生的义愤,这种愤慨的表达不让一言一词,一举一动,超乎这种较为平衡的情感所能支配的程度;这种愤慨根本无意采取过于严厉的报复行动,所谓过于严厉,是指超出所有公允的人所乐于见到的程度。

因此,正是那种顾及他人多于自己,既能自我克制,又能遍施仁慈的情操,才造就了最完美的人性;正是这种情操就能独自在人间营造愤慨与激情的和谐,而愤慨与激情也只有在这种和谐之中才显得恰如其分,魅力无穷。爱邻居就像爱我们自己,这是基督教的伟大戒律,因此,爱我们自己就像爱我们的邻居,或者同样可以说,就像我们的邻居能够爱我们一样,这是有关人性的伟大格言。

当趣味优雅以及判断准确被认为是值得赞扬与钦佩的美德时,它们也许正体现了一种难得一见的细腻情感和精确理解,同样,情感与自制的美德也不会被认为存在于一般品质中,而是存在于超乎寻常的品质中。人性中和蔼可亲的美德一定需要一种远远超乎凡夫俗子所具备的品质。宽宏大量这种崇高伟大的美德,所需要的情感自制无疑要超出意志薄弱者所具备的水平。正如仅有一般的智力，才智无从谈起，仅有一般的品德，美德也无从谈起。美德乃出类拔萃，并非一般的伟大与美好，远非庸俗粗鄙以及平淡无奇所能企及。和蔼可亲的美德赖以存在的情感，以其高雅脱俗、出人意表的细腻与温馨令世人惊叹。而令人敬畏、令人钦佩的美德所赖以存在的情感自制，绝对能控制人性中存在的那些最难以驾驭的激情，而这，正是其惊人魅力之所在。

在这方面，在美德与纯粹得体之间，在那些值得钦佩与赞颂的品德及行动，与那些仅仅值得赞同的品德之间，都存在着相当大的差异。在很多情况之下，即便行为极其得体，所需要的也不过就是最无足轻重的凡人都能具备的一般情感与自制，有时连这样的水准都无需具备。于是乎，不妨举一个最普通的例子，我们饿了就吃，这是理所当然之事，在一般情况下，完全正确，绝对适宜，不会受到任何人的反对。然而，如果说这就是美德，那可就再荒谬不过了。

相反，在那些并非完全得体的行为中，可能也经常会存在相当程度的美德；因为在一些极难达到完美的情况下，这些行为接近完美无缺的程度，依然会超过人们的期待：在那些需要极强自制力的场合，这种情况并非少见。有一些情境对人性的考验如此严峻，以至于像我们人类这样并非十全十美的生灵所具备的极度自制力，都既不能完全压抑人性弱点的呼声，也不能恰如其分地将激情降低到为公允的旁观者所能体谅的程度。虽然在那些情况下，受苦者的行为会因此无法尽善尽美，但依然值得赞赏，而且在某种意义上来说，甚至可以被称为美德。它依然可以表明为达到大多数人难以企及的宽宏大度而做出的努力；虽然无法达到至善至美，但与困境中所常见或可期待的程度相比，它依然可以算是最接近完美的。

在这种情况之下，当我们决定对某些行为采取何种程度的反对或赞同态度时，我们经常利用两种不同的标准。第一种就是绝对的得体和完善，这在那些困境中，从来没有人做到过，或者说根本就没有人那样去做；相比之下，所有人的行为看来都必然是可以指摘和有失完美的。第二种就是大多数人的行为对于尽善尽美所能达到的近似度或距离。无论是什么情况，只要高于这一普通程度，也不管它距离绝对完美还有多远，它似乎依然可以得到赞许；如果做不到这一点，那当然就只能遭到指摘。

我们也以同样的方式来判断所有那些充满想象力的艺术产品。当一位评论家评鉴任何一位诗歌或绘画大师的作品时，他有时可能以自己一种完美无缺的观念做标准，而这一标准，无论是那位大师，还是任何其他人的作品都无法达到；只要以这种标准来衡量，他就会发现，那件作品除了谬误和缺陷之外一无是处。然而，如果考虑到这件作品在其他同类作品中应有的等级时，他就自然会采用一种非常不同的标准，即，在这一特殊艺术品类中通常会达到的一般优异度；而当他以这种新尺度来评判这件作品时，它就经常会显得应该受到极高的评价，因为，这件作品接近完美的程度，要远远超过同类大部分作品相比之下所能达到的水平。

第二篇 论不同激情的得体度

导　言

与我们有特殊关系的客体所激发的每一种激情都有一个得体度,亦即旁观者所能赞同的限度,这一限度显然在于适中。如果这种激情过于强烈,或过于微弱,旁观者都不能加以体谅。比如,因个人遭受的不幸和伤害所产生的悲痛与怨恨可能很容易过于强烈,对大多数人来说都是如此。同样,这种激情也可能过于微弱,虽然这种情况罕有发生。我们将过度称之为软弱或暴怒,将不足称之为愚钝、麻木和冷漠无情。对这两种情况,除了感到惊愕和茫然相向之外,我们都不能体谅。

然而,得体所赖以存在的适中度因不同激情而异,在一些激情中高些,而在另外一些激情中则低些。有些激情不宜表达得非常强烈,即便人们公认,在一些情况下我们不可避免地会强烈地感受到这些激情,也不例外。而另外一些激情,在许多情况下即便表达得非常强烈也可能显得极其得体,即便这些激情并非一定会产生。第一种,就是那些由于某些原因很少或根本不能得到同情的激情;第二种,就是那些由于另一些原因能够获得极大同情的激情。如果我们对人性中所有不同的激情加以考察,就会发现它们被看成得体或不得体,正与人们对其所倾注的同情心之多少互成比例。

第一章　论源于躯体的激情

1. 对于那些源于躯体某一特定状况或意向的激情,表达得非常强烈就显得不得体,因为并不处于相同状况的同伴难以对其产生同情心。以强烈的饥饿感为例,虽然在许多情况下不仅属于自然流露,而且不可避免,但总体来讲却很不得体,暴饮暴食、狼吞虎咽普遍被认为是一种失态之举。不过,即便如此,人们对强烈的饥饿感毕竟依然存有某些谅解之心。看到同伴食欲大振,尽享口福,这本是乐事一桩,但如果对此表示厌恶,那就会不可理喻,令人不满。如果我可以使用颇为粗俗的表达,我就会说,一个健康人所习以为常的躯体意向,很容易使他的食欲和一个人相合,却和另外一个人相左。我们从被困日记或航海日志上读到关于极度饥饿的描述时,就会以悲伤的心境加以同情。我们通过想象将自己置身于受难者所处的境况之下,就很容易构想出令受难者备受折磨的悲伤、恐惧与惊惶。在某种程度上,我们对那些激情感同身受,因而加以同情,不过,因为我们读到上述描述时并不会真的产生饥饿感,因此,即便在这种情况下,我们也许都不能被认为是同情他们的饥饿。

造物主借以将两性结合在一起的那种情欲亦复如此。所有那些激情,即便强烈至极,也属自然表露,但如果在每一种场合都去强烈地表达,那就是不得体,即便在一些人中间,纵横恣肆的表达完全被人和神的一切法律承认是丝毫无罪的,也不可以。不过,即便对于这种激情,也似乎存在某种程度的体谅。像对一个男人那样去和一个女人交谈,这是不得体的:和女人为伴,人们期望应该会从她们那里得到更多的快乐、谐趣以及关注,从而备受鼓舞;对女性全然麻木不仁,在某种程度上讲,会令一个男人被所有的男人鄙弃。

这就是我们对源于躯体的所有欲望所表现出的厌恶之情:强烈地表

达所有这些欲望都令人生厌,令人不快。根据一些古代哲学家的见解,这些都是我们和野兽共同具备的激情,和人性的独特品格没有联系,正因为如此,它们都有损于尊严。然而,有许多激情是我们与野兽共同具备的,比如怨怒、自然情感,甚至包括感激之情,却不会因此显得太野蛮。当我们从别人身上看到那些源于躯体的欲望时就会心生厌恶,而这种特殊的厌恶之情产生的真实原因,就是我们不能体谅它们。对于感觉到这种欲望的人来说,一旦这些欲望得到满足,产生激情的客体就不再令人愉悦;即便仅仅是这种客体的出现都会令他不快。他环顾四周,毫无目标地寻找片刻之前还令其激情四溢的魅力,然而他对它的体谅之情已经和外人一样淡薄了。吃过饭我们就会撤掉餐具。如果激发炽热欲望的客体除了源于躯体的那些本能愿望之外,再不能激发其他激情,我们就会以同样方式来对待。

被恰如其分地称之为节制的美德就存在于对躯体欲望的掌控之中。把它们控制在为健康和财富所限定的范围之内,这是审慎的职能。但是将它们控制在理性、得体、儒雅及恭谨所要求的限度之内,则是节制的功能。

2. 正是出于同样的道理,躯体痛苦无论如何难以忍受,大喊大叫总是显得懦弱失体。不过躯体痛苦依然有很多理由值得体谅。正如早已说过的那样,如果我看到有人瞄准另一个人的腿部或手臂意欲猛击,或已经在朝那些部位猛击时,我自然而然地也会蜷缩并收回自己的腿或手臂;而一旦真的打到,我自己在某种程度上也会感同身受,也会像挨打者一样受到伤害。不过我所受到的伤害无疑只是微乎其微。正因为如此,如果那个人为之大呼小叫,我就无法体谅他,更有甚至,还会鄙视他。由躯体而产生的激情皆是如此:它们要么根本无法激起同情,要么激起的同情有限,与受难者所感受到的剧烈程度完全不成比例。

而源于想象的激情则当别论。我的躯体也可能受到同伴躯体变化的影响,但那只是微乎其微:不过对于我所熟悉的人,我的想象会更具伸缩力,也更加容易设想——如果我能这样说的话——他们那些想象的形式及内容。正因为如此,与躯体所受到的哪怕是最大的伤害相比,失恋或信心受挫则会引发更多的同情心。那些激情完全来自想象。一个丧失全部财产的人,如果身体健康,那他的躯体就不会因此而产生任何感觉。他的痛苦只是来源于想象,这些想象展现给他的是人格的丧失,朋友的鄙夷,敌人的蔑视,依赖情绪,贫困匮乏,以及痛苦悲惨的景象,所有这一切都会迅速地朝他一股脑地袭来。

与丧偶相比,失去一条腿一般来讲可能被认为是一种更为真切的灾难。但是,如果一出以灾难为题材的悲剧以后一种损失为内容,那将是非常荒唐可笑的。而以前一种损失为内容,无论它的意义多么微不足道,也能打造出许多精彩的悲剧。

没有什么东西能像疼痛这样被遗忘得如此之快。疼痛一过,痛苦立即消失,此时再想起它,已不再能令我们心烦意乱。于是,我们连自己此前产生的焦虑与苦恼都已无法理解。朋友一句失慎之言就能产生久久挥之不去的烦恼。由此产生的苦恼绝然不会随这句话的完成而消失。起初令我们苦恼的并非是感觉到的客体,而是想象中的概念。这种令人烦恼的概念,除了随时间的推移而淡忘,或在某种程度上被其他事情从我们的记忆中消除,都将继续令我们一想到它就心生烦恼与怨恨。

疼痛,除了伴随危险之外,根本无法引发强烈的同情心。虽然我们不同情受苦者的痛苦,却同情他由此产生的恐惧。然而恐惧只是一种完全源于想象的激情,由于一种能加剧我们焦虑的不确定性和波动性,它所表达的并不是我们真正感受到的东西,而是此后可能遭遇的苦难。痛风或牙疼,虽然痛苦之极,但它们激发的同情心却微乎其微;而比它们更加危险的疾病,虽然伴随着很少的疼痛,却能激发极其强烈的同情心。

一些人看到外科手术就头晕恶心,撕扯皮肉引发的肉体痛苦似乎就能在他们的心中引发极其强烈的同情心。疼痛,既有源于外因者,亦有源于内部机能紊乱者,我们对这二者加以想象时所采取的方式,前者要比后者生动清晰得多。一位邻居罹患痛风或者结石症，我们很少能就他的痛苦产生一种概念；然而对他因剖腹、受伤、骨折而遭受的痛苦，我却能极其清晰地形成一个概念。这种客体之所以能对我们产生如此强烈的效应，主要就是因为它的新奇。对剖腹与截肢屡见不鲜者，其后再见到所有此类手术时，就会漠然视之，乃至极度地麻木不仁。我们读过或看过的悲剧即便不止五百部，也很少能够感到自己对悲剧展现给我们的客体，竟然会如此这般地冷酷无情。

古希腊的一些悲剧，总是企图通过对肉体疼痛引发的痛苦加以描述，来激发怜悯之心。菲罗克忒忒斯由于极度的痛苦而大喊大叫，因而昏厥过去。希波吕托斯及海格立斯双双被描述成身遭极度痛苦，但表现依然令人鼓舞，而这种痛苦，似乎连海格立斯的刚毅都难以支撑。然而，在所有这些情况下，令我们感兴趣的并不是疼痛，而是其他一些情况。不是那只疼痛的脚，而是菲罗克忒忒斯的寂寞孤独，始终弥漫于这出魅力无穷的悲剧及其浪漫粗犷的情怀之中，令我们深受感动，也才与想象如此吻合。希波吕托斯及海格立斯的痛苦之所以动人，只是因为我们预见到死亡是必然结局。如果那些英雄已经复活，我们就会认为对他们的痛苦所进行的描述可谓荒唐至极。沉浸在一阵心绞痛才能引发的忧伤之中，这算什么悲剧！然而，再没有比这更加剧烈的疼痛了。可以说，那些凭借描述肉体痛苦来激发同情心的企图，与被希腊戏剧树立为榜样的那些道德规范全然背道而驰。

我们对肉体疼痛所表现的那点同情心，正是我们在忍受它们时能够恰如其分地表现出坚毅与耐心的基础。一个备受折磨的人，他决不允许自己表现得懦弱，决不会呻吟一声，对于我们无法完全进入状况的激情决不会做半点让步，如此之举完全能够赢得我们的高度钦佩。他的坚定不移使他与我们的冷漠无情与麻木不仁并行不悖。我们完全赞赏和体谅他为了这一目标而做出的那种宽宏大度的努力。我们赞同他的行为，而且出于我们对人性共同弱点的体验，我们感到惊讶，不知他何以能有如此行为,从而赢得认可。这种认可,交织着诧异与惊叹,就构成了那种被恰如其分地称之为赞美的情感,如前所述,喝彩就是赞美的自然表达形式。

第二章 论源于想象的某种特殊倾向或习惯的激情

即便是那些源于想象的激情,那些源于想象所需的某种倾向或习惯的激情,虽然它们可能被公认为是最自然不过的,却只能引起很少的同情心。人类的想象缺少了这种特殊倾向,就无法体谅那些激情;这种激情,虽然在生活的某些部分里,它们可能是无法避免的,但或多或少总显得十分可笑。长久以来心心相印的两个异性之间自然养成的强烈依恋感也是这种情况。我们的想象与恋人的想象并非遵循相同的轨迹,因此我们就无法体谅恋人如饥似渴的激情。如果我们的朋友受到伤害,我们就很自然地体谅他的怨恨之情,而且也去怨恨他所怨恨的人。如果他得到了恩惠,我们自然就会体谅他的感激之情,而且还能深深体会到他恩人的美德。然而,如果他坠入爱河,虽然我们可能会认为他的激情像所有此类激情一样理所当然,但我们根本不会认为自己也必定会怀有一种相同的激情,也不会去钟情于他所钟情的人。除了能感觉到这种激情的那个人之外,对其他每个人来说,这种激情似乎和客体的价值完全不成比例;而恋情,虽然在一定的年龄段是可以原谅的,因为我们认为这是完全自然的,但是由于我们无法加以体谅,因此总会引人发笑。对恋情表达得过于认真强烈,对第三者来显得非常荒唐;虽然一位恋人对他的女友可能是最佳伙伴,但是对别人并非如此。他本人对此非常清楚;因此只要他能保持这种清醒的意识,他就能克制自己的那种激情。这就是我们乐于听闻的唯

——一种表达方式，因为我们自己谈论它的时候，也采取这种方式。考利①和彼特拉克的爱情诗迂腐、沉闷、句式冗长，我们对它们早已读之生厌，这二位却从来也没有停止对其依恋之情做夸夸其谈的描述；但是奥维德的作品简洁明快，贺拉斯的作品粗犷豪迈，二者总是如此赏心悦目。

虽然我们对这种依恋不会产生适当的同情之心，虽然我们在想象中也不会对那个特殊的人怀有某种激情，但是因为我们已经或者倾向于怀有类似的激情，我们就会易于体谅那些能从激情的满足中获得喜悦的强烈愿望，也会体谅可能因无法得到满足而引起的极度痛苦。令我们感兴趣的并非某种激情本身，而是那些能够产生令我们感兴趣的其他激情的情境，诸如希望、恐惧以及各种各样的痛苦：犹如一则航海日志所描述的那样，令我们感兴趣的并非饥饿本身，而是饥饿引发的痛苦。虽然我们不会适当体谅那位情人的依恋之情，但却易于体谅他对依恋之情引发幸福感的殷切期盼。我们认为，一颗在某种特定情况下，因怠惰慵懒而松懈的心灵，因欲望如火而疲惫的心灵，自然会期盼宁静与安逸，并期盼在焚心的欲望得以实现中真正寻找到这种宁静与安逸；自然会在心中勾画那种由儒雅、温柔和热情的提布卢斯②兴致盎然地描绘的生活，即一种宁静隐逸的田园生活；勾画一种酷似诗人在《幸福岛》中所描绘的生活，即一种充满友谊、自由和恬静的生活；摆脱辛劳，免于忧虑，并摆脱伴随而生的那些令人心神不宁的激情。即使那些场景勾画得只像所希望的，并不像真正亲历的那样，它们依然会吸引我们。在激情与爱情的基础互相交织，或者也许激情本身就已经是爱情的基础的情况下，当这种激情的实现遥遥无期或相距甚远时，它就会烟消云散，而当这种激情的实现像描述的那样一蹴而就、手到擒来的时候，它又会令人生厌。正因为如此，与恐惧和忧郁

---

① Abraham Cowley, 1618—1667，英国诗人和散文家。

② Albius Tibullus，约公元前54—前19，古罗马诗人，他的诗全部用哀歌体格律写成，主要是爱情诗。

的激情相比，欢乐的激情远不如它们吸引人。我们会因为那些令自然而愉悦的希望化为泡影的东西而战栗，因此才会体谅所有的焦虑、关注，以及恋人的忧郁愁苦。

因此，在一些现代悲剧和喜剧中，这种激情才具有如此惊人的魅力。在悲剧《孤儿》①中，令我们关切的与其说是卡斯塔里埃和莫尼米娅的爱情，倒不如说是那种炽热爱情所引发的悲情。剧作家竟然向我们介绍两位在绝然安全的场景中互诉衷肠的恋人，结果引发的只是哄堂大笑，而不是怜悯之心。如果这种场景被植入一出悲剧之中，从某种程度上讲，那就总是欠妥，而这种做法之所以能够被忍受，并不是因为剧中表达的激情能够引发观众的怜悯之心，而是因为观众能够预见并关切那种激情得到满足时可能伴随而来的危难。

正是因为这一弱点，社会法律强加给女性诸多清规戒律，而这便使得爱情对女性来说尤为痛苦难当，但也正是因为如此，才显得魅力无穷。菲德拉的爱情故事，正如在法国同名悲剧中表现的那样，虽然那种爱情最终也引发出放纵和罪过，但依然使我们深深陶醉其中。从某种意义上来讲，也正是这些放纵和罪过才使她的爱情深扣我们的心弦。她的畏惧、她的羞愧、她的悔恨、她的惊恐、她的失望，也才变得越发纯真自然和别具情致。一切源于恋爱情境的次生激情，如果允许我如此定义的话，都必然变得更加狂热劲爆；确切地讲，我们所同情的也仅仅是这些次生激情。

然而，在所有那些与客体价值如此不成比例的激情中，看来只有爱情才蕴含那些既卓尔不群又赏心悦目的东西，即便对于意志最薄弱者亦复如此。首先，爱情本身可能十分荒唐，但并非一定令人生厌；虽然结果往往十分不幸和恐怖，但其出发点却很少居心叵测。虽然这种激情很少能表现得十分得体，但是往往伴生的那些激情，却显得十分得体。在爱情中

---

① 英国剧作家 Thomas Otway（1652—1685）的剧作。

存在一种仁慈、慷慨、善良、友好、恭敬无所不包的、极其强烈的复合型激情;因为一些随后即将加以阐述的理由,我们就会有意对所有其他人怀有的上述激情加以体谅同情,尽管我们已经意识到,那些激情或多或少有些夸张过分。我们对这些激情所产生的同情,就会使它们所伴随的那种激情少一些不快之感,从而不会顾及一般都会随之而生的恶端,进而在我们的想象中对其同情备至,体谅有加;虽然这种激情必然会导致一方最终身败名裂;虽然人们认为另一方很少会受到致命伤害,但随之而来的几乎总是千篇一律的无能渎职与寡廉鲜耻。不过,虽然如此,伴随爱情而来的可能依然有一些感悟与宽宏,惟其如此,才造就出如此多的虚荣浮夸之徒,其实有一些东西,如果他们真的能感受到,并不会给他们带来任何光彩,但他们却偏偏乐于表现出一副多愁善感的面孔。

正是由于一种相同的原因,当我们论及自己的朋友、自己的学习、自己的职业时,某种特定的节制不可或缺。所有这些客体,我们都不能指望它们会像吸引我们那样,也以相同的程度吸引我们的同伴。而且正是由于缺乏这种节制,人类的一半与另一半交往欠佳。一位哲学家只能与一位哲学家交往,某个俱乐部的成员也仅囿于自己同伴的小圈子。

第三章 论乖戾的激情

另外有些激情,虽然也源于想象,然而我们尚未加以体谅,或视其为合情合理,就总是已经降低水准,远远低于被率真的天性激发时的程度。不同程度的仇恨与怨怒即是一例。对于凡此种种的激情,我们所给予的同情被两种人所分享:能够感觉到这些激情的人,以及作这些激情之对象的人。两者的利益截然对立。同情前者时我们所希望的东西,恰恰是同情后者时我们所担心的东西。二者都是人,我们对他们都关心,我们对一个受苦者可能吃到的苦头表示担忧,会抑制我们对另外一个受苦者已经吃到的苦头的怨怒。因此,我们对被激怒者的同情就缺乏被激怒时自然产生的激情,这不仅因为一般原因,即所有同情之情都不及原发激情,也因为另外一种特殊原因,即我们对另外一个人的相反同情。因此,与其他任何一种激情相比,怨怒之情在变得合情合理之前必定早已更加缩水,远远低于自然产生时的程度。

与此同时,人类对他人所受伤害具有一种强烈的感知力。如同英雄是我们表达同情之心及钟爱之情的对象一样,悲剧或浪漫剧中的恶人也是我们表示义愤的对象。我们厌恶伊阿古,如同我们敬重奥赛罗;因其中一人受到惩罚而感到的喜悦,如同因另一人的痛苦而感到的悲痛。人类虽然对自己同胞遭受的伤害具有强烈的同情之心,然而对此的怨恨之情,则远远不如受苦者本人。在绝大多数情况下,受苦者越忍耐、越温和、越宽容,只要看上去他并不缺乏勇气,或者只是因为恐惧而忍耐,人们对伤害他的人怨恨也就越深。温和的性格会加大人们对伤害的感知力。

然而那些激情被看作是人类天性不可或缺的组成部分。一个人整日里郁闷静坐,忍辱负重,既不抵制,也不复仇,就会变得为人所不齿。我们不能体谅他的冷漠无情和麻木不仁。我们将他的行为称作精神萎靡,他的卑微愚钝如同其对手的目空一切一样,着实令我们怒火中烧。即便草根平民,见到有人俯首帖耳地忍受凌辱与虐待也会义愤填膺。他们希望看到这种凌辱与虐待的恶行受到抵制,而且是为深受其害者所抵制。他们会愤慨地向他大声疾呼,叫他自卫与复仇。如果他的怒火最后终于被点燃,他们就由衷地赞赏并给予同情。这也激发他们自己对他的敌人表示愤慨,他们会高兴地看到终于轮到他来回击自己的敌人,只要他的行动合理,就像这种痛苦已经被施加给他们一样,他们就真的会为他的复仇行为感到满足。

但是,虽然人们承认那些激情对个人发挥的作用,就体现在它将使他面临受辱和受伤害的危险;虽然对公众发挥的作用,正如后文所说,如捍卫正义和追求平等,同样重要,然而,那些激情本身依然存在一些令人不快的因素,一旦表现在别人身上就会令我们生厌。无论对谁表示愤怒,哪怕稍稍让我们感觉有些过头,就会被认为不仅是在羞辱那个特定的人,而且是在对全体同伴动粗。如果尊重同伴,我们就要克制自己,不要为如此狂暴无礼的情感大开绿灯。正是这些激情的间接效果才令人愉快;而直接效果则是对它们所针对的那个人造成伤害。然而,对于人们的想象来说,使这些激情变得令人愉快,抑或令人不快的,正是它们对客体产生的直接效果,而非间接效果。与一座宫殿相比,一座监狱对公众的用途更大;与宫殿建造者相比,监狱创建者一般为一种比前者更加公正的爱国主义精神所驱使。然而,一座监狱对于囚禁其中的不幸者来讲是一种限制,其直接效果令人不快;人们既不会通过想象花时间探索监狱的间接效果,也不会看到与自己太疏远的不幸者受到监狱间接效果的影响。因此一座监狱永远令人不快;它与自身的预期目标越相符,也就越令人不快。相反,一座宫殿永远令人愉快;然而其间接效果也许经常会造成公众的烦扰。宫殿可能催生奢华,并树立伤风败俗的先例。然而其直接效果,诸如生活其中者的舒适、惬意及华美,全然是令人愉快的,并且向人们的想象暗示成百上千令人愉快的想法,想象总是停留在这些想法上,罕有再继续向前,探索更加邈远的后果。彩绘或灰泥绘制的乐器或农具图案,会成为我们厅堂及餐厅的一种普通而赏心悦目的装饰。如果用同类材料绘制这样一套外科器械,包括解剖刀、截肢刀、断骨锯、环钻器等,则是荒唐之极,令人震惊的。不过与农具相比,手术器械却总是更精细光滑,一般来讲也总是更符合其预期目标的。其间接效果,即患者的健康,也是令人愉快的,但是因为其直接效果是痛苦与折磨,因此见到它们就会令我们不快。作战武器令人愉快,虽然其直接效果也许显得同样痛苦与折磨。然而那是我们毫不同情的敌人所遭受的痛苦与折磨。至于我们,其直接效果却与勇气、胜利及荣誉之类令人愉悦的思想直接相连。于是,它们就可能成为服装最华贵的部分,其仿制品可能成为建筑物最佳装饰。人之思想品质亦然。古代斯多葛派认为,世界被一位聪明绝顶、威力无穷、慈悲为怀的神灵,以一种无所不在的天意所管制,每一件事都应被视为宇宙计划不可或缺的一部分,而且旨在促进整个世界的总体秩序与幸福:人类的愚昧与罪过,就像聪明与美德一样,也必然会被安排成为这一计划的一部分;凭借从邪恶中引发美好的永恒技艺,促进自然界伟大的体系之繁荣与完美。类似的推测无论多么深入人心,也不能缓解我们对罪恶行径油然而生的憎恶,这些罪恶行径的直接效果破坏力如此巨大,而其间接效果则太过遥远,根本无法凭借想象对其加以追踪探索。

我们刚刚论及的那些激情也是如此。它们的直接效果十分令人不快,它们即使被极其正当地表达出来,也依然有些东西令我们厌恶。因此正如我在前面说的那样,它们就仅仅是这样的激情,即:我们了解其产生的原因之前,是不会给予同情的。悲惨痛苦引发的呼号,即便从远处听到,也不允许我们对呼号者漠然视之。这种呼号一旦刺激我们的听觉,就会吸引我们关注他的命运,更有甚者,还会迫使我们几乎不由自主地火速前往救助。同样,见到一张笑脸,甚至就会使人的情绪从郁闷转化为喜悦,进而使他体谅并分享这种表情带来的欢乐;他会感觉从前那颗因忧思万种、愁绪千重而紧锁幽闭的心扉,旋即豁然开朗,心花怒放。然而仇恨与怨怒的表情则当别论。声嘶力竭、暴戾狂躁的怒吼声,从远处听起来,只能引起我们的恐惧与反感。我们不会像对待因痛苦折磨而哭喊的人那样也飞速前往。女人及懦弱的男人虽然明知自己并非发泄愤怒的对象,却因恐惧而战栗。他们会将自己置身于那个惊恐万状者的处境当中,对恐惧加以想象。即便铁石心肠的人也会受到触动;这的确不足以令他们感到害怕,却足以令他们愤怒;因为愤怒就是他们置身他人处境时所能感觉到的激情。仇恨也是如此。仅仅表达怨恨就足以使怀恨在心者本人遭到敌视。从本质上讲,这两种激情都是我们厌恶的对象。令人不快的狂躁粗俗之举过去不会、将来也不会激发我们的同情,相反却往往会损害同情之心。悲伤令我们关注悲伤者,怨恨则令我们毫不顾及原因地厌恶和背离怨恨者,而前者的力度远远不及后者。这看来是上天的意志,那些粗暴低俗、狂躁无礼的情感理应造成人与人之间的隔离,因此互相交流绝非易事，且罕有成功者。

乐器模仿悲伤或欢乐的情调时，实际上就会使我们产生那些激情，或至少能将我们置于一种促使自己对那些激情加以想象的情绪中。然而当音乐模仿愤怒的情调时，则会令我们恐惧。欢乐、悲伤、爱慕、赞美、忠诚，都属于自然富有音乐性的激情。其自然情调温柔清晰、赏心悦耳；它们都在一些以规则停顿区别开来的段落中自然而然地自我表达，正是因为如此，也才易于改编为相应曲调规律性的回旋往复。相反，愤怒之声以及所有那些类似愤怒的激情，都是刺耳而不谐调的。其段落也全然不规则，有时很长，有时很短，并非以规则的停顿相区分。因此，音乐很难模仿那些激情中的任何一种；而模仿那些激情的音乐也并非最令人愉悦。一次完美的演奏，在没有任何不得体的情况下，可能就是在模仿那些和合的愉悦激情。如果全部模仿仇恨及忿怒，那将是一次稀奇古怪的演奏。

如果那些激情对旁观者来说是令人不快的，它们对身有其感者来说也同样如此。对于一个正常人的快乐，仇恨与愤怒为害最烈。正是在对那些激情的感受中，存在某些粗鲁、刺耳、惊悚的东西，存在某些撕心裂胆、令人心烦意乱的东西，也正是这种感受才全然破坏了快乐所不可或缺的镇静与安宁，而镇静与安宁则又是与之迥然相异的感激与大爱催生的最佳产物。同伴的背信弃义与忘恩负义，常使宽宏大度、心地善良者蒙受损失，然而最令他们懊恼的并非损失之物的价值。无论他们丧失什么，一般来讲依然可以在没有这些东西的情况下非常快乐。他们认为，最令他们烦恼的就是想到别人对他们的背信弃义和忘恩负义；而由此产生的不和谐不愉快的激情就构成他们所受伤害的主要部分。

欲使怨恨之情全然被人理解，欲使报复行为完全为旁观者所同情，我们究竟需要做些什么呢？首先，怨恨之情要达到这样一种程度，即：如果不表示某种程度的怨恨，我们就会遭到他人的蔑视，更有甚者还会面对永久的羞辱。对轻度的冒犯最好不要耿耿于怀；世界上没有任何东西比点火就着、刚愎自用的脾气更可鄙。我们应该以得体为原则，以世人需要为标准,而不应根据自己感觉到的不快来表示怨恨。在人们所能想象到的激情中,只有怨恨的正当性最应该受到质疑,只有怨恨的纵情发泄最应该以是否得体为尺度加以仔细衡量,也最应该认真考虑冷静而公正的旁观者,想想他们的感受究竟如何。只有以宽仁大度为动机,只有考虑如何保持我们自己在社会上的地位及尊严,才能在表达这种激情时不失高贵。这种动机必定体现我们气质风度的特点。这种表达必须平易近人、开门见山;不含消极因素,不露傲慢痕迹;既无河东狮吼,亦无污言秽语;有的只是宽仁平正,直言相告,体贴入微,即便对于冒犯我们的人,亦应如此。简而言之,诸如此类的表现,全然由我们自身的风度所致,绝无矫揉造作的刀斧之痕,看上去既显得激情虽已酣畅淋漓地表达净尽,但仁慈之心依然未泯;又显得我们如果屈从报复之心的驱使,那只是出于自然的无奈之举,只是他人雷霆之怒频发不已导致的结果。如果怨恨之情被如此这般地加以防范与限制,它甚至可能被认定为宽仁与高尚也未可知。

第四章 论良善的激情

因为这是一种被一分为二的同情之心,它能使得上述一系列激情,在多数情况下,显得粗野失雅,令人不快;因此也存在另外一系列与之相反的激情,一种强力同情心几乎总能催生特别愉悦得体的激情。宽宏大度、仁慈善良、悲天悯人,相互友好尊重,无一不是仁慈乐善的良好情感,当这种情感或通过一颦一笑,或通过一举一动,向即便与我们没有特殊关联的人表达时,几乎在每一种场合都能取悦于本来漠不关心的旁观者。作为第三者的这位旁观者,他对怀有激情者给予的同情,全然与他对激情所针对的对象给予的关心谐调一致。作为一个人,他势必对后者的快乐表示关注,而这种关注就能促使他去同情另一个把其情感倾注在相同对象之上的人。因此我们对于充满慈善之心的情感最能给予同情。这种情感从各个方面看都令我们愉快。无论是怀有这种情感的人,还是这种情感的受惠者,只要他们对这种情感的需要得到满足,我们都给予同情。成为仇恨和愤怒的发泄对象令人痛苦不堪,一位勇士害怕被敌人的恶行伤害也很痛苦,但是二者相比,前者更甚;因此人们才有被他人所爱的意识,这种意识对于脆弱敏感者的快乐与否很重要,对于他期待能从快乐中获得的好处也很重要,然而两者相比,前者更甚。有人乐于在朋友中间挑拨离间,转爱为仇,普天之下还有什么样的品行比这种人的更可憎? 这种害人不浅的恶行究竟坏在何处呢? 如果友谊继续存在,朋友之间尚可彼此期盼一些微末的帮助,剥夺这种友谊是否就是其可恶之处呢? 是的,它就在于破坏朋友之间的友谊,就在于伤害彼此之间的情感,本来朋友之间可以从这种情感中获得某种满足感;就在于扰乱人们内心的宁静,在于扼杀朋友之间以往那种快乐的交往。这些情感,那种和谐,这种交往,不仅性情温和、情感细腻的人能感觉到,即便性情粗暴低俗的人也能感觉到。这些情感对于幸福快乐本身来说十分重要,对于从幸福快乐中可望获得的些微好处来说也很重要,但二者的重要性相较之下,前者甚于后者。

大爱之情本身对于能够感知它的人来说是相当愉悦的。它能舒缓情绪,慰藉心灵,似乎对生命活力颇有助益,并能促进人体健康;作为大爱之情的对象者,在他心中必然产生的感激与满足意识使他变得更加快乐。他们之间的互相关心,能使彼此都快乐,而互相同情,再加上互相关心,就能使他们与其他任何人达成一致。当我们看到这样一个家庭时,该有多么高兴啊! 整个家庭都浸淫在相亲相爱、互相尊重之中,父母子女宛如伙伴,一方颇富尊敬之情,另一方充满慈爱之心,彼敬此爱,毫不逊色;自由深情,相互友善,既不因争利而致兄弟反目,亦不因争宠而致姊妹失和,这里的一切都向我们呈现一种宁静、欢乐、祥和、满意的理念。相反,当我们步入这样一个家庭时,又该多么不安啊! 令人不快的口水战,致使居住在这里的人半数之间互相敌视;一个个虚情假意,圆滑狡诈,自鸣得意,目中无人;猜忌的神态以及突发的激情,无不使内心深处燃烧的妒火暴露无遗,而且随时都会突破对方在场所强加给他们的约束,一触即发。

那些亲切友好的激情，即使有时被认为过火，但决不会令人反感。即便在友谊与博爱呈现出弱点时也不乏令人愉悦的东西。温柔过度的母亲，溺爱过度的父亲，慷慨过度、太重情感的朋友，有时也许会因为性格懦弱而备受怜悯，而怜悯之中则存在一种爱的混合物，但这些弱点，除非遇到粗俗卑鄙之徒，否则决然不会引起他人的仇恨与厌恶，甚至蔑视。我们责备他们的过度依恋之情时，总是不乏关切之心、怜悯之情，以及仁慈之意。极度仁慈比任何事物都能引发我们的怜悯，然而这种性格中却也存在一种无能与无助。极度仁慈本身并不存在任何有失高雅或令人不快的因素。我们只是由于它与这个世界格格不入而深感遗憾，因为这个世界不值得对其施以极度仁慈之心，因为极度仁慈必定把饱含这种情感的人作为牺牲品，推向虚情假意、谄媚卑鄙之徒背信弃义、忘恩负义的陷阱，推向极度痛苦与不安的深渊，而在所有人当中，他最不应该遭此磨难，而且在所有人当中，一般来讲，他也是最不能忍受这种磨难的。仇恨和怨怒则截然相反。对那些令人厌恶的激情毫无节制，动辄发泄一通，就会使一个人变成人们普遍畏惧与憎恶的对象，我们认为他就像一头野兽，应该从整个文明社会中被驱除出去。

第五章 论自私的激情

除那两种截然相反的激情，即良善的激情与乖戾的激情之外，还有另外一类，它处于那二者之间；它既不像其中一种有时表现得那样文质彬彬，也不像另外一种有时表现得那样令人厌恶。悲痛和快乐，当它们是因为我们自己交好运或交恶运而产生时，就催生出这第三种激情。即使有时有些过分，也决然不会像过度的怨怒那样令人不快，因为没有与之相反的同情心来促使我们去抵制它们；这种激情与对象最吻合时，也不会像公正的人道和正当的善行那样令人愉快。不过，在悲痛与快乐之间却存在这样的差异，一般来讲我们最倾向于同情小乐与大悲。有时一个人会因命运的突转而旋即改善自己的生活状况,而且要远远高于他从前的生活水平。这种人可以肯定地说,来自最好朋友的祝贺也并非全然出自真心。一个暴发户,虽然算是取得巨大成功,但一般来讲却并不会令人愉快,因为通常都会有一种嫉妒心阻挠我们真心实意地分享他的快乐。如果他具有判断力,他就会觉察到这一点,从而不去张扬自己走运之后状况的提升,而是极力抑制自己的喜悦,低调表现自己被新环境所自然提升的好心情。他就会装模作样地穿着适合从前状况的朴素衣服,保持适合从前状况的谦虚态度。他还会加倍地关注老朋友,竭尽全力表现得比以前更加谦卑、勤勉、殷勤。就他的状况而言,这就是我们最赞成的行为;因为我们似乎在期待他应该更加体谅我们对他的快乐表现出嫉妒和反感,而不是分享。对所有这些,他很难面面俱到。我们对他谦恭表现的真诚性产生怀疑,而他对自己的刻意压抑则感到厌倦。因此,他很快就会把全部老友置之脑后,不过其中一些极其卑鄙的小人除外,因为他们也许会堕落成他的扈从;但他也不是总能交到新友,因为新友一旦发现他的地位与自己不相上下,就会感到脸面尽失,这就像老友因为地位不如他感到尊严大失一样。只有顽强持久的谦虚态度,才能弥合因这二者因屈尊就辱而造成的心灵创伤。一般来讲,他很快就会心生厌倦,前者满腹狐疑的冷漠傲慢令其漠然置之,后者粗俗无礼的轻蔑鄙视令其恼羞成怒,久而久之,习以为常,最后连他自己都变得孤傲无礼,从而失去所有人的尊敬。正如我所认为的那样,如果人类的幸福主要来源于对被人所爱的认知,命运的骤变就很少会对它发挥很大作用。这样的人才是最幸福的:他的发达是从小到大,循序渐进,最终达到极致,甚至在他达到极致之前很久,公众就已经认定他的命运会芝麻开花节节高。正因为如此,好运来临不会使他大喜过望,而且既不会引起被他超前者的嫉妒,也不会引起被他抛后者的羡慕。

然而人们更愿意同情那些并非十分重要的原因所引起的小喜小乐。大功告成却谦逊有加,此乃得体之举;但在日常生活的琐细小事中,在昨夜与同伴共度良宵过程中,在观赏娱乐表演过程中,在以往的一言一行中,在我们现在所谈及的所有小事中,在填补人生空白的所有那些微不足道的琐事中,无论把愉悦之情表现得多么酣畅淋漓也不为过。没有什么能比惯常的欢愉更优雅,它总是建立在一种由平凡琐事蕴含的些微乐趣所营造的特殊况味之上。我们乐于分享这份雅致的惯常性欢愉:它会使我们生发同样的快乐,把桩桩琐事以令人愉悦的面貌向我们展示,而它也正是以这种相同的面貌向具有这种欢乐气质的人进行自我展示的。因此,青春这段快乐的时光,最易令人激情澎湃。欢乐的倾向,似能催得鲜花怒放,致使年轻美丽的眼睛熠熠生辉,即使同一性别的人,乃至老态龙钟的人,也能超乎寻常地乐不可支。有时他们会暂时忘记自己的疾病,使自己沉醉于那些早已陌生的愉悦思想与情感之中,当着如此之多的欢乐,那些愉悦的思想和情感被重新召回他们的心中,并像老友一般在那里扎根,他们为与老友分别感到遗憾,也因为长期分离而更加诚挚地与他们相拥。

悲痛则当别论。小痛不能激发同情,但是大悲却能激发最大的同情。一个人可以因微小的不快感到心神不安;如果厨师或管家不能尽职尽责,他也会伤心;最高礼仪中的不足之处,无论显现在他的面前,或显现在其他任何人的面前,他也会感觉到;如果上午他和密友见面时,密友不向他道早安,如果他在讲故事的时候,他的兄弟一直在哼小调,他就会认为这些都是失礼之举;当他在乡村时,他会因气候的恶劣完全失去情绪,在旅游时,他会因道路的糟糕感到大煞风景,在城里时,他会因缺乏同伴,以及娱乐的乏味感到兴味尽失;这样一个人,我认为,虽然他不乏理由,但是他也很少能博得大量同情。高兴是一种愉快的情绪,只要有一点机会也会沉湎其中。因此,只要我们不因嫉妒产生偏见,就容易同情他人愉快的情绪。然而悲伤是痛苦的,即便是因为我们自己的不幸而产生,也会从心里加以抵制和回避。我们总是尽量不去设想悲伤,或者一旦想到也要极力摆脱。不过,由于某种罕见的原因要对它加以设想时,我们对它的反感却并非总能对我们加以阻挠,然而当别人也因类似原因产生悲伤情绪时,它却不断地阻碍我们对其产生同情心：因为我们对他人的怜悯之情，不如天性那样难以抵制。此外，人性中还有一种怨恨之情，不仅阻挠我们对少许的不安给予同情，甚至还在某种程度上拿它消遣。因此我们能从善意的调侃中获得乐趣，从看到同伴被各方催逼、胁迫、奚落时产生的小小烦恼中获得喜悦。修养良好的普通人对细琐小事可能带给他们的痛苦采取掩饰态度，而谙于世故的人则乐于主动将小事转化为善意的调侃，因为他们知道即便不主动这样做，同伴们也会这样做。生活在这个世界上的人，惯于思考与己相关的事在别人眼里会是什么样子，于是他就会认为，他所遭遇的小灾小难在别人看来一定荒唐可笑，而他知道同伴们一定会这样看的。

相反，对大灾大难给予的同情却情真意切。这无需例证加以说明。我们甚至为一出悲剧虚假的剧情唏嘘落泪。因此，如果你在巨大的灾难中备受煎熬，如果你因遭遇超级厄运而变得一贫如洗，变得百病缠身，变得声名狼藉和心如死灰，即使从某种角度看你是咎由自取，一般来讲，你可能依然会指望朋友的真诚同情，而只要利益名声不受影响，你甚至还会期待他们善意的援助。然而，如果你的不幸并非如此可怕，如果你只是在志向方面受到小小挫折，如果你只是被妻子抛弃，或者仅仅是遭受妻管严，那你就等着朋友来奚落调侃吧。

第三篇 论幸运与不幸对人们判断行为是否得体的影响;何以有时容易被认可,有时则不易

第一章 同给予快乐的同情相比,我们给予悲痛的同情一般来讲是一种更为强烈的感情,但在当事人的自然感觉中却依然不够强烈

我们给予悲痛的同情,其真切程度虽然已经无以复加,但和给予快乐的同情相比,却依然获得更多的关注。同情这一字眼,按其最确切、最基本的含义来讲,向我们传达的是一种对痛苦而不是对快乐等所给予的体谅之情。一位已故的睿智机敏的哲学家认为,有必要通过辩论来证实:我们对快乐怀有真切的同情心;祝贺是人性中的天性。窃以为,从来没有任何人认为有必要证实怜悯之心是人类天性。

首先,我们对悲痛给予的同情,从某种意义上讲,要比对快乐给予的同情更加普遍。虽然悲痛有时会过分,但我们可能依然会给予某些同情。在这种情况下,我们的感情其实并非全然的同情,也没有达到与当事人的完全契合而对他的情感加以认可。我们不会与受苦受难者一起啜泣、惊呼和悲痛。相反,我们对他的懦弱、他的过激情绪非常敏感。但我们常常

还是对他有一种真切的关心。然而，对于另外一个人的快乐，如果我们不能动情，不能体谅他，我们就不能给予同情。一个人如果快活得毫无节制，快活得莫名其妙，快活得手舞足蹈，快活得我们无法理解，他就将沦为我们蔑视和怨恨的对象。

此外，无论是精神的，还是肉体的痛苦，都是一种比快乐更加强烈的感情。我们对痛苦给予的同情，虽然远不及当事者的自然感觉，虽然给予欢乐的同情更加贴近天性中的自然欢乐之情，但与我们对快乐所给予的同情相比，它依然是一种更为强烈更为清晰的感觉。

除此之外，我们还经常极力减少对他人悲伤的同情心。当我们没有处在受苦者的视野之内时，我们就尽量压制这种同情，不过我们总是做不到这点。我们总是适得其反，勉为其难，这势必会迫使我们对其注入更加特别的关注。不过，对快乐给予的同情，我们从来也没有出现过适得其反的情况。相反，我们总是为自己的嫉妒之心感到羞耻，当那种不快的情绪阻碍我们对他人的快乐给予同情时，我们经常假装、有时实际上是希望自己能够这样做。比如说对待邻居的好运，我们表现得很高兴，但也许我们心里的实际感受却是酸溜溜的。我们不希望对悲痛产生同情的时候，却经常会感到同情；当我们希望对快乐产生同情的时候，却经常感觉不到同情。我们以自己方式进行的观察自然地表明，我们对悲痛给予同情的倾向十分强烈，而对快乐给予同情的倾向则十分微弱。

然而，即使存在这种偏见，我依然敢断言，在没有嫉妒之心存在的情况下，我们对快乐给予同情的倾向，要比对悲伤给予同情的倾向强烈得多，我们对愉悦情感给予的同情，最接近当事人自然感觉到的快乐，与之相比，我们对痛苦给予的同情，在接近我们想象中当事人所感觉到的痛苦方面，就显得十分逊色了。

我们对于无法完全给予体谅的过度悲痛，有时候会有些许宽容之心。我们深知，受苦者要想为自己的情感降温，使之与旁观者的情感全然协调一致，这该需要多么巨大的努力。因此，他虽然失败，我们依然能够原谅。

然而我们对待过度的快乐却没有这种宽容之心；因为我们并不觉得当事者为这种过度的快乐降温，使之完全与我们所能体谅的快乐协调一致，需要多么巨大的努力。遭遇大灾大难却能驾驭自己情感的人，似乎是最值得赞誉的；然而春风得意同样能驾驭自己的欢娱之情者，却几乎不值一赞。我们觉得，在当事者自然感觉到的情感与旁观者完全能体谅的情感之间存在着一个很大差距，这种差距在一种情况之下就大，在另外一种情况之下就小。

一个身体健康、无债可偿、问心无愧的人，他的欢乐已经无以复加。在这种情况之下，为增加财富所做的一切都可能被视为多此一举；如果他确实因此而洋洋自得的话，那也只是轻浮使然。而这种情况也许可以被恰如其分地称之为人类自然而普通的状态。尽管这就是当今世界最令人悲哀的痛苦与堕落，但这的确就是很大一部分人的状况。因此他们都能轻而易举地提升自己的欢乐，而其同伴一旦处于相同的状况之下，也能达到这样的欢乐。

不过，他的欢乐虽然无以复加，却大可减少。在他的状况与人类富足的巅峰之间虽然存在差距，但微乎其微；然而在他的状况与人类悲惨的谷底之间的差距，却巨大无比。悲惨使人痛苦，幸运使人快乐。悲惨的现状必然低于自然状况，欢乐的现状必然高于自然状况，前两者之间的差距，要远远超过后两者之间的差距。因此，旁观者不仅必定会发现自己对他的悲痛及时完全地给予同情，要比全然体谅他的快乐更加困难，也必定会时多时少地背离自己自然而普通的情绪。也正是这个原因，我们对悲痛给予的同情往往是一种比对快乐的同情更加敏锐的感觉，却总是缺乏当事人自然感觉到这种情感时的强度。

对快乐给予同情是令人愉快的；只要嫉妒心不产生阻碍作用，我们的一颗心就会对愉悦情感的极度放纵感到心满意足。然而对悲伤加以体谅是痛苦的，我们往往是不得已而为之。我们观赏一出悲剧时，总是竭尽全力抑制自己，以免剧情激发我们对悲情给予的同情，只有我们不再能避免这一点时,才最终放弃这种做法;之后我们甚至会向同伴掩饰自己的关心。我们如果已经流泪,就会仔细地加以掩饰,以免旁观者全然不能体谅这种过分温柔的情感,从而把这看成是娇气与脆弱。以自身不幸来激发我们同情的可怜人,由于感觉到我们对其不幸所给予的同情可能十分勉强,因此在向我们展示其遭遇时总是畏首畏尾、首鼠两端;他甚至会对自己的悲伤半遮半掩,也正是因为人类这种冷漠无情,才使他在向人们倾诉自己悲情时颇感汗颜。而一个纵情欢乐、沉湎成功的人,他的情况则截然不同。当嫉妒之心无法驱使我们对他抱有敌意时,他就会期待我们对他表示全然的体谅。于是他就会信心十足,欣喜若狂,乃至大呼小叫地自我宣布,毫不怀疑我们将会真心实意地与他同喜共乐。

为什么在同伴面前悲泣会比欢笑更令我们感到羞愧?无论是哪种做法,我们可能都有实实在在的原因,但我们经常觉得旁观者似乎更能体谅我们的愉悦之情,而不是痛苦之情。即便为可怕的灾难所迫而鸣冤叫屈也是悲惨的。为胜利而喜悦并非总是有失文雅。谨慎的确总会提醒我们要以节制的态度对待成功;因为谨慎会教导我们避免这种喜悦比任何其他事物更易激发出来的嫉妒之心。

在欢庆胜利或出席公众典礼时,对自己上司从来没有嫉妒之心的普通民众的欢呼是多么真诚啊!可是在执行死刑时,他们的悲伤却是多么地沉静与平淡啊!在参加葬礼时我们的哀伤表现一般来讲最多不过是矫揉造作的神情肃穆而已,但是我们在参加洗礼或婚礼时的欢笑总是出自真心,没有丝毫虚情假意。我们对所有这些,对所有这类欢快的事情表示的满意感,与当事人的感觉相比,虽然不如他们那样持久,却经常和他们一样强烈。每当我们为朋友表示衷心祝贺时(不过,我们很少这样做,这也是人性之耻吧),朋友的欢乐简直就变成了我们的欢乐,我们会暂时和他们一样兴高采烈;我们会心花怒放,满心欢喜;我们的两眼会闪烁出欢欣愉悦与沾沾自喜之光,面部的各种表情就会展现得淋漓尽致,身体的各种姿态曲尽其妙。

然而与此相反,当我们安慰苦恼难当的朋友时,与他们的感受相比,我们所能感受到的该是多么地微乎其微? 我们坐在他们身边,我们看着他们,当他们向我们倾诉所遭受的不幸时,我们神情凝重、专心致志地聆听着。然而,当他们的倾诉不时地被自然迸发的激情打断时,往往会近乎哽噎无语。我们心中那种慵懒怠惰之情,距离体谅他们的锥心之痛该是多么遥远啊! 与此同时,我们可能会觉察到,他们的激情不过是油然而生,与我们自己在类似情况下可能感觉到的毫无二致。对于自己的麻木迟钝,我们甚至会在内心中感到自责,也正是因为如此,我们才可能会驱使自己人为地产生同情之心,不过当它生成的时候,却总是可以想见得到,它既微不足道,又如昙花一现;一般来讲,当我们离开房间的那一时刻,它就会化为乌有,而且永世不归。上苍把我们自身的悲痛压在我们肩上时,他似乎就会认为这些已经足够多,因此不会驱使我们再去分享他人的悲情,只会促使我们帮助他们去排解悲痛。

　　正是由于这种对他人苦难的迟钝,一个极度悲痛的人如果能展现高风亮节,才总是显得高雅之至。有人面临大灾大难却能忍受,有人小灾小难不断却能保持快乐,这种人的表现颇为绅士,赏人心,悦人目。但那些在大灾大难面前处之泰然的人,则近乎超凡入圣了。有些激情会自然流露,而且会使处于他那种环境中的人发狂,我们感觉到要使这些激情归于平静,该需要多么巨大的努力。我们惊奇地发现,他却完全能驾驭自己。而与此同时,他的坚定与我们的迟钝完全默契。他并不要求我们增加敏感,而我们发现,或者说我们羞于发现,这种敏感我们并不具备。他和我们之间的情感全然协调一致,正因为如此,他的行为才极其得体。据我们自己对人性弱点的通常体验,我们并没有理由期待他应该能够保持这种得体。那种能够做出如此难能可贵努力的意志力,着实令我们惊叹不已。那种与惊叹交织在一起的全然同情与认可的情感就构成了钦佩赞美之情,就如同已经不止一次引起关注的加图那样。他四面受敌,难以抵抗,但依然拒绝向敌人投降,而且由于受当时那个年代备受崇敬的行为准则所约束，竟然甘愿自毁其身；然而他遭遇不幸却绝不退缩，从不以痛苦凄惨的声音，决不以我们所不愿流下的那种其情可悯的痛苦的泪水求饶；相反，他表现得果敢坚毅，在做出攸关自己命运的决定之前那一时刻，为了朋友的安全，一如既往地镇定自若，发出一切必要的命令；即便那位教人冷漠无情的伟大导师塞内加，也觉得这壮烈景象就算众神目睹之后也要欣然赞许。

在日常生活中，每当我们遇到行为高尚的英雄榜样时，我们总是备受感动。与那些充分暴露自己悲哀弱点的人相比，我们更会为这种行为高尚自己却不以为然的人啜泣不已甚至潸然泪下；在这种特定情况下，旁观者因同情心而激发的悲伤似乎比当事者的原始激情更甚一筹。苏格拉底将最后一滴毒药一饮而下的时候，朋友无不为之啜泣，然而他自己却表现得无限欢欣，镇静至极。在所有这些情况之下，旁观者不会，也没有理由去极力抑制自己因同情之心而激发的悲伤。他无需担心自己的所作所为会变得夸张与失体；他因感受到自己内心的激情而快乐，并且心满意足地浸淫在这种感受之中。因此，面对朋友的灾难，一种抑郁难当的见解油然而生，他为自己沉湎于这种见解感到快慰，他对朋友的情感从来也没有像现在这样细腻入微，那是一种格外温馨、催人泪下的大爱之情。然而当事者的情况则当别论。面对自身所处的令人心生不快的可怕境地，他却被迫极力熟视无睹。他怕对这种处境过分关注，会导致他人对自己产生一种过激的印象，即他已不再受制于往日那种温文尔雅的性情，也不再能使自己成为旁观者同情和认可的对象。因此他已经将自己的思想仅仅定位于那些令人愉快的事情上，定位于因自己的高尚品质而即将获得的赞扬和钦佩之上。感到他完全能够做出如此难能可贵的努力，感到在这种可怕的环境中他依然能够随心所欲，就能够使他因欢乐而激情迸发，就能够使他维持那些似乎因战胜苦难而生发的喜悦之情。

相反，因自身遭遇而浸沉在悲痛与沮丧之中的人，总是在某种程度上显得卑鄙猥琐。我们无法使自己感受到他的自我感觉，也无法感受到如果我们自己也处于他那种处境时可能产生怎样的感觉:因此我们便会蔑视他;这也许有失公正,如果能将我们天生就无法抗拒的情感看成有失公正的话。悲哀所显示的弱点从来不会讨人喜欢,除非我们这种悲哀是因他人而不是因我们自己而生。一位生性宽容而又令人尊敬的父亲去世之后,儿子可能就会悲哀不已,也无可指责。他的悲哀主要是建立在他对已故父亲的同情之上,而我们对这种充满人性的情感便会欣然加以体谅。有些不幸只能对他自己产生影响,如果他竟然为这种不幸而滥情以至不能自拔,那他将不再会得到他人的宽容。如果他万一沦为乞丐或遭遇灭顶之灾,如果他万一被抛入可怕至极的危难深渊之中,如果他万一被当众处以极刑,并泪洒断头台,哪怕仅仅一滴泪水而已,依照人类中那些绅士豪侠的看法,他将会遗臭万年,永世不得翻身。他们给予他的怜悯之心既强烈,又真诚;不过在世人看来,因为这种怜悯之心依然缺乏对过度懦弱的宽容与谅解,所以他们对这个如此这般暴露自己的人并不会加以原谅。他的行为会对他们产生影响,不过原因却是耻辱而不是悲伤;在他们看来,他为自己招致的恶名乃是他所遭不幸之中的至悲至痛。比隆公爵[①]在战场上经常出生入死,但当他目睹自己沦落的惨状,当他忆及由于自己的鲁莽而不幸失去的爱戴与荣耀时,却在断头台上潸然泪下,而他的懦弱使他那种勇猛无畏的英明蒙上怎样的耻辱啊!

第二章 论野心的起源,及等级的差别

藏贫露富,这是因为人类对于欢乐和悲伤都能给予全身心的同情,但相比之下,前者要多于后者。被迫在众人面前暴露我们的贫穷,被迫感受

---

① Charles de Gontaut, Duke of Biron, 1562—1602,法国元帅,战功卓著,后因谋反,被享利四世处死。

到虽然我们的情况暴露在众目睽睽之下，却没有人能够想象得到我们所遭受的贫困，哪怕连一半都想象不到，而这实在令人羞愧难当。不仅如此，我们趋富避贫，主要就是因为关注人的这种情感。世人东奔西跑，日夜操劳，究竟为了什么呢？贪婪和野心，追求财富，争权夺利，追求地位，所有这些的终极目标是什么呢？难道只是为提供人们的日常所需吗？一个最无能的的劳动者靠薪水也能提供生活所需。我们看到这些薪水不仅能让他自己衣食不愁，居有其屋，还能养活全家。如果我们仔细地观察他的经济状况，我们就会发现他把自己薪水的大部分都花在生活便利品上，这也许可以被认为是奢侈，还会发现在非常特殊的情况下，他还能把一些钱用于满足虚荣心和荣誉方面。那么是什么原因导致我们对他的状况嗤之以鼻？为何那些过着上等生活、受过教育的人，会把和他一样地生活，甚至无需劳动，和他吃同样简单的伙食、住同样低矮的房屋、穿同样寒酸的衣服，看作比死不如？他们是否想象自己住在宫殿里会比住在草屋里胃口会更好，觉睡得更香？事实上，人们往往会看到相反的情况，虽然从来没有人说过，却没有人会对此加以否认。各种不同阶层的人们中间普遍存在的攀比竞争从何而来？改善我们的状况常被视为人生最伟大目标，而这又会给我们带来哪些好处呢？被人以同情怜悯之心，以心满意足之情，以认可承认之态度加以谈论，加以照顾，加以注意，这就是我们能从上述目标获得的好处。令我们感兴趣的既不是安逸，也不是快乐，而是虚荣心。不过虚荣心往往来自自信能成为他人注意与认可的目标。富人因为自己的财富感到骄傲，因为他既感到财富自然可以使他受到世界的关注，又感到人们会以愉快的心情体谅他，这种愉快的心情正是得益于他的优越处境。一想到这里，他的心似乎要在体内膨胀扩张，正是因为如此，他对自己的财富本身要比对财富给他带来的好处爱得更甚。相反，穷人则因为贫穷而感到羞耻。他感觉贫穷会导致别人的藐视，而且，即便人们注意到他，他们对他所遭受的痛苦与贫困也会缺乏同情心。他对这两种情况都感到十分不爽，因为，虽然被人藐视与得不到认可完全是两回事，然而,被人冷落毕竟会像乌云一样笼罩着我们,使我们得不到荣誉与认可之阳光的照射,因此,被人冷落的感觉,一定会使最令人愉快的梦想破灭,会使人性中最强烈的欲望变失望。贫穷者终日游走于无人瞩目的窘境之中,即便置身于人群之中,依然与深锁陋室一般无二。处境如他者所得到的微不足道的关心以及令人痛苦的注意,不会使放荡不羁、寻欢作乐者感到任何乐趣。他们对他不屑一顾,即便他的极度贫穷也会迫使他们把目光集中在他身上,那也只是把他看成一个与他们格格不入、令人厌恶的可怜虫。运气颇佳、春风得意者对于可悲人物的表现颇感惊讶:这些人居然也能傲慢一把,而且竟然会在他们面前表现出来,更有甚者,居然敢以其令人生厌的痛苦搅扰他们悠然自得地享受快乐。与此相反,声名显赫、地位崇高者自然倍受世人瞩目。每个人都渴望一睹他的风采,并且至少能以体谅之心,去设想那种能在他自己处境中自然感受到的愉悦心情。他的一举一动都是公众关注的目标。他的每一句话,每一个手势,无不倍受关注。在一场大型集会中,他是最吸引人们眼球的人;他们似乎是在激情满怀、期盼甚殷地等待,以便获得他的青睐;如果他的行为并非全然荒唐无稽,他每时每刻都有机会吸引他人,进而将自己变成倍受众人关注与同情的目标。虽然这会将许多限制强加给他,会令他失去倍受珍视的自由,却使他成为众人钦羡的目标,在那些人看来,这足能补偿他为追求这一目标而对人类不可或缺的种种欲望所做出的节制,所付出的艰辛,以及所经受的焦虑;更重要的是永远失去的所有那些悠闲,所有那些舒适,所有那些无忧无虑的安全感,皆因上述所得而没有白费。

当我们以一种想象力易于采取的迷人色彩去考虑大人物时,这种想象简直就是完美而愉快的状况的抽象理念。被我们在梦幻中描绘成自己所有欲望终极目标的,正是这种状况。我们因此会感到一种独特的同情心,完全能够体谅置身这种状况者的满足感。我们与他们志趣相投,并能促使他们的愿望得以实现。损害或葬送如此令人愉快的状况,在我们看来实在可惜!我们甚至还会祝愿他们万寿无疆;对于死亡最终竟然能够终结如此完美的幸福,在我们看来简直难以置信。造物主将他们从显赫的高位驱离,继而屈身于她为其子民提供的那种寒酸然而温馨的家园,这在我们看来实在残酷。吾王万岁,万万岁！这纯属照搬东方谄媚之风的恭维之词,如果亲身体验没能使我们领教其中的荒诞,我们使用起来本该乐此不疲。他们所遭遇的灾难,所蒙受的伤害,在广大旁观者中激发出的同情与怨恨,十倍于他们自己目睹别人遭遇同样灾难时所体验到的类似情感。正是国王们遭受的不幸,才为悲剧提供了适当的题材。他们在这方面类似于情人所遭不幸。二者都是在剧场里吸引我们的主要情形；因为,虽然理智与经验都会使我们产生相反的想法,但不无偏见的想象却总为这两种情况添加无人能比的幸福。干扰或者扼杀如此完美的享受堪称诸般伤害之最。谋害君主的叛徒被视为比任何凶犯都恐怖的魔王。无辜者血洒内战,不如查理一世之死更能激发义愤。对人性陌生的人,当他看到人们对地位低下者的痛苦麻木不仁,对地位高贵者的不幸与悲痛却遗憾与义愤的时候,就会认为,以身居高位者与地位卑微者相比,痛苦对后者比对前者更加难以忍受,死亡引起的痉挛,在后者也比在前者更加厉害。

与富人和强者的激情产生共鸣这一秉性,正是社会等级与秩序建立的基础。谁比我们优越我们就奉承谁,这往往是因为我们羡慕其优越的境遇,而不是因为我们期盼能从其善意中获得多少恩泽。他们的恩泽只能惠及少数人,然而他们的运气却几乎能吸引每一个人。我们迫切地帮助他们建立一个趋于完美的幸福天地；我们只想为他们自己的利益服务,只想使他们对虚荣心或名誉的欲望得以满足,除此别无所求。我们尊重他们的意愿,主要不是基于顺从的好处,也不是基于为社会秩序着想。即使社会秩序似乎需要我们反对他们,我们也几乎无法付诸行动。国王应当是公仆,是否应当受到尊崇、反对、废除或惩罚,要完全取决于民众的意愿,这是真理和哲学的原理；并非神的旨意。神会教导我们为他们的利益而服从他们,在他们至高无上的王位前瑟瑟发抖、鞠躬致敬,将他们的笑脸看作一种足以补偿一切服务的回报,面对他们的不悦要诚惶诚恐,虽然这种不悦之后不会有任何恶果接踵而至,但依然认为令国王不悦,乃天下奇耻大辱。把他们视为普通人那样去尊敬,在普通的场合也与他们讲理争辩,这需要决心,因为除非相知相识者,仅凭包容就能支持鼓励这种做法的人风毛麟角。最强烈的动机,最激烈的情感、恐惧、仇恨乃至怨怒,都不足以抗衡对他们自然而然的尊敬之情:在民众被唤起以暴力反抗他们,或想亲自目睹他们遭到惩罚或废黜之前,他们的行为,公正也好,不公正也罢,无论如何都早已最大限度地激发出那些情感。即使人们已经被唤起,他们依然每时每刻都会心慈手软,极易故态复萌,重新依附于他们,因为他们早已惯于将他们视为天然的至高无上者而顶礼膜拜。怜悯很快就会取代怨恨,他们将过去所有的义愤抛之脑后,陈旧的忠君信条死灰复燃,他们以当初反对他们的那种狂热,到处奔走呼号,以重新确立旧主人已被毁掉的权威。查理一世的死使王室东山再起。詹姆斯二世登上逃亡船被民众抓到时,对他的恻隐之心几乎阻止了那场大革命,而且随后的进展也比以往倍加艰难。

大人物似乎意识不到他们以低廉的代价就能博得公众的赞美?或者似乎想象他们也和别人一样,需要以血汗去赢得?年轻的贵族凭借何德何能竟被委以维护本阶层尊严的重任,使自己有资格享有优于同胞的特权?凭借知识?凭借勤奋?凭借耐心?凭借克己,以及所有美德?他很注意自己的一言一行,所以不仅养成了一种注意日常行为每一细节的习惯,也学会了该如何极其得体地履行所有那些小责小任。因为他知道自己是多么地备受关注,知道人们是多么地赞同他的意愿,因此他的一举一动都带有这种意识所自然激发的翩翩风度和高雅气质。他的神态,他的风度,他的举止,全都标志着自身那种高雅的优越感,而所有这些几乎都是天生卑微者所不可企及的。这些可能就是他能够使人更轻易地归顺他的权威,随心所欲地掌控他们意愿的手腕:而在这一方面,他很少会使自己失望。这些以等级和权势为基础的手腕,在一般情况下,足以掌控世界。路易十四在位大部分时期，不仅在欧洲，而且在全世界都被认为是圣君的最完美典范。然而他凭借何德何能享有如此盛誉？凭借的是他在宏图大业中秉持的审慎坚定的公正原则？还是宏图大业所经历的巨大危险和困难？还是他在追求事业中所具备的坚持不懈、百折不挠的毅力？抑或是广博的学识？或是精准的判断？或是英雄气概？全然不是所有这些高贵的品质。首先，他是欧洲最强势的君主，因而能独霸王中之王的宝座；然后才像研究他的历史学家所说："他仪表堂堂，气质优雅，使所有朝臣相形见绌。他的声音华贵煽情，征服了所有那些在他面前诚惶诚恐的心。他的一投足一举手，都只适于他自己以及与他地位相当者，如若生搬硬套于其他任何人，都将会荒诞无稽。与他说话者都会被置于尴尬的境地，他因之自认不可一世，为之自感窃喜不已。有一位年迈的军官在他面前恳求恩赐时心慌意乱，语无伦次，最后实在说不下去，就说：陛下，我希望您相信我在您的死敌面前决不会发抖的，于是他便不费吹灰之力就得到了他所要求的。"这些微不足道的雕虫小技所依赖的不仅有他的等级，无疑也有某些其他方面似乎并不十分出众的才能和美德，然而正是这些才造就了这位一代天骄，使他不仅在他自己那个时代备受尊崇，即便后人忆及他时依然崇敬有加。就他自己那个时代以及他的表现而言，与这些雕虫小技相比，其他美德似乎并没有发挥任何作用。相形之下，知识、勤奋、勇气、仁慈、谦卑，统统显得苍白无力，全然失去应有的尊严。

　　然而地位卑微者要想咸鱼翻身绝然不能指望这些雕虫小技。彬彬有礼是大人物最重要的美德，而这除了给他们自己之外，不会给其他任何人带来荣誉。那些纨绔子弟的表现乏善可陈，东施效颦，假作超凡脱俗，最终却因自己的愚昧无知和傲漫无礼遭到世人的鄙视。为什么一个被认为不值一顾的人，穿堂过室的时候却为自己昂首挥臂的风度大伤脑筋？他一定是太注重别人的注意，而且认为别人的注意就表明自己重要，然而他这些想法根本得不到任何人的苟同。谦虚质朴，不拘小节，尊重他人，所有这些尽善尽美的品质才应该是一个平民百姓行为的主要特征。如果他希望自己出类拔萃，一些更加重要的美德就是不可或缺的。他必须有自己的扈从，以抗衡那位伟人的扈从，但他除了劳其筋骨、苦其心志之外，没有其他任何资本用以酬劳自己的扈从。因此他必须培养如下这些品质：他不仅必须具备足够的专业知识，也必须在运用这些知识方面表现出超人的勤勉。他必须做到劳苦时坚忍不拔，危险时信心百倍，痛苦时矢志不移。他不仅必须通过自己在事业中所克服的困难，所表现的重要性，以及所做的正确判断，而且还应该通过追求事业时所表现的专心致志，来使公众看到这些才能。正直、谦虚、慷慨、坦率，在一切普通场合之下，都必须表现在他的行为之中；与此同时，他必定会乐于置身这样一些场合，即：必须才华横溢才能行为得体，只有德高望重才能大受欢迎。一个身处困境然而雄心勃勃的人，凭借怎样的耐心在寻求出人头地的良机？能提供这种机会的任何环境对他来讲都是求之不得的。他甚至心满意足地巴望内忧外患；暗自狂喜地关注应运而生的一切天下大乱与流血事件，关注自己所渴望的那种能被世人关注与青睐的机会是否有出现的可能。相反，有头有脸的人物，他的全部荣耀都集中体现在自己日常极为得体的行为中，他满足于由此获取的绝无仅有的谦卑之誉，他缺乏赖以支撑更多奢望的才能，他不愿使自己陷入艰难困苦的尴尬境地。在一场舞会上出尽风头，就是他巨大的胜利，在一桩勾心斗角的风流韵事中旗开得胜，就是他最辉煌的成就。他厌恶一切民众骚乱，这并非出于对人类的爱，因为大人物从来不把比自己差的人视为同类；也非因为缺乏勇气，因为在煽风点火引发骚乱方面，他罕有无能失利之时；而是因为他意识到自己并不具备应对这种情况所应有的美德，而且公众的眼球也必将从他身上被吸引到别人身上。他也许会愿意面对一些小的危险，并在恰好是时髦的时候有所作为。然而当他想到那些需要持续奋斗、坚忍不拔、勤奋果敢以及专心致志的情况时，便会因惊恐万状而战栗。那些出身高贵的人几乎从来不知上述美德为何物。因此，在所有政府，乃至君主国中，最高权位的掌控者，整个行政机构各个细部的运作者，都是那些只受过中下等教育的人，他们凭借自己的勤奋和能力不断进取，大人物对他们先是鄙视，后是嫉妒，可最终却以卑鄙的心态对他们心悦诚服，而所有这些，都是他们希望别人对他们所采取的态度。

正是因为对人们情感失控，才使得失去高位令人感到难以忍受。当保卢斯·埃米利乌斯以胜利者姿态将马其顿国王一家带走时，据说他们就以自己的不幸把罗马人的注意力从征服者身上吸引到了自己身上。王家的儿童因年幼无知而不知自己的处境，旁观者在一片欢乐气氛中看到他们的时候，都被他们淡淡的哀伤和柔情所感动。在行列中随后出现的就是国王，看上去惊恐万状，巨大的灾难使他变得麻木不仁。亲朋大臣紧随其后。他们在行进中经常把自己的目光投向那位威风扫地的国王，一看到他就潸然泪下；其行为表明他们所想的并非自己如何不幸，而是国王的灾难有多大。相反，高贵的罗马人则态度鄙夷，怒火中烧，觉得国王根本不值得怜悯，因为他在大难当头之际居然低贱到忍辱求生。然而这些灾难是什么呢？根据大多数历史学家的记载，他在一个慈悲为怀的伟大民族保护之下度过余生，其处境本身简直令人羡慕，那是一种富足、舒适、安全的环境，即便他愚蠢之至，也不可能在这种环境中沉沦下去。只是再也没有从前那班阿谀奉承的笨伯以及围着他团团转的随从簇拥在身旁。他再也不是万众瞩目的焦点，再也不会因自己的权势而成为他们崇敬、感激、爱戴和钦佩的目标。民族的激情再也不按照他的意愿而塑造自己。这就是使那位国王情感枯竭、无法忍受的灾难，也正是这种灾难，不仅使他的友人忘记各自的不幸，也使品质高尚的罗马人几乎无法想象竟然有人卑鄙到屈辱求生。

"爱心通常会被野心取代，野心却几乎从未被爱心取代过，"拉罗什福科公爵如是说。一旦被这种激情占据头脑，他们就无法容纳对手和继任者。对那些惯于赢得甚至希望赢得公众溢美之词者来说，除此之外的任何其他乐事统统味同嚼蜡。一些遭到唾弃的政客，为求得自我宽慰，也曾潜心钻研该如何战胜野心，试图不再在乎那些一去不复返的荣耀，然而成功者何其少矣！大多是无精打采，怠惰慵懒，得过且过，虚度时光。此时此刻，身卑言微，从私人私事中无从获得乐趣，除了对往昔那些伟大之处津津乐道之外，简直无聊至极，除了忙于那些旨在恢复昔日天堂的徒劳无益的计划之外，无法达到心满意足。一想到所有这些，他们就会懊恼至极。你是否已经决心不以自由换取耀武扬威的廷臣之职，而是自由自在、毫无惧色、独立自主地生活？如果你想继续实现自己的决心，似乎有一条，而且是绝无仅有的一条路可走。切莫进入鲜有退身之途的地方；切莫跻身野心家充斥的领域；切勿与那些早已在你之前就已为半数世人所瞩目的世界主宰者一比高下。

在人们的想象当中，处于能博得他人同情心、引起他人关注的地位，乃顶顶重要之事。于是，将市政高官的妻子们分成三六九等的席位座次，便成为大多数人一生追求的目标，而且也因此成为一切骚乱动荡、一切巧取豪夺与纷争不公的根源，从而使这个世界充满贪婪和野心。据说理智的人确实不把席位看在眼里，也就是说，他们不愿坐在首席的位置，对于因一些细小琐事被当众指责并不放在心上，因为他们觉得即使一些微乎其微的好事也能抵消其影响。然而谁也不会轻视地位的高低以及是否能够做到出类拔萃，除非他大大超越或低于人性的普通标准；除非他的智慧与哲理如此根深蒂固，以致当他行为得体使他成为值得赞许的对象时，无论是否有人注意到或表示赞许，他都心满意足，不以为意；或者是因为他早已习惯于微卑庸碌，懒散淡漠，以致忘掉对志向及优越地位的追求。

成为他人兴高采烈祝贺或者同情关注的目标，从这种意义上看，才使得成功变得光芒四射，耀眼夺目；而如果感到我们的不幸变成自己同事鄙视和厌恶的目标，则是最令人沮丧郁闷的。正是因为如此，最可怕的灾难并非总是最难以忍受。如果在公众面前你显得只是蒙受小灾小难，而不是大祸临头，其实这样更没有面子。前者不能激发同情心，而后者，虽然他人的感受不可能近似受害者遭受的痛苦，却会激发一种强烈的同情心。在后一种情况下，旁观者的情感比受苦者的要逊色，不过即使他们的同情并不完美,也毕竟能为受苦者忍受痛苦提供帮助。在欢乐的集会前,一位绅士如果穿着打扮邋邋遢遢,这要比满身鲜血和伤痕更丢面子。后一种情况将会引发同情心;前一种则会招致嘲笑。一位法官下令给一名犯人戴上枷锁,比判处他上断头台要令他丢脸得多。有位君主几年前当着自己军队的面鞭笞一位普通军官,这使他蒙受了永远也无法消除的耻辱。如果他开枪将他射个透心凉,那惩罚就小得多。根据荣辱观念,遭杖策可耻,被剑刺却不然,其理由显而易见。那些最轻微的惩罚被施加到一位视耻辱为最大不幸的绅士身上时,就会被仁慈慷慨的人们认为是最可怕的。那个等级的人通常都被免除小的惩罚,许多情况下当按照法律要结束他们生命时,依然要求人们尊重他们的名誉。无论因为什么罪过,鞭打一位品质高尚的人,或者给他带上枷锁,除俄罗斯政府,再没有任何一个欧洲国家政府会这样做。

　　勇敢的人被带上断头台并不会使他变得为人所不耻,然而被戴上枷锁却会如此。他处于前一种情况时的行为可能会赢得普遍敬重与钦佩。处于后一种情况时,无论他的行为如何也不会使他变得令人愉快。旁观者的同情在前一种情况中支持他,使他既免遭耻辱,又不会认为他那些情何以堪的痛苦只有他自己才能感知。后一种情况中并不存在同情心;即便存在,也并非同情他那微不足道的痛苦,而是同情他意识到需要借同情以抚慰痛苦。这种怜悯之心因其蒙受的耻辱而生,并非因其忍受的悲痛而起。同情他的人为他感到羞愧之至,难以抬头。他感到自己因遭到惩罚而彻底身败名裂,虽然并非因为犯罪,但他同样萎靡不振。相反,那个英勇捐躯的人,因为他自然会备受崇敬,所以神态自若,无所畏惧;而如果连罪行都无法剥夺别人对他的尊崇,更遑论惩罚了。他不用怀疑自己的情况会遭到他人的鄙视与嘲笑,而且能恰到好处地表现出那种不仅泰然自若,而且充满胜利喜悦的神情。

雷斯枢机主教①说:"巨大的危险自有迷人之处,因为即便失败,依然虽败犹荣。然而一般的危险则只能令人惊恐万状,因为名裂与身败总是相互依伴。"他的至理名言,和我们现在正讨论的惩罚问题,有着相同的基础。

人的德性超越痛苦、贫困、危险及死亡;对所有这些置若罔闻并不难。然而一个人的痛苦如果遭受凌辱与鄙视,被得胜者操控,置身于千夫所指的境地,其德性就难以始终如一地立于不败之地。与被人鄙弃相比,其他所有外界伤害都易于忍受。

第三章 论嫌贫爱富、贵尊贱卑的倾向
所导致的道德情操之腐败

对有钱有势者仰慕而几近是崇拜的倾向,对贫穷和地位卑微者鄙夷或至少是怠慢的倾向,虽然在建立和维护等级制度和社会秩序方面来说是必要的,但与此同时却也是导致我们道德情操败坏的重要而极其普遍的原因。富有和显赫经常受到只有智慧与美德才能赢得的尊敬与钦佩;应当以邪恶与愚蠢为对象的鄙视态度,经常极不公正地落在贫困与弱势者头上;这两种倾向历来备受道德家的诟病。

我们渴望自己的表现令人尊重,并因而备受尊重。我们担心自己的表现令人鄙视,并因而备受鄙视。然而,自从我们来到这个世界,我们经常发现智慧与美德绝然不是被尊崇的唯一对象;而邪恶与愚钝亦非被蔑视的唯一对象。我们经常看到世人不无敬意的注意力,都径直地集中到腰缠万贯与地位显赫者,而不是睿智超群与德高望重者。我们经常看到邪恶愚钝的强者所遭受的鄙视,远远少于贫困无辜的弱者。值得、赢得、

---

① Jean François Paul de Gondi, 1613—1679,法国神学家、作家。

享受他人的尊敬与钦佩，是人们衷心向往与竞相追逐的宏伟目标。有两条路摆在我们面前，同样都可以实现自己渴望的目标；一条是研究德高望重者的才智与实践；另一条是获得万贯财产与显赫地位。好胜心体现两种不同的品格：其一，野心勃勃，贪得无厌；其二，谦卑恭敬，公平公正。两种不同的类型与两种不同的图景展现在我们面前，我们据此规范自己的品格与行为：一种色彩绚丽多姿、华丽无比，另一种则更加精准无误、美轮美奂；一种强行将自己置于众人恍惚迷离的眼球之前，另一种则只能吸引最热心细致的旁观者的注意力。他们德智双馨，虽然在我看来他们恐怕只是一个小小的群体，但他们确实是智慧与美德真正而稳定的仰慕者。大众则只是财富与显贵的仰慕与崇拜者，而看起来最令人大跌眼镜的是，他们往往是不偏不倚的仰慕者与崇拜者。

我们对智慧与美德所感到的崇敬之情，无疑有别于对财富和显贵所怀有的同样情感；将二者区别开来无需太强的辨别能力。然而，即便存在这种区别，那些情感之间依然存在相当可观的形似之处。在某些特性方面无疑存在区别，但在一般外部表现方面，二者看来几乎毫无二致，以致粗心的观察者极易将二者混淆。

若二者功德相当，则很少有人不对富人和显贵怀有超过对贫穷和卑微者所怀的崇敬之情。在大多数人看来，前者的傲慢与虚荣要比后者货真价实的功德更值得尊崇。如若撇开功德，说只有财富与显贵才值得我们崇敬，这对美好的品德，乃至美好的语言来讲，简直就是亵渎。然而我们必须承认，富人与显贵从来都是备受尊崇；因此在某些情况下，他们会被认为是理所当然的尊崇对象。毫无疑问，那些尊贵的高位全然被邪恶与愚钝所贬损。但是，邪恶与愚钝在导致这种彻底贬损之前，也必须很有实力。有头有脸的人物行为不检遭到的鄙夷比地位微卑者要少。在行为规范上，后者稍有出轨通常都会激起公愤，然而前者经常公然地冒犯，却很少遭到鄙视。

可喜的是，中低等阶层的人，通向道德与财富之路，在大多数情况下几乎相同,当然这些财富通常都是这一阶层的人可以合情合理地期望得到的。在所有中低等职业领域内,真才实学与谨慎、正直、坚毅和得体的表现相结合,很少有不成功的。有时甚至在行为极其不端的情况下,才能依然无往不胜。然而无论是惯常的寡廉鲜耻、不仁不义、怯懦软弱,抑或放荡无羁,却总会使极其杰出的职业才能黯然失色,有时甚至会彻底毁掉。此外,处于中低阶层的人无论多么了不起,也永远不能超越法律,而法律一般来讲在某些情况下总会对他们形成威慑,迫使他们去尊重那些更重要的正义规则。这种人的成功几乎总是取决于邻居和地位相同者的厚爱与美言;而这只能来自规矩的品行。常言道:诚实为上策,这句金玉良言在这种情况下几乎总是极其正确的。因此,在这种情况下,我们一般都会期待人们具备相当程度的美德;所幸的是,良好的社会道德,正是迄今为止大多数人所达到的境界。

令人遗憾的是,高层人士的情况并非总是如此。在宫廷显贵的客厅内,成功与擢升并非取决于那些广学博闻的同侪的尊敬,而是取决于那些孤陋寡闻、专横跋扈、桀骜不驯的上司之怪诞愚蠢的恩赐;阿谀奉承与弄虚作假往往比业绩与才能更吃香。在这样的社会内,取悦于人的伎俩要比办事才能更受关注。在宁静祥和的环境中,在风暴尚远的时期,君主或显贵渴求的只是享乐,极易陷入空想,认为自己鲜有服务他人的理由,而那些投其所好的人足能为他效劳。凭借无礼蠢行所带来的表面风度与浅薄成绩,一个人便可以被誉为上等人,而所有这些,通常要比一位武士、一位政治家、一位哲学家、一位议员坚实刚强的美德更受尊崇。一切崇高美德,所有那些既适于议院、国会,又适于村野的美德,都被那些充斥这个腐败社会的妄自尊大却又极其猥琐微卑的小人看作是最可鄙视与嘲笑的。苏利公爵被路易十三召见为应对紧急状况献计献策时,看到国王的心腹廷臣们交头接耳、窃窃私语,嘲笑他不合时宜的外表。这位年迈的武士兼政治家便说:"老臣当年荣获陛下父王宠召献策时,都要命令廷上诸般小丑退入前厅。"

由于我们有仰慕和模仿富翁伟人的倾向，他们才得以树立并引领所谓的时尚。他们的服装成为时装，他们的语言成为时髦语，他们的神态举止成为时尚仪表。就连他们的劣迹蠢行都带有时尚色彩；对于导致他们名誉受损、人格遭贬的品质，大多数人都以模仿和类似为荣。虚荣浮夸之徒动辄流露出放荡恣肆的时髦神态，其实对于这些，他们在内心中并不赞同，但也许并不真的为此感到内疚。他们渴望因为自己并不认为值得赞赏的东西而得到赞许，他们为那些并不时髦但有时却私下坚持的美德感到惭愧，为那些暗抱有几分真心敬意的美德感到内疚。世间既有腰缠万贯、声名显赫的伪君子，也有笃信宗教、崇扬美德的伪君子；一个愚蠢自负之徒以某种方式掩饰原形，一个狡诈无赖之辈则以另一种方式伪装假相。他亦步亦趋追随地位高于己者的服饰与生活方式，并不考虑这些人值得赞许的一切都来自与地位和财富状况相称的美德与仪态，而所需的开支他们也担负得起。很多穷人都因为被认为是富人而感到荣耀，却不考虑那种荣耀赋予他们的义务（如果人们可以将如此崇高的称谓赋予这种蠢行）必定很快就会使其沦为乞丐，并使其地位越发不能接近自己所敬仰与模仿的人。

要赢得这一令人艳羡的地位，追求财富者经常会放弃通往美德之路，因为很遗憾，通向财富之路有时与通向美德之路截然相反。不过野心勃勃的人不仅自认为在他能获取的显赫地位中，他将有很多方式可以博得人们的尊敬与钦佩，能够使自己的行为极其得体儒雅，而且他将来光彩夺目的表现，将会完全掩盖或忘却当初为达到那一高峰所迈出每一步时的越轨表现。在许多政府中，高位的追求者都凌驾于法律之上；只要能够满足自己的野心，他们不怕因自己采取的手段遭指责。于是他们经常使出浑身解数，不仅欺瞒诈骗，弄虚作假，阴谋诡计，结党营私，有时还不惜违法犯罪，谋杀行刺，及至叛乱内战，更有甚者，对反对者以及在他们通往辉煌之路上当道而立者无所不用其极，排斥打击，置之死地而后快。他们往往失败多于成功；由于自己的罪恶行径，通常都是除身败名裂、严遭惩罚之外一无所获。不过也有例外，他们有时竟然幸运至极，如愿以偿，显赫地位，唾手可得。但即便如此，他们也总是痛苦地发现梦寐以求的欢乐原来是如此令人失望。野心勃勃的人所真正追求的绝非安逸或快乐，而总是这种或那种荣耀，并且是出于极端的误解。然而高位为其赢得的荣耀，无论在他自己眼中，还是在他人眼中，早已因为赢得高位所采取的手段之卑劣而被亵渎与玷污。虽然他们试图通过挥金如土、骄奢淫逸这些腐败堕落分子惯用的卑鄙伎俩，通过繁忙的公务，通过天翻地覆、令人目眩的战争，把对自己过去所作所为的记忆从自己和他人的脑海中抹掉，但是这种记忆却从来没有停止对他的纠缠。他们徒劳无益地求助于能遗忘过去的邪恶而神秘的力量。他记得自己的所作所为，那记忆告诉他别人也同样记得。他在显赫地位所享有的虚浮奢华中，在大人物和智者所受到的阿谀谄媚中，在普通人越天真越愚蠢的欢呼喝彩中，在战争胜利后作为征服者与胜利者的骄傲中，他依然被羞辱悔恨、报仇雪恨、怒火中烧之类的复杂情感诡秘地纠缠着；就在荣耀似乎已将他全面包围的时候，他自己却通过他本人的想象，看到幽暗丑陋的魔影对他穷追不舍，而且时时刻刻都准备超越他。即便是恺撒大帝，虽然宽宏大量，能够解除卫队，但却依然无法解除疑虑。对法赛利亚的记忆仍旧萦绕在他的脑际。当他在元老院的请求之下大度地赦免了马尔塞卢斯的时候，他告诉元老院，他对正在实施的针对他的夺命阴谋并非不知；然而，他已足享天年与荣耀，因此即便死亡也会心满意足，从而蔑视一切阴谋诡计。他也许已足享天年。然而，他感到自己早已成为希望获得他好感的人仇恨的目标，成为他依然希望做朋友的人仇恨的目标，因此就赢得真正的荣耀，或是从与他地位相当者的爱与尊敬中获得快乐而言，他的确已经活得太久了。

第二卷

论功过，或奖惩对象

第一篇 论功过意识

导 言

有别于是否得体,是否体面,赋予行为举止的还有另外一系列品质,即是否成为被认可的对象;亦即值得奖赏还是应该惩罚的功过。

如前所述,发自内心的情感,即行为的出发点,以及决定其善恶的因素,可以从两个不同的方面,或两种不同的关系加以认识:第一,与激发情感的原因或表达情感的对象之关系;第二,与情感抒发的目标,或说是与情感势必产生的效果之间的关系:即情感是否合适,是否相称,亦即是否与产生的原因和抒发的对象相互协调,将决定随后的行为是否得体,是否体面;这种情感所具有的或势必产生的有利或不利效果,将决定激发行为的情感之功过,亦即应获报答还是受惩罚。我们对行为感觉是否得体的原因,已经在本书的前面部分解释过。现在来考察的是获报答还是受惩罚的问题。

第一章　看似值得感谢,似乎就值得报答; 同样,看似令人怨恨,似乎就应该受罚

因此对我们来讲,必须看起来值得报答的行为才是那种情感适当的抒发对象,才能使我们对另外一方采取立即的直接的报答行为,或给予好处。同样,看起来应该受罚的行为,才是我们情感抒发的适当对象,从而使我们对另一方采取立即的直接的惩罚,或使其遭受打击。

那种促使我们立即直接采取报答行为的情感就是感激;而促使我们立即直接采取惩罚行为的情感是怨恨。

因此对我们来说,行动必须表现得值得报答,才是感激的恰当无误和令人赞许的对象;而另一方面,行动必须表现得应受惩罚,才是怨恨的恰如其分和无可指摘的对象。

报答就是酬劳、回报、以善报善。而惩罚,虽然形式不同,但也是酬劳、回报;那是以恶报恶。

除感激和怨恨之外,还有其他一些令我们关注他人快乐与痛苦的情感;但其中并没有任何一种能如此直接地激发我们去分享他人的快乐与痛苦。因为相识与惯常的融洽而形成的爱与敬意一定会导致我们对他人的好运感到高兴,其人正是这种令人愉快的情感之抒发对象,从而使我们乐于伸出援手,以使其好运锦上添花。虽然没有我们的帮助他照样能交好运,但我们对他的爱依然能够得到满足。这种激情所要达到的目的就是看到他快乐,根本不考虑他的幸运究竟源于何人。然而感激之情却不是通过这种方式得以满足的。如果一个我们欠了很多人情的人,其快乐无需我们的帮助,这虽然令我们的爱心得以满足,但我们的感激之情却并未如愿以偿。直到我们报答了他,直到我们自己在促进其幸福方面也发挥了作用,我们才对以往因受惠于他而欠下的人情债如释重负。

同样,如果一个人的行为和性格经常为我们制造痛苦,我们就会因为

习以为常的不快而心生仇恨与厌恶，进而对他的痛苦幸灾乐祸。不过，虽然厌恶和仇恨妨碍我们产生怜悯之情，有时甚至使我们有意对他人的困苦感到高兴，但如果还没有发展到怨恨的地步，如果我们和我们的朋友都没有受到严重的挑衅，这些激情自然不会使我们希望为催生他的痛苦而推波助澜。虽然我们并不惧怕因引起他人痛苦而遭惩罚，但我们宁愿看到这种情况通过其他方式而发生。对于一个心怀深仇大恨的人来说，听到他所憎恶和仇恨的人因遭遇不幸而身亡，这也许是件乐事。然而，如果他的公正之心尚未完全泯灭（虽然憎恨之情颇不利美德），他本人如果正是造成不幸的原因，虽然并无故意，也会令他痛心疾首。而如果是故意而为之，对其打击的程度则会无以复加。如此图谋不轨，他恐惧得甚至连想都不敢；如果他能够想象到自己居然可以做出如此伤天害理的事情，那他怎么看待自己所厌恶的人，就怎么看待自己。但是怨恨之情则当别论：如果一个人对我们造成极大的伤害，比如说谋杀了我们的父兄，随后不久竟然死于热病，或因其他罪名被推上断头台，虽然这样会平抚我们的心头之恨，但是这并不能完全令人满意地解除怨恨之情。怨恨会激发我们产生一种欲望，即：他不仅应该受到惩罚，而且因为他对我造成了特殊的伤害，所以我渴望亲手处置他。引发怨恨者不仅应该报应不爽而悲痛至极，而且应该是因为我们从他那里所受到的特殊伤害而致使其悲痛欲绝，否则怨恨之情难以彻底消除。他必须为自己的这一行径感到悔恨和难过，以使他人会因惧怕同样的惩罚而害怕犯下同样的罪行。这种激情的自然满足，会产生惩罚的一切政治目的：既惩罚罪犯，又儆戒公众。

感激与怨恨因此就是最迅速、最直接催生报答与惩罚行动的情感。所以，对我们来讲，谁表现得应该被感激，谁就应该被报答；谁表现得应该遭怨恨，谁就应该遭惩罚。

第二章　论感激与怨恨的适当对象

成为感激或者怨恨的适当与公认的对象,这就意味着成为感激或怨恨的看上去自然而然地适当且被公认的对象。

不过和人性中其他激情一样,只有当每一位公允不阿的旁观者都充分同情它们时,当每一位不偏不倚的旁观者完全赞成它们的时候,这些激情才显得适当而被公认。

因此,如果对于某个人或者某些人来讲,一个人是自然而然的感激对象,他显然就应该得到报答,而这种感激由于引发每个人的共鸣,因此会获得赞同;反之,如果对某个人或者某些人来讲,一个人是自然而然的怨恨对象,他显然就应该受到惩罚,而这种怨恨之情,是每一个理智的人都会抱有的,因此会加以体谅。当然,如果一种行为,每个了解它的人显然都希望它得到报答,并乐见其成,对我们来说,这种行为显然就应该得到报答;反之,如果一种行为,每个人听到之后都会气愤填膺,因而乐见其受到惩罚,在我们看来,它显然就应该受到惩罚。

1. 因为同伴春风得意交好运之际,我们能体会他的快乐,因此,无论他们将交好运归结于何种原因,我们都能与他们共同分享那种踌躇满志、得意洋洋的情感。我们不仅能体会他们因此而感受到的爱与激情,而且就连我们自己也开始感受到爱意融融。如果同伴的好运毁于一旦,抑或离他太远,或者难以关注及保全的时候,虽然他除了无缘享受那见到好运的快乐之外别无损失,我们依然会因此不无遗憾。如果是某个人给他的同胞带来幸福的话,情况越发如此。我们看到一个人获得帮助、保护或安慰时,我们就会体谅到他因受惠他人而高兴,而这种体谅的效果,只是激发我们进一步体会此人对施惠者产生的感激之情。当他的快乐起源于一个人的时候,如果我们用一种受惠者看待施惠者的眼光来看待此人,他似乎就会在一种非常迷人的温馨之光下,赫然站立在我们面前。于是,我们就会体会到一位心怀谢意者的感激之情；从而赞成他因获得助益而投桃报李。我们完全能体会到作为采取报答行为出发点的那种情感，因此，这些报答对于报答对象而言，就必然显得恰如其分。

2. 同样，因为我们看到朋友遭受不幸时我们能同情他的痛苦，因此我们同样能体谅他对导致不幸的事情所怀有的憎恨与厌恶之情。因为我们发自内心地同情他的悲伤，因此就会激发一种竭尽全力去铲除不幸根源的精神。朋友遭受不幸时，我们对他怀有的怠惰消极的同情心，很容易让位于一种更充满活力的情感，具备这种情感我们就会赞同他为消除痛苦所作的努力，以及对产生痛苦的原因所怀有的憎恶之情。如果导致他遭受痛苦的是人，情况就越发如此。当我们看到一个人遭受他人压制或伤害时，我们对受害者的同情心，似乎只能促使我们去体谅他对压制者的怨恨之情。我们乐于见到他对自己的敌手发起攻击，而且渴望并准备在他为自卫做出努力，即便在一定程度上采取报复手段时，也能提供帮助。如果被伤害者竟然在争斗中丧生，我们不仅能体谅其亲朋的怨恨之情，而且也能体会到我们自己也因这名已经无法感受怨怒以及人类其他情感的死者而产生的怨恨之情。因为我们将自己置身于他的处境，因为我们自然地与其融为一体，我们就可以通过想象在某种程度上使那具在屠杀中被砍得血肉模糊的残尸得以复活，当我们以这种方式真心体谅他的情况时，我们就会像对待其他情况那样，为此感到有一种情感油然而生，虽然我们通过对他抱有的虚幻同情心可以体会到这种情感，但当事者已经无法感受到。我们为这种无法弥补的巨大损失而落下同情之泪，在我们的想象当中他显然已经体察到我们的这种表现，但这似乎只是我们对他应负的一小部分责任而已。我们认为，他所遭受的伤害需要我们将自己的关切之情主要集中在他的身上。如果在他那冰冷的、了无生机的尸体内部，依然残留可感知过去究竟发生何事的意识，在我们想象当中他就应该感受到、也会感受到一种怨恨，而这种怨恨，我们已经感觉到。我们认为他的血液在大声呼唤复仇。死者的骨灰似乎因为想到深仇大恨尚未得报而不得安息。光顾凶手睡床的恐怖，以及迷信中爬出坟墓要对导致他们死于非命的人报仇雪恨的鬼魂，所有这些都起源于对杀戮引发的怨恨所抱有的同情心。对于这种最可怕的罪行，神祇在考虑到惩罚的效力之前，就已经以这种方式，将神圣而必要的复仇法则，不可磨灭、彰明较著地烙在人们的心上。

第三章　对施惠者的行为缺乏赞许，
对受惠者的感激之情就缺少体会；
相反，对作恶者的动机缺乏责难，
对受害者的怨恨之情就缺乏体谅

然而，必须加以说明的是，行为者的行为或动机，有益也好，有害也罢，如果我可以这样说的话，在前一种情况下，若是动机不当，或如果我们不能体会到影响其行为的情感，我们对受惠者的感激之情就都无法体会；在后一种情况下，若是行为者的动机并无不当之处，或如果相反，影响其行为的情感已经得到我们当然的体谅，受害者此时此刻的怨恨之情就无法得到我们的体谅。前一种情况，少许感激之情无可指摘，后一种情况，全盘报以怨恨则有失公允。前一种行为似乎应该获得少许报答，但后一种情况则完全不该遭到惩罚。

1. 首先我要说明，如若我们对当事者的情感无法体谅，影响其行为的动机似乎不当，那么对受惠于其行为者的感激之情也不会加以体谅。把一座房产拱手送给另一个人，仅仅是因为那人的姓名恰好与自己相同，其动机显然并没有好到哪里去，却令人获益匪浅，对这种愚蠢的慷慨之举稍加报答显然恰如其分。这种奉献似乎并不需要成比例的回报。我们对当事者蠢行的蔑视妨碍我们充分体谅获益者的感激之情。他这位恩人并不值得感激。我们将自己置身于受惠者的境况时，就会感到根本想象不出会对这样一位恩人心存任何敬意，我们很容易将其排除在应该获得至高无上敬意者的行列之外,而这种至高无上的尊崇我们认为应该给予一位更值得敬重的人物;假如他对弱势朋友以善相待,以仁相处,我们也不会给予他太多的关注与敬重,我们会把这些留给更值得尊敬的人。有些君主,虽然慷慨至极,将大量财产、权势和荣耀堆积在宠儿身上,却很少能激发那些人对其产生依附之情,而那些慎于施恩者反而能够感受到这种依附之情。那位脾气好却慷慨无度的大不列颠詹姆斯一世,似乎就从来没有吸附任何人;作为堂堂的君主陛下,虽然他善于交际,和蔼可亲,然而他似乎生前死后皆是孤家寡人。但是为了他那位节俭且杰出的儿子的功业,英国全部的王公贵族丝毫不介意他那冷漠严肃的脾气,抛财舍命也毫不迟疑。

    2. 其次我要说明,由于当事者的动机和情感得到我们的谅解,因此,无论他们的行动受这种动机和情感所驱使而向哪个方向发展,我们都不会体谅受害者的怨恨之情,不管别人对他做出多么大的伤害。当两个人发生争斗时,如果我们参与其中,充分体谅其中一方的怨恨之情,我们就不可能再体谅另一方。如果一个人的动机为我们所体谅,我们就会认为他是正确的一方,因而会同情他,而这种同情只能使我们认为另一个人是错误的一方,因而很难同情他。因此,无论后者可能会受到什么样的伤害,只要不超过我们希望他们所遭受的伤害,只要不超过我们为自己颇具同情心的义愤所驱使而施加给他的痛苦,就既不可能令我们心生不快,也不能令我们怒火中烧。当一名毫无人性的凶手被推上断头台时,虽然我们为他们的痛苦而生恻隐之心,但如果他竟然会荒唐到与原告和法官作对,我们就不会体谅他的怨恨之情。人们对一名如此卑鄙凶恶的罪犯心怀义愤的自然倾向,对他来讲的确是最致命的毁灭性打击。但是,当我们设身处地地思考问题,并因此而不可避免地表现某种情感的倾向时,是不可能对这种倾向心生不快的。

第四章　前几章扼要重述

1. 如果一个人交好运是因为另外一个人，这个人就会对他心生感激，但是仅仅因为这一点，我们还无法体谅前者的感激之情，除非后者成为他交好运的原因是出于我们能够完全体谅的动机。我们必须真心地接受施惠者的原则，只有先体谅影响施惠者行为的所有情感，才能完全体谅从其行为中获益的受惠者对其产生的感激之情。如果施惠者行为中显出不妥之处，无论这种行为多么有益，也似乎并不需要，或者说必定需要任何相应的回报。

但是，当作为行为出发点的适当情感与行为的慈善倾向一致的时候，当我们完全体谅和赞同施惠者的动机时，我们对他怀有的爱，就会提升和加强我们对受惠于善行者的感激之情的同情。如果我可以这样说的话，他的行为似乎需要为适当的回报而大声疾呼。当我们完全体谅和赞同那种促成报答行为的情感时，施惠者似乎就是报答的适当对象。当我们赞同和体谅促成行为的情感时，我们就必然会赞同他的行为，并将这种行为的接受者看成是恰如其分的对象。

2. 同样，我们也不能仅仅因为一个人是另一个人不幸的原因，就完全体谅后者对前者的怨恨之情，除非令他遭遇不幸是出于我们所不能体谅的动机。我们能够理解受害者怨恨之情的前提是，我们必须不赞成施为者的行为动机，必须感觉到我们从内心中拒绝对影响他行为的情感表示同情。如果这些情感显然并无不妥，那么出于这些情感而对受害者采取的行动无论有多么致命的倾向，也不应该受到任何惩罚，或者成为发泄怨恨的适当目标。

但是，当不恰当的情感和有害的行为达成一致的时候，当我们对施为的动机从内心厌恶地拒绝表示谅解时，我们就会充分地体谅受害者的怨恨之情。如果我可以这样说的话，这样的行动似乎就在吁求相应的惩罚；

我们就会充分体谅,进而赞同那种促成惩罚的怨恨。当我们充分体谅,因而赞同促成惩罚行动的那种情感时,罪犯因而就显然是惩罚的适当对象。也是在这种情况下,当我们赞同并体谅促成行为的情感时,我们也就必然会赞同其行为,并把那个惩罚行为的接受者看成是惩罚的适当对象。

第五章　对功过意识的分析

1. 因为我们对行为适当性的感觉,起源于我所说的对行为者情感和动机的直接同情,因此,如果我可以这样说的话,我们对其功德的感觉,就起源于对受惠者感激之情的非直接同情。

因为如果我们事先不能赞同施惠者的动机,我们就的确不能充分体谅受惠者的感激之情。正是因为如此,对功德的感觉似乎就是一种由两类独特情绪构成的复杂情感:对行为者情感的直接同情,和对受惠者感激之情的非直接同情。

我们对一种特定性格或行为的优劣都会有感觉,在许多不同的情况下,我们都能一清二楚地分辨出那两种与我们这一感觉互相交织融合的情感。当我们阅读有关仁慈高尚的思想行动史料时,我们是多么热切地理解编纂史料的意图啊!而其中那些慷慨至极的高尚美德又是多么深深地感染我们啊!对他们的成功我们是多么渴望!对他们的失望又是多么的悲伤!在想象中,我们已经成为那个行为者:在幻想中,我们将自己转而置身于那些久远的、已被忘却的冒险经历的场景中,想象着我们自己扮演着一位西庇阿或卡米卢斯,一位提莫莱昂或阿里斯提德斯。我们的情感正是如此这般地建立在直接同情行为者的基础上。当然对于受惠于这些行为的人,我们所表现的间接同情也并非不能明显地感觉到。每当我们设身处地地思考受惠者的境况时,我们都会以何等的热情去体会他们对施惠者的感激之情。我们也都会像他们一样去拥抱他们的恩人。我们就会由衷地体会到他们那种极其强烈的感激之情。我们认为,他对施惠者无论给予多么巨大的荣誉、多么丰厚的回报都不为过。当他们对施惠者的好处给予这种恰当的回报时，我们就会由衷地赞成他们、支持他们；然而，如果他们对施惠者缺乏感恩的举动，我们就会感到震惊不已。简而言之，我们对这种行为表现出的美德，对施惠者应得的适当报答，对当事者感到的快乐，对所有这些的感觉，都来自对感激和爱的认同，有了这种认同，我们就会在设身处地思考当事者的境况时，体会到我们自己对那位乐善好施的人也会油然而激情迸发。

2. 同样，我们感觉某种行为不当，是由于缺乏同情，或者说由于对当事者的情感和动机缺乏直接反感，所以我们对其缺点的感觉，正如我在这里要说的，是来源于对受害者怨恨之情的间接同情。

因为，除非我们从内心中原本就不赞成当事者的动机，并拒绝加以体谅，否则，我们就的确不能体谅受害者的怨恨之情；正是由于这个原因，对过错的感觉，以及对功德的感觉，似乎就是一种复合型的情感，由两种不同的情感构成：一是对当事者情感的直接反感，二是对受害者怨恨之情的间接同情。

这里我们也可以针对许多不同的情况，明确地将上述两种不同的情感加以区分，而那两种情感是与我们对某种品质或行为应遭恶报所产生的感觉相互交融混杂的。当我们阅读与博尔吉亚或尼禄背信弃义及残酷暴戾相关的史料时，就会对那些影响他们行为的可恶情感心生厌恶，并因恐惧与憎恶而对这种卑鄙的动机拒不体谅。就此说来，我们的情感就是建立在对当事者情感的直接反感之上：对受害者怨恨的间接同情会更加明显地被感觉到。当我们深切地体会到遭恶人污辱、谋杀或背叛的境况时，我们对世间这种目空一切、毫无人性的压迫者还有什么义愤感觉不到呢？我们对无辜受害者难免的悲伤表示出的同情，与对他们公正自然的怨恨的体谅一样，同等真诚与鲜明：前一种情感只会加剧后一种情感，想到他们的困境，只会激起我们对造成这种困境者的憎恶。当我们想到受害者的痛苦时，我们就会更加迫切地想同他们一起反对他们的压迫者；就会更加热切地赞同他们的复仇意愿,通过想象,我们感到自己每时每刻都在对这些违背社会法规的人加以惩罚,我们颇具同情心的义愤告诉我们自己,这些惩罚对他们来说是罪有应得。我们对那种可怕的卑鄙行径的感觉,我们听到这种行径遭到应有惩罚时的快乐,以及听到这种行径逃避了报复时所感到的义愤,简而言之,我们对其全部罪行的感觉,对罪行遭到恰如其分报复的感觉,对轮到他悲伤的感觉,所有这些感觉,都来源于饱含同情的义愤,而这种义愤是在旁观者认识到受害者具体情况时自然而然地引起的。

第二篇　论正义和仁慈

第一章　两种美德的比较

出于正当动机而带有仁慈倾向的行为显然需要得到回报,因为只有这样的行为才是公认的感激目标,或者说才能够促使旁观者产生同情的感激之情。

出于不正当动机而带有伤害倾向的行为显然应该遭到惩罚,因为只有这样的行为才是公认的怨恨目标,或者说才能够促使旁观者产生备受认同的怨恨之情。

仁慈永远不受制约,可遇而不可强求,仅仅缺乏仁慈并不应该受到惩罚,因为这并不会导致真正意义上的罪恶。缺乏仁慈可能令人对本可期待的好事感到失望,这当然也在意料之中,正因为如此,这也可能会顺理成章地导致厌恶和失望:然而这并不能激发令人共鸣的怨恨之情。如果一个人不报答自己的恩人,在恩人需要帮助、而他也有权提供的时候却袖手旁观,此人无疑会因这种知恩不报的黑心劣迹而获罪匪浅。对这种自私的动机,每个公允的旁观者都会发自内心地拒不加以体谅,他因此就是最令人失望的对象。然而即便如此,他依然还没有真正伤及任何人。他只是没有去做本该做到的好事。因此他只是憎恶的目标,并非怨恨的目标,憎恶是一种由情感和行为失当自然引发的激情,而怨恨则是一种永远只会被切实伤及他人的行为所引发的激情。于是他这种知恩不报的行径便不会受到惩罚。强迫他去做心存感激时应该做的事,去做每一个公允的旁观者所赞同的事,即便可能,也依然不比他拒不回报的行为恰当多少。如果其恩人想通过暴力迫使他表示感激,就会使自己脸面尽失,而对于任何一个地位并不比这二者优越的第三者来说,意欲介入此事也是不恰当的。在所有源于仁慈之心而承担的责任中,感激之情要求我们承担的责任几近完美纯粹。不过与感激之情相比,友情、慷慨、宽容激励我们做出那些备受认可的事情,显得愈发不受制约,愈发不必以力相逼。我们经常谈及感激之情,并不提及慈善之恩、慷慨之恩,乃至友情之恩,即便这种友情仅仅是尊敬,并非因为受惠他人而心生感激,进而变得更加真挚和复杂的那种。

怨恨似乎是天性赋予我们以供自卫,而且仅仅供自卫之用的工具。它是无辜者公正及安全的保障。它激励我们化解针对我们自己的伤害,并且回敬已经产生的伤害,以便使伤害我们的人为其不义之举而扪心自愧,使另外一些人因对自己类似的劣迹问心有愧而顿生畏惧。仅为诸般目的,怨恨之情才必须得以保持,如若迁恨他人,旁观者绝然不会谅解。然而,仅仅缺乏仁慈之心,虽然会令我们对本来可以合情合理地加以期盼的美好东西感到失望,但无论是否有意,都不会造成任何令我们采取自卫措施的伤害。

但是还有另外一种美德,对其遵奉与否并不取决于我们自己的意愿,有时需要强迫,而一旦违背它就要招致怨恨,乃至惩罚。这种美德就是正义:违背正义就是伤害;因为出于并非令人赞同的动机,的确会对某些人造成真正的、实在的伤害。因此,这种伤害就是怨恨以及由此必然招致的惩罚的恰当目标。对于不公导致的伤害,人们都会体谅并赞成以暴力手段相回敬,因此,对于旨在预防和消除伤害,以及防止歹人伤害邻居所采取的暴力手段,人们就越发体谅和赞同。做出不义之举的人自己对此非常清楚,而且会感觉到这种暴力手段会被他要加害的人,以及另外一些人运用得恰到好处,而这另外一些人,阻挠他实施犯罪,或在他实施犯罪后对其加以惩罚。公正和其他所有社会公德之间的明显区别就是建立在这一基础之上的,而这一观点近来尤其被一位伟大的天才作家所坚持,他认为:我们都会感觉到自己秉公办事,要比出于友情、宽容和慷慨办事受到更严格的约束;将后面提及的这些品质落实到行动中,从某种程度看似乎取决于我们自己的选择,但是,很奇怪,我们会感觉自己总是以某种方式与秉持公正紧密相连,无时无刻不受制于此。也就是说,我们感觉强制力可以在恰到好处以及被所有人认可的情况下,迫使我们坚持一些清规,却摒弃另外一些戒律。

但是我们应该经常仔细地区别哪些是责备或谴责的恰当对象,哪些则是应该借助于外力加以惩罚或制止的。那些看上去应该加以责备的对象,都不具备经验告诉我们可以指望每个人都能做到的那些一般程度的善行;相反,那些看来超越一般程度的行为都值得赞扬。一般程度的善行本身似乎既不应受责备,也不应受赞扬。一位父亲、一个儿子、一名弟兄,如果他们的行为与其关系相称,与大多数人的普遍行为相比,既无过之,亦无不及,那似乎就是既不应该受到责备,也不值得赞扬。如果一个人以那些虽然不乏恰当或合适的善意,却非同一般或超乎意料的行为令我们感到吃惊,或相反,以那些既非同寻常又出人意表,更恶劣得出格的行为令我们感到吃惊,那么在前一种情况下似乎就应该受到赞扬,而在后一种情况下则应该受到责备。

然而,即使是最一般程度的慈善行为,在同等人中间也是不能以力强求的。在同等人中间,每个人自然地,而且早在公民政府机构成立之前,就被认为有权保护自己免受伤害,有权惩罚伤害自己的人。在他这样做的时候,每一位宽宏大量的旁观者不仅会赞成他的行为,并且会出于深切的同情而经常乐于向他伸出援手。当一个人或攻击,或抢劫,或有意谋杀某人的时候,所有的邻居都会惊恐万状,并认为跑去为被伤害者报仇,或保护有被伤害危险的人是正确的。但是，当一位父亲对儿子没有表现出一般程度的父爱时；当一个儿子对父亲似乎缺乏那种人们可期待的孝心时；当兄弟之间缺乏一般程度的手足之情时；当一个人在易如反掌的情况下拒不表现怜悯之心，拒不为消除同伴痛苦出力时；在所有这些情况下，虽然每个人都会谴责这种行为，但没有人能够认为，那些也许有理由期待更多善行的人有权以强力相逼，让那个人做出善行。受害者只可以抱怨，而旁观者则只能借助于建议和劝说的方式去调解。在所有这些场合，地位相同的人借助强力去反对他，都会被认为是极度傲慢无礼和专横跋扈。

一位长官有时的确可以在得到普遍公认的情况下，责成属下彼此之间得体行事。所有文明国家的法律都要求父母抚养子女，子女赡养父母，并强制人们承担许多其他与慈善相关的责任。民政官不仅被赋予制止不公以维持社会安定的权力，而且被赋予通过建立良好纪律，以及制止各种邪恶与不轨行为来促进国家繁荣昌盛的权力；因此他可以制定法规，不仅禁止国民之间彼此伤害，而且要求在一定程度上互相帮助。当君主要求做出那些无关宏旨的事情，以及在他下令之前如若漠然置之也不会受到责备的事情，如果违抗他，那就不仅应该受到责备，而且还应受到惩罚。当他要求做出在他下令之前如若漠然置之就会受到严厉指责的事情时，如果违抗他那自然就会变得更应受到惩罚。然而，在一位立法者的全部职责中，最重要的也许就是在执行法规时必须以极端精细、极端谨慎的态度做出恰当判断。如果全然忽视法规，就会天下大乱，无法无天，最终使自由、安全与公正毁于一旦。

虽然仅仅缺乏仁慈之心似乎不应受到同胞们的惩罚，但尽力表现这种美德显然应该赢得最高的回报。因为做出最伟大的善举，他们就是最强烈的感激之情自然而值得称赞的对象。反之，虽然违背正义要受到惩罚，但是遵奉正义的准则却似乎并不足以得到任何回报。毫无疑问，秉公办事过程中存在一种适度，正是如此，这种适度就应该得到本该属于适度的一切认同。然而，因为那并非实实在在的善举，所以它几乎不值得感激。在大多数情况下，单纯的正义不过是一种消极的美德，它仅仅能够阻止我们去伤害邻人。一个人如果只是勉强地克制自己不去侵犯邻人的人身、财产或名声，他所具备的正面优点就一定微乎其微。然而，他却遵奉被称为正义的一切准则，而且去做与其地位相当者以适度强力迫使他去做的，或者不做就惩罚他的每一件事。我们经常可以通过袖手旁观、无所事事来遵奉一切准则。

正如每个人都会做的那样，以其人之道还治其人之身，报复似乎是造物主指令我们要秉持的伟大准则。我们认为，仁慈和慷慨应该向仁慈和慷慨者表示。那些心扉永闭、不知仁慈为何物的人，我们认为应该以牙还牙，将他们拒之于同伴关爱之情的大门外，让他们生活在酷似广袤无垠、乏人问津的荒漠一般的社会环境中。违背正义准则的人，应该让他们感觉到自己曾对他人为非作歹；既然看到自己同胞所遭受的苦难都无法限制他的行为，他就应该在自我畏惧的作用下变得有所畏惧。一个人只有清白无辜，顾及他人而遵从正义的准则，防止自己对邻人造成伤害，反过来邻人才会尊重他的清白无辜，才能对他严格遵从相同准则。

第二章　论正义感、悔恨感，兼论功德意识

除因他人对我们做恶而激发我们的义愤之外，我们既没有为人所体谅的任何适当理由去伤害自己的邻人，也没有为人所理解的任何动因去对他人作恶。妨碍他人的幸福，仅仅是因为他阻挡我们的去路；把那些对他有实际用处的东西据为己有，仅仅是因为那些东西对我们来说可能具有相同的或更多的用处；同样，以牺牲他人为代价，做出每个人都会为使自己的幸福超过他人而做出的自然选择，所有这些都不是公允的旁观者所能赞同的。毫无疑问，出于天性，每个人考虑的首要问题都是自己所关心的；因为与关心他人相比，他更适于关心自己，所以他如果这样做也是适当的、正确的，其实本来就该如此。因此，与那些关系到他人的事情相

比,每个人最深切关注的就是与他本人有直接关系的事情:听到另外一个或许与我们并无特殊关联者的死讯,虽然也会引起我们的关注,也会使我们食不甘味,但与我们遭受的灾难,即便是一场无关宏旨的小灾小难相比,也都是小巫见大巫。不过,虽然邻居的破产对我们的影响要比我们自己所遭的小小不幸影响小得多,但我们也决不能以他的破产来避免我们的小小不幸,甚至更不能以他的破产来避免我们自己的破产。这里我们必须像在其他情况下一样,应该以我们自然看待他人的眼光来看待自己,而不是以自然看待自己的眼光来看待自己。虽然谚语有云,每个人对自己来说都可能是整个世界,但对他人来说,每个人只是他人世界的沧海一粟。虽然他自己的幸福对他来说可能比什么都更为重要,但是对于他人,却无足轻重。每个人自然都把自己看得重于他人,虽然这可能是真的,但他却不敢正视他人,更不敢公然承认自己就是根据这一原则行事。他感觉到他人对自己这种处世的选择并不能认同,无论这样做对他来说是多么自然,但是对他人来说这永远太过分、太夸张。他以一种能够清醒认识到他人也在观察自己的眼光审视自己的时候,就会看到,对于他人来说,他不过是芸芸众生中的一员,无论在哪方面都不比他人强。如果他愿意通过自己的行动使公允的旁观者赞同他的处事原则(这当然是他求之不得的事情),他就应该像在其他情况下一样,抛弃傲慢的自恋,放下身段,低调行事,以赢得他人的赞同。这样,人们就会赞赏他的行为,允许他深切地关注并孜孜不倦地去追求自己的幸福。于是,当人们设身处地地看待他时,就会乐于赞同他。在名利地位的竞争大赛中,他就能阔步疾驰,使出浑身解数,以便超越所有的竞争者。然而一旦他战胜对手,或甚至将对手打翻在地,旁观者所沉迷的好戏也就收场了。这是一种他们所不能接受的对公正的亵渎。被击倒者在各方面都与他相差无几:他们已不再体谅他那种爱自己甚于爱他人的自恋情结,也不再能赞同他那种伤害他人的动机。于是,他们就转而同情受害者心中自然产生的怨恨,伤害者现在变成他们仇恨和义愤的目标。他也会认识到这种情况,并感到人们的那些情感随时都会爆发,从四面八方朝他袭来。

那些情感引发的恶果越严重、越无法弥补,受害者的怨恨之情自然会越发强烈;旁观者同情的义愤,以及当事者的愧疚感亦复如此。一个人做的最大坏事莫过于造成他人死亡,死亡会在与死者直接相关的人中间激发最强烈的义愤。因此无论在一般人,还是在实施犯罪者的心目中,在所有只对个人造成伤害的罪行中,最凶残者莫过于谋杀。与令人对期盼感到失望相比,剥夺他人财物是重罪。属于剥夺财物之类的破坏财产、盗窃与抢劫,与属于令人失望之类的违背合约相比,前者是重罪。维护正义的法规最神圣,一旦被违背就会引发报复和惩罚,而这些也正是保护我们自己生命以及邻人的法规;保护财产的法规仅次于前者;最后就是维护所谓的个人权利,或者基于他人的承诺而应得的东西。

违背正义这一至为神圣法规的人,从来不把别人对他的情感放在心上,因此根本感觉不到耻辱、恐怖或惊愕造成的痛苦。然而其激情一旦得以满足,他对自己以往的所作所为便会冷静下来,因而对影响自己行为的各种动机便再也不会原谅。这些动机现在对他就如同对其他人一样,似乎已经变得可憎可恶。由于认同别人对他必定怀有的仇恨与憎恶,从某种程度讲,他现在已经变成自我仇恨和憎恶的对象。由于他的劣迹而大吃其苦者的情形,现在已经引发他的怜悯之心。一想到这件事他就悲痛不已;并为自己行为产生的不愉快后果感到悔恨,与此同时还感觉它们已经把他变成人们怨恨和义愤的适当目标,变成承担怨恨、报复和惩罚的自然后果的不二人选。这种念头总对他纠缠不休,令他惊恐万状。他不敢直面社会,认为自己似乎已被抛弃,为所有人类情感所不容。他不能指望从人们对他极度可怕的痛苦所表示的同情中得到慰藉。对他罪行的记忆,使朋友无法对他从内心中产生同情。他最怕的就是朋友对他怀有的情感。每件事似乎都充满敌意,他恨不能飞到没有敌意的荒漠去,在那里他可能永远也不会再看到任何人的脸,更不会从人们的脸上看到对他罪行的谴责。然而与世隔绝比社会更可怕。他自己的思想给他带来的只能是黑暗、不幸与灾难，以及充满难以理解的痛苦与毁灭的不祥之兆。与世隔绝的恐惧又驱使他返回社会，重新回归到人间，背负耻辱、惊惧万分、令人吃惊地出现在人们面前，以便从那些他明知已对他做出一致判决的法官那里得到鼓励，并乞求些许保护。这就是那种情感的本性，可适当地称之为悔恨；这就是所有那些可怕得令人刻骨铭心的情感的本性。其组成元素包括：因感到自己以往行为不当而产生的耻辱；因自己不当行为的后果而感到的悲伤；对深受其害者的同情；对惩罚的畏惧和惊恐，他意识到自己的劣迹已经激起理性者正当的怨恨之情。

相反的行为自然激发相反的情感。一个人如果不是出于轻浮的空想，而是出于恰当的动机，曾经做出过慷慨的行动，当他对自己的服务对象有所期待时，他就会感到自己一定是他们爱戴和感激的自然目标，而借助于对他们的同情，也会成为所有人敬重和认可的自然对象。当他回顾自己的行为动机，并以公允的旁观者的眼光来观察它时，他就依然会继续认可它，而且会因为与这一假设公允的法官相认同而自得。以这两种观点来看，他自己的行为对于他自己，似乎从各方面看都令人满意。基于这种想法，他就会不胜喜悦、宁心静气、从容不迫。他就会与所有人情深意笃、和睦相处，就会信心百倍、心满意足地去看待他的伙伴，就会确信他已将自己变成最值得他们善待的对象。而对功德，或实至名归的报答的意识，正是基于所有这些情感的结合。

第三章　论如此天性构成的作用

于是，只能在社会中存在的人，在天性的作用之下便适于自己所生长的环境。人类社会的所有成员都需要互相帮助，而同样也都在彼此伤害。彼此之间必要的帮助在爱情、感激、友谊和尊重中得以满足时，社会就繁荣昌盛，人们就幸福美满。所有不同的社会成员都被愉快的爱与情之纽带紧紧联结在一起，似乎被引向一个共同的互利中心。

但是，尽管必要的帮助未必来源于慷慨无私的动机，尽管在不同的社会成员中间未必存在彼此的爱与情，尽管这个社会并不太令人幸福快乐，却并非一定会解体。凭借人们对社会之作用的认识，社会可以在缺乏彼此的爱或情的情况下，像在不同的商人之间那样，存在于不同的人们中间；在这个社会上，虽然谁都不一定承担义务，也并非一定要对他人心存感念，但是出于一种彼此认可的价值观，在互利互惠的原则下，社会依然可以继续维持下去。

然而社会不能存在于总想互相伤害的人们之中。在伤害开始的那一时刻，在相互怨恨憎恶发生的那一时刻，连接社会的所有纽带就会被扯得粉碎，构成社会的不同成员，就会在其不协调情感的强烈对抗之下分崩离析。如果在劫匪和凶手中也存在社会，根据一般的见解，他们至少必须不再互相抢劫和杀戮。因此，仁慈对社会存在的必要性，比正义略逊一筹。在一种缺乏仁慈、并不十分愉快的状况下，社会依然可以存在；然而邪恶当道，必定会将社会彻底毁灭。

因此，虽然造物主会以人们对获得回报产生的愉快意识为手段，规劝人类慈悲为怀多行善举，然而他从来不认为在行善被忽视时，必须利用人们对惩罚的恐惧来监督和强迫人们去那样做。行善并不是支撑建筑物的基础，只是装饰建筑物的饰品，规劝足矣，绝不能强加于人。相反，正义就是支撑整座大厦的主要支柱。如果它被撤掉，人类社会赖以存在的宏伟结构必定会在顷刻之间化作齑粉。而这一起着支撑作用的结构，如果我们可以这样说的话，它在这个世界上，一直都是造物主加以特殊眷顾的。因此，为了迫使人们秉持正义，造物主便将那种功罪意识以及那种对劣迹必遭惩罚的恐惧，作为促成人类团结的保障而植入人们心中，以便保护弱者，钳制强者，惩罚恶者。同情心虽然与生俱来，但是与人们为自己而体会到的同情心相比，为那些与自己毫无特殊关系者而体会到的却微乎其微；一个仅仅是自己同伴的人，他所遭受的不幸，与自己哪怕是些许的便利相比，简直无关痛痒；人们完全能够在自己的权限之内，为众多的诱惑所驱使而伤害他,如果这一正义的原则不能在他们内心树立起保护他的屏障,如果不能震慑他们尊重无辜者,他们就会像野兽一样朝他扑过去,如果这样,一个人与他们为伍就如同落入狮穴。

在这个世界上,我们到处都能看到各种手段一定会被精巧地调整到与人们预期目标相一致的程度;我们都会惊叹,动植物的机体,都是为着两大自然目标而被精确设计出来的,即:维持个体,繁衍物种。然而我们依旧能够在这些以及所有这类对象上,将效果因从它们的运动或结构的终极因中分辨出来。食物消化、血液循环、体液分泌,无一不是为达到维持动物生命之伟大目标所必需的运作。但是我们从来没有像以效果说明这些运作那样以目标来说明它们,也从不认为血液循环和食物消化的过程都是按照各自预期目标进行的。时钟的齿轮都经过精妙的校准,以符合显示时间这一最终目标。各种运动都为产生这种效果而精心设计。如果它们被赋予一种预期的目标,最终效果并不会更佳。但是我们并没有将这些愿望和意图赋予齿轮,而是赋予给钟表匠,我们知道钟表只是以一根发条启动,但是发条和齿轮一样,并无任何要产生效果的意图。在说明机体作用时,我们从来都是以这种方式将效果因和终极因区别开,但是在说明思想活动时,我们却极易将这两种不同的东西混淆起来。当我们被自然法则驱使朝纯明的理性所指引的目标前进时,我们很容易把我们促进这些目标的情感和行动归因于那种理性,归因于它们的效果因,而且会认为所有这些都出于人的智慧,其实那只是上帝的智慧。肤浅地看,这种原因似乎足以产生那种效果;当人性体系所具备的不同运用以这种方式从单一原则中被推断出来时,它就显得更加简单和令人愉快。

正如在那些不能克制互相伤害的人们中间,社会交往无法进行一样,如果正义法则不能被较好地遵守,社会就不能存在;人们一直认为,对正义之必要性的考虑,是我们赞同正义法则以惩戒违法者的形式加以执行的基础。据说对社会之爱是与生俱来,人皆有之。人人都希望整个人类为其自身利益而维护团结,虽然他本人从中得不到任何好处。社会的繁荣安定对他是件乐事，对此他乐见其成。相反，他最讨厌的事莫过于天下大乱，发生这种情况的任何倾向都令他心生烦恼。他也意识到，他自己的利益是和社会繁荣紧密相连的，维持他的幸福，或者说维持他的存在，要取决于对社会繁荣的维持。因此，有各种理由使他对任何可导致社会毁灭的东西嫉恶如仇，他乐于采取各种可以阻止任何可怕又可憎事件的手段；而不义之举必定导致社会的毁灭。于是，各种不义之举的出现都令他惊恐万状，如果我可以这样说的话，他会飞驰前往，去制止那些如若允许存在就会葬送他珍视之物的事情。如果他不能利用温和公正的手段，那就必须凭借暴力手段遏制这些事情，无论如何也必须制止其进一步发展下去。因此，正如人们所说，他经常赞同强力实施正义法，即便以对违法者实施极刑为手段来实施公正，他也在所不辞。扰乱社会安定者于是就会从这个世界被铲除，而别人则会诚惶诚恐，深怕步其后尘。

这就是我们通常对赞同惩罚不义之举的解释。这毫无疑问是真实的，因此我们才会经常以维持社会秩序的必要性来确认惩罚不义之举的适当性。罪犯即将因正义的惩罚而大吃其苦时，人们自然的义愤就告诉他那纯属罪有应得；由于对即将到来的惩罚心生恐惧，他那种趾高气扬的气焰就会不攻自灭；由于宽宥和仁慈开始产生怜悯之心，他已经不再是人们恐惧的目标。一想到他即将受苦，因为他给别人造成痛苦所引发的怨恨就会被消除。他们都倾向于原谅他，甚至会设法使他免于惩罚，其实在冷静的时刻，他们一直认为这种惩罚是他所犯罪行的应得报应。因此他们有时会求助于对社会总体利益的考虑。他们就会以一种更加大度而全面的人性去平衡那种懦弱片面的人性所引起的怜悯冲动。他们认为对罪行的怜悯就是对无辜者的残忍，这不仅违背对某一具体人所怀有的怜悯之情，也违背对全人类所怀有的更加强烈的同情之心。

对于一般的正义法则，有时我们也会考虑到它们在维持社会存在方面的必要性，因而有理由去维护其正当性并加以执行。我们经常听到年轻人和放任无羁的人，在嘲笑最圣洁的道德法则的同时，或出于道德腐败,但更多的时候则是出于虚荣心,而信誓旦旦地表示要秉持那些最臭名昭著的行动格言。我们为此义愤填膺,迫切要求揭发批判这类可憎的信条。但是,虽然令我们对其怒火中烧的本是他们内在的可恶可憎,我们依然既不愿将这些看成是我们谴责他们的唯一原因,也不愿妄称之所以如此仅仅是因为我们自己仇恨他们、憎恶他们。我们认为个中原因似乎不太确定。然而,如果我们之所以仇恨和憎恶他们是因为他们是仇恨和憎恶的自然而适当的对象,那为何不太确定呢?但是,当我们被问及为何不以这种或那种方式采取行动时,在提问者来说这个问题似乎假定,这一行为方式显然不是因为自身的缘故而成为那些情感自然而适当的对象。因此,我们必须向他们说明,仅仅是因为其他缘故,才会出现这种情况。有鉴于此,我们一般就会另寻原因,而我们首先考虑的原因就是这些做法的普遍流行将导致社会动荡无序。所以我们总是能成功地坚持这种论点。

虽然一般来说,不必费力加以辨认就能看出这些恣肆放纵的行为给社会安康幸福带来的破坏倾向,但是最初激励我们反对上述行为的却很少出于这种考虑。所有的人,无论多么愚蠢,多么没有头脑,也都憎恶虚假、背叛和不公,并乐于见到这些行为受到惩罚。但是,无论正义对社会存在的必要性多么显而易见,考虑到这一点的人毕竟凤毛麟角。

我们最初对惩罚侵犯个人的犯罪行为感兴趣,并非出于维护社会的考虑,许多明显的理由都可以证实这一点。我们对个人命运和幸福的关心,在一般情况下,并非来自我们对社会命运和幸福的关心。我们关心一个人的生死存亡,既非因为他是社会的一分子或一部分,也非因为我们应该关心社会的生死存亡,同样,我们对损失一枚畿尼的关心,既不是因为这枚畿尼是一千畿尼的一部分,也不是因为我们应该关心全部的金额。在这两种情况下,我们的关心都不是源于对大众群体的关心;然而在这两种情况下,我们对大众群体的关心都是由我们对构成大众群体的不同个人所表示的具体关心合成或构成的。因为当我们有一小笔钱财被人以不当手段拿走时,可能会就这笔损失提起诉讼,但与其说是考虑这笔具体的损失,倒不如说是考虑维护自己的全部财产;所以当一个人受到伤害,或遭灭顶之灾时,我们就会要求对加害于他的恶行做出惩罚,而这也是出于两种关心,一是社会的总体利益,二是具体的受害个体,然而相比之下,对后者的关心要甚于前者。但必须说明,这种关心并非一定包含任何程度的微妙情感,而这些微妙情感被人们称之为博爱、尊崇、爱慕,并借以区别亲朋密友和泛泛之交。这里所需要的关心现在只不过是一种通常的体谅之情,而我们对每个人都会仅仅因为他是我们的同类而产生这种情感。即便一个非常讨厌的人,当他受到自己未曾挑衅过的人伤害时,我们甚至会同情他为此产生的怨恨之情。我们对他以往的品格和行为并不认可,但在这种情况下,这丝毫不会妨碍我们对他油然而生的愤慨表示同情;虽然那些并不十分公允,或不习惯以一般法规矫正和调节自己自然情感的人,很容易给这种同情泼冷水。

在一些情况下,我们对惩罚的实施或赞同的确仅仅从社会总体利益的角度出发,我们认为如果不这样做,社会的整体利益就不能得到保障。因破坏社会治安或违反军规而遭受的惩罚都属于这类。这种罪行不会立即或直接伤害任何个人;然而其长远的后果,就确实会,或可能在社会上引起相当大的麻烦,或天下大乱。比如一名在岗上睡大觉的哨兵就会依照战争法被处死,因为这种疏失可能危及全军。在很多场合,这种严厉显然十分必要,也正是因为这个理由,它才是正当适宜的。当维护一个个体与一个整体的安全相互矛盾时,最公正的做法就是择众弃寡。然而,这种惩罚无论多么必要,总显得过分严厉。罪行本来的残暴程度似乎微乎其微,而惩罚却显得过重,致令我们对此于心不忍。虽说这种疏失显然应该受到谴责,但想到这种罪行时却并非能自然激发任何怨恨,以促使我们采取如此恐怖的报复手段。一个心地慈善的人,必须振作精神、做出努力、下定决心才能亲手实行惩罚,或赞成别人实施惩罚。然而对一个残忍的凶手或杀父弑母者遭到的公正惩罚,他并不会以这种方式看待。在这种情况下,他会满怀热情,甚至激情四溢地赞扬这种似乎是因其令人憎恶的罪行而招致的报复,而如果由于某种偶然的原因这些罪行恰好逃避了惩罚,他会怒火中烧、极度失望。旁观者用以观察那些不同惩罚的不同情感证明,他对其中一种惩罚的认可和对另一种惩罚的认可,远非建立在相同原则基础之上。他把那名哨兵看作不幸的受害者,这名哨兵确实必须而且应该为战友的安全而被处死,然而即便如此,在内心中,他将依然乐于拯救他;他只为众人的利益与此相悖而感到遗憾。但是,凶手万一逃避了惩罚,这将激起他的极大义愤,他会呼唤神灵在另外那个世界报复那种因人间的不公而疏于惩罚的罪行。

值得注意的是:我们根本不会认为,仅仅出于社会秩序的原因,不义之举就应该在今生遭受惩罚,否则社会秩序就不能得以维持;造物主教导我们去希望,而宗教则像我们想象的那样允许我们去期待,这种不义之举即使在来世也将遭到惩罚。我们对恶劣品行产生的感觉,如果我可以这样说的话,会将惩罚一事进行到底,即便人死入土也不放过,虽然惩罚的先例对于其他人并不能起到杀一儆百的作用,使这些没有看到也不知道这种惩罚的人不致犯下同样的罪行。然而我们认为,正义之神依然不可或缺,因为他会使虐待孤儿寡母的不义之徒在来世遭到报应,而这些孤儿寡母经常因为恶无恶报而大受其辱。因此在每一种宗教,每一种为世人所拥有的迷信中,都有一座地狱和一处天堂,前者为惩恶,后者为扬善。

第三篇　就行为的功过，
论命运对人类情感的影响

无论什么行为受到怎样的赞扬或招致怎样的责备，都是针对以下三点而言的：首先针对的是作为行为出发点的内心意愿或情感；其次针对的是这种情感引发的身体外部行为或动作；第三针对这种行为导致的好坏结果。这三个不同方面就构成了行为的全部性质和情况，同时也必定是行为所具有的品质之基础。

上述三种情形的最后两种不能作为赞扬和责备的基础，这已经有很多证据可以证明；没有人对此持反对意见。人体的外部行为或动作在最清白或最值得责备的行为中往往是相同的。一个开枪打鸟的人，和一个开枪打人的人，二者都做出相同的外部动作，即：两人都要扣动一支枪的扳机。实际上任何一种行为所引发的后果，如果可能的话，与人体外部动作相比，甚至越发显得与赞扬或责备无关。因为后果取决于命运而非行为者，所以也就不能成为任何以行动者的性格及行为为对象的情感的适当基础。

当事者可为之负责，或可因此而被认可或不认可的唯一后果，就是那些与这样或那样愿望相一致的后果，或至少是那些能表现出令人由衷地感到愉快或不愉快的品质之后果。任何行为都可能会遇到的那些赞扬或责备，认可或不认可，最终都必将归结于内心的意图或情感，因此也就归结于预期的得体或不得体,有益或有害。

当这一准则被抽象笼统地提出时,没有一个人持反对意见。其不言而喻的公正性得到全世界的公认。每一个人都会承认,各种不同行为的偶然或超乎预期的后果都是不同的,尽管预期或感情可能同样适当和有益,也可能同样不得体或含有恶意,然而最终行为的功过却依然相同,而当事者也就因此成了感激或怨恨的适当对象。

我们以这种抽象方式来考虑这种正确的准则时,似乎很容易为其所折服,然而,当我们遇到具体情况时,行动所自然导致的实际后果就会对我们关于功过的情感产生很大影响,几乎总会加深或减弱对功过的感受。但是经过考察就会发现,无论在哪种情况下,我们的情感都很少会全然受到这种准则所控制,虽然我们都承认应该完全受此控制。

情感的这种超常性,虽然每个人能感觉到,却很少有人充分加以认识,而且没有人愿意承认,而我现在就想对此加以说明;首先,我将考虑产生这种超常性的原因,或者是大自然借以产生这种超常性的途径;其次,我将考虑其影响的程度;最后,其最终结局,或者造物主想借以达到的目的。

第一章 论命运产生影响的原因

痛苦和愉快的原因,无论它们是什么,也无论它们如何发挥作用,似乎都是那种在动物中立即激发感激和怨恨之情的东西。引起这两种情感的既包括有生命的物体,也包括无生命的物体。我们甚至会因为石头弄疼了我们而发一会儿脾气。一个孩子会打它,一只狗会朝它叫,一个暴躁的人还会咒骂一番。稍加思索的确就能够纠正这种情感,我们不久就会变得理性起来,没有感觉的物体并不是报复的合适对象。然而,伤害很大的时候,造成痛苦的事物就总会使我们感到不爽,我们就会以焚烧它或损毁它为乐。我们会以这种方式对待有时偶然造成朋友死亡的器械,如果我们不把这种荒唐的报复之心表达出来，我们就会经常认为自己犯下没人性的罪过。

　　我们对一些无生命的物体也会以相同的方式抱有感激之情，因为它们往往就是我们大喜常欢的原因。一名船员在船舶失事时凭借一块木板逃生，可他一上岸竟然用那块木板给火添柴，这样一种违背人情的举动就会使他显得颇具罪恶感。我们希望他能够像珍视一件心爱的纪念品那样仔细认真、情真意切地保存好那块木板。一个人慢慢喜欢起一只鼻烟壶、一只削笔刀、一件他长期以来一直使用的器物，并对这些物品怀有一种酷似喜爱与钟情之类的情感。如果他将它们损坏或丢失，他为此感到的烦恼，与损失之物的价值，简直不成比例。我们对一直居住的房屋，以及曾经受惠其荫凉的树木，都会带着一种对恩人才有的敬意而加以善待。树木的腐朽以及房屋的毁坏，虽然并没有使我们蒙受任何损失，但依旧会使我们感到戚戚然。古代林中仙女和家中保护神，都是树木和房屋之神，他们也许是被迷信故事的炮制者以敬畏之情最先想象出来的，如果这些东西了无生气，此种情感似乎并无道理。

　　但是，任何事物要想成为感激或怨恨的适当对象，它决不能仅仅是快乐或痛苦的原因，它也必须具备感知力。没有这种品质，那些情感就不能令人满意地得以抒发。因为那些情感是被快乐或痛苦的原因所激发，所以它们的满足就存在于对产生情感者的回应之中，而对无生命之物的回应则是没有意义的。因此与无生命的物体相比，动物成为感激或怨恨的对象显得更合适。咬人的狗，抵人的牛，它们都将被惩罚。如果它们是某人的死因，除非将它们置于死地，否则无论是公众，还是死者的亲属都不能得到满足；这样做不仅是为了生者的安全，而且在某种程度上也是为死者遭到的伤害进行报复。相反，那些效忠于主人的动物，就成为一种非常强烈的感激之情抒发的对象。我们被《土耳其间谍》中提及的那位军官的野蛮行为所震惊，他居然把驮着他穿越海湾的马刺死，以免它今后也通过类似的冒险行动帮助他人建立功勋。

然而,虽然动物不仅是愉快和痛苦的原因,它们也能感受到那些情感,可即便如此,它们也远非感激和怨恨完全适当的对象;那些情感依然感觉到要想得以完全满足,某些东西尚付阙如。感激之情最主要的愿望不仅是使施恩者感到愉悦,还要使他认识到他是因为以往的行为才得到回报;使他为自己的行为感到高兴;使他满意地感觉到自己以善相报的那个人的确受之无愧。施恩者身上最令我们着迷的就是他与我们情投意合,就是他和我们一样重视我们自己品格的价值,还有就是他给予我们的尊敬。我们为遇到这样一个人感到高兴,他不仅像我们自我评价那样评价我们,他也以一种不亚于我们自我区别时的注意力,把我们和其他人区别开来。使那些令人高兴、讨人喜欢的情感保持在他心中,是我们向他做出回报的一个主要目的。慷慨之人鄙视那种凭借或可谓纠缠不休的感激手段,从恩人那里强行获得新恩典。但是,维持和增进别人对自己的敬佩之意,却是情操高尚者认为值得关注的兴趣点。这就是我前面所论述问题的基础所在,即:当我们不能体谅恩人的动机时,当他的行为和品格似乎不值得我们加以认可的时候,就算他曾经给予我们巨大的帮助,我们的感激之情也总是明显地在减弱。这种恩惠不能令我们开心。保持对一位如此孱弱或毫无价值的恩人的敬佩之心,似乎是一个并不值得追求的目标。

相反,怨恨的主要目的与其说是使我们的敌人认识到现在该轮到他感到痛苦,倒不如说是使他意识到自己的痛苦是因为自己过去的行为所致,使他为那种行为感到悔恨,使他认识到他所伤害的人不应该受到那样的对待。我们对伤害或侮辱我们的人感到愤怒的主要原因,是他对我们表现的那种不当回事的恶劣态度,以及那种好像觉得别人都应为他的一己之便或一时喜怒做出牺牲的荒唐的自恋情结。这种行为显而易见的不得体,以及混杂其间的极端傲慢及不公,比我们遭受的所有不幸还会令我们震惊与愤怒。使他重新正确地认识到他该对别人做些什么,使他认识到他亏欠我们什么以及他对我们做过的错事,这往往就是我们报复的主要目标,而这一目标达不到的时候,报复就是不完美的。当我们的敌人显然没有对我们造成伤害的时候,当我们认为他的表现十分得体,如果我们处在他的环境,我们也会做出相同的事情,因而也应该从他那里得到应得的报应时,在这种情况下,我们哪怕只有很少一点坦率公正的品质,我们就不会有任何怨恨之情。

因此,任何事物,必须具备三个不同的条件,才能成为感激或怨恨完美而适当的对象。第一,它必须或者是愉快的原因,或者是痛苦的原因。第二,它必须能够感觉到那些情感。第三,它不仅应该产生了那些情感,而且也应该是根据某种意愿产生的,这种意愿或者被赞同,或者被反对。凭借第一个条件,任何对象都能够激发那些激情;凭借第二个条件,它在各个方面都能够满足那些情感;第三个条件对全面满足那些情感来说不仅必要,而且因为它能给人以剧烈而特殊的快乐或痛苦,所以它就成了激发那些情感的另一个原因。

只有以这种或那种方式令人愉快或痛苦的事物,才是引发感激或怨恨之情的唯一原因,虽然任何人的意愿要么是得体或慈善的,要么是如此不得体和恶毒的;然而,如果他不能如愿以偿地产生好的或坏的效果,那是因为这两种情况都缺乏有一种令人激动的原因,也正是因为如此,他要么很少得到感激,要么也很少遭到怨恨。相反,虽然在任何人的意愿中,既没有值得赞赏的善意,也没有值得责备的恶意,但是,如果他万一做出大好或大恶的事情,因为有一种令人激动的原因在这两种情况下都发挥作用,于是他或者会受到感激,或者会遭到怨恨。第一种情况下,他的功劳就会隐约可见,第二种情况他的过错就会绽露端倪。因为行动的后果都在命运之皇的操控之下,因此才对人类有关功过的情感产生影响。

第二章　论命运之影响的程度

命运的这种影响的效果是,首先,最值得赞许或最应该受到责备的意

94

愿所引起的行为,如果不能产生预期效果,我们就会减弱对这些行为之功过的感觉;其次,当行为偶尔也会产生极度快乐或痛苦的时候,就会增强我们对行为之功过的意识,从而超出对产生行为的那些动机和情感应有的感觉。

1.首先,我认为,虽然任何人的意愿可能会是非常得体和充满善意的,或者可能会是不得体和恶意的,但是如果他们不能产生预期的效果,他的功德似乎就不完美,或者他的过错就不完全。这种情感的超常性并非只能被那些受行为后果影响的人们感觉到。在某种程度上,这种超常性甚至能被公正的旁观者感觉到。一个为他人谋求利益的人,虽然这种利益并未得到,但他依然被视为朋友,他显然应该受到爱戴和爱慕。但是,一个不仅谋求而且的确能够谋到利益的人,尤其应该被视为保护者和恩人,因而应该受到尊敬和感谢。我们往往会不失公正地认为,感激者如果觉得自己与第一种人相差无几,尚且说得过去,但是如果他不认为自己不如第二种人,我们就不能体谅他的情感。的确,我们会普遍地认为,有人只是曾经努力帮助我们,也有人实际上真的帮助了我们,对于这两种人我们一视同仁,都表示感激。这就是我们对没有成功实现的意愿经常的说法,然而,犹如其他所有善意的说法一样,这种说法虽然被人理解,但一定略有折扣。宽宏大量的人对没有成功的朋友怀有的情感,可能真的会经常与他对成功的朋友怀有的情感十分接近,他越是宽宏大量,那些情感越是近乎准确一致。真正的宽宏大量,被那些他们自认为应该备受尊敬的人所爱戴和尊敬,就会产生更多的愉快,从而激发出更多的感激之情,而这往往要超过他们从那些情感中所期待的一切好处。因此,当他们失去那些好处时,就会如失草芥,简直微不足道。不过他们依然会有所失。因此他们的欢乐,以及随之而来的感激之情,都有失圆满完美,因此,在助人失败的朋友和助人成功的朋友之间,如果所有的环境都相同,即便是在情操高尚者的心中,感激之情,依然存些许差异,成功的朋友要略胜一筹。更有甚者,人类在这方面如此有失公允,虽然预期的好处应该兑现,但如果施恩者没有通过特殊手段加以兑现,他们就往往会认为那个人毋须多加感激,而即便他是世界上心地最好的人,也只能小有助益而已。因为他们的感激之情在这种情况下,要在给予他们欢乐的不同人中间被瓜分,所以落到任何一个人头上的,仅仅是小小一点份额而已。`我们通常会听到人们在说,这样的一个人会毫不迟疑地帮助我们;而我们自己也真的会相信,为达此目的,他的确已经竭尽全力。但是我们并不为这点好处就对他感激涕零,因为没有别人的协助,他所做出的一切根本就不会生效。人们认为,即便在公允的旁观者眼里,这种考虑也会使他们欠他的人情大为缩水。虽经努力但施惠未果者本身,决不会指望本该成为受惠者的那个人会心存感激,也不会产生施惠有功的感觉。

因某种原因没能产生效果的才能,即便对于充分相信自己能使其产生效果的人来说,在某种程度上也都是有失完美的。因遭大臣嫉妒而未能战胜国之劲敌的将军,即便在事后都为坐失良机悔恨不已。他之所以如此,并非仅仅是由于公众的原因。他为因受累而没能采取的行动感到悲伤,因为这些行动,无论在他自己,还是在其他每个人看来,本来都可以为自己的品德平添一抹光彩的。计划或谋略的实现与否本来完全取决于他;计划或谋略的具体落实并不比纸上谈兵多花气力;他本来已经获准采取各种可能的方法去实现计划或谋略;如果再获准继续行动下去,成功本是毋庸置疑的。对所有这些加以反思,这对于他本人,乃至其他人来说都不会是令人满意的。他依然没有落实那个计划或谋略;虽然他可能会博得只有宏伟计划才能赢得的认可,但他依然缺乏采取伟大行动的实际业绩。如果在一个人办理公众关切的事务近乎大功告成之际,突然叫停他对那些事情的处理权,这就会被认为是最不公平的。因为他已经做了这么多,所以我们认为他就应该为这些事的圆满成功而荣享大功。庞培在卢库鲁斯之战连连得胜之后加入战局,故而遭人反对,因为将他人因命运和勇猛应该荣膺的桂冠攫为己有而备受诟病。卢库鲁斯凭借其谋略与勇武已将战争推进到任何人都可轻易获胜的阶段,然而此时此刻他却没有被允许将战斗进行到底，正因为如此，即便在他自己朋友的看来，其荣耀都似乎美中不足。对一位建筑师来讲，当他的设计方案根本没有落实，或由于变动而损毁建筑物的效果时，这会使他倍感羞辱。然而设计全然取决于建筑师。对行家来说，他在设计中的全部天才也像在实施中那样展示出来。然而，即便对于最富有才智的人来说，与一座宏伟建筑给人带来的快乐相比，一个设计方案给人带来的快乐是不能同日而语的。他们会发现，建筑师的审美功力与才华在设计和实施中都能加以展示，然而两者效果的差异不啻天渊之别，与建筑物赢得的惊叹与赞美相比，从设计中获取的乐趣根本无法企及。我们相信很多人的才能都超过恺撒和亚历山大；而且在相同的情况下，会有更伟大的表现。但与此同时，我们却不以那两位英雄在所有国家和所有时代博得的惊叹和赞美眼光来看待他们。平心静气地加以判断，我们可能会更加赞许这种人，然而他们需要以伟大行动的光华来激发我们的这种赞许。道德和才华的优势，即便对于承认这种优势的那些人来说，与业绩的优势相比，所产生的效果是不同的。

犹如行善未果的功德，在忘恩负义之徒的眼里，似乎应该因为计划的流产而大打折扣一样，行恶未遂的罪恶也似乎应该大大缩水。犯罪预谋，无论被多么清楚地证明，都很少会像真正实施犯罪那样得到严厉的惩处。叛逆案例也许是唯一的例外。对于直接影响政府本身存在的罪行，与别的案例相比，政府自然会更加戒备森严。在惩处叛逆罪时，令君主满腔怒火的是立即会危及他本人的伤害；在处置其他案例时，令他愤怒的是伤害他人的罪行。在前一种情况下，他纵情发泄的是关乎一己的怨恨之情，在后一种情况下，他不无怜悯之心表达的则是对臣民的同情。在第一种情况下，由于他是在为自己的原因而审理案件，在采取惩处措施时其暴力和血腥程度往往超出旁观者所能赞同的程度。这时他也会因为小小事端而大发雷霆，就像在其他案例中一样，不一定总要等到作恶成为既成事实，有时甚至仅仅因为有犯罪企图他就会龙颜大怒。一场叛逆图谋，虽然什么也没有做，或甚至连尝试也没有，乃至一次叛逆性的对话，在许多国家里都要像实际叛逆罪那样遭到惩处。至于其他罪行，仅仅有预谋而没有付诸实施，是很少会遭到惩处的，即便遭到惩处，也决然不会严厉。一种犯罪预谋，一个犯罪行动，的确可以说，它们在堕落的程度上是不同的，因此不应该受到相同的惩处。可以这样说，我们都可能卷入其中，甚至会采取犯罪行动，但是很多事情，到了关键时刻，我们却感到根本无从下手。然而，这种道理在预谋已经实施到最后阶段时却站不住脚。但是，朝敌人开枪却没有命中的人，很少会在哪个国家被依法处死。根据苏格兰古老的法律，虽然他会将其击伤，然而，除非在一段时间内导致死亡，这种攻击不大可能被处以极刑。但是人们对这种罪行表现的愤慨如此高涨，对表现出这种犯罪倾向的人的恐惧如此强烈，以致在所有国度里，仅仅有实施这种犯罪的图谋都应属于重罪。轻罪未遂几乎总会受到轻度惩处，有时甚至根本不会受到惩处。一名窃贼，当他的手在邻居口袋中拿到任何东西之前被抓个正着时，仅仅会因其丑行而遭到惩处。如果他有时间拿走一条手帕，他就会被处死。一名入室行窃者，当他正把梯子搭在邻居窗口，但尚未入室就被发现时，就不会处以极刑。强奸未遂不会被当作强奸遭到惩处。虽然诱奸会遭到严厉惩处，但诱奸有夫之妇未遂根本不会受到惩处。我们对仅有作恶企图的人表现的愤慨，很少会强烈到忍无可忍，以致非要让他受到我们认为真正作恶所应得的惩处。一方面，我们会因为自己免于伤害的喜悦而减弱对其行为残暴性的感觉，另一方面，我们会因为自己遭遇不幸所感到的悲痛加强那种感觉。然而他的真正罪恶在上述两种情况下无疑是毫无二致的，因为其犯罪企图之罪恶程度是等同的；因此在这方面，在所有人的情感中都有一种超常性，而且我认为，在所有国度，无论是最文明的，还是最野蛮的，在法规中网开一面的减刑条例便应运而生了。一个文明民族的人道主义就体现在，当其自然的愤慨之情并非由罪行的恶果引发时，他们就会免除或减轻惩罚。但另一方面，在任何自然行为并未产生实际后果时，野蛮人对行为动机就往往不会那么敏感或关心。

一个因激情或损友的影响而决意犯罪,或许已经为犯罪采取措施,却有幸被一个无力自控的偶然事件所制止的人,如果他良心尚存,就一定在有生之年将这件事看成是一次标志性的大拯救。只要想起这件事他就必然要感谢上天如此宽宏大量,乐于将他从即将陷入其中而不能自拔的罪恶深渊中拯救出来,因而避免使自己的余生备受恐怖、自责和悔恨的煎熬。不过,他虽然手是干净的,却意识到自己的心与犯罪一般无二,似乎他已将决意要犯的罪行付诸实际。他虽然知道自己之所以没有犯罪并非因为自己的美德,但一想到没有实施犯罪他仍然感到心安理得。他依然认为自己不太应该遭到惩处或怨恨;这件幸运的事使他所有的犯罪感大打折扣,甚至全然消失。回想自己曾如何决意要犯罪,其效果只能是自以为免于犯罪是一件伟大非凡的奇迹;因为他依然在想象自己已免于犯罪,而且不无恐惧地回顾自己那颗平静的心所曾面临的危险,而一个事后平安无事的人有时正是带着这种恐惧来回忆他身处悬崖绝壁时的危险,而且一想到这就胆战心惊。

2. 命运之影响的第二种效果是:当行为令人感到特别高兴或痛苦时,我们除了考虑动机或情感是否端正之外,还会考虑行为本身是好是坏。虽然行为者做事的意愿并没有值得赞扬或责备的东西,或至少没有能够达到我们通常加以赞扬或责备之程度的东西,但最终效果是否令人愉快往往会影响对其行为的评估。于是,甚至传递坏消息的人对我们来说都是令人不快的,而相反,传递好消息的人我们感到对他颇具感激之情。一时间我们把他们看成是好运的造就者,或是厄运的造就者,或多或少认为那些事就是他做的,而其实他们只是把事情的结果告诉给我们。第一个给我们带来快乐消息的人自然就是我们一时感激的对象:我们会情真意切地热烈拥抱他,而且在我们春风得意的那一刻,就像获得一些很重要的帮助那样非常乐于回报他。按照各朝的习惯,带来胜利消息的官员都有资格获得可观的擢升,将军经常挑选一员爱将去完成一项美差。相反,最先给我们带来悲伤消息的人自然就是一时怨恨的对象。我们难免要烦恼和不安地打量他;而粗鲁的人则往往会发泄坏消息引起的愤怒。亚美尼亚王提格兰尼就把第一个向他报告劲敌逼近消息的人斩首。以这种方式惩处坏消息传递者,似乎是野蛮的、没有人性的;然而,奖励好消息的传递者对我们来说并非令人不快的;我们认为这是适合国王的恩典的。但是一个没有过错,另一个没有功绩,我们为什么要厚此薄彼呢? 因为任何理由都足以允许人们抒发友好善良的情感,但是要让我们体谅那种孤僻刻毒的情感,则需要最坚强、最实际的理性。

虽然一般来讲我们都不愿体谅孤僻刻毒的情感,虽然我们还有一条潜规则,即:除非这种情感所针对的人是本该发泄的适当对象,否则根本不应该纵容这种情感,但有时对这种清规戒律我们也会灵活掌握。当一个人的疏忽给另外一个人造成一些意外的损失时,我们一般都同情受损者的怨恨之情,就算不引发任何不幸后果,我们也会赞成对冒犯者给予超乎冒犯行为应得程度的惩罚。

有一种疏忽,虽然不会给任何人造成损失,但显然应该受到某种惩罚。有鉴于此,如果一个人在大街上不向可能从此路过的人发出警告,不考虑石头可能会落地,就抛掷一块大石头,他无疑应该受到某种惩罚。这件事即便没有造成任何恶果,一位办事严谨的警察也一定会对如此荒唐之举给予处罚。对此负有罪责的人表明他完全漠视他人的幸福与安全。他的行为的确不道德。他肆意让周围的人暴露在常人不会选择去面临的危险中,而且显然缺乏常人都会具备的那种作为正义与社会之基础的意识。因此,从法律角度讲,纯粹的疏忽应该说与图谋不轨几乎毫无二致。当这种疏忽导致不幸的后果时,对其负有罪责的人往往会就像他真的有意导致这样的后果那样受到惩罚;他那种只是出于自私自利和目空一切的行为就应该受到惩罚,就会被认为非常残忍,而且应该受到最严厉的惩处。有鉴于此,如果他万一因为上述这种厚颜无耻的行为偶然断送一个人的性命,根据许多国家的法律,尤其是根据苏格兰古典刑法,他就应该被处以极刑。虽然这无疑过于严厉,但是从我们的自然情感考虑,并无不当。我们对他这种毫无人性的蠢行所表示的义愤会由于我们对不幸受害者的同情而加剧。然而，一个人仅仅因为在大街上不当心扔石头，而且没有伤及任何人就被推上断头台，对我们天生的公正意识造成冲击者，莫甚于此。他的行为所表现的愚蠢和毫无人性在这种情况下是相同的，然而我们的情感则大不相同。考虑到这种不同可以使我们相信，即便是旁观者也往往会被毫无人性的蠢行之实际后果所激怒。在这种情况下，如果我没有搞错，人们就会发现在几乎所有国家的法律中都会严加惩罚；正如我已经论述过的，而在相反的情况下，执行法律时都可从宽处罚。

另有一种疏忽，无关不义的问题。有这种疏忽的人，待人如待己，也远非存心蔑视他人安全与幸福。不过他的行为并非如应有的那样仔细审慎，因而应该受到某种程度的责备和指摘，但不应受到惩罚。然而，若果由于这种疏忽而给他人造成一些损失，我认为根据各国法律，他就应该加以赔偿。虽然这无疑也是一种名副其实的惩罚，但如果其行为没有导致不幸事情，就没有人会认为他应该遭受这种惩罚；然而依法做出的这种决定是所有人的本能情感所赞同的。我们认为：一个人不应该因为他人的疏忽而遭不幸，没有什么能比这更公正的了；由于不义的疏忽而造成的损失应该由对此负有罪责的人来弥补。

还有一种疏忽。我们对行为可能产生的全部后果，有时缺乏忐忑不安的犹豫和谨慎，而这种疏忽就存在其中。在没有任何恶果产生的情况下，缺乏这种高度的谨慎根本就不应该被认为可责备，相反，这种品质本身被认为应该受到责备。那种战战兢兢、如履薄冰的心态，遇到每一件事都前怕狼后怕虎，这根本不可能被认为是一种美德，它只能算作一种比其他任何事物都更不利于行为和事业的品质。但是，当一个人因为缺乏这种高度谨慎恰好给他人造成损失的时候，他经常会依法对此加以补偿。

于是,根据阿奎利安法①,一个没有能力驾驭惊马的人,万一骑马踩着了邻人的奴仆,他就应该赔偿损失。当这样一种意外发生时,我们往往认为他不应该骑这匹马,而他想骑马的意图也被视为不可饶恕的轻率;如果没有这件事,我们不仅不应该做出这样的反应,而且应该将其拒绝骑马看成是拘谨怯懦,看成是对一件只是可能存在但无需多加小心的事过分忧虑。由于意外之事很不情愿地伤害他人者,本身似乎也认为自己的不当行为应该受到责备。他会很自然地跑到受害者那里就所发生的事对他表示关心,并尽自己所能谢罪。如果他有良知,就一定想赔偿损失,并竭尽全力去平息受害者强烈的怨恨,他知道这种怨恨很容易在受害者心中产生。不道歉,不赔偿,这被认为是最粗野的行径。但是,他为何应该道歉,而别人则大可不必呢? 既然他和其他旁观者一样都是无辜的,他为何就应该从全人类中间被区分开来,并为其他人的坏运气买单? 这种事当然不应该强加于他,就算公正的旁观者对他人可能被认为不公正的怨恨之情无法做到无动于衷,也不应该如此。

第三章　论此种情感超常性的终极因

行为结果的好坏对行为者或他人情感产生的影响就是如此,命运掌控着世界,其影响就在人们很不情愿看到的地方不断地产生,而且在某种程度上支配着人们因自己或他人的性格和行为而产生各种情感。凭结果而非凭动机做判断,这历来为人们所诟病,也是通向美德的阻碍。人人都赞同这样一句普通的格言:当结果并非取决于行为者时,它就不应影响我们因其行为的功过是非和得体与否而产生各种情感。然而当我们探究具体情况时,就会发现我们的情感很少能受这句公正无误的格言的指引。行

---

① De lege Aquilia,约公元前 287 年通过的关于侵权行为的罗马法律。

为所引起的愉快或不幸的结果，不仅会使我们对行为谨慎与否加以臧否，而且总是会激起我们的感激或怨憎之情，以及我们对意图之功过的感觉。

然而，造物主将这种超常性的种子植入人心时，似乎像在其他所有情况下一样，他对人类的幸福与美满早有预期。如果欲望之伤害性，如果情感之险恶性，本身就是激发怨恨之情的根源，那我们对自己怀疑或确信其内心存在这种欲望或情感的任何人，虽然他们从来没有付诸行动，也应该感觉到对他们所产生的义愤；情感、想法、意愿也将成为惩罚的目标；如果在世人眼中，对尚未转化为行动的思想，和对已经成形的行动产生同样的报复心理，每一个法庭就将成为一个名副其实的宗教裁判所。而一旦如此，就连最无辜、最审慎的行为也将没有安全感可言，因为人们会怀疑这种行为出于不良愿望、不良观点、不良欲望；而当人们对这些抽象的东西和对具体行为产生同样的义愤时，就会使人面临惩罚和怨恨。因此，只有实际犯罪或企图犯罪，乃至令我们直接为之恐惧的那些行为，才被造物主变成人们惩罚和怨恨的恰如其分的唯一对象。情感、动机、情绪，虽然由于微妙的原因，人们行为的好坏就取决于它们，但它们还是被心灵大法官置于外界人类各种法规的管辖权之外，并被保留起来以便由他自己那个决不会误判的法庭进行审理。因此，那条不可或缺的正义法则，即：人们在世时仅仅应该因自己的行为，而非因自己的动机而遭受惩罚，就建立在人们在功过方面这种有益且有用的超常性之上，而且初看起来颇似荒谬无稽。但是，当我们仔细观察时就会发现，每一部分人性都同样在展示造物主的天意护佑，于是我们便会钦佩上帝即便在人类弱点及愚行方面所显示的大智大德。

情感的超常性并非毫无用处，有了它做参照，动机虽好但未成功的愿望，以及单纯的良好倾向或愿望，都显得并不完美。人生来注重行动，并会竭尽全力去促进他本人以及他人外部环境的改变，这似乎对所有人的福祉都非常有利。他必定不会满足于无关痛痒的慈善行为，也不会就把自己想象为人类的朋友，因为他衷心希望的是整个世界的繁荣昌盛。他会使出浑身解数,竭尽全力实现自己终生为之奋斗的目标,即:正如造物主教诲他的那样,除非他能完全实现自己的目标,否则无论他自己,还是全人类都不可能对其行为感到满意,更遑论其行为能赢得完全的赞赏了。他必需明白,缺乏善行的良好愿望虽然也能赢得世人的大声欢呼,乃至高度的自我欣赏,然而程度极其有限。一个人如果没有做过任何一件重要事情,就算其全部言谈举止所表达的都是最正义、最高尚、最慷慨大度的情感,那他就没有资格赢得非常高的回报,虽然他的无能无用只是因为缺乏言行一致的机会所致。我们也依然不会赞成对他免于指责。我们依然会问他,你做过什么?你为有资格赢得如此重大的回报,究竟曾提供何等实际的服务?我们尊重你,爱戴你;但是我们对你无所亏欠。对那种因缺乏实践机会而变得无用的潜在美德真的加以回报,并对其大加赞誉和擢拔,虽然在某种程度上讲是应该的,却并不一定总是得体的,因为赞誉和擢拔是最神圣善行的产物。相反,仅仅是出于内心情感,而非因为所犯罪行实施的惩罚,就是最粗暴、最野蛮的劣行。仁慈的情感,如果不竭尽全力付诸行动,而拖延日久几至犯下不行善之罪时,似乎就不值得赞赏了。相反,恶毒的情感转化为狠毒的行径,很少会姗姗来迟,或需加深思熟虑。

尤其重要的是,无动机作恶无论对于行为者还是对受害者来说,都应该被视为一种不幸。因此人们就会被教诲:尊重自己兄弟的福祉;谨慎行事,以免在不知不觉中做出伤害他们的事情;对那种兽性般的怨怒诚惶诚恐,万一在无意中沦为它们灾难的制造工具,那种兽性般的怨怒就会朝他迸发而出。正如古代异教的规定,为某些神灵开辟的圣地,除非在一些严肃的、必要的场合之外,是不容践踏的,即便无意违犯者也将从践踏那一时刻起就已变成有罪者,并在实行正式赎罪之前,都会招致那位威力无穷、凡胎肉眼所不能见的神灵之报复;因此,每个清白无辜者的福祉就被造物主的大智以同样的方式变得神圣不可侵犯,并且围护起来,以防遭人侵犯,以防遭人任意践踏,甚至以防遭人在不知情、不情愿的情况下,在无须根据这种无意违犯的程度进行相应补偿及赎罪的情况下,在任何方面加以侵犯。一个富于人性的人，如果丝毫没有可指责的疏忽，偶然成为另外一人的死因，他就会感到自己虽然无罪，但却需要赎罪。他会在自己的一生当中都把这次偶然的事件视为落到自己头上的最大不幸。如果死者家境贫寒，他就会在自己条件允许的情况下立即对他们加以保护，而且认为他们无须另有功绩就已经有资格得到各种程度的善待。如果他们境况良好，他就会以种种行为表示自己对他们倍加谦恭，诸如：对他们表示哀伤；做出自己力所能及而又能为他们所接受的善行；为所发生的事赎罪；尽量为自己对他们造成的无意却重大的伤害，去抚慰他们虽然不公、但或许属于自然流露的怨恨之情。

一个无辜者有时会偶然间因遭误导而做恶，如果这些事是自觉有意为之，他就会公正地遭受指责，他为此感到痛苦，这也引出了古代或现代剧里最引人入胜的优秀场景。正是这种虚妄的犯罪感，如果我可以这样说的话，才构成了希腊戏剧中俄狄浦斯和裘卡斯塔的全部不幸，以及英国戏剧中蒙尼米亚[1]和伊莎贝拉[2]的全部不幸。虽然他们之中没有任何人犯有哪怕是最轻微的罪行，却全部处于有罪状态。

尽管所有这些看似情感的超常，但如果一个人不幸做出本不想做的坏事，或没有做出本想做出的好事，造物主既不会让他的清白无辜完全得不到慰藉，也不会使他的美德丝毫得不到回报。于是他便借助于那条公正不偏的格言：并非取决于我们行动的那些事情不应该减弱他人应对我们表示的敬意。他便唤起自己心灵中蕴含的全部包容之情和坚毅顽强，并极力使自己不以现在的面貌出现，而是以应有的面貌出现；他乐于显示虽然存在失误，但如果人类情感公正不偏，甚至只要不是完全自相矛盾，自己慷慨的意愿就会大获成功。最公正、最人道的那部分人，完全同情理

---

① Otway 戏剧《孤儿》中人物，误与其小叔发生两性关系。

② Thomas Southerne 的戏剧《致命婚姻》中人物，误以为丈夫已死而再婚。

解他为努力支持自己见解而做出的努力。他们将发挥自己全部慷慨伟大的思想,努力矫正人性的超常,并努力以他那不幸未获成功的高尚情操获得成功,他们也会以自然会有的眼光来看待他。

第三卷

论我们判断自己情感
和行为的基础,及责任感

第一章　论自我认可和不认可的原则

在本书前两卷里,我主要论述了我们评判他人情感及行为的出发点及基础。现在我要特别论述我们评判自己情感及行为的出发点。

我们对自己行为自然地加以认可或不认可的原则,似乎同据以评判他人行为的原则毫无二致。当我们设身处地站在他人角度时,我们就是根据自己能否完全体谅指导其行为的情感和动机来决定认可和否认其行为的。同样,我们将自己置身于他人的情况下,以他的眼光,从他的情况出发来客观地考察我们自己的行为时,也是根据自己能否完全体谅影响自己行为的情感和动机来决定认可或不认可自己行为的。可以说,如果我们不摆脱自己的自然状况,不努力从一段距离之外观察自己,我们就永远不能对自己的情感和动机进行考察并做出评判。然而我们努力以他人的眼光来观察它们,或者像他人那样观察它们,却能做到这一点。无论我们对自己的情感和动机做出怎样的评判,它们也必然总是会与他人的评判存在一些内在的关联,不管他人的评判会是什么样子,或在一定条件下将会是什么样子,或根据我们的想象该是什么样子。我们就像想象中的任何公正不偏的旁观者那样努力观察自己的行为。如果我们设身处地地考虑问题,因而能够完全体谅影响自己行为的情感和动机,我们就会体谅这位想象中的公正审判官的认可,进而认可自己的行为。否则,我就会体谅他对这种行为的不认可态度,并会对之加以责备。

如果一个人能够在与世隔绝的地方,不需要与任何人交往就长大成人,这个人就会像不可能考虑自己面容的美丑那样,也不可能去考虑自己的性格、情感和行为是否得体,以及他自己灵魂的美与丑。所有这些都是他不能轻易看到的对象,以及不能自然看到的对象,也没有人向他提供一面能够照见自己的镜子。如果将他带入社会,他立即会得到一只从前缺乏的镜子。这面镜子就被置于那些与他生活在一起的人的表情和行为中间,当他们体谅或者否定自己情感的时候它就会留下印记;这里正是他最先考察自己情感是否得体以及自己思想美丑的地方。对于一个生来就对社会陌生的人,他激情的目标,以及使他感到高兴或对他进行伤害的外部身体,都会占据他全部的注意力。那些客观对象所激发的激情本身,愿望或厌恶,快乐或忧伤,虽然都会立即呈现在面前,却很少能成为他自己思索的对象。关于它们的想法根本不会引起他的兴趣,进而对它们加以认真考虑。对他的快乐加以考虑并不能激发他新的快乐,对他的忧伤加以考虑也不能激发他新的忧伤。但是把他引入社会,他自己所有那些激情就会立即成为产生新激情的原因。他会看到人们一方面赞同一些人,但与此同时厌恶另一些人。他会在一种情况下受到鼓舞,而在另一种情况下感到沮丧,他的愿望与厌恶,他的快乐与忧伤,现在经常会成为新愿望新厌恶、新快乐新忧伤产生的原因:诸如此类的情感因此深深吸引着他,而且经常会引起他认真的思考。

我们关于自身美与丑的最初想法来源于他人的、而不是我们自己的体型与外表。但是我们很快就会知晓他人也对我们进行同样的评判。他们对我们的体态表示赞赏时我们就开心,表示反感时我们就窝火。我们就会迫切地想了解我们的外表究竟值得他们责备或认可到何种程度。我们就会将自己置于一面镜子之前,或以类似的方法尽量努力在一段距离之外以他人的眼光,对我们的肢体逐一加以观察。经过一番审视之后,如果我们对自己的外表感到满意,我们就会很平静地容忍他人对我们做出的最尖刻的评判。相反,如果我们知道自己是他人油然而生的厌恶的对象,那他们不认可态度的任何一点表现都会令我们觉得遭到奇耻大辱。一个人长相尚属差强人意,他就会容忍你对他身上任何一点小小的缺陷进行调侃;但是对于真有缺陷的人,所有这些玩笑一般来讲都是无法忍受的。不过我们对自己的美与丑之所以十分在意，显然仅仅是因为考虑到它们对于他人的影响。如果我们与社会没有联系，我们对这两者就应该毫不在意。

我们最初的道德评判是以相同的方式针对别人性格和行为做出的；我们都非常热衷于观察所有这些评判会如何对我们产生影响。但是我们很快就会认识到，别人对我们自己的情况也同样非常坦率。于是我们就渴望知道自己究竟应该得到他们何种程度的指责或赞许，是否一定就是他们指出的那种令人愉快或不快的样子。因此，我们便开始思考，如果我们置身于他们的处境，他们在我们面前会是什么样子，进而观察我们自己的激情与行为，并且考虑该如何向他们表现我们的这些激情与行为。我们把自己假设成自己行为的旁观者，尽量用这种眼光想象这些行为将会对我们产生何种影响。在某种意义上讲，这是我们借他人的眼睛审视自己行为是否得体的唯一一面透镜。如果在这种审视中，它令我们高兴，我们就还算满意。我们就能对交口称赞更加不在意，在某种程度上，甚至对世人的责难嗤之以鼻，而这，无论存在怎样的误解或歪曲，也会确保我们成为自然而恰当的认可对象。相反，我们如果怀疑自己的行为，就会因此而更加渴望获得认可，只要我们还没有堕落到恬不知耻的地步，一想到他们的责难就会心烦意乱，进而倍受折磨。

当我尽力审视自己的行为时，当我尽力对其做出评判、决定应该赞成它还是指责它时，显然，在所有这些情况下，我可以说已将自己分成两个自我：一个我是检查者和评判者，另一个我是行为被检查和被评判者，前者与后者扮演不同角色。第一个是旁观者，他将我自己置身于他的地位，再以那种特定的视角来观察那些行为对我来说该是什么样子，从而对我想尽力理解的那些行为产生一定体认。第二个是行为者，恰当地说是我自己，我一直尽力将其行为置于旁观者的眼光之下来观察，进而形成自己的意见。第一个是评判者，第二个是被评判者。但是正如原因与效果不可能在各个方面全然相同，评判者和被评判者也不可能在各个方面全然相同。

和蔼可亲及无愧赞赏,亦即值得爱戴与回报,都是美德的高贵品质;丑陋不堪及理应受罚,都是邪恶的品质。然而所有这些品质都与他人的情感有直接的关联。说美德是和蔼可亲或无愧赞赏,并非因为它是自己爱戴或感激的目标,而是因为它能激发他人的那些情感。意识到这种美德是令人开心的赞许目标,这是宁心静气和心满意足的根源,反之,令人生疑的品质则会引发恶行,并因此而备受折磨。被他人爱戴,并且知道我们值得他人爱戴,这是多么巨大的幸福啊!遭人憎恶,并且知道我们应该遭到憎恶,则是多么巨大的不幸啊!

第二章　论对赞赏及值得赞赏的喜爱;
及对责备和该受责备的畏惧

人自然希望不仅被爱,而且可爱;或者成为被爱的自然而恰当之目标。人自然畏惧不仅被恨,而且可恨,或者成为被恨的自然而恰当之目标。人所希望的不仅是赞扬,而且是值得赞扬;或者成为赞扬的自然而恰当之目标,尽管并不会被任何人赞扬。人所畏惧的不仅是责备,而且是该受责备;或者成为责备的自然而恰当之目标,尽管并不会被任何人责备。

希望值得赞扬绝非因为喜欢赞扬。这二者虽然相似,虽然互相关联,而且经常互相交织,但在诸多方面则不仅有别,而且互不依赖。

我们赞同一些人的品质和行为,自然激发对他们的爱戴与钦佩,而这必然会使我们自己想成为类似怡人的情感之表达对象,变得像我们极为爱戴和钦佩者那样和蔼可亲及值得钦佩。争强好胜,亦即我们对自己超越他人的渴望,发端于我们对他人杰出表现的钦佩。我们因为具备他人值得钦佩的那些品质而受到赞赏,然而我们不会仅仅因为如此就心满意足。我们必须至少要相信自己之所以值得钦佩,是因为我们确实像他们那样值得钦佩。但是为了获得这种满足,我们必须成为自己品行和行动的公正旁观者。我们必须努力以他人的目光，或者像他人那样观察它们。我们的品行和行动在这种观察之下，如果看上去正像我们所希望的那样，我们就会高兴和满意。我们起初仅仅是想象他人也以我们的眼光来观察我们的品行和行动，而当我们发现他们真是如此时，这种高兴和满意就会得到很好的印证。他人的认可必然印证我们自己的自我认可。他们的赞扬必然会使我们更加认为自己值得赞扬。在这种情况下，对值得赞扬的喜爱绝不是来自对赞扬的喜爱；相反，对赞扬的喜爱似乎在很大程度上倒是来自对值得赞扬的喜爱。

即便是最诚挚的赞扬，如果它不被认为是值得赞扬的某种明证，那它也产生不了什么快乐。由于不知情或错误而以各种方式落到我们头上的尊敬和钦佩绝然是不充分的。如果我们意识到自己不值得备受青睐，意识到如果真相大白，我们就会被人以非常不同的情感来看待，我们的心满意足之情也就远非完美了。一个人如果他赞扬我们或是因为我们尚未付诸实施的行动，或是因为对我们行为没有任何影响的动机，那他赞扬的就不是我们，而是别人。于是我们从他的赞扬中不能获得任何满意之情。对我们来说，这些赞扬比任何指责都没面子，都会使我们的脑海里永远出现最谦恭的反省，而这是我们应该有但却没有的反省。可以想象，一个浓妆艳抹的女人，只能从别人对她面色的称赞中获得微乎其微的虚荣心。我们认为，那些称赞应该使她想起真正肤色所能激发的情感，而这种反差会使她备感羞辱。因为这种毫无根据的钦佩而高兴，是最肤浅最虚弱的明证。这就是被恰如其分地被称之为虚荣心的东西，同时也是最荒唐、最卑鄙的劣行以及弄虚作假、谎话连篇等产生的基础；对于这些蠢行，如果我们没有切身体会到它们是何等低劣鄙俗，通过想象也应该会对其低俗之处有最起码的感觉，从而使我们摆脱它们。愚蠢的谎言者总是极力通过那些并不存在的冒险故事来激发同伴的钦佩之情；自以为是的纨绔子弟极力装出一副自己明知不配的超凡脱俗的高贵气质，这两种人，毫无疑问，就是那种为妄想获得的钦佩而陶醉其中的人。然而，他们的虚荣心完全来自绝然虚幻的遐想，因此难以令任何理智的人受骗上当。当他们将自己置身于自以为被他们所骗者的境地时，他们就会因为别人对自己所给予的极度钦佩而感动。他们不是以一种自知在同伴面前形象如何的目光来审视自己，而是以一种自认为朋友会如何看待他们的眼光来审视自己。他们的肤浅虚弱和和猥琐蠢行妨碍他们将目光对准自己的内心世界，也妨碍他们以那种鄙弃的视角看待自己，以那种视角来观察，他们自己的良心就必然会告诉他们，如果真相大白，他们将会在众人面前原形毕露。

不知情和无根据的赞扬既不能给予实实在在的快乐，也不能给予经得起检验的满足，相反，想到我们自己的行为已经值得赞扬，并已在各方面达到赞扬和认可的标准和尺度，虽然并没有得到赞扬，却常令我们感到实实在在的安慰。我们不仅因为获得赞扬而高兴，而且因为做出了值得赞扬的事而高兴。我们一想到自己已经成为认可的自然对象就感到高兴，虽然实际上我们并没有获得认可；我们一想到自己刚刚受到与自己共处者的责备就感到羞辱，虽然我们根本不应该受到责备。一个人如果意识到自己已完全遵照那些亲身体验证明普遍可接受的行为规范，他就会满意地认为自己行为完全得体。当他用公允的旁观者眼光来观察自己的行为时，他就会完全理解影响行为的所有动机。他会以快乐和认可的态度全面回顾自己的行为，即便人们对他的所作所为根本不了解，他依然不会以他们看待他的实际眼光看待自己，而是以那种假如他们对自己更加了解时的眼光看待自己。他期待着在这种情况下将会得到的赞扬与钦佩，他带着某些情感，以同情之心来赞扬和钦佩自己，而这些情感的确并没有实际产生，而且仅仅是因为公众的不知情才没有产生，他自己也知道这些情感是行为产生的既自然又普通的结果，他的想象把它们与行为紧密联系在一起，他已经习以为常地将它们看成伴随行为的自然而得体的情感。人们都甘心情愿地抛弃生命，以追求死后他们根本不能再享受的声名。而与此同时，他们通过想象来预感将来可能会获得的荣誉。那些他们根本无法亲耳听到的赞扬；一想到他们根本无法体验其影响的钦佩，他们的心就激动不已，将所有那些极其强烈的恐惧从心中排出，并将其转化成似乎超越人性的行动。有一种认可是只有我们不能再享受时才能获得，另一种认可是如果世人能够充分理解我们行为产生的真正背景就能获得，实际上在这二者之间是没有很大差异的。如果前一种经常产生这种强烈的效应，我们就不会为后一种会受到高度重视而感到奇怪。

造物主为社会造人的时候，就赋予他一种使自己同胞快乐而不是冒犯自己同胞的原始欲望。他教导他得到同胞赞许时就感到快乐，而遭到同胞反对时就感到痛苦。为了人的自身利益，她把他们的赞许变成对人来说是最讨人喜欢和最令人愉快的事情；把他们的反对变成最令人感到羞辱和恼火的事情。

但是单凭这种希望得到同胞认可的欲望，以及对不认可的厌恶，任何人都不会使自己适应造物主为其创造的世界。据此，造物主赋予他的不仅是一种被认可的欲望，还有一种使自己具备应该被认可之条件的欲望，或者说是一种使自己具备能让别人得到他认可之条件的欲望。第一种欲望使他希望自己显得很适应社会。第二种欲望不可或缺，因为它可以使他迫切地希望自己真的很适应社会。第一种欲望只能促使他伪装美德和掩饰罪恶。第二种欲望不可或缺，因为它能以对美德的真爱和对罪恶的深恶痛绝来激励他。在任何一个健全完美的心灵中，第二种欲望似乎更为强烈。只有最虚弱最浅薄的人才会对自己明知不该获得的认可感到心花怒放。一个弱者有时就可能对这种认可感到高兴，但是一个智者无论在什么情况下都会拒绝。不过，虽然一个智者从自己明知不该获得的认可中得到的喜悦微乎其微，他却经常因为自己在竭尽全力去做那些值得认可的事而感到兴致勃勃，虽然他同样知道自己的所作所为根本得不到认可。在不该得到认可时获得人们的认可，对他来说根本就不是追求的重要目标，然而去做值得被认可的事情则永远应该成为他追求的最高目标。

在不应得到赞扬的时候,渴望得到甚至接受赞扬,这可能只是极端卑劣的虚荣心所致。在真正应该得到赞扬的时候渴望得到的,不过就是他人应该对我们做出的一种最基本的正当行为。热爱正当的名誉,热爱真正的荣耀,仅此而已,而非为从中得到任何好处,这对一位智者来说,也并非不应该。然而他对此有时并不在意,甚至十分鄙视;他只是在确信自己一举一动都完全得体时才会在意。他的自我认可在这种情况下无需他人的认可来证实。这种自我认可本身就足以证实自己,而他对此也十分满意。这种自我认可,如果并非唯一,至少也是追求的主要目标,对于这一目标的实现,他可能或者完全应该持迫切态度。热爱自我认可,就是热爱美德。

我们对一些性格自然生发的喜爱和钦佩,使我们自己也希望成为这些令人愉快的情感表达的适当对象,而我们对他人怀有的憎恨和蔑视,就使我们一想到自己只要在任何方面与之相似,都会产生更加强烈的惧怕。在这种情况下,与其说是因为我们害怕自己遭到他人的仇恨和蔑视,不如说是因为想到自己真的令人仇恨和蔑视。一想到会做出使自己成为同伴憎恨和蔑视恰当目标的事情,我们就会害怕;即便我们确信那些情感实际上根本不会向我们发泄。一个人超越那些足能令他赢得人们喜欢的行为规范,虽然他确信自己的行为能够永久地瞒天过海,那也是徒劳的。当他回顾自己的行为,并以公允旁观者的观点加以审视的时候,他就会发现自己对激发行为的所有那些动机全然不能苟同。一想到这些,他就羞愧难当,惶惑不已;一旦他的行为暴露于光天化日之下,他必定会感到即将蒙受的极度耻辱。在这种情况下,他通过想象还会预见到将遭到同伴的蔑视鄙夷,除非他们对此一无所知。他依然感到自己是这些情感发泄的自然对象,一想到这些情感自然会朝他袭来时,他依然会战栗不已。但是,如果他为之感到愧疚的事,不是那些仅会遭到反对的行为不当,而是能招致憎恶怨怒的大罪,只要他情感没有泯灭,就永远会被恐惧与悔恨的痛苦所困扰;虽然他保证根本无人知晓,甚至确信没有神灵会进行报复,也依然会感觉到那些使他终生痛不欲生的情感：他依然将自己视为所有亲朋好友发泄仇恨与怨怒的自然目标；如果他那颗心尚未因罪恶的习性变得麻木不仁，一想到可怕的真相大白于天下时，人们看待他的神态，以及他们的面部表情和目光，他就会感到恐惧与战栗。恐惧意识自然引起的那些嫉妒痛苦就是恶魔，就是复仇的烈焰，今生今世它们总在纠缠犯罪者，它们会使他们永世不得安宁，它们总是令他们陷入绝望与疯狂，没有任何诀窍可保证他们免受其害，没有任何非宗教的信条可以彻底拯救他们，世间没有任何东西可以使他得到解脱，他们只能陷入最可鄙的、最凄惨的困境，对荣耀与耻辱、罪恶与美德全然麻木不仁。品行极端恶劣的人，在实施最可怕的犯罪时，都会使出浑身解数巧妙地规避罪嫌，但他们有时迫于可怖的处境，也能主动揭发任何人类洞察力所无法发现的东西。承认罪状，接受受害者的怨恨之情，不愿成为连他们自己都觉得是罪有应得的报复目标，所有这些都促使他们希望，如果自己能够在得到人们原谅的情况下宁静地死去，至少可以通过想象，以死而求得自己与人类自然情感之间的和谐，能够认为自己不该遭受如此强烈的仇恨与怨怒；而且在某种程度上能够赎罪，并因此而成为令人怜悯而不是恐怖的目标。与揭发罪行之前的感觉相比，即便只是想到这些，他们似乎也是快乐的。

在这种情况下，即便对于那些性格并非特别脆弱或敏感者来说，应该受到责备所产生的恐惧，也完全会超过受责备本身。为了缓解那种恐惧，为了在某种程度上慰藉自己的良心责备，他们心甘情愿地接受那些罪有应得、但与此同时却也可以轻易规避的指责或惩罚。

只有那些卑鄙无耻、虚伪肤浅之徒，才会对连自己都知道不应获得的赞扬感到心花怒放。无端的指责即便对于极度坚强的人来说，也往往会使他们蒙受奇耻大辱。并不需要超强性格，人们就能轻而易举地学会鄙视在社会上散布的那些并非几周或几日就能消失的流言蜚语。但是一位无辜的人，即使具备超强的性格，也往往因此而不仅受到打击，还会因为那些毫无根据的诽谤而蒙受奇耻大辱；尤其是那些诽谤不幸被一些貌似可能的事实所佐证时,更是如此。他会屈辱地发现人们都觉得他可能有罪而品行不端。虽然十分清楚自己是无辜的,那种诽谤似乎经常通过自己的想象为自己的品行蒙上一层很不光彩的阴影。他对这种严重伤害也会表现出强烈的义愤,虽然往往会欠妥,而且有时甚至不可能去报复,但这种义愤本身的确就不失为一种极其痛苦的情感。人们最大的内心痛苦莫过于怀有强烈的怨恨却不能发泄。一个人因蒙受莫须有的寡廉鲜耻之罪名而被推上断头台,他遭受的是无辜者所可能遭到的最大痛苦。在这种情况下,他心中的痛苦往往比那些因类似的实际罪名而遭受痛苦的人更甚。诸如一般窃贼和拦路劫匪那样肆无忌惮的罪犯对于自己的行为鲜有卑鄙感,于是也就没有什么悔恨自责可言。他们已经惯于把上绞刑架看作极易落到他们头上的命运,而毋庸考虑惩罚是否公正的问题。果真落到他们头上时,他们就会认为和同伙一样不太走运,从而听天由命,而心中除了因恐惧死亡引起的不安之外别无感觉;我们经常会看到,这种恐惧甚至就连最卑微的可怜虫都会轻而易举地全然加以征服。相反,清白无辜者会因受到不公正待遇而怒火中烧,从而备受折磨,而这要远远超出单纯的畏惧可能产生的不安。惩罚可能在他的记忆中留下恶名,一想到这里他就惊恐万状,并极度痛苦地预见到,从此以后他的亲朋好友在追忆他的时候,既不遗憾,亦无深情,而是羞辱难当,乃至为他那些莫须有的恶行感到恐惧:死亡的阴影就会以变本加厉的幽暗向他步步紧逼。为了人类的安宁,人们希望这种不幸事件在任何国家都尽量少发生,然而它们却在所有的国家都时有发生,即便在那些总体来讲相当公正的国家也不能幸免。那位不幸的卡拉斯①,一个坚毅超群的无辜者(由于被无端猜疑是

_____

① 1761年10月13日,图卢兹市新教胡格诺派商人让·卡拉斯(Jean Calas)的长子马克—安东尼在店铺悬梁自尽,有人说马克—安东尼是被他父母杀死的,因为他选择了天主教。但事实是这位二十八岁的青年曾学过法律,一心想当律师,因无法弄到天主教徒的证明书,被迫从事商业。他想从父亲那儿得到一笔钱做生意,遭父亲拒绝,失望之余,更兼债务缠

杀害自己亲生儿子的凶手,在图卢兹被处以车刑,而后被活活烧死),在生命的最后时刻祈求免去的远非残酷的刑罚,而是诽谤将在他记忆中遗留的耻辱。在卡拉斯被处以车刑即将被投进大火之际,参与处决的一位僧侣规劝他供认已宣判的罪状。卡拉斯说,神父,您能让您自己相信我有罪吗?

对于处在这样不幸环境中的人来说,那种把它们的视野限制在今世的卑微哲学也许能令他们感到快慰,但微乎其微。令生或死备受尊重的每件事他们都做不了。他们被处以死刑并遗臭万年。只有宗教才能有效地使他们得到慰藉。只有宗教才能告诉他们,在世上明察秋毫、慧眼独具的法官赞成他们的行动时,人们如何看待他们这些行动并不重要。只有宗教才能向他们展示另外一个世界:那个世界的坦率、人性和正义,要远远超过这个凡尘世界,他们的无辜一定会在适当的时候得以昭雪,他们的美德最终将会获得报酬:只有同样伟大的法则才能够战胜邪恶,才能令被羞辱的无辜者得到唯一有效的慰藉。

无论微小过失,还是重大罪状,一个敏感的脆弱者因不公诽谤所受的伤害,要远甚于一名真正罪犯因实际罪行受到的伤害。一位风流女子,对早已闹得满城风雨且颇有证据的关于其行为的揣测,她甚至只是一笑了

身,而自寻短见。"谋杀"之罪显然难以成立。检察官迪库大义凛然,出庭替老卡拉斯辩护,却被停职三个月。律师絮德尔想阐明事实真相,但陷入狂热兴奋中的法官却不屑一听,反倒认为这位律师无能。1762 年 3 月 10 日,法庭不顾一切无罪的证据,粗暴地判决卡拉斯车裂之刑。临刑前,老卡拉斯悲愤地说:"我已经说明真相,我死得无辜……"事发不久,伏尔泰便听到各种传闻。他对教会历来持怀疑态度,卡拉斯老汉的悲惨遭遇,激起了他对教会和司法当局的无比愤慨,他决心为维护人的尊严、为争取信仰自由而奋斗。他通过各种渠道,亲自调查和搜集证据,并发表了卡拉斯两个小儿子的口供,写了揭露这起惨无人道的冤案的小册子,并为卡拉斯太太提供一切费用,把她接到巴黎,以引起舆论的注意。1763 年 2 月 3 日,伏尔泰亲自写了上诉书,作出"我敢肯定这家人无辜"的结论。3 月 7 日,枢密院下令重审此案,蒙受不白之冤的卡拉斯老汉及其一家终于得到昭雪。

之，但对一名清白的处女来说，同类猜测虽缺乏证据，却是一种道德的伤害。窃以为可将下列情况视作普遍法则：蓄意犯罪者，耻辱感也有，但很少；而惯犯，却几乎没有。

当每一个人，即便是智力平平者，都很痛快地鄙视不该得到的赞赏时，无端指责怎么会经常使具有最佳判断能力的人严重蒙羞呢？也许应该对这种情况做一番考察。

痛苦，我已经谈过，它在几乎所有情况下，同与之对应的快乐相较，都是一种更具刺激性的感觉。就快乐的普通或可谓为自然的状况而言，这种感觉更能把我们的心情压抑到这一水准之下，而其他感觉则能把我们的心情提升到这一水准之上。对一个敏感者来说，因正当指责感到的羞辱，要甚于因公正赞扬感到的振奋。一位明智的人，在一切情况下都会拒绝非分的赞扬；然而他却往往深切地感到无端指责的严重不公。一事无成而受到赞扬，贪天功为己有，都会使他备受折磨，他感到不仅犯有造假之罪，而且应该得到的不是钦佩，而是那些错误地赞扬他的人的蔑视。他发现许多人都认为自己有能力做出并未做的事，这可能使他感到一种实实在在的快乐。然而，他虽然很可能因为朋友的意见而感激他们，但是如果他不立即向他们说明真相，他可能认为自己完全有罪。当他意识到，如果别人知道事情真相，就会以完全不同的眼光看待他的时候，以他人看待他的眼光来看待自己，这就给不了他多少快乐。然而，一个意志脆弱的人却经常因为用这种虚假欺骗的眼光来看待自己而感到踌躇满志。他设想每一种值得赞扬的行动都归功于他，而且对那些没有人认为应归于他的行为，他也装出做过的样子。他假装做过根本不是他做的事，假装已经写出别人已经写过的东西，假装发明了别人发明的东西，从而导致他犯下十分可怕的剽窃罪和说谎罪。即便心智一般的人也不会因为自己从未做过的可赞行为错归于己而开怀大喜，但是一个明智的人却会因为自己从未实施的犯罪行为受到严重谴责而痛苦不堪。在这种情况下，造物主所给予的痛苦，不仅比与之相反的愉快情感来得更加刺激，而且使痛苦程度远远超乎一般。克制能使一个人立即消除愚昧荒唐的快感,却不能使他一劳永逸地消除痛苦。当他拒绝应归功于他的善行时,他的诚意毋庸置疑。当他否认被指控的罪行时,却会遭到质疑。他会立即因虚妄的诋毁而勃然大怒,并且痛心地发现人们对这种诋毁竟然确信无疑。他感到自己的品行不足以自卫。他发现自己的同胞并没有以一种他所期盼的眼光来看待他,而是认为他可能犯有被指控的罪行。他对自己的清白心知肚明。他对自己的所作所为当然了如指掌;但真正了解他可能会做出何事的人也许寥寥无几。他自己那种特质独具的思想可能或不可能容许的,也许或多或少就是一桩为每个人所质疑的事。友人、邻人的信任与溢美之词,比任何事情都更能使他摆脱这种极端不快的疑虑;然而他们的不信任与贬损之词,却会使这种疑虑有增无减。他可能确信无疑,他们对他所做的那些大煞风景的判断是错误的:然而这种自信很少能大到足以阻止那些判断对他产生某些影响;他越敏感,越脆弱,越缺乏自我价值,这种影响可能也会越大。

他人的情感及判断与我们是否一致,这对我们究竟有多大的重要性,应当说在任何情况下,都与我们对自己判断的准确与否所表现出的不确定性成精确比例。

一个敏感的人有时可能感到极度不安,恐怕会对一种可以称之为高尚情操的东西过于屈从,或对自己或朋友可能已经遭受的伤害表现出难以节制的义愤。他焦虑不安,惊恐万状,怕的是在行侠仗义时,会因情绪过激而真正伤及他人;这些人虽然并非无辜,但其劣迹也并非如他当初所认为的那样罪不容恕。在这种情况下,他人的意见对他就会凸显其重要性。他们的认可堪称疗伤的万应灵药,而他们的不认可则可能是注入其心灵的苦涩难当、性烈无比的毒药。当他对自己的一举一动都心满意足时,他人的判断对他来讲也就无足轻重了。

有一些非常高雅美丽的艺术品,其精湛程度只能凭借某种微妙的趣味来确定,然而这些判定却总是显出某种程度上的不确定性。还有另外一些，其成功之处既经得起人们条分缕析的论证，也经得起令人满意的证据检验。在各种候选的艺术杰作中，前者比后者更加渴望获得公众的评论。

　　诗歌之美就是这样一种奥妙，一位年轻的初学者几乎很难确定自己是否已经把握了它。因此对他来讲，没有什么能比朋友和公众令人愉悦的评判更能使他开心；没有什么能比负面评判更能使他感到羞辱。他渴望获得他人对自己表现的好评，前者能确立这种好评，后者则动摇这种好评。经验和成绩也许能适时地为其自我评判增添一点信心。不过他总是容易因公众的负面评判感到羞辱。拉辛的《菲德尔》也许是各种语言中现存的最佳悲剧，然而反响平平，他实在咽不下这口气，于是在风华正茂、才华横溢的巅峰时期决意封笔，不再写舞台剧。这位大诗人时常告诉自己的儿子，那些最微不足道、最不得要领的批评给予他的痛苦，要远远超过最高的、最公正的赞颂所给予他的快乐。伏尔泰对哪怕是最轻微的同类指责都会表现出极端的敏感，这是尽人皆知的。蒲柏先生的《愚人志》在所有最完美无瑕、最优雅和谐的英国诗篇中堪称一座永恒的丰碑，然而却遭到最低俗、最可耻的写手们批评的伤害。格雷集密尔顿的崇高与蒲柏的雅致和谐于一身，距离英语首席诗人的差距也许只在于再多写一些而已，据说他因为自己两篇最佳颂诗被拙劣可耻地模仿而备受伤害，以致后来再也没有试图写出什么像样的作品。那些自认为一流散文家的文人或多或少接近于诗人的敏感。

　　相反，数学家可能对自己的新发现之真实性及重要性信心十足，因此并不介意是否为公众所接受。我有幸认识的两位最伟大的数学家，我相信也是我们时代最伟大的两位数学家，格拉斯哥的罗伯特·辛普森博士以及爱丁堡的马修·斯图尔特博士，对于无知的公众冷落他们一些最有价值的著作，并未感到丝毫不安。我听说，艾萨克·牛顿爵士的伟大著作《自然哲学的数学原理》曾经被公众冷落数年之久。那位伟人的平静心情可能从来没有因为那个原因而受到片刻的干扰。自然哲学家就其在公众意见方面坚持独立性而言，接近数学家；就其对自己新发现的情况及观察能做出自我评判而言，在某种程度上又有和数学家相同的信心和平静心情。

那些不同阶层文人的道德，有时也许或多或少会被自身与公众之间存在的这种巨大区别所影响。

数学家和自然哲学家，因为在公众舆论方面的独立性，很少有为维护自身名誉，或为压制对手名誉而拉帮结派的兴趣。他们几乎总是一些最和蔼可亲、最质朴的人。他们与人和睦相处，互重名誉，从来不为保住公众的赞扬而搞阴谋；他们的著作受赞许时当然高兴，但受冷落时既不郁闷苦恼，也不大动肝火。

诗人，或者那些自夸作品优秀的人，情况却并非总是如此。他们极易将自己归入各种文学派系；每个团体都往往公然或几乎总是秘密成为他人名誉的克星，阴谋诡计与诱惑欺骗，无所不用其极，以便先声夺人，令公众对他们自己成员的作品发表有利评论，并攻讦宿敌对手的作品。在法国，布瓦洛和拉辛以一个文学团体的头领自居，以贬低他人声誉，首先是基诺和佩罗，然后是丰特奈尔和拉莫特，甚至连善良的拉封丹也未能幸免其极端无礼的对待，但他们并不认为这种行为有失身份。在英国，和蔼可亲的爱迪生先生，以一个同类的小团体头领自居，以便压制、贬低蒲柏先生日趋攀升的声望，而他并不认为此举会与其谦谦君子的风范背道而驰。丰特奈尔先生在撰写科学院，即一个数学家及自然哲学家社团的成员的生活及操行时，经常有机会赞颂其和蔼可亲及质朴无华的风度；他说有一种品行，作为整个文人而非仅限于某一个人的品行，在他们中间颇为时尚。达朗贝先生在撰写法兰西学会——一个诗人及杰出作家的社团，或据说是由这种人组成的社团——成员的生活及操行时，似乎并不经常有这种机会来做这类描述，更遑论把这种和蔼可亲的品质自命为他所赞颂的那类文人的品行。

我们对自己功德的不确定感，以及赢得对自己功德正面评论的渴望，所有这些加在一起,自然足够使我们产生想知道别人对此看法的意愿;如果这种看法是正面的,我们就会异常开心,而如果是不好的,则异常难过;然而所有这些都不应该使我们奢望凭借阴谋诡计或宗派作用而赢得正面评论,或避免负面评论。当一个人向所有法官行贿时,法庭最一致的决定,虽然可能使他胜诉,却无法保证他是正确的;如果他仅仅为了满足自己是正确的愿望而上诉,那他压根儿就不应该向法官行贿。然而现在的情况是,虽然他希望发现自己是正确的,但同样希望胜诉;于是他才向法官行贿。如果赞扬不会对我们产生任何后果,只是能够作为一种证据证明我们自己值得赞扬,那我们压根儿就不应该极力以非法手段来赢得赞扬。不过,虽然对于聪明的人来说,至少在备受怀疑的情况下,赞扬因为能证明我们值得赞扬而具有重要意义,但它本身也有其重要意义;因此(在这种情况下,我们的确不能把他们称之为聪明人,只能说他们是)大大超乎一般水准的人,有时也想借助非法手段既能赢得赞扬,又能避免责难。

赞誉和指责表达的都是真实情感;值得受赞誉和应该被指责,自然都是他人虑及我们的品行和行为时应有的情感。喜爱赞誉是期待赢得同胞好感的欲望。喜爱值得赞誉是想使我们自己成为那些情感抒发的适当对象的欲望。至此我仅仅是在说这两种天性彼此之间既一致又类似。类似的密切关系和相似特点在对指责和应受指责的畏惧之间同样存在。

一个人如果想采取或者实际上已经采取值得赞扬的行动,他可能同样也想获得此行动应获得的赞扬,或更甚于此的赞扬。在这种情况下,上述那两种天性就会相互交融在一起。其行动在多大程度上受其中一种天性的影响,又在多大程度上受另一种天性的影响,有时甚至连他自己也不知道。对别人来说,则几乎就总是如此。那些倾向于贬低其行为之功德的人,主要或完全将其归因于单纯的追求赞扬,换言之,就是他们所谓的好大喜功、追求虚名。对其行为倾向于从正面考虑的人,主要或完全是将其归因于喜欢实至名归的赞扬;归因于喜欢人类行为中真正荣耀而高尚的东西,其着眼点不仅在于赢得赞扬,而且在于如何使自己的行为值得同胞们加以认同和赞扬。旁观者根据自己的思想习惯,以及对他们正在考察其行为的那个人是喜欢或是厌恶,通过想象赋予其行为这种或那种色彩。

一些居心叵测的哲学家,在判断人性时如同秉性乖戾者互相评判各自行为那样,总是将每一个应该获得实至名归赞扬的行为归因于喜欢赞扬,或者他们所谓的虚荣。随后我会有机会对他们的一些思想方法加以评判,这里暂且按下不论。

很少有人能够满足于这样的感觉,即:已经具备自己钦佩、也值得他人赞扬的品质,或者已经做出自己钦佩、也值得他人赞扬的行动;除非同时得到公认:他们已具备前者,或已经做出后者;或者,换言之,除非他们实际上已经赢得他们认为应该归因于前者或后者的赞扬。然而在这方面人们相互之间存在着相当大的区别。有些人自认为已经赢得实至名归的赞扬,并因此非常满意的时候,他们看上去对赞扬很不以为然。另外一些人似乎只关注赞扬,至于是否值得赞扬,并不怎么关注。

对于自己已经避免了行动中应该受到指责的过失,没有人能够完全甚或还算满意;除非他也避免了指责或非议。一个聪明的人甚至在他应该得到赞扬的时候,往往不理会赞扬;但是在具有严重后果的所有事情中,他们都非常认真努力地去调整自己的行动,以便不仅能避免应受指责的过失,并且尽可能地避免指责和非难。实际上,他想避免指责,就绝不能做那些自认为应该受到责难的事情,要避免不能尽职尽责;要抓住一切机会,做那些据他断定应该值得赞扬的事情。尽管如此,他还是不得不急迫而小心地避免遭到指责。对赞扬,甚至值得赞扬的行为,表现得非常迫切,这并不是大智的标志,而是某种程度的软弱。但是,在迫切地避免指责或非难的阴影时,这里可能并不存在软弱的问题,存在的往往是最值得赞扬的审慎态度。

西塞罗说:"很多人蔑视荣耀,但他们依然因不公的责难严重受辱,而这是极其矛盾的。"这种矛盾现象似乎就扎根于人性不变的法则中。

全知全能的造物主就以这种方式教导人们尊重自己同胞的情感与判断;教导人们当同胞赞同自己行为时或多或少就会开心,不赞同时或多或少有些痛苦。是他使人类,如果我可以这样说的话,成了人类自身的审判者;而且在这方面,就如同在许多其他方面一样,按照其自己的形象创造人类,并委派人类为他在人间的代理人来监督自己同胞的行为。人类受教于造物者,要承认被赋予的这种权力及裁判权,当受到其训诫时要或多或少谦卑些、克制些,当受到其赞扬时要或多或少开心些。

不过,虽然人类以这种方式被造物主委派为自己同胞的审判者,但他们也只是初审者;他的初审裁决必须求助于更高级的法庭,求助于他们自己良知的法庭,求助于那个假设公正而无所不知的旁观者的法庭,求助于人们心中那个人,即对人们行为做出裁判的大法官和仲裁官的法庭。这两个层级的裁决权都建立在虽然在某些方面类似,但实际上大有差别的原则之上。心外那个人的裁判权完全建立在对实际赞扬的渴望之上,以及对实际指责的厌恶之上。心内那个人的裁判权则完全建立在对实至名归的赞扬的渴望之上,以及对受之不诬的指责的厌恶之上;建立在对具备他人那些被我们喜欢和钦佩的品质的渴望之上,以及对实施他人那些被我们喜欢和钦佩的行为的渴望之上;建立在对具备他人那些被我们厌恶和鄙视的品质的恐惧之上,以及对实施他人那些被我们憎恶和蔑视的行为的恐惧之上。如果心外那个人因为我们并没有实施的行为,或并没有对我们产生影响的动机而赞誉我们,心内那个人就立即克制这种毫无根据的喝彩可能在我们心中产生的骄傲和喜悦,他会告诉我们,因为我们知道自己并不应该受到喝彩,因此如果我们接受这些喝彩,就会变得可鄙。相反,如果心外那个人因为我们根本没有实施的行动,或从来没有对我们可能实施的那些行动产生影响的动机而指责我们,心内那个人就可能立即矫正这种错误的判断,并安慰我们,说我们决不是那种对我们极其不公的责难的适当对象。然而在某些情况下,心内那个人似乎有时真的会因心外那个人的猛烈和喧嚣程度感到惊愕及无所措手足。指责一股脑向我们袭来时发出的喧嚣，似乎已经使我们对实至名归的赞扬和受之不诬的指责的自然感觉变得迟钝或麻木不仁起来；内心那个人的判断虽然可能没有被绝对地改变或歪曲，但是在做决定时的坚决态度却被严重动摇，以致它们在保持内心宁静时的自然效果往往大打折扣。当我们所有的同胞似乎都在大声指责我们时，我们几乎不敢开脱责任。当所有真正旁观者的意见，所有亲眼目睹并从自己立场看问题的人的意见都一致反对我们时，那个假设的公正的旁观者在对我们发表正面意见时似乎也战战兢兢，犹犹豫豫。在这种情况下，这位隐匿在人们心中的半神半人，虽然半是神的血统，却半是凡人血统，看上去酷似诗中的那些半人半神。当他的判断确实受制于他对实至名归的赞扬和受之不诬的指责的感觉时，其行为似乎与其神的血统相符。然而，当他因为对无辜而软弱者的判断感到惊惶困苦时，他就会发现自己与凡人有着千丝万缕的联系，似乎只适于做凡人，而不适于做自己的另一半：神。

在这种情况之下，谦卑痛苦之人仅有的心灵慰藉有赖于更高一级的审判庭，有赖于那位洞悉一切的法官的审判庭，因为他的眼睛从来不会被蒙蔽，他的裁决从来不会违反常情。坚信这一伟大审判庭的准确无误和公正不阿，在这里他将适时地被宣判无罪，他的美德最终将受到回报。这种坚定信念在他心情脆弱沮丧时，在心中之人烦扰不安和惊惶失措时，就会帮助他。造物主在其今生今世已将心中之人确定为他的伟大保护神，保护的不仅是他的清白无辜，还有他心灵的安宁。我们今生今世的幸福于是在许多情况之下，都取决于对来生谦恭的希望与期盼：一种深深植根于人性的希望与期盼；单单这些就能支撑人性自我尊严的高尚理想；就能照亮不断迫近人类的可怕前景，让他在面对今世混乱所招致的极其惨烈的灾难时保持愉悦的心情。这样一个世界必将到来，在那里每个人都将享受真正的公正待遇，每个人都能够跻身于德智双馨者之列；每个人都具备今生今世由于命运不济而无缘展示的那些难能可贵的智慧与美德；这些智慧与美德不仅鲜为外人所知，他自己也很难确定是否具备；甚至那位心中之人也几乎不敢对此给予确切而清楚的证明；在那里，那些谦虚寡言、不为外人所知的优点，有时甚至要超过今生今世那些享有最高荣誉的人，以及那些因得益于自己所处环境而能够有极其精彩表现的人；这一信条，不仅能赢得虚弱心灵的敬重，使之感到惬意，也能赢得高尚人性的青睐，因此使有德者在不幸对此产生怀疑的同时，也不可避免地渴望它确定无疑。若非一些狂热断言者经常教导我们，来世的奖惩往往和我们所有的道德感正相抵触，这一信条根本不可能受到讽刺者的嘲弄。

献殷勤的诌媚者往往比忠诚而积极的侍臣更受青睐；献殷勤及诌媚与优点及功绩相比，晋升之路往往更短，而且更有把握；许多德高望重、郁闷不快的老臣都抱怨说，在凡尔赛宫或圣詹姆斯宫诌媚一次，胜过在德国或弗兰德斯打两次仗。然而，即便软弱的尘世君王都认为是最大耻辱的东西，却被当成正义的行动而归因于神的尽善尽美。忠于职守和对神公开或私下的崇拜，甚至被德才兼备的人描述为在来世有资格受到奖赏或免除惩罚的唯一美德。这些也许就是最切合他们自己身份的美德，是他们品行中最大的亮点；我们自然都倾向于夸大自己的优秀品质。那位娴于辞令、富于哲理的马西永①，在为卡蒂军团的军旗祝福讲演中，向军官们讲述了下面一段话："先生们，在你们的情况中最可悲的就是，在艰难困苦的生活中所承担的任务和职责有时要超过最严厉的修道院的苛求与严责；哎呀，你们总是苦于来世的虚无飘渺，甚至经常苦于今生的枉遭磨难！离群索居的修道士蜗居在修道院里，被迫禁欲奉神，支撑他这样做的就是一种保证能得到回报的希望，以及对松弛主的枷锁这种恩典秘而不宣的热切期盼。然而，当你处于弥留之际时，你还敢就自己的疲惫以及日常工

---

① Yean-Baptiste Massillon, 1663—1742，法国宫廷牧师，后被任命为主教，即后文所说的"克莱蒙大主教"。

作中的艰辛向主陈吐苦水吗？你还敢向主祈求什么回报吗？在你为自己所做出的一切努力中，以及为自己做出的狂热行为中，有什么应该让主负责的呢？但是在你一生中，把最美好的时光都献给了自己的职业，尽职尽责的十年所耗费的精力，要远远超出充满悔恨和耻辱的整个一生。哎呀！我的兄弟，哪怕为主仅仅经受一天的磨难，也许你就能获得无尽的幸福。哪怕为主采取一个痛彻心扉的行动，或许就能保证你能继承圣人的高贵品德。而你做的这一切，徒劳无功，因为你是为今生今世而做。"

以这种方式，把修道院里徒劳的修行比作战争中令人变得高尚的艰难险阻；假如说，在世界大法官的眼中，耗费在前者上的一天或一小时，要比花在后者的一生还要劳苦功高，这一定违背我们的道德观，也一定违背人性教导我们规范自己蔑视和钦佩观念的所有那些法则。然而正是这种精神，把那些神圣的宝地都拱手相赠给僧侣或修道士，或言行与他们类似的人，而与此同时，却把地狱留给往日所有的英雄，所有的政治家和立法者，所有的诗人和哲学家，所有在那些有利于人类生活的延续、便利和美化的技艺方面，曾经有所发明、有所促进以及有杰出表现者；还有人类伟大的保护者、教导者、捐赠者；还有我们对实至名归的赞扬的自然感觉迫使我们认为具有崇高优点和最高尚美德的那些人。实施这一最受尊重的教条，有时竟然备受一些人的轻蔑，你不认为这很奇怪吗？起码可以说这些人根本没有高尚品位，对于忠诚与沉思的美德更是无动于衷。

第三章　论良心的影响与权威

尽管自己良心的认可在一些超乎寻常的情况下很难满足软弱之人的信心；尽管假想的那位公正的旁观者，亦即那位居于内心的大人物的证明并不总能为其提供支持；但是在所有情况下良心的影响和权威却是很大的；只有向这位内心中的判官求教，我们才能看到与我们相关之物的真实形状与大小，或者说，我们才能在自己与他人的利益之间做出适当的比较。

正如对肉眼来说，物体外表的大小，依其真实体积而定的程度并不如依其位置远近而定的程度；这种情况和那个可谓自然心眼的情况相似：我们补救这两个器官缺陷的方式也非常相同。就我目前的状况而言，绿草如茵，林木葱郁，远山绵延的无限风光，似乎只围于我写作时身旁的小窗，而与我此时此刻端坐其中的房间相比，也全然不成比例。我只能将自己，起码通过想象，转移到一个不同的位置，在那里我可以从近乎相同的距离来观察上述两种事物，进而对其真实比例做出某些判断。习惯与经验已经教会我把这些做得如此易如反掌、游刃有余，以致连我自己都几乎意识不到；一个人必须以某种方式掌握视觉的基本原理，他才能够在用肉眼观察那些远处的物体时，借助想象的扩展和放大认识其真实体积，进而确信远处那些物体只是在肉眼看来才显得如此渺小。

同样，对于人性中自私而原始的激情而言，我们自己蝇头小利的得失，比另一个与己毫无特殊关联者的极大关注似乎更加重要，能激发更多的颇富激情的欢乐与哀伤，激起更加强烈的渴望或厌恶。一旦从这个角度加以观察，他的利益就根本无法与我们的相提并论，根本无法阻止我们去做那些有利于我们自己的事情，无论这样会对他产生多大的损害。我们要想对那些南辕北辙的利益加以适当的比较，就必须改变自己的立场。我们在观察它们时，既不能出于我们自己的角度，但也不能出于他人的角度，既不能出于我们自己的观点，但也不能出于他人的观点，只能出于一位第三者的角度和观点，而这位第三者与我和他人之间没有特殊关联，他在我们之间能做出公正的判断。在这里，习惯与经验同样教会我们将此事做得如此易如反掌，游刃有余，以致连我们自己对此都几乎毫无所知；在这种情况下，同样需要某种程度的反思与哲学来使我们认识到，如果有关得体与公正的观念尚未纠正我们情感中自然存在的那些不公正，我们对邻人给予极大关注的事物会是何等毫无兴趣，与邻人相关的事物对我们是何等毫无影响。

让我们假设,那个伟大的中华帝国,连同其亿万民众,突然被一场地震吞没,让我们思考一下欧洲一位颇具人性的人,他与世界的那部分毫无关联,他在得知这一可怕的灾难时将会受何影响。据本人想象,他首先将会对那一痛苦民族的不幸表示悲伤,他将对人生朝不保夕的变幻莫测,对顷刻间即可荡然无存的人类劳苦之虚幻无益,做出许多忧伤的反应。如果他是个从事投机生意的人,他也许会有很多理由对这一灾难可能对欧洲商业乃至全球商贸产生的效应加以关注。当这番推理探究结束时,当所有这些慈悲为怀的情感得到完美表达时,他将转而去关注自己的事业或快乐,或同样心安理得地去休闲消遣,似乎这种意外事件根本没有发生。而那些可能发生在他头上的哪怕极其无关痛痒的灾难,却会使他感到一种更加实际的不安。如果他明天失去小指,他将会彻夜不眠;然而,只要他未曾与亿万同胞谋面,他就会对他们的毁灭置若罔闻,与这件对他来讲微不足道的小灾小难相比,广大民众的毁灭在他看来似乎仅仅是一件索然无趣的事情。因此,为避免一己之小灾,一个慈悲为怀的人只要从未与亿万同胞谋面,难道也会置其性命于不顾?人的天性想到这些也会惶恐,这个世界即使腐败堕落至极,也决然不能生出如此心肠的小人。但造成这种差异的又是什么呢?当我们的消极情感几乎总是如此卑鄙自私时,我们的积极情操又何以能经常如此慷慨高尚呢?当我们总是如此之深地抱有关心自己比关心他人为重的私心时,又是什么东西能在所有的情况之下,在总是以邪压正的许多时候,使我们为他人之大利而牺牲一己之小利呢?这既非人性之微弱力量,也非造物主在人心中所激发的慈悲火花,那种能够抑制强烈之至的自恋情结的火花。这是一种更强大的力量,一种在此情况下能将自己作用发挥得淋漓尽致的更加有力的动机。这就是理智、天性、良心、胸中居民、内心之人、我们行动的伟大法官和仲裁人。当我们准备采取行动来影响他人幸福时,就是他以一个能震慑我们激情中最专横成分的声音向我们大声疾呼:我们不过是芸芸众生中的一员,在哪方面都不比他人强;当我们无耻而盲目地在自己和他人之间选择自己时,我们就成了怨恨、憎恶和咒骂的适当目标。我们只是从他那里才弄明白:我们自己,以及与我们休戚相关的东西,真的很渺小;自恋情结自然发出的误导是可以被这位公正的旁观者雪亮的眼睛所矫正的。正是他,向我们展示了慷慨性格的得体,以及不公性格的缺陷。还是他向我们表明,为他人更大的切身利益而放弃我们自己最大的利益的得体,以及为获得我们自己最大的利益哪怕只是轻度伤害他人的不得体。在很多时候,激励我们表现出那些非凡美德的既非我们对邻人心怀的爱,亦非对人类心怀的爱。那是在此情况下基本上都能产生的一种更加强烈的爱,一种更具威力的情感;这种爱所爱之对象正是那些可敬而高尚、伟大而尊严的品德,是我们自己品行的高洁。

当他人的快乐与痛苦取决于我们的行为时,我们就不敢像自恋可能指示我们的那样,从众多利益中贸然而择其一。那个心中之人会立即对我们当头棒喝:过分青睐自己而过分蔑视他人,会使我们自己成为同胞蔑视和义愤的不二对象。这也不是非凡大度以及高尚美德之人的情感。它能对每一个还不错的士兵产生深刻的影响,他会觉得,当需要很好地履行军人职责时,如果他在危险面前畏首畏尾,或者在需要保命还是捐躯时首鼠两端,他就可能成为同伴蔑视的人。

一个人决不应该为一己之利而不顾他人,因为这样会伤害他人,虽然自己的获利要超过对他人的伤害。穷人决不应该对富人实施欺诈和盗窃,虽然他的所得远远超过损失对他人的伤害。在这种情况下,内心之人就会立即警告他,他与邻人彼此彼此,他会因为这种不公正的选择而使自己变成人们鄙视和义愤的适当对象;而且也将遭到鄙视与义愤一定会自然施予他的惩罚,因为他违反了人类社会的安宁赖以严格遵守的那些神圣法则之一。没有哪个平常诚实的世人,对这样一种行为所带来的内心羞耻,亦即烙在他心中永远洗刷不掉的痕迹所表现的恐惧,不超过对那些并非因为他自己的过失而落到他头上的极其严重的外部灾难所表现的恐惧;或不能由衷地感受到那条伟大禁欲主义格言所蕴含的真理:凭借不当手段从他人那里获利,或者以他人的损失或不利为代价而获利,其违背自然法则的程度要超过死亡、贫穷、痛苦,以及一切能在其肉体或外部环境造成影响的不幸。

当他人的快乐或痛苦确实在各方面都不取决于我们的行为时,当我们的利益与他们的利益完全脱离,既无联系又无竞争时,我们就不总是认为有必要克制我们对自己事务自然表现出的、也许并非恰当的忧虑之心,以及我们对他人事情自然表现出的、也许同样不恰当的冷漠之情。最普通的教育都会教导我们在所有重要的情况下,都要以一种对己对人都不失公允的态度行事,即便普通的买卖交易也会将我们的行动原则调整到最恰当的程度。然而,据说只有最讲究、最精致的教育才能矫正我们消极情感的不公;据称,为达此目的,我们必须求助于最严谨同时也是最深奥的哲学。

有两派不同的哲学家都想向我们教授所有道德课程中这一最难的课题。一派致力于提高我们对他人利益的感受力;另一派则是减弱我们对自己利益的感受力。前者将会使我们对他人的感受如同对我们自己的自然感受。后者则会使我们对自己的感受如同对他人的自然感受。这两者的学说也许都已超出自然而得体的公正标准。

前者是一些意气消沉、牢骚满腹的道德家,他们不仅喋喋不休地指责我们在如此之多的同胞处于水深火热之际却如此快乐,还把幸运给予人们的自然快乐视为大逆不道,因为这种快乐没有考虑到众多的可怜人无时不刻都在各种灾难面前劳其筋骨,他们不仅一贫如洗,疾病缠身,惧怕死亡,而且随时都处在宿敌的欺辱与压迫之中。他们认为,同情我们见所未见、闻所未闻,然而我们大可确信随时都在影响我们众多同胞的那些痛苦,这会使幸运者的快乐大幅缩水,并且会使所有人都会习以为常地感到心情沮丧,意志消沉。然而首要的是,对我们毫无所知的痛苦给予这种极度的怜悯之心,似乎荒唐至极,毫无道理。整个世界平均算起来,你会发现有一个水深火热的人,就会有二十个春风得意的人,或至少情况还算可以的人。我们确实没有理由置二十人之快乐于不顾,反为一人向隅而泣。此外,这种矫揉造作的怜悯不仅荒唐可笑,而且似乎根本做不到;那些假装有这种性格的人所具备的仅仅是一丝故作多情、多愁善感的狂热,这种狂热根本无法打动人心,只是使脸色和谈话不合时宜地忧郁和不快。最后,这种心愿虽然可以实现,却全然无用,只能使拥有这种心愿的人痛苦不堪。我们对陌生者、与己无关者、局外者的命运无论多么关心,都只能为我们自己平添忧虑,对那些人来讲却毫无裨益。我们为何要为遥不可及的月亮世界自讨苦吃? 所有的人,即使那些极其遥远的人们,也无疑有权接受我们的良好祝愿,以及我们对他们油然给予的良好祝愿。然而,尽管他们万一很不幸,为此而自寻烦恼也不是我们的义务。万一我们因此对那些既不能得益于我们、也不会被我们所伤害之人的命运关心甚微,这似乎也是大智大慧的造物主使然;即使可能在这方面改变我们的本性,这种变化也无法使我们获益。

从来没有人指责我们对他人的成功喜悦毫无同情之心。在嫉妒之心不加阻挠时,我们对他人的发达往往会大喜过望,那些抱怨我们对他人痛苦缺乏足够同情心的道德家,责备我们太轻率地对幸运儿、权贵或富翁动辄大加赞赏,乃至近乎崇拜。

有些道德家,总想以弱化我们的自我关注情结为手段,纠正我们消极情感中自然存在的不均衡性,在这些人中间,我们可以有名有姓地数出那些古典哲学家,尤其是那些斯多葛派。根据斯多葛派的说法,人不应该将自己看成是离群索居、超然物外的超人,而应该看成是一名世界公民,亦即大千世界全体成员之一。为了这一伟大团体的利益,他应该随时心甘情愿地牺牲自己的蝇头小利。与他相关的任何事情,对他产生的影响都不应该超过这一无限庞大系统中同样重要的其他事情。我们自我审视的时候,凭借的不应是我们自私情感给予自己的眼光,而应是这个世界其他公民审视我们时的眼光。无论什么事落到我们头上,我们都应该将它看成落到邻人头上的事,换言之,就像我们邻人也把落到他们头上的事,看成是落到我们头上的事。爱比克泰德说："邻居丧偶或丧子时，没有人不认为这是一桩人间惨剧，但与此同时，根据事物发展的普通规律，这又是一件很自然的事情；但是，当同样的事情落到我们自己头上时，我们就会嚎啕痛哭，犹如我们遭到极其可怕的灭顶之灾。然而，我们应该记住当这一惨剧发生在他人身上时我们自己该如何感受，正如我们自己处于他的情况之下，也该有如此感受一样。"

有两种不同的个人不幸，我们为之产生的情感往往超出适当的限度。一种首先影响一些与我们特别亲近的人，比如我们的父母、子女、兄弟姊妹、密友，然后再间接影响我们；另一种则在肉体、命运、名誉方面立即对我们产生间接影响，包括疼痛、疾病、濒临死亡、贫困、羞辱等等。

在第一种不幸中，我们的情感无疑可能会大大超出精确适度的范围；但是它们也有达不到适度的时候，而且经常会如此。如果一个人对自己父亲或儿子的死亡或不幸引起的感受，与对他人父亲或儿子的死亡或不幸的感受毫无二致，他显然既不是个好儿子，也不是个好父亲。这种超乎人情的冷漠决然不能激发我们的赞赏，它将招致我们强烈的不满。不过，那些涉及亲属的情感，有些太过，有些不足，二者都极易引起我们的不满。造物主出于最明智的目的，已经在大多数人，也许所有的人中间，使父母对子女的温情远比子女对父母的孝心更为强烈。种族的延续与繁衍全然依恋前者，而非后者。在一般情况之下，子女的生存与保护都仰仗父母的关爱。而父母的生存与保护却很少能仰仗子女的关爱。因此造物主使前一种情感非常强烈，一般来讲无需去激发，只须加以节制；道德家很少力劝我们如何溺爱，一般只是叫我们如何克制自己的爱心、过度的依恋，以及那种给予自己子女的情感超乎他人子女的偏爱。相反，他们规劝我们对父母要深切关注，在他们的晚年，要回报他们在我们幼年及年轻时代给予我们的慈爱。《十诫》要求我们尊敬自己的父母。没有提到对子女的爱。造物主早已让我们做好充足的准备去履行这后一种义务。人们很少会因为对子女装出言过其实的疼爱而受到指责。他们有时会被质疑对父母的孝心水分太多。同样的原因，寡妇们虚情假意的悲伤也被质疑缺乏诚意。如果我们认为那是出自真心实意，我们就应该对这种哪怕是过度的情感加以尊重；虽然我们并不能完全赞同，但我们不应该严加指责。这起码在那些假装有这种情感的人眼里看来值得赞扬，而这种装模作样，也正是一种证明。

那些因为过度而最易引起反感的装腔作势，虽然显得应该受到指责，然而，即便是这种过度也从来不会显得可憎可恶。我们诟病父母对子女过度溺爱或忧虑，因为有些事最终会证明这对子女是有害的，而同时也会引起父母过度的烦扰；但我们对此却很容易体谅，从不以憎恶之心对待。然而，这种往往太过头的情感，其弊病就在于总显得特别令人反感。一个对子女冷漠无情、无论在什么情况下总是过度严厉粗暴的人，在所有野蛮行径中似乎是可恶至极。得体的观念，绝非要求我们彻底铲除对最亲近者的不幸而自然生成的超常情感，这种情感的不足总比过头更令人反感。禁欲主义者的冷漠无情，在这种情况之下根本不会受到欢迎，所有那些为这种冷漠提供依据的形而上学的诡辩，除了使纨绔子弟根深蒂固的铁石心肠、目空一切的恶习变本加厉之外，很少会有其他任何效果。那些将爱情、友谊，以及所有其他个人及家庭情感描绘得精美绝伦、惟妙惟肖的诗人和浪漫主义作家，诸如拉辛、伏尔泰、理查森、马利佛、里科波尼，在这方面，要比芝诺、克里希波斯或爱比克泰德更显出良师益友的风范。

不会令我们无法履行义务的那种对他人不幸所表现的克制的情感，对已故友人悲痛而深情的怀念，如格雷所言，暗自悲伤的切切痛苦，所有这些都绝然不是乏味的情感。虽然它们在外表上带有痛苦与悲伤的特性，却内在地被美德及自我认可的高尚品格打上了烙印。

对我们的身体、命运或名誉产生立即和直接影响的那些不幸则当别论。情感过度比情感不足更能危及得体感，但是只有在很少的情况下，我们才会非常接近禁欲主义者的冷漠与无情。

对起因于肉体的激情感同身受的情况微乎其微，这一问题前面已经提及。出于明显原因的痛苦，比如切割或撕扯皮肉，也许就是旁观者最能给予同情的肉体上的感情。邻人濒临死亡同样也总是对旁观者造成严重影响。但在这两种情况下，旁观者的感受与当事者相比，简直不可同日而语，也正因为如此，旁观者表现的痛苦虽然太过轻松，也不会引起当事者的不快。

仅仅运气不佳，仅仅穷苦贫困，二者所能引发的怜悯之心微乎其微。对此怨艾十足往往会成为他人鄙视的对象，而非同情的对象。我们蔑视乞丐；虽然他的纠缠不休可能赢得我们的施舍，却很少会成为深切同情的目标。从富足沦为贫穷，因为对受害者来说这是最实际的不幸，因此很少不会激发旁观者极其真诚的同情心。虽然在当今社会中，这种不幸很少不是因为行为有误，而且是遭受不幸者本人相当严重的行为有误所致，但是他几乎总是受到别人的同情，因此不至于会沦落到一贫如洗的境地，在朋友的资助下，而且往往是在那些非常有理由抱怨他粗鲁莽撞的债权人的纵容下，他们总是会受某种程度的礼遇，虽然他们本人身价卑微，庸才一个。对于遭受此种不幸的人，我们可能很容易就会原谅其某种程度的懦弱，但与此同时，那些面临变革面不改色的人，那些对于自己新处境极易适应的人，那些似乎对于变革并不感到羞辱的人，那些并不是把自己的社会地位建立在财富，而是建立在品德和行为之上的人，他们总是会赢得我们最高度、最由衷的敬佩。

在所有那些能够使一个无辜者遭受立即和直接影响的外在不幸中，本不应该遭受的名誉损失肯定是最大的；因此，对于能够导致如此巨大灾难的事物，无论怎么敏感都不会显得有失体面或令人不快。当一位年轻人的品质或名誉遭受无端指责时，虽然他宣泄愤懑时有些过激，但我们往往越发尊敬他。一位清白无辜的女士，因其行为遭到传播甚广的无端猜测而感到痛苦，往往令人十分同情。年长者，由于长期经历世俗社会的庸俗与不公，已经学会看轻指责与赞扬，学会鄙视谩骂与羞辱，而且不会屈尊对行为轻浮者大动肝火。这种淡漠，完全是建立在一种经过良好自我修养而形成的品质的坚强自信之上，这种淡漠，在那些不能也不该具备这种自信的年轻人身上则令人感到不快。这可能预示，在未来的岁月中，他们对真正的荣耀及声名狼藉，将全然采取一重极其不妥的麻木不仁态度。

在所有其他那些能对我们产生立即直接影响的个人不幸中，我们很少会因为显得无动于衷而备受诟病。我们经常会愉快而满意地记起对他人不幸所产生的感觉。我们却很少能毫无羞愧地记起自己对于不幸的感觉。

如果我们在日常生活中遇到并观察懦弱和自制之间细微的差异，我们就会满意地发现，这种对于自己消极情感的自制能力是必备的，而其来源并非是对那些莫名其妙的诡辩进行的演绎推理，而是造物主为让我们获得这种自制力及其他各种美德而制定的伟大法则；即对我们行为的真正或假设的旁观者情感的一种尊重。

一个少不更事的孩童没有自制力；无论这种自制力所应控制的情感是什么，或是恐惧，或是悲伤，或是愤怒，他总是借助于大声哭喊，竭尽全力地向护士或父母提出警示。一旦他处于这种颇具偏袒之情的保护者的监护之下，他的愤怒就是他应该学会克制的首要的、也许是唯一的激情。这些保护者为了自己得到安逸，不得不连哄带吓，让孩子表现出温和的好脾气，而那种招致攻击的激情，于是就被他为自身安全而应该学会的激情克制了。当他长大该去上学时，或该与同伴共处时，他不久就发现同伴们对他并没有这种溺爱性的袒护。他很自然想赢得同伴的好感，以免遭到他们的仇恨与蔑视。他们甚至把学会这样做看作是为了自身的安全；他不久还会发现要想达到这个目的，除了自制之外别无出路，而需要加以自制的不仅是愤怒，还包括所有其他的激情，而克制的程度要以玩伴或同伴能够满意为准。于是他便进入自制这所大学校，他学习越来越努力地克制自己，并开始对自己的情感用一种即便经长期生活实践也不足以达到尽善尽美的纪律加以约束。

一个极其脆弱的人，当他在遭受各种个人不幸，备受疼痛、疾病、悲伤

138

煎熬的时候,正好有朋友,甚至不速之客来探访,他就会立即想到他们对自己处境可能产生的看法。他们的看法转移了他对自己的注意力,从他们露面的那一时刻起,他多少就像吃了颗定心丸。这种效果招之即来,甚至如机械反应;然而,对于一个脆弱的人来说,却如昙花一现。他对自己状况的看法,立即死灰复燃。他一如既往地沉湎于唉声叹气、泪雨涟涟、悲痛欲绝之中;宛如一个学前孩童那样,不是依靠克制自己的悲伤,而是依靠强求他人的怜悯,在自己的悲伤与旁观者的怜悯之间达成和谐一致。

对一个略微坚强的人来说,这种效果就或多或少持久些。他会尽量将自己的注意力集中于同伴对自己情况可能产生的看法。同时,自己虽置身眼前的灾难,但自我怜悯之心并未超过他们对自己的真实感觉,因而保持心情宁静,这时他就会感觉到他们自然对自己所给予的尊敬与认可。同伴出于同情而给他的认可,他会感到自我陶醉,他从这种情感中获得的快乐,也支撑着他更加易于坚持这种巨大的努力。在大多数情况下,他会对自己的不幸避而不谈,如果同伴们还算有良好的教养,就会小心翼翼,对那些可能使他刻骨铭心的东西讳莫如深。他会一如既往地努力用一些无关宏旨的话题来愉悦同伴,或者,如果他感觉自己已经十分坚强,足能提及自己的不幸,他就会如同自己想象的那样,像他们能够谈及这些不幸一样也谈论起来,甚至可以感觉到他对这些不幸的感受和他们的毫无二致。但是,如果他对自制这条原则尚未习惯,不久他就会对这种克制心生厌烦。一次很长的探访会使他备感疲惫;探访临了,他就会不断地冒险去做探访结束时所常做的那些事,即因沉湎于极度悲伤而脆弱不堪。最能迎合人类弱点的现代良好方式就是,有时要禁止陌生人,只允许最亲近的亲戚和最亲密的朋友探访遭遇重大家庭灾难的人。人们认为,后者的出现会比前者更能减少约束;遭遇不幸者更容易适应那些有理由期待会给予更宽厚同情的人。那些隐秘的敌人,非常喜欢做密友状过早进行那种假慈悲的探访,他们幻想这种行径可以瞒天过海让他们真实的敌意不为人知。在这种情况之下,世上最脆弱的人也会努力保持一颗男儿的镇静之心,而且出于对他们这种蓄意害人行径的义愤及轻蔑,还会尽量表现得开心与轻松。

一个真正坚定不移的人,一个在伟大的自制学校以及熙攘逐利的世界里成长起来的聪明而正直的人,也许曾遭到派系暴力和不公的侵害以及战争的危害,这样的人在各种情况下都能对自己的消极情感保持克制,无论离群索居,还是处身社会,几乎都能表现得沉着镇静,几乎都能以相同的态度对待外界的影响。无论旗开得胜还是心灰意冷,无论春风得意还是逆风而行,无论面对朋友还是面对敌人,他经常必须保持这种勇气。对于公允的旁观者对自己情感及行为所做的评判,他从来不敢有片刻的忘记。对于这位伟大的心中之人的关注,他从来不能容忍哪怕有片刻的忽视。他早已惯于以这位栖居内心的伟大之人的眼光来关注与己相关的事情。他对这种习惯早已深谙熟知。他一直在不断地实践,也的确有必要,在根据这位令人敬畏的法官的行为和情感,在塑造或努力塑造自己的外在行为,甚至内心情感。他不仅仅是倾心于公正旁观者的情感;他确实是在接受它们。他几乎是与那位公正的旁观者保持一致,他本身几乎就已成为那位公正的旁观者,甚至很少会感觉到自己的情感是受仲裁者支配才产生的。

每个人在这种情况下用以观察自己行为的自我认可度,高也好,低也罢,都完全与为获得自我认可而采取的自我克制度成比例。需要自我克制少的地方,获得自我认可也少。仅仅擦伤手指的人,虽然他会立即表现出已经忘记这一微不足道的痛苦,但也不可能对自己大肆吹嘘。被炮弹炸掉腿,而片刻之后言谈举止却和往常一样冷静从容的人,因为他采取更高度的自制,因此也自然会感觉到更高度的自我认可。对大多数人来说,遇到这种偶发事件时,他们对自己的不幸自然形成的看法,都将迫使它带有鲜明而强烈的色彩,以至完全忘却所有其他的看法。除了他们自己的痛苦与恐惧之外,他们会无所感觉,无所关注;这不仅是因为心中那位理想之人,而且也因为那些正好在场的实际旁观者的评判,都将被完全忽略和轻视。

造物主对在不幸情况下的良好表现所给予的关注，完全是和那种良好表现本身相称的。对于痛苦和遭遇可能给予的唯一补偿，也和良好行为的程度相称，完全是与痛苦和遭遇本身成比例的。征服我们自然情感所必备的自制程度越高，这种征服的乐趣与骄傲也就越大；它们是如此之大，没有任何全心享受乐趣与骄傲的人会感到不快。痛苦与不幸都不能侵入充盈自我满足之情的那颗心；对禁欲主义者来说，一个聪明人在各方面的快乐都会等同于在其他任何情况下的快乐，虽然这种说法也许有些过分，但是至少必须承认，他因为怀有自我赞扬之情，就一定会缓解，虽然不会全然消除对自己所遭不幸的感觉。

在苦难大爆发的时候，如果我可以这样说的话，最明智最坚定的人，为了保持自己镇定自若的态度，我认为他就不得不做出相当大的，甚至是痛苦的努力。他对自己的不幸所自然形成的感觉，他对自己处境自然形成的看法，都对他产生巨大的压力，他如果不做出巨大的努力，就无法将自己的注意力集中到公正旁观者的感觉和看法上。两者的看法都在同时展现给他一人。他的荣誉感，他对自己尊严的关注，都在引领他将自己全部的注意力集中在一种看法上。他那种自然形成、无需教授而放荡无羁的感情，继续将注意力吸引到另一种看法上。在这种情况下，他就不能与那位心中的理想人物保持完全一致，他就不能成为对自己行为加以评判的公正的旁观者。这两者的不同看法都存在于他的头脑中，既相互隔绝又相互区别，每一种看法都在引导他采取行动，这种看法与另一种看法所引导他做出的行动有别。当他遵从荣耀与尊严使他形成的看法时，造物主的确不会让他陷入无所回报的境地。他享有自己完全的自我认可之情，以及每一个公允而无偏见的旁观者的赞扬。然而，根据造物主万古不变的铁律，他依然没有脱离痛苦；造物主所给予的补偿虽然相当可观，但也不足以完全补偿那些铁律强加给他的痛苦。所得与应得无法吻合。但也不能完全补偿，如果这样，从自私自利的观点出发，他就没有任何动机促使自己避免任何一个必定会使他对自己以及社会的作用大为缩水的事件;造物主出于对二者怀有的那种父母般的关爱,就会示意他应该迫切地去避免所有这种事件的发生。于是,他就仍然处于痛苦的煎熬之中,虽说仍然没有摆脱苦难大爆发引起的悲痛,但他依然不仅会保持镇定自若的男儿气派,还会保持判断时的沉着冷静和清醒克制,这就要求他为此而孜孜不倦地做出极大的努力。

但是就人性的特点而言,痛苦根本不能持久;如果他能经受这种苦难大爆发,不久就会毫不费力地恢复通常的宁静。一个装有木制义肢的人吃尽了苦头,而且毫无疑问,可以预见他在有生之年必将因极度不便而继续大吃其苦。但是不久他就会像任何一位公正的旁观者那样来看待义肢;将其看作是一种不便,虽然如此,他依然可以享受离群索居和置身社会所带来的平凡的快乐。不久他就把自己看成是一个与心中那位理想之人相一致的人,不久他自己就变成了自己处境中公正的旁观者。他已经不再像一名弱者起初所做的那样,为此而哭泣,为此而悲痛,为此而忧伤。对公正旁观者的看法他早已习以为常,以致无需尝试,无需努力,他就不会以任何其他观点来观察自己的不幸。

所有人都确定无疑地会适应那些将永久陪伴他们的处境。这也许会诱导我们认为,禁欲主义者至少离真理不远;在永久的处境之间,就真正的幸福而言,几乎不存在任何实质性的差异:或者说,如果存在任何差异,不过是能把某些处境变成简单的选择和偏爱目标,但并不足以将它们变成人们急不可耐的渴望目标:而另外一些,因为很适于搁置一旁或干脆避免而变成简单的被拒目标,但不是任何遭到强烈厌恶的目标。幸福存在于安宁与享受之中。没有安宁就没有享受;安宁十足之处,几乎不存在任何令人不快的东西。但是在任何一个不会发生变化的永久处境中,每个人的思想迟早会归于自然而通常的安宁状态。处于顺境,经过一段时间之后,也会跌回那种状态;处于逆境,经过一段时间之后,也会回升到那种状态。在巴士底狱被囚禁而与世隔绝时期,经过一段时间之后,追求时髦而举止轻佻的洛赞伯爵恢复了安宁,居然以喂养蜘蛛自娱自乐。经过良好修炼的头脑,也许既能较快地恢复安宁,也能较快地在自己思想中发现更加美妙的乐趣。

人生痛苦与混乱的重要源头似乎就是过高估计一种永久处境与另外一种永久处境之间的差异。贪婪,过高估计贫穷与富足之间的差异;野心,过高估计一种私人地位与一种公众地位之间的差异;虚荣,过高估计默默无闻与声名显赫之间的差异。受这些过度激情影响的人,为了达到自己愚蠢欣羡的处境,不仅在自己实际状况中感到痛苦,而且经常扰乱社会安宁。但是,只要稍微观察一下他就会心满意足,因为在人生所有那些通常处境下,一种平常的心态,可能同样会得到平静、喜悦、满足。那些处境中的一些,毫无疑问,可能应该比别的处境更受青睐,但是这些处境中没有任何一种值得人们以狂热的激情去追求,这种狂热的激情会驱使我们违背谦虚谨慎或公正不阿的原则;或想到我们自己的愚蠢而感到羞耻,或由于对我们自己的不公正感到恐惧,进而感到悔恨,最终葬送我们将会享有的平静心态。我们有时会试图改变自己的处境,但是谦虚谨慎的原则却不指引我们这么做,公正不阿的原则也不允许我们这样做。在这种情况下,如果一个人非要进行改变,他就会玩各种本来玩不起的危险游戏,为那些罕有机会得到的东西而押上自己的一切。伊庇鲁斯①国王的亲信对其主人说的那些话,可能对所有那些普通处境中的人都很实用。当国王把自己的征服计划依序向他描述,谈到最后一项行动时,这名亲信问道:"请问陛下接下去究竟想做什么?""接下去嘛,"国王说,"那时我想和朋友们一起尽情享受,推杯换盏,快乐相伴。""那么现在是什么妨碍陛下这样做呢?"亲信问。痴心妄想会使我们幻想出一些极其灿烂辉煌、高高在上的环境,但是在这种环境里,我们旨在获得的真正幸福的快乐,与我

---

① 古代希腊半岛西部国家,在今希腊和阿尔巴尼亚交界地区。

们处在实际的卑微地位时,力所能及而又唾手可得的那些快乐几乎总是毫无二致的。除了虚荣心与优越感带来的那些毫无意义的快乐之外,我们在那些仅有个人自由存在的极其卑微的地位中,也会发现只有高位才能享有的另外一些快乐;但是源于虚荣心和优越感的快乐,却很少能与完美的平静以及真正令人满意的享受的原则与基础达成一致。在我们向往的那种光彩夺目的处境中,那些真正令人满意的快乐,我们未必就像在自己渴望抛弃的卑微环境中那样万无一失地加以享受。查看一下历史记录,收集一下在我们自己亲历的圈子内发生的事,注意思考一下私人生活或公众生活中几乎所有惨遭巨大不幸者的行为,这些人你可能是从文字记载中读到的,也可能是听说的,也可能是自己铭记在心的;你就会发现他们大多数人的不幸都是因为他们没有自知之明,在自己的处境已经很好,本该冷静地坐下来感到知足常乐的时候,却一无所知。有一位努力以医术弥补相当不错体质的人,在墓碑上刻着这样的话:"我过去身体很棒,我希望更棒。可我现在躺在这里。"但愿这段话对那种因贪心和野心未能得逞引起的痛苦,算得上对症下药。

下面这种情况可以被认为是一个特例,但我认为是一种公正的意见:处在可补救的不幸中的大多数人,并不能像处于无法补救的不幸中那样,普遍地容易恢复自然而通常的平静。在后一种不幸中,在那种所谓的飞来横祸或首次打击中,我们能够发现聪明人和弱者在情感和行为上存在的任何可感觉到的差异。最终,时间,这位伟大而平凡的安抚者,逐渐地使脆弱者的平静,达到聪明人考虑到自己尊严和气概而从一开始就具有的那种程度。装木腿者的情况就是明显的一例。在痛失爱子、痛失亲朋引起的无法补偿的不幸中,即便一个明智的人在一段时间内也会沉湎于一定程度的悲伤。一个情深意切,却十分脆弱的妇人,在这种情况下往往会变得几乎精神崩溃。但是,时间,一段或长或短的时间,总能使最脆弱的妇人像最坚强的男人那样平静下来。一个明智的人,处在那种立即对其产生直接影响的无法弥补的灾难中,他会从一开始就努力预见,并能享

144

有那种估计数月或数年之后终将恢复的平静。

在那种按事理说可以补救,或者似乎可以补救,但补救的方法却为受难者力所不及的不幸中,他那种旨在恢复从前状况的徒劳无果的尝试,对尝试成功的持续焦虑,达不到目的引起的持续失望,都是阻碍他恢复与生俱来的平静的主要原因,而这些又经常使一个即便遭遇无法补救的大灾都不会难过两周以上的人一生屡遭不幸。从受宠若惊跌落到脸面尽失,从大权在握跌至身价全无,从腰缠万贯跌至一贫如洗,从自由自在跌至身陷囹圄,从身强力壮跌至百病缠身,慢性病,也许还有不治之症等等,一个很少抗争、极其容易并乐于默认自己命运的人,不久就会恢复通常那种自然的平静,而且观察他所处的那个最难以忍受的实际处境时,采取的眼光或者和最冷漠的旁观者观察这种处境时的眼光相同,或者比这种眼光还要适宜。派系争斗、阴谋诡计、阴谋集团都在搅扰倒霉政客的安静。奢华的工程以及金矿的发现,都能搅得破产者夜不能寐。持续炮制越狱计划的囚犯不能享受无忧无虑的安全,即便狱方允许也不能。医生的药物对于身患绝症的病人来说往往是最大的折磨。卡斯蒂利王的国王菲利普过世后,有一位僧侣试图安慰丧夫的王后约翰娜,他向她讲述一位国王的故事,说那位国王死后十四年,因为他那位备受折磨的王后坚持祈祷,结果死而复生,但他的传奇故事并没有使那位伤心欲绝的王后错乱的头脑恢复平静。王后有样学样,坚持重复同样的做法,希望同样会成功;她坚持很长一段时间拒不给国王下葬,不久又将国王的尸体抬出陵墓,以疯狂的期待给予她的耐心与执著,几乎是亲自陪伴,期盼那一幸福时刻的到来,等待心爱的菲利普的复活使她如愿以偿。

我们对他人情感的感受,与自我克制的男儿气概绝非不一致,这正是男儿气概赖以存在的基础。同时也是邻人遭遇不幸时驱使我们去体恤其悲伤的天性或本能;也是我们自己遭遇不幸时,驱使我们克制自己因悲伤而凄惨可怜地恸哭的天性或本能。同样也是当邻人春风得意、旗开得胜时驱使我们去向他的快乐表示祝贺的天性或本能;也是我们自己春风得意、旗开得胜时驱使我们克制自己的快乐引起的轻率放肆行为的天性或本能。在这两种情况下,我们自己情感的得体程度似乎与我们体会和想象他人情感的的生动性和力度完全成正比。

美德无瑕的人,亦即我们最热爱和最敬重的人,就是那种能够十分完美地克制自己天生的自私情感,同时又对他人的天生情感与同情之情体察入微的人。这个人具备所有那些温柔和蔼、彬彬有礼的美德,他能将所有那些伟大的、令人敬畏的、令人尊重的美德融于一炉,他肯定是受到我们最真诚热爱和钦佩的人。

天性最适合获得前一组美德的人,似乎也最适合获得后一组。最能体谅他人快乐与悲伤的人,也最能克制自己的快乐与悲伤。最富人性的人,也自然是最能克制自己的人。但是他可能并不总是具备这种克制能力;而且不具备的情况经常发生。他的日子可能过得太安逸、太平静。他可能从来没有被卷入宗派暴力活动,或者战争引发的艰难险阻。他可能从来没经受过上级的蛮横无礼,同僚的嫉贤妒能,以及下属的暗中踢脚。年事已高的人经常由于命运中的一些偶然变故而经历这些情况,所有这些都给他留下了极其深刻的印象。他具备这种适于获得最完美自制能力的素质;但是却从来没有机会去获得这种素质。此外,还缺乏经验和实践,而没有这些,就没有任何一种习惯能够凭空养成。艰难、危险、伤害以及不幸,都是我们赖以实践这种美德的唯一老师。不过没有任何人愿意来向它们学习。

人性中温和的美德所赖以顺利生成的那些处境,绝然不同于最适于峻严自制美德生成的处境。生活安逸的人最能关注他人的不幸。本身陷于困境的人最需要注意并克制自己的情感。在持续的恬静和明媚的阳光之下,在从容引退的达观闲适中,人性温柔的美德才会欣欣向荣,也才能发扬光大。但是在这种情况之下,自我克制这一伟大而高尚的情操却很少能够得以落实。当长空万里因为战争和派系争斗,以及天下大乱而烽烟四起时,峻严的自我克制才能大行其道,并能成功练就。不过在这种情况下,人性最强烈的表示却必将遭到遏制和忽视,而每被忽视一次,都势必使人性遭到削弱。正如拒绝宽恕是一名士兵的职责一样,有时给予宽恕也同样是他的职责。当一名颇具人性的人,如果他频频被迫执行这种不愉快的职责,其人性就罕有不被大大削弱的时候。为使自己的心态保持安逸,他会学着看轻自己被迫造成的不幸;有时不得不危及他人的财产,乃至邻人的生命,而他人的财产及生命则是正义与人性的基础,但他所处的情况却会导致他轻视,甚至完全不去关注这两点,这样的处境呼唤着最高尚的自制力。正是因为如此,我们才发现,在这个世界上,一个颇具人性的人却罕有自制力,他们慵懒怠惰,优柔寡断,在追求自己最美好的目标时,极易因困难或危险变得心灰意冷;相反,那些具有极强自制力的人,任何困难和危险都不会使他们闻风丧胆,他们在任何时候都准备从事那些最富挑战性的冒险事业,但与此同时,他们对公正与人性却似乎心如古井,无动于衷。

离群索居时,我们对与己相关的事物就会很在意:高估自己的善行和遭受的伤害;因自己交好运感到欢欣鼓舞,因自己遭厄运感到沮丧至极。与朋友谈话会使我们的心绪渐入佳境,与陌生人谈话则会使我们的心绪更上层楼。那位心中之人,亦即我们情感与行为的那位抽象的、理想的旁观者,经常需要真实的旁观者出面提醒他注意自己的职责;我们似乎只能从旁观者,从那位我们很少能期盼怜悯与宽容的那位旁观者那里,才能学会最完全的自制课程。

你深陷逆境吗? 不要躲在阴暗孤独的角落里向隅而泣,不要用密友的宽容与怜悯来调理自己悲伤的心态,要尽快重返世界和社会的光天化日之下。与陌生人生活在一起,与对你的不幸一无所知或漠不关心的人生活在一起;甚至不要拒绝与仇敌为伍;但要抵制他们的幸灾乐祸,要让他们感觉到你遭遇的灾难对你影响甚微,你如何能超越这些灾难,并从所有这些行为中获得乐趣。

你春风得意吗? 不要把好运带来的快乐局限于自己的屋子,局限于和自己朋友的交往,局限于和阿谀奉承之辈的交往,局限于和那些希望以你的命运为基础建立他们自己命运的人交往;而应该寄托在与这样一些人的交往中:他们与你毫无瓜葛,只是根据你的品格和行为,而不是根据你的命运来评价你。既不追求也不回避,既不强行介入也不刻意摆脱那些曾经比你优越者的交际圈,他们可能会因为发现你和他们旗鼓相当,甚或已经超越他们而感到颇受伤害。他们傲岸无礼,目空一切,与他们交往会令人极为不快;然而,如果并非如此,他们保证是你可以保持交往的最佳伴侣;如果你的行为直率而谦逊,你就会赢得他们的青睐,你就会为自己谦虚谨慎的行为感到心满意足,为自己未因交好运而头脑膨胀感到踌躇满志。

道德情操的得体,当滥施宽容、偏见十足的旁观者在场,而毫无偏见、公正不阿的旁观者却远在天边时,最易于遭到败坏。

对于一个独立国家对另一独立国家采取的行为,中立国就是唯一毫无偏见和公正不阿的旁观者。然而它们却处于千里之外,几乎是遥不可及。两国失和时,每国公民对他国人考虑其行为时所产生的情感罕有关注。他的愿望就在于赢得同胞的认可;当这些同胞被激励他的同一种敌意十足的激情所激励时,他就会使他们感到犹如激怒冒犯自己的敌人那样高兴。偏激的旁观者近在咫尺;公正的旁观者远在天边。因此在战争和谈判中,公正的法则罕有被遵从的。真理及公平交易几乎被彻底忽略。协约被撕毁;如果有利可图,撕毁协议对于当事者来说没有什么耻辱可言。愚弄外国的大使备受钦佩与赞扬。正派的人,对于接受或给予好处都不屑为之,但认为给予好处比接受好处的可耻程度要轻;他在所有私人交易中都备受爱戴与敬重,在公务交易中却被认为是傻瓜与白痴,因为他对自己的交易根本不明白;这样的人总是招致他人的鄙视,有时甚至遭到自己同胞的憎恶。在战争中,不仅那些被称为国际法的东西经常遭到践踏而又不会在当事者的同胞中给他带来任何耻辱(他只尊重这些人的评判);而且那些法律本身,很大一部分,在制定的当初就很少顾及到那些最普通、最明显的正义法则。无辜者,虽然可能与罪责有某些联系或瓜葛,但他们对于这种罪责也许出于无奈,因此他们不应该为这种罪责受苦或惨遭惩处,这就是一条最普通、最明显的正义法则。但是在那种最有失公允的战争中,获罪的一般来讲都只是那些国君或统治者。而国民却几乎总是全然无辜的。但是无论什么时候,只要某一公敌有机可乘,息事宁人的平民百姓都将在陆地或海上被剥夺一切;他们的土地被荒废,他们的家园遭焚毁,他们自己,如果胆敢反抗,就会遭到屠杀或身陷囹圄;所有这些都与被称为国际法的东西完全相符,简直天衣无缝。

派系之间的仇恨,无论世俗的还是宗教的,都要比敌国之间的仇恨强烈得多;它们相互之间采取的行为也更加残暴。所谓派系法规在被大人物制定的当初,与所谓国际法相比,更少顾及正义的法则。对公敌是否应该坚持诚信? 对叛逆者是否应该坚持诚信? 对异教徒是否应该坚持诚信? 激进的爱国者根本就不把这当成一个严重的问题。这些都是被世俗或宗教的著名学者经常激烈辩论的问题。我认为无需多说,无论叛逆者还是异教徒都是非常不幸的人,当事态激化到一定程度时,不幸就会成为弱势的一方。在一个惨遭派系搅扰的国度里,毫无疑问,总会有一些人,虽然通常只是凤毛麟角,他们坚决不让自己的判断受到歪风邪气的干扰。他们的数量微乎其微,充其量也不过是一些老死不相往来的孤家寡人,影响甚微;而且由于坦率正直往往丧失各派的信任,虽然他可能是一个最聪明的人,在社会中却必然也是一个最无足轻重的人。所有这种人都处于被世俗与宗教两派狂热者蔑视、嘲弄、往往是厌恶的境地。一名货真价实的党徒对光明磊落是极端仇恨和鄙视的;实际上,没有任何一种罪恶能像真诚的美德那样有效地使人丧失混迹于党徒圈的资格。因此,真正的、备受尊敬的、公正的旁观者,在党派之间勾心斗角的激流怒火中几乎是不存在的。对他们来讲,可以说,这样一位旁观者在世间几乎是无处可寻的。他们把自己所有偏见产生的原因,都推卸到主宰宇宙的大法官头上,而且经常认为上帝居然是被他们自己所有那些旨在报复而毫不宽恕的激情所激励的。因此,在导致道德情操腐败的所有原因中,最恶劣者莫过于派系和狂热。

关于自我克制的话题,我应该做进一步说明,有人能够在祸从天降时继续表现出坚忍不拔、顽强刚毅的精神,我们对他表示钦佩,总认为他对那些不幸遭遇的感觉是非常强烈的,他的表现正是征服和驾驭那种飞来横祸所必需做的。对肉体痛苦毫无感觉的人,不应该得到那种因以极大耐心对不幸处之泰然而赢得的钦佩。对死亡缺乏天生恐惧之感的人,不应该得到那种因在最恐怖的危难中依然头脑冷静、镇定自若而赢得的荣誉。塞内加有一个言过其实的说法,他说斯多葛派的智者在这方面甚至超过了神;神的安全都是造物主的恩赐,这才使他免遭痛苦,智者的安全则是他对自己的恩赐,完全来自他自己以及他自己的努力。

但是有些人对一些直接影响他们的事物的感觉有时非常强烈,以致所有自我克制都归于不可能。如果一个人在危险来临之际软弱得发晕,乃至惊厥,那就没有任何荣誉感能够克制他的恐惧。这种神经软弱症,正如人们说的那样,经过逐渐的训练和适当的纪律约束,能否有一定的好转,也许值得怀疑。不过,这种人永远也不得信任或重用,这似乎倒是肯定无疑的。

第四章 论自欺的天性,
及一般规则的起源与运用

要破坏我们对自己行为得体性判断的正确性,并不一定要把真正的、公允的旁观者拒之于千里之外。当他随叫随到、随时在场的时候,我们自私激情的强烈程度与不公正程度,有时足能引诱心中之人提出一份与实际情况能够认可的非常不同的报告。

我们在两种不同的情况下检查自己的行为,并尽力用公允的旁观者的眼光来审视它:第一种情况就是当我们准备采取行动时;第二种就是在我们行动之后。我们的眼光在这两种情况下都会非常有失公允；然而最要紧的是，在它们最应该公正的时候，反而最不公正。

当我们准备行动时，激情所表现的迫切性很少允许我们以一个中立者的坦率态度考虑自己正在做的事情。令我们心神不安的那种激情使我们对待事物的观点大为逊色；即使在我们努力将自己置身于他人情况之下时，在我们用一种对他来讲十分自然的眼光考虑与我们相关的事情时，我们自己强烈的激情就也持续不断地将我们唤回自己的位置上，从而每件事都因自恋情结而显得被夸大、被歪曲。对于那些事物在他人面前呈现的样子，对于他将采取的观点，我们只能惊鸿一瞥，如果我可以这样说的话，它们会旋即消失，即使能持续，也根本不公正。在那一时刻，我们甚至既不能使自己完全摆脱所处特殊环境激发我们产生的那种热情和激情，也不能以一位公平的法官那种彻底的公正不阿精神来考虑我们自己要做的事情。因此，正如马勒伯朗士神父所言，各种激情都在证明自己的正当性，而且只要我们继续去感受它，对其目标来说，就似乎很合理，也很得当。

确实，当行为结束，引发行为的激情也已平息的时候，我们就能更加冷静地理解中立旁观者的情感。从前吸引我们的东西现在对我们来说几乎已经变得如对他那样味同嚼蜡，此时我们就可以像他那样坦率公正地检查我们自己的行为。今天的这个人已经不再为昨天令他神魂颠倒的那同一种激情所动；当情感大爆发如同痛苦大爆发那样结束时，我们就能够与那位理想的心中之人合而为一：以最公正旁观者的犀利目光检查我们所处的环境，或是我们自己的行为。但是与从前相比，我们现在的判断往往显得无足轻重了；它经常只能引发无谓的遗憾和无益的悔恨；不能保证我们能在未来避免重犯类似错误。但即便在此情况下，我们依然很少能够做到不偏不倚。我们对自己品行形成的意见全然取决于对我们过去行为的判断。对我们自己产生不好的想法是最不快的事，因此我们经常故意把视线从那些可能产生不利判断的情况中转移开来。人们说，给自己做手术时手丝毫不颤的人才是一位勇敢的外科医师;而经常毫不犹豫地揭开掩盖自己错误行为的自我欺骗的神秘面纱的人,同样是一个勇敢的人。我们经常愚蠢而懦弱地努力使那些过去误导我们的不当激情死灰复燃;我们千方百计,努力唤醒自己的旧恨,激活我们几乎早已忘怀的怨怒;我们甚至迫使自己为这种可怜的目标而不遗余力,而且仅仅因为我们曾经行为不端,仅仅因为我们羞于或不敢见到以往的自我,而经常不愿到令人不快的环境中观察自己的行为。

因此,人们在行为发生时和发生后用以观察自己行为得体性的眼光如此片面;对他们来说,以任何公正的旁观者用以考虑自己行为的眼光来考虑自己的行为是如此之难。但是,如果他们借助于某种能够判断自己行为的官能所具备的特殊力量,譬如道德感,如果他们被赋予某种能区分激情和感情的美或丑的特殊感受能力,那么,在他们自己的激情更直接地接受这种官能的观察时就能做出判断,而这种判断如果是在对他们自己行为进行观察时做出的,要比对他人行为进行观察时做出的更加准确,因为他人的行为处在一个更加隐约的视野之内。

人类这种自我欺骗,这种致命弱点,正是人生发生混乱的部分原因。如果我们以他人观察我们的眼光来观察自己,或者用他们在对我们了如指掌的情况下观察我们的眼光来观察我们自己,必然就会有所改进。否则,我们便不能忍受这般景象。

然而,造物主并没有让这种如此重要的弱点完全无法补救;他也没有放弃我们,任由我们完全听从自恋的欺骗。我们继续观察他人的行为,这就很微妙地引导我们,针对什么事情适于我们做,什么事情不适于我们做,或适于我们加以回避的问题,来为自己制定一些基本法则。他们的一些行为深深地震撼了我们全部的自然情感。我们听到身边的每一个人都对他们表示十分厌恶。这就进一步强化甚至激化了我们对待他们劣行的自然情感。当我们看到别人也和我们用同样的眼光看待他们时,这就向我们证实自己看待他们的眼光是适当的。我们决心永远不犯同类错误,或者无论何种原因，都不会使我们自己以这种方式成为备受指责的目标。这样我们就很自然地为自己订立一条基本规则，即，某些行为在被禁之列，因为它们会使我们变得丑陋、可鄙，应该受惩罚，并因而变成我们惧怕和厌恶的所有那些情感的发泄目标。而相反，另外一些行为，则会引发我们的认可，我们听到身边每一个人都对它们表达同样的赞同意见。每个人都渴望尊敬和报答它们。它们激发了我们出自本性而渴望的所有那些情感：人类的爱戴、感激、钦佩。我们立志做出类似的表现，于是自然为自己制定了另一类规则，即，细心地寻求每一个可以做出如此表现的机会。

道德的一般准则就是这样形成的。它们最终就是建立在具体经验上，建立在我们的道德观念、我们对得体性和是非曲直表示赞成或反对之上。起初我们对具体行为表示赞成或反对，并不是因为经过考察发现它们令人赞同，或者与某种规则不一致。相反，一般准则的形成，是要根据从经验中发现的某种行为，或者实际做出的行为，是受欢迎呢，还是遭反对。第一次目睹残忍的凶杀案者，他所目击的这起案件起因于贪婪、嫉妒或不正当怨怒，针对的是一个非常喜欢和信任凶手的人，目击者还见到了垂死者最后的痛苦挣扎，他鼓足勇气倾听他抱怨自己损友的背信弃义和忘恩负义，而抱怨这些要远远多于针对他的暴行本身。对这位目击者来说，他无需想象这种行径有多么恐怖，就会想到最神圣的行为准则之一是严禁剥夺无辜者的生命，这种行径正好粗暴践踏了那条准则，因此是一种非常错误的行为。他对这一罪行的憎恨显然会立即产生，而且产生在他为自己制定出这类基本准则之前。相反，在想到这件事，或者同类特殊事件时，他将会感觉到发自内心的憎恶，而这正是形成他自己的类似一般准则的基础。

当我们在历史文献或传奇故事中读到关于高尚情操或卑鄙行径的描述时，就会钦佩前者，鄙视后者，然而这两种态度的起因并非由于我们考虑到世间肯定存在某些基本准则，指明一些行为值得钦佩，另一些应该遭到鄙视。相反，那些基本准则的形成，都是基于我们对各种不同行为在我们身上产生的效果的体验。

一个可亲的举止，一个可敬的行动，一个可怕的行为，所有这些都能激发旁观者对行为者产生爱戴、尊敬或恐惧之情。决定哪些行为应该或不应该成为那些情感表达的对象的基本准则，只有凭借对实际激发那些情感的行为进行观察才能形成。

当这些基本准则确实已经形成的时候，当它们已经被人们一致的情感普遍承认和证实的时候，如果我们对某些性质复杂、颇受质疑的行为究竟应该受到多大程度的赞扬或谴责加以辩论，就会像求助于评判标准那样求助于它们。它们在这些情况下通常被视为考察人们行为正当与否的最终依据；这种情况似乎已经误导一些非常杰出的作者，他们就是以这种方法制定自己的体系，他们仿佛认为，对于人们行为的正确与错误做出的最初判断，就像法院做出裁决那样，第一步考虑的就是那些基本准则，然后第二步再考虑接受考察的具体行为是否恰如其分地适用这些基本准则。

那些普遍行为准则经过习惯性的反思在我们头脑中扎根之后，在纠正我们的自恋之情对于在特定环境中何为得体与适当的错误理解时，就会起到很大作用。一个怒火中烧的人，如果他受制于那种激情，也许就会把敌人的死亡仅仅看成是对他自认为已经遭到的冤枉的一种小小补偿；但这种冤枉充其量不过是一种微不足道的挑衅而已。不过对别人行为的观察却使他认识到，所有这些血腥的报复显得多么恐怖。如果他没有受到过非常奇特的教育，他就会把在一切场合避免报复行为视为一条不可侵犯的准则。这条准则保持对他的权威性，并使他不会因为违反它而犯罪。但是他会因为自己的怒火是如此炙烈，并且他是第一次考虑要采取报复行动，他就会认为那是非常公正和恰当的，而且会受到公正的旁观者的赞同。不过由于尊重以往的经验所施加的那些基本准则，他的那些过分的激情便会得到遏制，并且帮助他纠正自恋之情对于自己在特定环境下行为是否得当的问题所带有的偏见。即使在这种情况下，他万一会受激情所驱而违反这种准则,那也不至于完全抛弃对这种准则早就习以为常的敬畏之心。在采取行动的那一时刻,在激情达到巅峰那一瞬间,他一想到自己要做的事情也会首鼠两端,犹豫不决:他在完全冷静的时候,会暗自认识到它正在违反自己曾下决心永不违反的那些行为底线,这种行为底线他从未见过他人违反而又不受强烈谴责的,他心中曾经预见过,违反这种行为准则迟早会使自己成为同样令人不快的情感发泄的对象。在做出最后的、也是最关键的决定之前,他会因为犹豫不决和优柔寡断导致的痛苦而备受折磨;他一想到违反这一神圣准则就惊恐万状,但与此同时,他又受到违反这种准则的强烈欲望所驱使。他无时不刻都在改变自己的目标;有时他会下决心遵守自己的原则,不去沉湎于一种激情,这种激情会连同因羞辱与悔恨而产生的恐惧一起,导致自己余生尽毁;但是,一想到决心不去冒险做出相反举动便会享受安全与平静的前景时,他又感到片刻的平静。不过那种激情立即死灰复燃,新的怒火又驱使他做出在片刻之前还决心放弃的行动。持续的优柔寡断使他疲惫不堪,精神涣散,最终出于一种绝望,还是迈出了最后那无可补救的关键一步;但他是以那种逃脱敌人时的惊惧之心,来到了一座悬崖,他在那里肯定会比遭到后方追击更能导致毁灭。这就是他即使在采取行动时也会产生的情感;虽然与后来相比,他当时对自己的行为不当表现的敏感程度要低,但是当他的激情得以满足并产生厌倦情绪时,他就开始以别人观察他的观点来观察自己的行为;并且真正地体会到自己从前的预见非常不妥,于是懊恼悔恨之情便开始令他备受煎熬。

第五章　论一般道德准则的影响与权威，及它们被公正地尊为神之法

对那些行为基本准则的尊重,恰当的说法是责任感,是人生中一项最重要的原则,是大部分人类唯一能借以指导自己行为的原则。许多人

的行为十分正派,整个一生中都在避免任何严重的指责,然而他们也许从来也没有体会到有关行为得体性的情感,他们行为的这种得体性是我们认为应该加以赞许的,只不过他们的行为,仅仅是对自认为已经建立起的行为准则加以遵从的结果。从他人那里获益匪浅的人,出于天生的冷漠,可能会感觉自己心中所产生的感激之情微乎其微。但是他如果受过良好的教育,就会经常注意到那些缺乏这种情感的行为是多么地可憎,而与之相反的行为是多么地可亲。虽然他的心并不能因此而为任何感激之情所动,但他将会努力使自己的行动犹如充满感激之情那样,并且对强烈的感激之情使他联想到的恩人加以尊重与关注。他会经常拜访他,并会对他表示敬重;只要谈起他,他就会对他表现出崇高的敬意,并谈到他应该对他尽的许多义务。此外,他会细心地利用每一次机会,对他以往的好处给予回报。他做这些的时候,不带有任何虚情假意,不带有任何要获得更多好处的那种自私意图,不带有任何强加于恩人或公众的意愿。他的行为动机可能只是一种对业已形成的责任法则的敬畏,一种在任何情况之下都必须遵循感激法则而采取行动的认真而强烈的欲望。一个妻子,有时可能同样感觉不到对丈夫那种温馨的关怀,而这种关怀适于在他们的关系中存在。不过,如果她受过良好的教育,她就会如同能够感觉到那样努力表现出细心、殷勤、忠诚、认真,夫妻感情促使她产生的所有那些关心的表示,一样都不会缺乏。如此这般的一位妻子,这般如此的一位朋友,这两者无疑都算不上最佳;虽然他们都可能具有履行自己各种义务的最认真、最强烈的愿望,但是在许多美好而温情的方面他们都是失败者,他们将会丧失许多履行义务的机会,而如果他们具备自己所处环境之下应该具备的那种情感,他们就永远不会忽略掉这些机会。虽然他们并非最佳的妻子和朋友,但也是退而求其次之选;如果对行为基本准则的尊重强烈地影响过他们,这两种人就都不会在各自应尽的责任方面成为失败者。只有那些最快乐的人才能够完全公正地使自己情感和行为适应环境中那些最细微的差异,也才能在一切情况下都能做出最正派得体的举动。上帝用以造人的粗土坯不可能达到这种完美无缺。然而,世上任何一个受过训练和教育的人,都不会对遵从基本准则的行为无动于衷,就如同他们几乎在任何情况下都能行为正派,在自己整个一生中极力避免任何程度客观的指责那样。

没有对基本准则的神圣遵循,就不存在行为非常值得信赖的人。正是这种遵循构成了一个光明磊落的人和一个卑微小人之间的最本质差异。前者在一切情况下都能持续坚决地遵循自己信奉的准则,并且在自己的一生中都能保持平稳的行为趋向。后者则朝三暮四、变幻莫测,因为他冒险将性情、爱好或兴趣置于至高无上的位置。而且这就是所有人都必须面对的性情的不稳定,不正确对待这一问题,就连头脑冷静时行为得体性极其敏感的人,在几乎不可能以这种方式将自己的行为归因于任何正当动机时,都可能经常无缘无故地被诱导做出荒唐的事情。你的朋友正好在你不愿接待他的时候登门造访;按照你当时的心情来说,他的彬彬有礼很容易显得是一种不合时宜的打扰;如果你抱有这样的念头,即便你的态度十分礼貌,你对他做出的举动也会冷漠轻蔑。要想不做出这种粗俗无礼的事情,那就只能去遵循禁止此类行为的有关礼貌待人、热诚好客的基本准则。以往的经验使你学会了遵守这些准则,而且已经习以为常,这就使你在各种情况下几乎都能做出得体的行为,从而防止所有人都必须面对的那些行为不稳定性严重影响你的行为。但是,如果不遵循这些基本准则,即便那些最容易遵守、人们鲜有任何正当动机加以违反的彬彬有礼的义务,都会经常遭到违反,那么那些既难于遵守、又可能有许多正当理由加以违反的义务,诸如公正、真实、贞洁、忠诚之类,又会如何呢?但是,只要对这些义务遵守得还算可以,人类社会就能够得以存在,而如果人们对遵循那些重要的行为准则毫不在意,人类社会就会分崩离析。

这种遵循被一种观点进一步加强,这种观点先是被自然镌刻在人们心中,然后被推理和哲学所证实,也就是,那些重要的道德准则是造物主的指令与戒律,造物主最后将会奖励守本分者,惩罚不守本分者。

这种观点或理解，依我说，似乎首先是自然的烙印。人们从本性上被引导着将他们自己的情感和激情都归因于那些神秘的东西，无论它们是什么，在任何国度里，都正好是宗教敬畏的对象。他们没有别的，也想不出别的什么东西可以归因。那些他们只能想象却看不到的未知的神明，其形成必定与他们曾经体验过的神明有某些相似之处。在异教迷信的那种愚昧黑暗时期，人类似乎必须形成自己的神学观念，这种观念形成得极其粗糙，以致他们将所有那些不能指望能为我们添彩的人性激情一律不加区别地归因于神，诸如：色欲、饥饿、贪婪、嫉妒、报复。因此，他们也总是把很多好的东西都归因于神，诸如：那些他们依然认为应该受到极高尊重的人性，那些可为人性大增光彩的情感和品质，那些被认为足能与神灵的完美相类似的东西，对美德与善行的热爱，对罪恶与不公的憎恶。受到伤害的人请求朱庇特作为他受冤屈的见证者，他毫无疑问地认为神明能够带着同样的愤怒之情见证此事，这能激励那些在不公之事发生时只作壁上观的卑鄙小人。伤害他人者感觉自己就是人们厌恶与憎恨的适当对象；他在内心自然形成的恐惧导致他将相同的情感归因于那些令人敬畏的神灵，他既不能避免他们的出现，又不能抵制他们的力量。这些希望、恐惧与疑虑都因同情而变得广为人知，都因教育得到确证；众神就被普遍地抬出来并被认为是对人性与同情之心的回报者，是对不公与背叛的报复者。于是宗教，即便是以最粗糙的形式，早在推理和哲学的年代到来很久之前，就提供了一种维护道德准则的约束力。宗教的敬畏因此加强了自然的责任感，这对人类幸福来说非常重要，因而自然没有使人类幸福依赖于缓慢而不确定的哲学探索。

但是，这些探索一旦展开，就证实了对于天性的那些最初预感。无论我们设想自己的道德官能建立在什么基础之上，是建立在理性的节制之上，还是建立在一种被称为道德感的天生本能之上，抑或建立在与我们天性相关的其他一些本性之上，但毋庸置疑的是，它们之所以被赋予我们，那完全是为了向我们提供今生今世的行动方向。这种道德官能本身具有明显的权威性标志,它们被置于我们心中,就是充当我们全部行动的最高仲裁官,以监督我们所有的意识、激情以及欲望,对它们应该被满足到何种程度或限制到何种程度做出判断。道德官能被上天赋予我们的时候,决不像一些人声称的那样,与本性中的其他官能和欲望处于同一水平,它最终限制上述那些情感的权力,并不比那些情感最终限制它的权力多。没有任何一种其他官能或行为原则能对另外一种做出判断。爱不评判恨,恨也不评判爱。那两种激情可能互相对立,但说二者互相赞同或反对是欠妥的。但正是现在我们考察的那些官能,才能对我们天性中所有其他本性加以指责或赞同。那些本性就是它评判的目标。每一种感官都高于它所感受的目标。眼睛于颜色之美丽,耳朵于声音之和谐,味蕾于味道之鲜美,都是不容申诉的判决者。每一种感官都是其评判目标得以评判的最终权威。无论是什么东西,只要可口的就是鲜美,只要悦目的就是美丽,只要悦耳的就是和谐。上述每一特性的实质就是使感受它的感官感到愉悦。就像决定何时应该使耳朵感觉舒服,何时应该使眼睛感到愉悦,何时应该使味觉得到满足,我们道德官能的职责,就是决定何时及在何种程度上应该使我们天性中其他任何本性得到满足或限制。凡是能够令我们道德官能感到愉悦的,就适宜的、正确的、做起来恰当的,相反,那就是不适宜的、错误的、不恰当的。官能赞同的情感就是愉悦的、合适的,反之就是不愉悦的、不合适的。诸如正确、错误、合适、不宜、愉悦、不当之类的词汇,仅仅表示令那些官能愉快或不快。

因为这些显然都是针对人性中起主导作用的本性而论,它们所规定的那些基本准则就都被认为是造物主颁布的指令和戒律,然后再通过他在我们心中树立起的那些代理官加以推广。所有的基本准则通常都被称为法则:譬如,物体在运动时所遵循的规则,就叫作运动法则。但是,有些基本准则是在我们的官能赞同或谴责接受其检查的情感或行动时所遵循的,更适合被称为法则。它们与那些被恰如其分地称之为法律的东西有很大的相似之处,亦即那些由国君颁布、旨在指导其臣民行为的基本准则。就像那些准则那样，这些准则指导的是人们的自由行动：可以肯定地说，它们是由一位合法的上级规定的，并伴有对奖惩的限制。上帝在我们心中树立的那些代理官，对于违反这些准则的行径，从来不会放弃以内心羞愧及自我谴责加以折磨的方式进行惩罚；反之，对于以一颗平静之心遵循这些准则的行为，则总是以令人满意的事物和自我满足的心境加以奖赏。

此外还有许多其他考虑都可以用来证实相同的结论。人类的快乐，以及所有其他有理性的物种的快乐，似乎都是造物主在创造他们时所专注的最初目标。似乎没有其他目标可以归于我们认为英明慈善至极的神灵；我们通过对神明的完美无缺进行抽象思虑所得出的这种看法，可以通过对自然的运作进行考察来得到更多的证实，而自然的运作似乎都旨在催生幸福和严防痛苦。根据自己道德官能的指令来行动，以便寻找出最有效的方法，来催生人类的幸福，从某种意义上讲，就是与上帝合作，竭尽全力地来推进上帝计划的落实。反之，如果不这样做，我们似乎就会在某种程度上破坏上帝为实现世界幸福与完美而制定的计划，而且等于宣布，如果我可以这样说的话，在某种程度上我们是上帝的敌人。因此我们一方面自然而然地备受鼓舞，希望上帝给予我们特殊的恩惠和奖赏，另一方面又对他的报复和惩罚感到畏惧。

此外，还有许多其他的道理和许多其他的自然原理，旨在证实和灌输同样有益的学说。如果对决定我们一生中所处顺境和逆境的基本准则加以考虑，我们就会发现，虽然这个世界上万事万物都显得混乱不堪，但是每一种美德都很自然地得到适当的回报，并且是最适于鼓励和催生幸福的那种回报；而且同样肯定的是，要想使之彻底落空，必须有一种极其特殊的环境巧合。最适于鼓励勤奋、节俭、谨慎的奖赏是什么？就是在各种事业中获得成功。有没有可能这些美德一生都不能具备？财富和来自外部的信任就是最恰当的补偿，这种补偿他们从来没有得不到的时候。对诚实、公正、博爱的表现最适合的回报是什么？就是赢得我们身边人的信任、尊重、爱戴。有博爱之心者无意成为大人物,却希望赢得爱戴。诚实公正者并非在富足时才感到高兴,那些美德几乎总是在备受信赖和信任的时候得到补偿。只有在一些极其特殊和不幸的情况之下,一个好人才可能成为嫌犯,而这种罪行他其实根本不可能犯,而且正是因为如此,他才在自己的余生中遭到人类最不公正的厌恶。由于这种偶然,人们可能会说他尽管还保持着尊严和公正,却变得一无所有;同样,作为一个谨慎的人,尽管他谨小慎微,他也可能因为一场地震或洪水而毁于一旦。但是第一种偶然事件也许更加罕见,对事物一般发展进程的违反,比第二种更加严重;确定无疑的是,真诚、公正、博爱,在赢得那些美德预期达到的目标,以及周围人们的信任与爱戴上,是一种万无一失的方法。在涉及到某一具体行动时,一个人很容易遭到曲解;但是在涉及到他的总体行为趋势时却很少会这样。一个无辜的人可能被认为做了错事,但这种情况很少发生。反之,对他行为举止的清白早已形成的固定看法,却经常使我们在他真正做错事的时候为他开脱,尽管其中有很大的假设成分。同样,一名流氓在某一具体流氓案中,可能逃脱指责,或甚至受到赞扬,这是因为他的行为被人误解了。但是一个习惯作恶的人,不可能不被众所周知,甚至在他真正清白的时候,也往往被认为是嫌犯。罪恶和美德都能够受到人类情感和意见的惩罚或称赞,根据事物发展的普遍进程,这二者超乎恰如其分和公正不偏的程度。

　　顺境和逆境赖以发生的那些基本准则,当人们以这种冷静而富于哲理的观点加以考虑时,似乎非常适合人类此世生活的处境,但是它们决不适合我们的一些自然情感。我们由衷地喜爱和钦佩一些美德,就由衷地希望给予它们各种荣誉与回报,就连那些我们承认只适于报答其他品质的荣誉与回报也给予它们,即便它们并不具备那些性质。相反,我们对一些坏事的厌恶之情,就使我们希望把各种羞辱和灾难都一股脑地强加在它们的头上,就连那些非常不同的品质所招致的自然后果也一同强加给它们。宽宏大度、慷慨大方、公正不阿赢得极高的赞誉,我们都希望看到它们能换取各种财富、权势、荣誉,这是谨慎、勤奋、专注等未必与那些美德密不可分的品质所带来的自然结果。另一方面欺诈、虚伪、粗鲁、暴力在每个人的心中都会激起非常强烈的轻蔑、憎恶,以致我们看到他们有时由于勤奋也赢得了从某种意义上讲是应得的上述那些好处时,就怒火中烧。勤奋的恶棍精耕细作,而怠惰的好人却使土地荒芜。谁应该收获?谁应该挨饿,谁应该丰衣足食? 事物发展的自然规律做出有利于恶棍的决定:人类的自然情感赞赏道德高尚的人。人们做出这样的裁决:其中一人的优秀品质以获得他们想给予他的那些好处而得到过于优厚的回报,另外一人由于不具备这些优秀品质就以自然得到的贫穷而遭到过于严厉的惩罚;人类的法规、人类情感的推论,使那个勤奋谨慎的叛徒失去了生命和财产,而以非凡的回报酬劳那个毫无远见、粗心大意的好公民所表现的忠心耿耿以及公众精神。于是,人们在造物主的指导下在某种程度上纠正这种状况,如果是造物主本身,他会做出另外的分配方案。为达此目的,造物主促使人们遵循的那些准则不同于他自己遵循的。他对每一种美德和每一种罪恶分别给予准确的回报或惩罚,这些都非常适于激励前者,而克制后者。他为这种唯一的考虑所指导,很少注意到这两种人在人类情感和激情中可能具备的功过的程度差异。相反,人却恰恰只是注意这一点,而且会努力使每一种美德表现的状况与受爱戴和尊重的程度呈明显比例,使每一种罪恶表现的状况与蔑视和厌恶的程度呈明显的比例,而所有这些都是人自己想象出来的。造物主遵循的准则适于他自己,人所遵循的则只适于人本身:但二者的愿望都是达成相同的伟大目标,亦即世界的秩序、人性的完美无缺和幸福。

但是,虽然人被如此这般地雇用来改变事物的分配,而如果把这事留给自然本身,它自己也会做的;虽然像诗神那样,人总是以特殊方式赞许美德,反对罪恶,同时也努力将攻击之箭从正义的头部移开,却将毁灭之剑加速对准邪恶;然而,他决不能够使二者的命运变得十分适于自己的情感和愿望。事物发展的自然进程并不完全能够受到人类无效努力的制约:潮流过于湍急,过于猛烈,他无力阻拦;虽然指导它的准则似乎是为了最明智和最佳的愿望及目标而确立的,但是它们有时会产生震撼自然情感的效应。大团体压倒小团体;颇富预见性和做好一切准备在从事某项事业的人,当然会胜过那些相反的人;每一种目标都应该凭借造物主为实现它时所确立的手段来实现。一种准则不仅本身是必要的、不可避免的,而且对于提升人类勤奋和专注是非常有用、非常适合的。但是,当这一准则使得当暴力和诡计压过真诚和公正的时候,每一个旁观者心中还有什么样的怒火不能被点燃?对无辜者所遭遇的痛苦还有什么样的悲伤和同情不能产生?对压迫者的成功还有什么样的愤怒之情不能产生?对于做出的错事,我们会产生等同于悲伤的愤怒之情,但是经常发现我们完全没有能力加以纠正。当我们失望地发现在这个世界上根本找不到能遏制不公现象得逞的方法时,我们自然就会求助于上天,希望造物主亲自实施他给予我们以便指导我们行为的那些原则,希望由他亲自完成教给我们来完成的计划,希望他在来世对每个人都按照其表现来给予回报。造物主就是这样引导我们相信来世,不仅是出于人类的弱点,出于人性中的希望与恐惧,也出于最崇高的天性,出于对美德的爱,出于对丑陋不公的憎恶。

"那与上帝的伟大相称吗?"那位能言善辩、颇具哲人气质的克莱蒙大主教说。他说话时那种激情满怀、不无夸张的想象力,有时似乎不合乎礼貌。"任由上帝一手缔造的世界天下大乱,任由邪恶几乎总是占尽正义的风头,无辜者总是被野心家推翻;父亲成为逆子野心的受害者;丈夫总是被不忠悍妇置于死地,这与伟大上帝的旨意相符吗?根据上帝的崇高地位,对那些令人伤感的事件,难道他就应该毫不介入地幸灾乐祸吗?因为他是伟大的,他就应该软弱、不公或者野蛮吗?因为人是渺小的,他们就应该被允许放荡无羁而不受惩罚,德高望重而不受回报吗?哦上帝!如果这就是至高无上的你的性格,如果我们在这种可怕思想指导下敬畏的对象就是你,我就不能再承认你是我的主,我的保护者,我痛苦的抚慰者,我软弱时的支持者,我忠诚时的褒奖者。那你就不过是一个目空一切、动

163

辄置人于死地的暴君。你不会给人类带来一切，只能使世人变成满足娱乐和消遣的工具。"

当裁定我们行为功过的那些基本准则被视作监督我们行为的一位全能之神的法规时，它们就会在来世奖赏遵守者，惩罚违反者；鉴于这种考虑，这些准则就势必具备一种新的神圣意义。遵守神的意愿应该是我们的最高行为准则，这对相信神存在的人来说，是毋庸置疑的。只要违背神意愿的念头一产生，那就显然已经是最令人震惊的大逆不道了。反对或忽视由全智全能的神给人们制订的那些法规，这都是多么轻慢、多么荒唐呀！对于全能的造物主为人类规定的那些戒律不去遵循，想到即便违背这些戒律不会受到惩罚，这都是多么地邪恶、多么地不敬呀！得体的观念在此也是被最强烈的自利的动机所驱使。有人会认为，我们可以逃避人们的监督，或者免遭人们的惩罚，但实际上我们的行为永远是处在上帝神目的监督之下，如果行为不当，就会受到这位伟大的嫉恶如仇者的惩罚。至少那些经常反省的人对这种看法是深知熟谙的，因此这也是克制强烈放纵情绪的动机之一。

宗教正是以这种方式加强了天生的责任感：于是人们就非常信任那些似乎笃信宗教意识的人。他们认为这些人的行为除了受到规范他人行为的准则的制约之外，还受到另外一种制约。顾及行为得体，也顾及名声，顾及自我赞同，也顾及他人赞同，这种动机影响宗教人士，同样也影响世俗之人。但是前者被置于另外一种制约之下，他的行为从来不会故意而为之，而是因为有神灵存在，而这位神灵将根据他的行为对其做出回报。正是因为如此，如果他的行为中规中矩就会赢得更大的信任。在宗教的自然法则未被一些卑鄙集团的宗派狂热破坏的地方，在要求人们履行的头等义务依然是道德义务的地方，在人们尚未被告诫要把无足轻重的宗教仪式看作比正派行为和善行更为直接的义务的地方；如果有人认为通过献祭、仪式以及虚假的祈求，可以就欺诈、背叛、暴力问题和神讨价还价，那么世界必然会对此做出毫无疑问是非常正确的判决，并对笃信宗教人士行为的正直给予加倍的信任。

第六章　何种情况下责任感应是我们
行为的唯一动机；何种情况下
它应与其他动机共同发挥作用

宗教为实践美德提供如此强烈的动机，并通过强有力地抵制罪恶的诱惑来保护我们，以致很多人都认为宗教原则就是行为的唯一值得称赞的动机。他们说，我们既不应该出于感激而报答，也不应该因为怨怒而惩罚；我们既不应该出于自然情感而保护不能自立的子女，也不应该赡养体弱多病的父母。因特定目标产生的所有情感都应该从我们心中根除，取而代之的应该是一种压倒一切的伟大情感，那就是对神的爱、讨神喜欢的愿望，以神的意志指导自己各种行为的愿望。我们不应该因感激而感谢，我们不应该出于人性而大慈大悲，我们既不应该出于对国家的爱而热心公益，也不应该出于对人类之爱就慷慨大方和公正不阿。我们在履行各不相同的责任时，自己行为唯一的准则和动机应该是一种由上帝指令我们履行的责任。现在我不想花时间专门考察这种观点；我只想说，我们不应该期待这种观点会被各派人士所接受，这些人自称信奉这样一种宗教，全心全意、竭尽全力爱戴上帝是首要信条，因此像爱我们自己那样爱邻居则处于第二位；我们爱自己当然是出于自己的缘故，而不仅仅是因为有人要我们这样做。责任感应该是我们的唯一行动准则，这在基督教的信条中是不存在的；但像哲学以及常识所告诉我们的那样，它应该是一条起主导和决定作用的原则。但问题是，在什么情况下我们的行为应该主要或全部起源于一种责任感，或起源于对基本准则的遵循；又在什么情况下其他一些情感或感情应该同时发挥作用，并且产生重要的影响。

对这一问题的回答，也许不可能极为准确，这将取决于两种不同的情况：第一，激励我们不顾基本准则采取行动的那些感情或情感，是令人满意还是令人反感;第二,基本准则本身是准确无误,抑或含糊不清。

1. 首先我要说,这将取决于那些令人愉悦或反感的情感本身,以及我们的行动在多大程度上是由此产生的,或全然来自对基本准则的尊重。

我们出于仁爱之心而做出的所有那些令人愉悦或钦佩的行为,应该像来自对行为准则的尊重那样,也来自那些激情本身。如果一个接受恩惠的人对恩人的回报仅仅出自一种冷冰冰的责任感,而没有任何情感,施恩者就会认为自己没有得到适当的回报。如果一位丈夫认为妻子的行为仅仅是考虑到她自己所处关系的要求才做出的,他就会对那位极其恭顺的妻子感到不满。虽然儿子不应该在尽孝方面失职,但是,如果他缺乏自己应该感觉到的那种对父母的深情报答,父母就可以很正当地抱怨他冷漠无情。如果父母履行了自己在所处环境中应尽的责任,但缺乏儿子可能期待的父爱,儿子也不能对父母感到满意。令我们感到愉快的是,在所有这些亲切的、和乐的情感方面,我们看到了责任感是用来压制它们,而不是促进它们,是用来阻碍我们做得太过分,而不是激励我们去做自己应该做的事情。令我们高兴的是,我们看到一位父亲不得不克制自己的父爱,一位朋友不得不约束自己天生的慷慨大度,一个受惠者不得不克制自己心中那种过度洋溢的感激之情。

对于邪恶和孤僻的激情,则存在着相反的准则。我们报答他人时应该出自内心的感激和大度,毫不勉强,无需去考虑这种报答是多么得体;但是我们做出惩罚时应该总是很勉强,这是因为我们考虑更多的是这种惩罚是否得体,而不是任何强烈的报复欲望。世界上得体的事,莫过于对严重伤害表现出愤怒者的行为,这更多是因为他感觉那些伤害行为本身就应该是并且就是发泄愤怒的得体目标,而不是因为他自己感到那种令人不快的愤怒激情;他就像一位法官,考虑的只是决定应对每一件令人不快的事做出何种程度报复的那些基本行为准则;他在执行这些准则时,很少感觉到他自己的痛苦,更多的则是罪犯将要受到的痛苦;他虽然愤慨至极,但依然不忘慈悲为怀,而且有意以最温和有利的方式解释这些准则,并允许做出最公正的人道者经常通情达理地接受的减缓决定。

根据前面所述,自私的激情在其他方面介乎合群与孤僻情感之间,它们在这一点上也是如此。在所有平常的、微小的、普通的情况下,以私人利益为目标的追求,应该出于对规定这种行为的基本准则的尊重,而不是出于对那些目标本身所产生的激情;但是在一些更重要的特殊情况下,如果目标本身没有以相当程度的激情激励我们,我们应该感到尴尬、乏味和粗俗。为了争得或节省一个先令就终日焦虑不安,甚至不惜设巧计要阴谋,这会使一个本来就极其卑劣的商人在身边所有人的眼中变得声名狼藉。即使他所处环境是如此窘迫,就事情本身来说,任何此类分文必较的举动都不应该出现在他的行为中。他所处的环境可能要求锱铢必较、加倍勤勉,但是为节俭勤勉每次做出的努力都不应该过多地出于对具体节省或所获的考虑,而应该出于对基本准则的考虑,这些准则则为他规定了严格的行为作风。他今天的过分节俭行为绝不是因为他想省下三便士,而专心经营商店的行为也不是因为他出于获取十便士的激情:这两种行为都应该仅仅出于对基本准则的考虑,这些基本准则严肃认真地在所有人的生活方式中为他们规定了这一行动计划。一个守财奴的性格与一位节俭勤勉者性格之间的差异就在于此。其中一人为小事本身而焦虑不安;另一人之所以注意这些小事,只因为他考虑的是为自己制定的生活计划。

涉及到更加特殊、更加重要的私人利益目标时,情况则相当不同。如果一个人在追求那些目标时不带几分急切之情,他就显得很卑劣。如果一位君主对征服或保卫一处领地毫无焦虑之心,我们就应该蔑视他。当一位平民绅士面对一份财产,甚或一个相当可观的官职,不必借助于卑鄙的手段或歪门邪道就能获取,可他却没有竭尽全力时,我们就应该少给他一点敬意。一位议员对自己的竞选表现不出任何热情,朋友就会认为他不值得拥戴,因而抛弃他。甚至一个商人,如果他不激励自己去争得一份据说是非凡的业务,或一些非凡的好处,他在自己的邻人中间就会被认为是缺乏热情的懦夫。这种敏锐和热情就构成了敬业者与庸夫俗子之间的差异。那些涉及私人利益的重大目标，它们的得与失会大大改变一个人的地位，而这些目标就是被恰如其分地称为野心的激情的对象；一种激情，当它被控制在谨慎与公正的范围之内时，就总会受到世人的钦佩，而且有时甚至会具有非凡的伟大之处，使人们为之心醉神迷，但是当它超越这两种美德的限度时，那它就不只是行为不端的问题，而是放肆越轨的问题。因此人们普遍钦佩英雄和征服者，甚至是一些有着大胆宏伟计划的政治家，即便完全缺乏正义感，诸如黎塞留主教和雷斯主教的计划。贪婪与雄心的差别，仅仅在于其目标是否伟大，一个守财奴，对于半便士的硬币所表现出的贪婪狂热，就像一个雄心勃勃的人征服一个王国的热衷。

2. 我要说，我们的行为在多大程度上应该完全出自对基本准则的尊重，部分要取决于基本准则的准确度，或者宽松度。

与几乎所有美德相关的基本准则，决定谨慎、博爱、大度、感激、友谊等美德之职责的基本准则，在很多方面的规定都十分宽松，甚至含糊不清，允许有很多例外，需要做很多修改，因此几乎不可能凭借完全遵循它们来规范我们的行为。以普遍经验为基础的那些普通格言式准则，也许是针对行为的最佳基本准则了。但是，装出一副严格刻板的遵循姿态，显然是最荒唐可笑的迂腐行为。在我刚才提到的所有那些美德中，感激也许是最精确、例外最少的准则了。我们应该尽快做出对等的回报，回报的价值甚至超出我们所得的好处，这似乎就是最完美最精准的准则，亦即一种几乎不允许有任何例外的准则。但是，经过哪怕十分肤浅的考察之后，这条准则就会显得极其宽松和含糊不清，似乎允许上万个例外。如果你的恩人在你生病时照顾你，你就应该在他患病时也去照顾他？或者说，你能靠做出一种不同的回报来完成你感激的义务吗？如果你应该照顾他，那么应该照顾多久呢？和他照顾你的时间相同，或者长些，长又长多少？如果你手头拮据时朋友借给你钱，你应该在他拮据时也借给他钱？你应该借给他多少？你应该在什么时候借给他？现在，还是明天，还是下个月？多长一段时间？显然，没有可供回答这些问题的任何准则。你和他性格之间的差异，你和他处境方面的区别，可能天差地别，因而你也许非常感激，却可以很正当地拒绝借给他哪怕半个便士；相反，你也许愿意借，甚或给予他十倍于他借给你的钱，却仍被公正地指责为极端忘恩负义，对于你所得到恩惠，你连百分之一都没有报答。但是与感激相关的责任在仁善之德为我们规定的所有责任中也许是最神圣的，因此正如我前面说过的，决定这些责任的基本准则是最精确的。而规定友谊、博爱、友善、大度所要求之行为的那些准则，就更加含糊不清和不确定了。

但有一种美德，基本准则会极其准确地规定出它所要求的每一种客观行动。这种美德就是公正。公正的准则准确度极高，不允许任何例外或修改，除了那些可以像准则本身一样精确确定，并且来源于相同的原则的例外和修改。如果你欠一个人十英镑，公正的要求是，你应该精确地还给他十英镑，可在双方协商同意的时间还，或在他要求的时间还。我应该做什么、做到何种程度、何时何地做，行为的所有性质和环境都被精确地规定出了。一丝不苟遵循谨慎大度的普通准则的姿态，这可能显得十分尴尬和迂腐，但是严格坚持公正的准则，却丝毫也不迂腐。相反，应该对这些准则表现出极其神圣的尊重之意；这种美德要求的行动做得恰到好处时，就是采取这些行动的主要动机只是对那些基本准则的一种虔诚的宗教式尊重。在实践其他美德的时候，支配我们行为的与其说是对一种精确格言或准则的尊重，不如说是得体的观念以及对某一行为意向的感受。我们考虑更多的应该是准则的目的和基础，而不是准则本身。正义的问题则当别论：对这条准则不做哪怕是最小的修改，只是严格固执地遵守，这样的人才是最值得称赞、最可信赖的。虽然正义的准则最终目的是防止我们伤害邻人，但违反它们却可能经常是一种罪过，尽管我们能够以某些借口或理由声称这种具体的违反不会有任何害处。一个人在开始以这种方式狡辩时，即便只是在心中盘算，那他就已经是恶棍了。不可违反的戒律为他规定了行为规范，他从脱离严格遵循这些规范的轨道那一时刻起，就已经不可信赖，没有人能说出他的罪恶会有哪种程度达不到。窃贼在盗窃富人可能自认为很容易丢失，而且根本无从得知已遭窃的东西时，这不是在犯罪。奸夫认为诱奸朋友之妻时，只要能掩盖奸情不为其夫所疑，而且没有破坏其家庭的安宁，他就不是在犯罪。我们一旦开始对这种精心设计的狡辩做出让步，那我们就可以无恶不作了。

正义的准则可以与语法规则相比；其他美德的准则则可以比作批评家为衡量什么样的文章才算达到最高境界和一流水平所制定的规则。前一种非常清晰、准确、不可或缺。后一种则很宽松、含糊、不确定，向我们提供的与其说是如何达到准确无误目标的行动指南，不如说只是努力达到完美的一般设想。一个人可以凭借绝对准确无误的规则来学习按照语法写作；同样，他可以学会秉公行事。虽然也有一些规则可以在一定程度上帮助我们矫正和确定自己对臻于完善的一些错误设想，但是却没有任何规则可以使我们在写作方面达到臻于优雅或崇高的境界；虽然也有一些规则可以使我们在一些方面纠正或确定我们可能对美德抱有的不完善思想，但是却没有这样的规则，了解了它们我们就可以学会在所有情况下，都能以谨慎、公正、大度或者说善良的态度来采取行动。

有时会发生这样的情况，我们本来真诚期待通过行动博得认可，却可能误解了恰当的行为准则，结果反而被那种本该指导我们的原则所误导。在这种情况下还期待人们完全赞同我们的行为，实在是徒劳。他们不会理解影响我们的那种荒唐的责任感，也不会理解由此产生的行动。一个人由于对责任感的误解，或因一种错误意识误入邪恶歧途，但是在这样一个人的性格和行为中依然存在某些值得尊敬的东西，他虽然被误导，但由于大度和人性，他依然是怜悯的对象，而不是仇恨和怨怒的目标。这实在太幸运啦！人们痛惜人性的弱点，即使在我们真诚地努力完善自己，努力根据指导我们行为的最佳原则行动的时候，这些弱点却使我们陷入不幸的错觉。宗教的错误观念几乎就是造成我们天性以这种方式彻底误入歧途的唯一原因；赋予责任准则极大权威的那种原则，光是它就能最大程度歪曲我们的观念。在所有其他情况下，如果对行为得体性不要求非达到极其精确的程度，但又不能太离谱，一般常识就足能指导我们的行为；只要我们诚心诚意要把事情办好，我们的行为在总体上来说就总是值得赞扬的。遵从上帝意志是头条责任准则，所有的人都赞同。至于强加给我们的那些特殊戒律，它们之间会有非常大的差异。这时，相互之间最大的克制和容忍就是很适宜的；虽然保卫国家安定要求惩处罪犯，无论他们的犯罪动机是什么，但是当他们的罪行显然应归因于错误的宗教责任观时，一个好人在惩处他们时总是非常勉强。他根本不会把对其他犯人的愤慨转移到这些罪犯身上，在处治他们的时刻，他会感到非常遗憾，有时甚至钦佩他们那种不幸的坚毅果敢和高尚行为。伏尔泰先生的悲剧杰作《狂热》中，对于出自这种动机的罪犯应该具有何种情感，已经表现得非常好。在那出悲剧中，两位青年男女，清白无辜，气质高雅，除了使他们备受我们喜爱的相亲相爱这点之外，没有任何其他弱点。他们就是受一种错误的强烈宗教动机所唆使，从而犯下一桩可怕的命案，震撼了一切人性原则。一位年高德劭的老人对二人表达了极其和善的深情，但他却是他们宗教的不共戴天之敌，二人对他也怀有崇高的敬意，而实际上，他是他们的父亲，虽然他们对此并不知晓。老人被指定为祭品，上帝要他们亲手奉献，指令他们将其杀掉。当他们准备实施罪行时，却被各种痛苦所折磨，这些痛苦可能产生于两种思想的决斗，一方面是宗教责任的责无旁贷，另一方面则是对这位老人的怜悯、感激和崇敬之情，以及对他们即将毁掉的那个人的博爱与美德所怀有的爱。这种描述展示了一种自有剧场以来最有意思、也许最有教益的场景。但是，责任感最终还是战胜了人性中所有那些温和的弱点。二人最后实施了强加给他们的罪行，但是立即发现了自己的错误和欺骗他们的骗局。他们被恐惧、悔恨、愤怒折磨得痛不欲生。当我们确信宗教的确在误导一个人，而不是作为借口在掩盖某些最卑劣的人类激情时，我们对那个被误导的人，就会像对不幸的赛伊德和帕尔米拉那样，怀有同样的情感。

因为一个人可能根据错误的责任感采取错误的行动，所以天性有时可能会占上风，并引导他采取与之相反的正确行动。在这种情况下，看到动机占上风，我们不可能不开心，我们认为它就应该占上风，虽然那个人本身十分软弱，以致会另有想法。但是因为他的行为是懦弱导致的结果，并非坚持原则使然，我们就不会给予他十足的认可。一名固执的罗马天主教徒，在圣巴托罗缪大屠杀中，为怜悯之心所驱使，拯救了一些不幸的新教徒，而此前他曾认为毁灭这些人是他的责任，如果这个人是为纯粹的自我赞许驱使而表现出如此的宽宏大度，那么他就没有资格接受我们给予他的这种高度赞扬。我们也许会为他秉性中的一片慈悲之心感到高兴，但是我们依然以一种惋惜之情看待他，而这种惋惜与应该给予至善美德的那种钦佩绝然风马牛不相及。所有其他激情的情况亦复如此。看到这些激情在恰如其分地发挥作用，我们不会不高兴，即使在某种错误的责任感即将引导一个人克制这些激情的时候也是如此。一名非常虔诚的贵格会教徒在挨了一耳光之后，并没有扭过脸去等着挨抽，竟然会忘记自己对我们救世主的箴言曾经做过的解释，而狠狠地教训了侮辱他的那个人面兽心的畜牲。这个人当然不会令我们不开心。我们应该为他的气势开怀大笑，无限欢欣，甚至会因此更加喜欢他。然而我们决不应该以一种尊崇之情来对待他，尊崇似乎应该给予在类似情况下，恰到好处的行为完全出自一种正义感的人。任何一种行为，只有与自我赞许之心相伴而生，才可恰当地被称为美德。

第四卷

论效用对认可情感的影响

第一章　论效用的表现赋予一切艺术品的美，及这种美的广泛影响

效用是美的重要来源之一，凡是对美的本质注意思考的人都能看到这一点。一所房子的便利性，就如同其匀称性一样，能使旁观者感到愉悦，当他看到与之相反的缺陷时，就像与此相应地看到窗户形状各异、门未被准确地置于建筑物中间一样感到别扭。任何设备或机器都要适应最终要生产的产品，这会在整体上显得得体和美观，而且会令人一想到这些就感到愉悦，这十分明显，没有任何人会视而不见。

效用令人愉悦的原因最近也被一位见解独到、颇受欢迎的哲学家所指出，他深思熟虑，表达完美，他在处理最深奥的主题方面才华出众，令人愉悦，不仅表达清楚，而且能言善辩。据他所言，任何物件的效用都会令当事人感到愉悦，因为这种效用会不断地使他联想到会相应产生的快乐和便利。他每次看到这个物件时，都会感到心中愉悦；而这个物件就以这种方式成为持续满意和快乐的一个原因。旁观者与当事者的情感和谐一致，他也必然会认为这件物体同样令人愉悦。当我们参观宏伟的宫殿时，我们就会情不自禁地设想如果我们是宫殿的主人，并且拥有如此之多颇具艺术魅力、精心打造的设施而感到的快乐。出于类似的原因，任何物体不便利的外表都会令拥有者和旁观者感到不快。

但是，任何艺术品的这种合宜性以及令人愉快的设计，往往应该比事先预期的最终结果更受重视；对于获得便利或快乐方式的精确评判，往往应该比便利和快乐本身更加受到关注，似乎全部的价值就在于获得便利和快乐的过程，而这一点，据我所知，至今尚未被任何人所注意。但这是

一种十分普遍的现象,在人类生活林林总总的方方面面,最无足轻重的,抑或最举足轻重的事例,何止万千。

当一个人进入自己的房间发现椅子都放在中间时,他先对用人发火,继而不是看着它们继续杂乱无章地摆放原地,而是亲自动手把它们背对墙壁放好。这种得体的全新局面都出于对地板宽敞空阔的便利性的考虑。为了取得这种便利,他宁愿自找麻烦,也不愿因缺乏这种便利而大吃其苦;因为再容易不过的事就是找一把椅子坐,这也是他在劳动之后想要做的事。因此,他所需要的似乎并非这种便利本身,而是这种便利所需的对物件的安排。然而,正是这种便利最终才要求对物件加以安排,并使之臻于得体及美观。

同样,一只每天走慢超过两分钟的手表,就会遭到表迷的遗弃。他也许只要几个基尼就把它卖掉,而后花五十基尼另买一只两周都不会慢过一分钟的表。然而表的唯一用途就是告诉我们几点钟,避免我们爽约,或者由于我们在那一具体时刻的忽视而造成的其他不便。但是人们发现如此善待此表的人并非总比其他人更加严格地守时,或者出于其他原因更急迫地关心究竟是几点几分。令他更感兴趣的并不是这只表使他获得的时间信息,而是这只表帮助他获得这些信息时的完美性。

一掷千金、玩物丧志者何其多?令这些玩物者乐此不疲的与其说是效用,不是说产生效用的物件的精巧性。他们的衣袋里塞满便利性微乎其微的东西。他们还设计出在别的衣服上看不到的新衣袋,以便装更多的东西。他们满载大批华而不实的东西到处闲逛,分量和价值有时不亚于一只犹太人的百宝盒,有些可能有时会有点用处,但是所有这些东西在任何时间里也许都是多余的,全部的用处与重负造成的疲劳相比实在不值得。

我们的行为之所以受到这一本性的影响,不仅仅是因为考虑到这些小物件本身,而往往有关我们私人和公众生活严肃追求的秘密动机。

曾被上天愤怒严惩的穷人之子,环顾周围,羡慕富人的条件。他发现自己父亲的陋屋茅舍过于狭小,他根本没法居住,于是幻想自己应该在宫殿里悠闲度日。他厌恶以步当车或骑马劳顿。他看到比自己强的人都乘车闲逛,就想象自己也可乘车周游,以免去诸多不便。他感到自己天生怠惰,希望尽量避免事事躬亲;琢磨着用人一呼百应可免去他很多麻烦。他认为如果自己在这些方面应有尽有,便会宁心静坐,踌躇满志,在快乐宁静的环境中享受幸福人生。对这种奢华生活的浮想联翩令他陶醉不已。他的幻想充斥着上层阶级的生活,为达到这种水平,他发誓要追求财富和地位。为了获得所有这些提供的便利,他在第一年,甚至第一个月,就开始专心致志地劳其筋骨、苦其心智,这比他一生中因为缺少这些便利而要吃的苦头都多。他研究该如何在劳动密集型职业中出类拔萃。他孜孜不倦,勤奋至极,日以继夜地埋头苦干,以便获得超越竞争者的聪明才智。尔后他又将这些聪明才智展示在公众面前,以同样的勤奋创造就业机会。为达此目的,他向一切人献殷勤;他甚至为自己所恨的人卖命。他极力巴结自己所蔑视的人。他在自己整个一生中都在追求某种矫揉造作、优雅宁静、但可能永远也达不到的精神境界,为此他牺牲了一种任何时候都唾手可得的真正的安宁,如果在晚年最终达到这种境界,他会发现它在任何一方面都比不上曾经抛弃的那种谦卑的安静和满足。一到风烛残年,他的身体将被辛劳与疾病折磨得骨瘦如柴,头脑则因经常回忆自认因敌人的不义、朋友的背信弃义及忘恩负义所受到的千百次伤害,而变得烦恼不堪,只有到那个时候,他才终于开始发现,万贯财富与显赫地位仅仅是毫无用处的小玩意,它们同玩具爱好者的百宝箱一样,都不能带来肉体安逸或心灵平静;同样,对那个背负这些小玩意的人来说,给他带来的麻烦要比带来的一切便利还多。除了其中一种带来的便利比另一种带来的略加明显之外,它们之间并没有什么区别。宫殿、花园、马车、大人物的扈从,它们具备的明显便利就是打动每个人的目标,无需其主人向我们指出其效用何在。我们发自内心地理解其效用,而且出于同情心,非常欣赏和赞同它们为其主人提供的便利。然而一根牙签,一只掏耳勺,一把指甲刀,或者同类的任何其他小玩意的出奇之处就不是如此明显。它们的便利性也许同样很大，但是并不如此动人，所以对其主人所表现的满足感，我们不易理解。于是它们就不像财富和显赫地位那样有理由成为人们虚夸的理由，而后者的唯一一拿人之处也正存在于此——它们能更加有效地满足人们对荣誉如此自然的喜好。是一座宫殿还是一些装在百宝箱里的小玩意所具有的微小便利，更会令人感到幸福和愉快，这可能是一件难以确定的事。如果他的确生活在社会之中，这确实没有什么可比性，因为在这种情况下，就像在别的情况下一样，我们经常会把更多的关注给予旁观者的情感，而不是给予当事者的情感，而且考虑的是他的情况对别人来说是什么样，而不是对自己来说是什么样子。但是，如果我们考察一下旁观者为何能都以钦佩的心情识别出富足与显赫，我们就将发现这都不是由于他们可能享受的超人一等的安逸与快乐，而是促成这种安逸或愉快的无数矫揉造作和精巧设计。他甚至想象不到他们其实比别人更快乐：但是他认为他们具有更多的获取快乐的手段。他们采取的手段精确地达到既定目的，才是他钦佩之情的主要原因。然而，由于年老病衰，虚荣之心带来的快乐以及显赫地位带来的虚假荣耀早已荡然无存。对于处在这种情况的人来说，他们从前疲于奔命的那些艰辛的追求早已没有任何可取之处。他在内心中诅咒野心，徒然追念年轻时的安逸、怠惰与快乐，而所有这些早已一去不复返，他曾经为那些即便得到时都不能令他心满意足的东西做出过愚蠢的牺牲。对每个人来说，当他因怨恨与疾病不得不认真观察自己所处环境，并思考为获得快乐真正需要什么的时候，富贵与权势就会显得令人痛苦。权势和财富于是就显示出庞大机器的本色，而这些机器则是为给肉体生产一些小小便利专门设计的，它们具备最完美的弹簧，这些弹簧必须精心有序地加以组装，如果缺乏精心维护，它们随时都将解体，进而给其不幸的拥有者造成毁灭性打击。它们是巨大的建筑物，需要终生劳作加以兴建。它们巍然屹立时，虽然可能为他免去一些小小的不便，也能使他免遭险恶气候的影响，但它们却对其中的每个居民都具有随时倾覆的威胁。它们可以避免夏日的阵雨，却无法避免冬季的风暴，而且会比以往任何时候都更加使他处于焦虑、恐怖和悲伤，乃至疾病、危险和死亡的威胁之中。

在人们疾病缠身或情绪低落时，是很熟悉这种乖戾的哲学的，它会完全贬低人们追求的伟大目标。但是当人们处于健康开朗的情况时，我们总是看到这些目标令人愉快的方面。我们的想象会在痛苦悲伤时只局限于自己，但在安逸开心时，则会扩展到身边的每件事。之后我们就会陶醉于大人物宫殿和扈从所具备的那些奢华设施之美，并钦佩每件东西都适于促进安逸，消除匮乏，满足愿望，并使他们在百无聊赖之际尽情消遣。如果我们考虑所有这些东西所能提供的真正满足感，亦即与那些适于催生满足感的安排之美剥离时，它们就会显得极其卑微。但是我们很少以这种抽象的、富于哲理性的观点来看待它们。我们自然会通过想象而将这种满足感和世界的顺序、正常和谐的运作以及适于产生这种满足的那些安排混为一谈。财富及显赫地位带来的快乐，当它被人以如此复杂的观点加以考察时，就会激发人们将其想象得宏大、美观和高尚，为获取它所付出的全部辛劳以及极易产生的焦虑都是值得的。

自然很可能就是以这种方式对我们加以欺骗，也正是这种欺骗才激发并不断地维系着人类的勤奋精神。也正是它最初激励人类耕田、修屋、建城、推进科学艺术的发明创造，正是科学艺术才使人类生活变得崇高美好，并使地球彻底改观，把天然的原始森林变成适于耕种的肥沃平原，把毫无航迹的蛮荒海洋变成人类谋求生计的新资源地，建成不同国家共同受益的庞大公路交通网。由于人类的这些辛勤劳作，地球不得不加倍提供自然资源，以维持数量庞大的地球居民的生存。傲慢冷酷的地主毫无目的地瞭望自己辽阔的田野，却丝毫顾及不到同胞兄弟的需求，只想一人独吞本为大家耕种收获的粮食。乡村野语道：眼大肚子小。这对他来说是最贴切不过了。他欲壑难填，与其胃容量极不相称，但最终容纳的也不过是一介草民所奢望的那点而已。他不得不把剩余部分分给各种人，诸如:那些只根据自己微小肚量烹制出上等佳肴的人,那些修造宫殿以供他在其中消费自己所需那一点东西的人,那些专为豪门富贵提供并完好保管各种小玩意小摆设的人,就这些人生活所必需的那一份额而言,如果根据人道和公正的原则分配,他们是根本无法企及的。大地的出产在任何时候都只能大致保持在它们所能维持的那些居民人数限度之内。富人从大量产品中只挑选最珍贵最中意的东西。虽然天性决定他们贪得无厌,但他们的消费量也不过略微高于穷人,虽然他们仅仅贪图一己之便,虽然他们为成千上万被雇劳工制定的计划,唯一目标就是满足他们根本无法满足的奢望,最终也只得和穷人一起分享大家合力经营的产品。他们被一只无形的手引导着去分配生活必需品,而在土地被平均分配给地球居民时,分配方案也不过如此,他们在不知不觉中去增进社会利益,并为日益增多的地球居民提供生活资料。当上帝把土地分给少数地主时,他也没有忘记或抛弃那些在分配土地中被忽略的人。后面这些地球居民同样在享受大地所有产品中他们应得的份额。无论人生真正的幸福由何构成,与那些似乎超越他们很多的人相比,在任何方面都毫不逊色。在肉体安逸及心灵平静方面,各种不同阶层的人几乎都处在在同一水平,在路边晒太阳的乞丐,就拥有国王们为之奋斗的那种安全。

同样的本性,同样方式的爱,对秩序之美同样的重视,对艺术与发明同样的重视,所有这些都往往有助于使旨在促进公共利益的制度变得更加受欢迎。当一名爱国者努力改善社会治安时,其行动并非总是出于对那些必将从中获利者幸福的同情。一位热心公益的人鼓励修路,通常也不是出于对邮差和车夫的同情。当立法机构为促进麻布或毛料生产而制定奖赏及其他鼓励政策时,其行为很少出于对穿用物美价廉布料者的同情,而出于对厂家或商人之同情的情况就更是少之又少了。良好的治安,贸易和制造业的发展,这些都是高尚宏伟的目标。思考这些问题会令我们感到高兴,而我们也对旨在促进它们发展的事物感兴趣。它们是政府庞大体制的一部分,政治机器之轮似乎正由于它们的作用才更加和谐、更加顺利地运作。看到一个完善宏大的机构我们就会很高兴。直到把破坏其正常运作的干扰和阻碍彻底铲除我们才放心。但是政府的所有体制，只有旨在促进在那里生活的人的幸福时才有价值。这是它们的唯一用途和目标。但是，出于某种体制的精神，出于对机巧的热爱，我们有时更加重视的似乎只是手段而不是目标，我们急迫地促进我们同胞的幸福，着眼点在于完善及改进某一个完美有序的体制，而不在于他们遭遇或享有什么东西时所产生的直接意识或感情。有一些非常热心公益的人，他们在其他方面表现得对博爱情感并不十分敏感。而相反，有一些颇具博爱之心的人，却非常缺乏公益事业心。每一个人都会在自己的朋友圈内发现这样或那样的先例。与那位俄国著名立法者相比，还有谁的博爱之心更淡薄，谁的公益之心更强烈？相反，大英帝国那位善于交际而且脾气又好的詹姆斯一世，无论是对自己国家的荣耀，还是对自己国家的利益，似乎毫无激情可言。对于那种对雄心壮志几近麻木不仁者，你能焕发他的勤奋吗？对这种人描述富人和大人物的幸福；告诉他那些人基本上不会遭到日晒雨淋；他们很少饿肚子；他们很少会感到寒冷；他们几乎感觉不到疲乏，或缺少什么东西；和他谈论这些不啻对牛弹琴。这种最雄辩的劝诫对他产生的影响微乎其微。如果你想成功，你就必须向他描述权贵大厦内各种不同房间的便利性和布置情况；你就必须向他解释那些设施的得体性；向他指出他们所有随员下属的数目、等级以及不同的职责。如果有什么东西能给他留下印象，那就行啦。但是所有这一切都只是为了使他免于日晒雨淋，免于挨饿受冻，免于匮乏和疲惫。对于那种毫不关心自己国家利益的人，如果你以相同的方式向他们心中灌输公德，告诉他一个管理良好的国家的国民享受何种超级利益，他们住华屋、穿丽服、吃美食，所有这些对他来讲依然毫无意义。考虑这些通常不会令人产生很深的印象。如果你对能够获得这些利益的庞大公安系统加以描述，如果你对其中几个部分的联系或独立性、互相之间的从属性、对社会幸福的一般辅助性加以解释，如果你讲述这种机制应该如何输入自己的国家，又是什么阻碍它当下就在那里扎根,那些破坏因素该如何铲除,政府机器的几个轮子应该如何在没有互相摩擦,或互不妨碍的情况下更加和谐顺利地运转,如果这样,你就很可能说服对方。一个人听了这番话之后,不可能感到自己对公益精神无动于衷。他至少会在此时此刻对铲除那些障碍,以便使一部政治机器如此完美有序地运转产生一些愿望。没有什么能像对如下问题的研究那样促进公益精神的发展,诸如:对政治的研究,对公民政府各种机制及其优缺点的研究,对自己国家宪法、国情、同外国之间的利害、商业、国防、国家存在的缺陷、可能面临的危险、如何消除危险、如何防御对方等诸多方面的研究。正是因为如此,政治研究,如果公正合理,而且实用的话,它们就有引发人们进行最有益沉思的功能。即便那些说服力最差的糟糕研究也并非毫无效用。起码它们可以用来激发人们的公益热情,可以激励他们寻求促进社会幸福的途径。

第二章　论效用的表现赋予人类性格与行为之美;及对这种美的感知在何种程度上是初始的认可原则之一

人们的性格,以及艺术的发明,或者公民政府的机构,既可用以促进,也可用以破坏个人和社会的幸福。谨慎、公正、积极、坚毅以及认真的性格,对当事者本人和与之相关的人来说,都可能促进他们的成功或为他们带来快乐。相反,暴躁、傲慢、懦弱以及淫逸的性格,则预示着个人的毁灭,以及所有相关人士的不幸。第一种性格,至少具备所有那些属于最完美机器的美,而这部机器的发明就是为促进最令人愉快的目标的实现;第二种性格,则具有最笨拙、最粗陋的机器之一切缺陷。什么样的政府机构能像智慧与美德的流行那样如此之多地倾向于促进人类的幸福? 所有的政府都不过是对这些不足进行的一种并不完美的修补。无论公民政府因其效用而具有什么样的美,它都必然在很大程度上属于智慧与美德。相反,什么样的公共政策,比得上人的邪恶具有的毁灭性和破坏性?一个坏政府所产生的致命效果,就在于它未能有效防止的那些人性弱点所造成的损害。

各种性格因自身具备的用途或不便而产生的美或丑,都很容易以某种特殊形式打动以抽象哲学观点考虑人类行为的那些人。当一位哲学家考察博爱何以受赞扬,或者残忍何以遭谴责时,他并非总是以一种非常清晰的方式,就任何一种具体的残酷行为或博爱行为形成概念,通常他总是满足于那种模糊不清、犹豫不决的思想,而这种思想则是那些性格的一般名称使他联想出来的。然而就具体事例来讲,只有行为的得体或不得体、功或过才是清晰可辨的。只有在给出具体事例的时候,我们才能清楚地发现在我们自己的情感与当事者的情感之间的一致或者不一致,或者感觉到在某种情况下对当事者产生一种亲切的感激之情,而在另一种情况下则对他产生一种其情可悯的愤恨之情。当我们以某种抽象的一般的方式来思考美德与罪恶的时候,当事者借以产生这些情感的品质似乎在很大程度上消失了,而那些情感本身则变得并不十分清晰可辨了。相反,一种品质产生的令人愉快的效果,以及另一种品质所产生的致命性后果,似乎进入到人们的视野,变得非常突出,将自己和双方所具备的其他品格区别开来。

就是那同一位最先解释效用何以令人愉快的才华卓异而又备受欢迎的著作家,他将我们对美德的全部认可,归结为对来自效用表现的美所形成的概念,他是如此着迷这种观点。他认为,任何一种思想品质都不会被赞为美德,除非对当事者本身和其他人来说,是有用或者令人愉快的;同样,除非具有相反的倾向,也没有任何一种品质会被认为是罪恶而遭到反对。似乎造物主的确已经将我们对认可和不认可产生的情感,十分愉快地朝个人和社会的便利方面作了调整,经过一番严格的检验,我相信会发现这是一个颇具普遍意义的事例。但我依然敢断言,对这种效用或者危害产生的观点,并非我们认可或不认可的首要原因。这些情感无疑会因为对那种来自效用或危害的美与丑所形成的观念而被提升或加强。但是我依然要说，它们从源头上和实质上都与这种感觉是不同的。

首先，似乎不可能出现这种情况，我们对美德的认可，竟然和我们赞赏一座颇具便利性而且建造完好的楼房时是同一种情感，或者说，我们赞扬一个人竟然只是出于我们夸奖一只屋橱那样的理由。

其次，经过检验，我们将会发现，任何内心气质的实用性都很少能成为我们认可的首要基础；认可的情感总要涉及一种显然不同于效用感的得体意识。我们考察这一问题时，可以考虑到被当成美德加以赞扬的所有那些品质，根据这一理论体系，其中包括最初被认为对我们自己有用的品质，以及因为对他人也有用而备受尊敬的品质。

对我们自己十分有用的品质首先是高超的推理能力和理解力，凭借它们我们不仅能够察觉到我们所有行为遥远的后果，还能够预见到似乎来自它们的好处或危害；其次是自制力，凭借它我们就能够克制当前的快乐或忍受当前的痛苦，以便在将来的某个时候获得更大的快乐，或者避免更大的痛苦。在这两种品质的结合中包含着谨慎的美德，以及所有对个人极其有用的美德。

关于那些品质中的第一种，前面已经说过，高超的推理能力和理解力最初被赞扬为公正、正确、准确，而非仅仅是有用和有利。在深奥的科学领域，尤其是高等数学中，人类在推理方面做出的最伟大、最值得赞扬的努力已经被充分展示出来。但是这些科学对个人或社会具有的效用并不十分明显，要对此加以证明，就需要进行一种并非总是十分容易理解的讨论。因此，最初使它们受到公众赞赏的并不是它们的效用。这种品质起初只有很少人能够坚持，直到需要回击那些对这种崇高发现感到索然无味，而且极力贬低其用处的人的责难时，这种局面才得以扭转。

我们以同样的方式克制自己当前的欲望，以便在将来能够完全适应另外一种情况，这种自制力被赞扬成既得体，又实用。当我们做出如此表现时，影响我们行为的情感似乎与旁观者的情感十分吻合。旁观者并没有感受到我们当前欲望的诱惑。对他来讲,我们在随后一周,或一年中所享受的快乐,正像我们当前所享受的乐趣一样吸引人。当我们为眼前利益着想而牺牲将来时,我们的行为对他来讲似乎极其荒诞和过分,他不能理解影响我们行为的那些本性。相反,当我们克制当前的快乐以保证将来享受更大快乐时,当我们表现出遥远目标令我们产生的兴趣就像当前目标一样多,就像我们的情感与他的情感十分吻合时一样,他就不得不赞赏我们的行为了;因为正如他通过经验所了解的那样,具备这种自制力的人少之又少,所以他就以相当惊讶和钦佩的态度来看待我们的行为。于是崇高的敬意应运而生,所有的人都会以这种崇高的敬意来看待在实践中坚持节俭、勤勉、专心的品质,虽然坚持这些品质的目的不过是为了获得财富。以这种方式表现出坚毅品格的人,为获取更大的、然而却很遥远的利益,不仅放弃当前所有的快乐,而且劳其筋骨,苦其心智,他所表现的这种坚毅的品格当然赢得我们的认可。那种似乎是在支配他行为的利益与幸福观,与我们自然形成的那种思想极其吻合。在他和我们的情感之间存在一种极其完美的和谐一致,同时,出自我们对共同的人性弱点的切身体会,那是一种我们从前无法合理预知的和谐一致。因此,我们不仅赞同,而且同时在某种程度上钦佩他的行为,并且认为值得大加赞扬。正是对这种实至名归的认可和敬意的意识,才使得当事者能坚持其行为。我们在今后十年中享受的快乐对我们的吸引力,远远不如今天,前者产生的激情自然比后者产生的那种强烈的情感要弱得多,以致前一种永远无法与后一种相抗衡,除非它有得体感做依据,除非它使我们意识到,如果我们以某种方式采取行动,我们就会受到大家的尊敬,但如果以另外的方式采取行动,就会使我们成为大家蔑视和嘲笑的适当目标。

爱、正义、大度和公益精神都是对他人极为有益的品质。前面已经解释过,人道和正义的得体性究竟存在何处,并且表明了我们对那些品质的尊敬与认可在多大程度上要取决于当事人和旁观者情感之间的协调一致。

大度和公益精神的得体性和正义的得体性是建立在相同的原则之上。大度与仁爱不同。初看起来似乎有十分密切关系的那两种品质，并不总属于同一个人。仁爱属于女人，大度属于男人。女性通常比我们男性更温柔，但她们很少会显得很大度。女人很少做出可观的捐献，这是民法的一种解释。仁爱仅存在于微妙的同胞之情中，而这种同胞之情在旁观者与当事者情感一致时才会产生，从而对他们的痛苦表示悲伤，对他们遭受的伤害表示愤怒，对他们的好运表示高兴。最富仁爱精神的行为无须自我否认，无须自我克制，无须太注重得体感。我们去做这种微妙的同情心趋使我们去做的事情时，完全是发乎自然。只有当我们在某些方面喜欢的是他人，而不是我们自己的时候，我们才表现出大度的精神，才会为一位朋友或一位上司的同等利益而牺牲我们自己的一些重大利益。有时一个人雄心勃勃追求的大目标就是一个职位，但当别人的贡献更有资格获得这一职位时，他会放弃自己得到该职位的权利；还有人认为朋友的生命更重要，因而不顾自己的生命去捍卫朋友的生命；这两种人的表现既不是出于仁受，也不是因为他们更加敏感的是关乎他人的事，而不是关乎他们自己的事。他们在考虑那些对立的利益时所依据的观点并非自然地出乎他们自己，而是出乎他人。对每一个旁观者来说，这位他人的成功或者生存，可能比他们自己的更有益。当他们为了这位他人的利益而牺牲自己利益时，就根据自己认为任何第三者都会自然做出的事，来做出巨大努力，从而接受旁观者的情感。为保护自己军官的生命而献身的士兵，如果他本身没有过错的话，那位军官之死对他产生的影响也许微乎其微，然而哪怕只是一点小小的不幸，如果落在他自己头上，也许都会使他感到悲痛欲绝。但如果他努力做出的行动只是为了使自己值得赞扬，并且使公正的旁观者体谅他的行为原则，他就会感到，除了他自己之外，每个人都认为他自己的生命和那位军官的相比简直轻如鸿毛，当他为另一个人的生命而献身时，他的表现会与每个公正的旁观者的自然理解力互相吻合，而且是令人愉快的。

极力发扬公益精神的情况也是如此。当一名年轻的军官为使帝国的疆域略有所增而献身时，并不是因为获得新领地对他而言是一个比保全自己性命更重要的目标。对他来说，自己的生命当然要比为自己效力的国家征服某个王国更具价值。但是当他将这两种目标互相比较时，他不是采取自己看待这两个目标时自然具有的观点，而是采取他为之效力的国家看待这两个目标时的观点。对国民来讲，赢得战争是最为重要的；一条私人的性命则无足轻重。当他将自己置身于他们的情况时，他立即感到，如果需要流血来实现一个如此有价值的目标，无论流多少血都不过分。从那种最强烈、最自然的性格倾向，即责任感和得体感来看，他这种克己的行为中却存在着英雄主义。有许多正直的英国人，如果处在自己私人地位上，丧失一个基尼会比米诺卡民族的覆没还伤心，而如果米诺卡民族依然有能力保卫那座要塞，他们就会宁愿千百次地牺牲自己的生命，也不愿因为自己的过失让要塞落入敌人的手中。当布鲁图一世因为自己儿子们阴谋反对日益崛起的自由而带领他们去服死刑时，如果他扪心自问，就会觉得自己所做的牺牲似乎是为脆弱的情感而征服了强烈的情感。布鲁图感触更多的自然应该是自己儿子的死，而不是罗马因为缺少他这样一位伟大的榜样而遭到的不幸。然而他并非以一位父亲的眼光，而是以一位罗马公民的眼光来看待自己的儿子。他非常理解罗马公民的情感，因此才能不顾父子之情；对一位罗马公民来说，即便是布鲁图的儿子，在与罗马最微不足道的利益相权衡时，也无足轻重。在这类情况下，而且在其他所有事例中，我们的钦佩之情与其说建立在这些行为效用的基础上，不如说是建立在出乎意料的，也因此是伟大的、高尚的极端得体性的基础之上。这种效用，当我们考察它的时候，它无疑就会赋予那些行为一种新的美，正因为如此，也才会进一步促使我们去认可这些行为。但是这种美主要是被那些颇具思考力与理解力的人所认识，而首先促使这种行为去面对大部分人的自然情感的绝对不是这一品质。

必须说明的是，迄今为止，那些来自效用之美的认可情感与他人的任何情感都是无关的。因此，如果一个人有可能在与外界缺乏联系的情况下长大，他自己的行为究竟是令人愉快还是不快，就会取决于这些行为究竟是导致他本人的幸福还是不幸。他可以在谨慎、自制、良好的行为中理解这种美，而在相反的行为中理解丑；一方面，他可以带着考量一部设计完美的机器时所产生的满意感，去观察自己的性格及品质；另一方面，他也可以带着观察一种非常蹩脚的发明创造时产生的厌恶和不满意感，去观察自己的性格及品质。然而，因为这些感觉仅仅是一种趣味，并且具备也许可以恰当地称为趣味之基础的这类行为的脆弱性和灵敏性，它们可能不会受到一个孤独痛苦者的重视。即便他会产生这些感觉，它们也不会先于他与社会的关系对他产生相同的效应，而这些效应将会因为他与社会的那种关系而产生。他不会因为想到这种丑陋性而产生的内心愧疚变得沮丧不堪；也不会因为认识到那种相反的美而心中窃喜，并因此精神焕发。一方面他不会因为注意到自己实至名归的回报而欣喜若狂，另一方面也不会因怀疑自己应该受到惩处而战战兢兢。所有这种情感都假设了某个他人的思想，他是能够感觉到那些情感的那个人的天生法官；只有理解对他行为做出裁决的这位法官的决定，他才能够体验到自我认可的喜悦，以及自我谴责的羞愧。

第五卷

论习俗与风尚
对道德上认可与否的影响

第一章　论习俗与风尚对我们美丑观念的影响

除了已经列举的之外，还有其他一些对人类道德情操具有相当影响的原则，它们是很多不规则和充满矛盾的观点产生的主要原因，这些观点涉及的都是哪些应该受到责备、哪些则应该受到赞扬的问题，在不同时代和国家流行。这些原则就是习俗与风尚，它们左右着我们对各种美所做出的判断。

两个物体往往同时映入人们的眼帘，长此以往，人们就会通过想象养成一种从一个物体很容易联想到另外一个物体的习惯。第一个物体出现时，我们就想象第二个会接踵而至。它们很自然地使我们进行彼此联想，注意力也很容易相应转移。如果排除习俗的影响，在二者的结合中就不存在真正的美，但是，当习俗与它们联系在一起时，我们就会感到二者彼此分离很不合适。缺乏惯常的互伴互衬，我们就感觉很别扭。由于没有发现想看到的东西，我们惯常的思想方法就会因为失望而被扰乱。比如一套衣服，如果缺乏通常仅仅起到陪衬作用的小装饰，它就会显得缺少一些东西，即便只缺少一只臀扣，我们都会感到难看和不快。如果物体结合得当，习俗就会加强这种感觉，而不同的安排就更显得不快。那些惯于以高雅品位看待事物的人，格外厌恶粗陋难看的东西。如果物体的结合失当，久而久之，习俗就会减弱我们对失当的感觉。懒散邋遢的人会丧失对整洁或雅致的感觉。对陌生人来说似乎很荒诞的家具或衣服的款式，则不会引起对此习以为常者的反感。

风尚不同于习俗，或者说是它的一个特殊种类。它不是每个人都能具备的，而是身份高贵或品格高尚者所具备的气质。大人物具备的那些威严风度,优雅而闲适,当这种风度与他们的穿着通常具备的多姿多彩及堂皇富丽相结合时,就会给他们偶或为之的装扮赋予一种优雅不俗的气质。只要他们继续采取这种装扮,它就使我们联想起与时髦和豪华相关的事物,虽然它本身无足轻重,但是因为这种关联,它似乎也具备一些时髦和豪华的特性。他们一旦放弃那种妆扮,它从前似乎具备的一切优雅气质就会丧失殆尽,而这种现在仅仅受低层人士青睐的妆扮,似乎具有一些非常平庸粗俗的性质。

世人普遍认为服装和家具全然受习俗和风尚的支配。但这些原则的影响绝对不会局限于一个如此狭小的天地,而会延伸到任何有品位的对象,包括音乐、诗歌及建筑。服装与家具的款式继续发生变化,五年前备受青睐的时髦今天就显得荒诞,我们根据经验确信,这种时髦的流行主要或全部归因于习俗和气质本身。服装和家具并非由非常耐久的材料制成。一件花样新颖的衣服十二个月后就会过时,不能把制作它时所依据的时髦款式传播下去。家具的款式没有服装款式变化那样快;因为家具通常更耐用。不过,五六年内,它一般也要进行一次全面的更新换代,而每个人在他们自己所处的那个时代,都会看到款式在这方面以不同方式发生的变化。其他艺术品的生产就会更加持久得多,如果乐观地设想,它们会使产品的款式流行很久一段时间。一座设计精良的建筑物会持续若干世纪;一支美妙的歌曲可以凭借口头传唱而世代不衰;一首精致的诗作可以与世共存;所有这些都能使创作时所依据的那种特殊风格、特殊情趣或手法在若干世纪之内继续传承下去。很少有人能有机会在自己所处的时代就看到上述任何门类的艺术风格会发生任何重大变化。很少有人会对在遥远的时代和国家才能流行的不同款式具有如此之多的经验和知识,以至于能完全理解这些知识,或在它们之间能够做出公允的判断,就像这一切都发生在他们自己所处的时代和国家一样。因此很少有人会允许那种习俗和风尚在他们对美的东西做出判断,或在生产那些艺术品的过程中产生很大影响;而是认为,那些应该遵循的规则,都是建立在理性与天性的基础上,而不是建立在习惯和偏见的基础上。但是,只要稍加留意,他们就会确信情况正好相反,并且认为习俗和风尚对服装和家具的影响,并不比对建筑、诗歌和音乐的影响更加毋庸置疑。

比如有什么理由可以确定,陶立克柱头应该与高度是直径八倍的柱身相配;为什么爱奥尼亚涡旋式柱头要配高度为直径九倍的柱身;为什么科林斯叶形柱头要配十倍的? 所有这些比例的适度性只是建立在习惯与习俗的基础之上。眼睛被用来观察与一种具体装饰物相关的具体比例,如果二者不协调,看上去就不顺眼。五种柱式的每一种都有自己独特的装饰物,互相之间不能调换,否则对建筑学规则稍有了解的人看后都会感觉别扭。据一些建筑师说,这的确是一种十分精确的判断法,古人都是据此来为柱子配以适当的饰物,除此之外,没有任何一种饰物会如此适当。这种样式虽然毫无疑问是很令人满意的,但是也难以认为它就是唯一符合那些比例的样式,难以认为没有另外五百种先前早已确立的其他样式也很合乎那些比例。但是当习俗已经确定出具体的建筑规则时,只要它们并非绝对没有道理,那些试图用其他同样优良,甚至以优雅和美丽的观点来看必然略胜一筹的规则来替换它们的想法都是荒唐的。一个人如果在大庭广众之中穿上一套与平时所穿衣服非常不同的服装,即便这套新衣本身非常优雅或合身,他也会显得滑稽可笑。房子的装饰,如果有别于习俗和风尚早已规定的方式,似乎也同样滑稽可笑,虽然新的饰物本身或多或少会比常用的那些略胜一筹。

根据古代修辞学家的说法,诗歌的某种韵律本质上只适合某一种特殊的文体,因为它是用以表达那些在该文体中应该起主导作用的性格、情感或激情的。他们说,一种诗歌韵律适于严肃的作品,另一种则适于轻松的作品,他们认为这些不可能在不出现巨大失当的情况下进行互换。然而现代经验似乎与这条本身似乎很有道理的原则相矛盾。英国的讽刺诗就是法国的英雄诗。拉辛的悲剧和伏尔泰的《亨利亚德》与下面的诗句几乎如出一辙:"要事悉听遵命"。相反,法国的讽刺诗却正好与英国十音节的英雄诗同样美妙。习俗使一个国家把那些表现庄严、崇高、认真的思想，与另外一个国家表现欢快、轻率、荒唐思想的那种韵律联系起来。在英国最荒唐可笑的事，似乎莫过于把悲剧写成法国的亚历山大体诗篇；而在法国最荒唐的事，莫过于把同一类作品写成十音节诗。

　　一位杰出的艺术家会给每一种既成的艺术模式带来重大变化，并在写作、音乐或建筑领域引入一种全新的时尚。就像一个身居高位、令人愉快的人所穿的衣服，也不论它们会多么奇特，多么古怪，随即都引起他人钦羡与仿效那样，一位大师身怀的绝技也会让他的卓尔不群受人欢迎，他的特色就会在他从事的艺术领域中成为时尚。意大利人在音乐和建筑方面的情趣在这五十年内，已经从模仿一些杰出大师的独特之处开始，经历了一场巨大的变革。塞内加遭到昆体良的指责，说他玷污了罗马的情趣，并且引入了一种轻浮的美，以取代庄严的理智和有力的雄辩。而萨卢斯特和塔西佗则遭到另外一些人以相同罪名的指控，虽然指控的方式不同。据说，他们让某种风格出尽风头，虽然这种风格极其简明、优雅、富于表情，甚至颇具诗意，却缺乏闲适、质朴与自然的韵味，这显然是那种矫揉造作的极度辛劳与勤勉的产物。那种能令自己的缺点变得令人愉快的作家，究竟必须具备多少高尚的品质？获得了提升一个国家情趣这样的赞扬之后，能够赋予任何作家的最高赞美，也许就是他玷污了一个国家的情趣。在我们自己的语言中，蒲柏和斯威夫特博士分别通过长篇或短篇韵文把一种不同于之前的风格，引进到所有那些节奏感颇强的作品中。巴特勒的精致让位于斯威夫特的简明。德莱顿的疏放自如，以及爱迪生的准确无误，但有时往往冗长乏味、无聊消沉，早已不是模仿的对象，现在所写的韵文都在遵循蒲柏先生的那种严谨精确的风格。

　　习俗和风尚不仅对艺术品起支配作用。当我们对自然物体的美做出判断时，它们也以相同的方式产生影响。在不同的事物中，究竟有哪些不同的和对立的形式可被称之为美呢？在一种动物中备受尊崇的比例与在另外一些动物中受尊崇的比例完全不同。每一种东西都有自己独特的形态,它们不仅为人所赞同,而且具备自己独特的美,因此与其他任何一种东西的形态都不同。正是因为如此,一位颇有学识的耶稣会教士比菲埃[①]认定,每一种物体的美都存在于它的形态和颜色中,这种形态和颜色在它所属的那类特殊物体中是十分普遍的。于是,在人体形态中,每个人的美都存在于一种居中的形态,也就是说从其他各种形态中等量齐观地除去一些丑陋的成分。比如一只很美的鼻子,它既不太长,也不太短,既不非常挺直,也不非常弯曲,在所有这些极端中只是一种中等形态,与所有鼻子互相之间的差异相比,这只鼻子与其他任何一只鼻子之间的差异就会少些。这似乎就是造物主有意赋予所有那些鼻子的那种形态,不过他却以各种不同的方式使这种形态存在一些差异,以致很少有极其相似的情况;但是在所有那些差异中却依然存在着非常相似的成分。当人们根据一个图案做出很多画的时候,虽然它们可能在某些方面都比这一图案缺少些什么,但是它们与图案之间的类似程度要多于它们之间的类似程度;图案的一般特点在它们中间都存在;其中最独特最怪异的就一定是离开图案最远的那些;虽然没有什么绝对精准的临摹,但是极其准确的线条素描与最粗心的线条素描之间的类似之处,要多于最粗心的线条素描之间的类似程度。每一种生物之间的情况亦复如此,最美的一定具备该物种基本结构中个性最强的特点,同时也与其所属物种的大部分个体有着极其明显的类似之处。相反,魔鬼,或极其丑陋的东西,总是最独特最怪异的,它们与其所属种类的基本点之间存在极少的类似之处。因此,每一种类的美,虽然在某种意义上讲,在所有物体中纯属凤毛麟角,因为很少有哪些个体能够正好处于居中的形态,但是在另外一种意义上讲,这种美却又极其普通,因为与美之间存在的所有差异同时也有与美的类似之处,而这种类似之处比那些差异之间的类似之处要多。因此,最普通的形态,根

---

① Claude Buffier, 1661—1737,法国哲学家、历史学家和教育家。

据他的观点,也就是最美的形态,都存在于各种物体中。于是,在我们对每种物体的美做出判断之前,或弄清那种居中的、最普通的形态究竟存在何处之前,对每一种物体进行深入细致的思考这一实践和体验就是必不可少的。对人种之美做出的最佳判断,无助于我们去判断花草、马匹或任何其他种类东西的美。由于相同的原因,在各种不同的气候条件下,在各种习俗和生活方式存在的地方,就如大多数种类都能从那些环境中接纳不同的构造一样,关于美的不同的观点都能大行其道。摩尔人的美和一匹英国马的美绝不会全然相同。对人的外形和面容之美在各个国家都形成了哪些不同的观点呢?好的肤色在几内亚沿海地区被认为是最令人震惊的丑陋。厚嘴唇和塌鼻梁却是一种美。在一些国家,垂肩长耳是普遍被羡慕的目标。在中国,如果一个女人的脚大到足能适于走路,那就被视为其丑无比的怪物。在北美的一些蛮荒民族,人们要在儿童头部的周围捆上四块木板,为的是趁他们在骨骼还很柔嫩时,将头几乎挤压成正方形。欧洲人对这种荒唐的野蛮习俗表示震惊,而一些传教士则将流行这种习俗的那些国家的极端愚蠢归咎于此。但是,当他们指责那些野蛮行径时,他们却对如下情形讳莫如深,即:欧洲的女人,直到近几年之前,在近一个世纪的时间里,也都一直在挤压自然形体所具备的圆形美,以期使之变成相同的正方体;此外,虽然人们知道有许多畸形和疾病都来源于这种做法,但是习俗却使这种做法在一些也许是世界上最文明的国家内备受青睐。

这就是这位博学多才的神父对美的本质建立的理论体系,据他所言,美的全部魅力,产生于它合乎某些习惯,这些习惯是习俗在想象中留下的深刻印象。但是,我不能因此而相信我们对外部美的感觉完全取决于习俗。任何一种形态,它的效用,以及它对预期有用目标的合宜性,显然都在支配着它,都会使它变得令我们愉快,而所有这些完全不依赖于习俗。一些颜色比其他颜色更令人愉悦,而且在人们第一眼看到它们的时候也会感到更高兴。一个光滑的面会比一个粗糙的面更令人惬意。与单一乏味的绝对一致相比,五花八门更令人高兴。有一些相互关联的品类,每一种崭新的形象似乎都是借助于已经消失的形象而被引导出来,在这些品类中所有相邻部分互相之间似乎都有一些天然的联系,与那些互不关联的东西只是毫不相干地杂乱堆积起来相比,这种相互关联的品类就会更令人愉悦。虽然我不能承认习俗就是判定美的唯一准则,但是从某种程度上讲,我却承认这种天才理论的真实性,并认为,如果与习俗南辕北辙,并且与我们在那些特殊情况中早已习惯的一切毫无共同之处,那几乎就没有任何一种外形会如此美妙,竟至令人心生愉悦;而如果习俗能够与这种外形始终保持一致,并能使我们习惯于从每一个单独的个体中去看待它,那就几乎没有任何一种外形会丑陋得令人心生不悦。

第二章　论习俗与风尚对道德情操的影响

我们的情感涉及到方方面面的美,而这些情感又受到习俗和风尚的很大影响,正因为如此,我们就不能指望那些涉及到行为之美的情感应该全然摆脱那些原则的支配。但是,它们在这方面的影响似乎比在其他地方小得多。外部物体的形态各种各样,无论多么荒唐和怪异,也许习俗都要促使我们与它们保持和谐一致,或者说,风尚都会使它们变得令人愉悦。但是尼禄或者克劳迪乌斯的性格和行为,却没有任何习俗会使我们与之保持一致,没有任何一种风尚使它们变得令人愉悦,但是他们之中的一人却总是恐惧和仇恨的目标,另一人则是蔑视和嘲讽的目标。我们的美感赖以存在的那些想象的原则,都具有十分美好的本质,它们可以很容易地被习惯和教育所改变;但是道德上认可与不认可的情感,都是建立在人性中最强烈和最具生机的激情之上;虽然它们有时会显得有点偏差,但不可能完全被颠倒。

但是,虽然习俗和风尚对道德情操产生的影响并非十分巨大,却和在其他方面的影响极其类似。当习俗和风尚与判定正确与错误的自然法则很一致的时候,它们就使我们的情感越发美妙,而且会增强我们对每一件近乎邪恶的事物的厌恶感。那些在真正的良师益友之间,而不是所谓的良师益友之间接受过教育的人,那些已经惯于在他们尊敬的人或一起生活的人身上只是看到正义、谦虚、善良、井井有条的人,会因为看到那些似乎与美德所规定的准则不一致的事物而感到震惊。相反,那些不幸在暴力、放荡、谎言、偏激中成长起来的人,就会丧失对这种行为产生的不得体感,虽然并不是全部丧失,但是对那种无法无天的可怕行径的感觉,或对其引起的报复和惩罚的感觉却全然丧失了。他们从小就已经对这种行为深谙熟知,而且习俗也使们对此习以为常,他们非常容易把这种行为看成一种所谓的世间之道,即一些既可以也必须付诸实施的东西,其实这种行为最终会妨碍我们成为一个诚实的人。

风尚有时也给予某种程度的杂乱无章以荣耀,而相反,对于值得尊敬的品质却大泼冷水。查理二世在位期间,某种程度的放荡无羁被尊为一种人文教育的特质。根据当时的见解,这种行为是与慷慨大方、严肃认真、宽宏大度、忠贞不二的品质相联系,而且能证明有这种表现的人就是一位绅士,而非清教徒。另外,举止端庄和行为规范却都不是非常时髦,根据那个时代人们的想象,这些表现都与虚伪、奸诈、伪善和低俗紧密相连。在思想浅薄的人看来,大人物的缺陷似乎从来都是可赞扬的。他们不仅把这些缺陷与幸运相联系,而且与很多优良品质相联系,诸如:他们认为应该归因于大人物地位的那些高尚美德、自由独立的精神,以及坦率、大方、仁慈和彬彬有礼。相反,低层人物的美德,诸如过度节俭、朴实勤奋、中规中矩,在他们看来似乎都是卑贱吝啬和令人不快的。他们不仅把它们与那些品质通常所处环境的卑微相联系,而且与许多严重缺陷相联系,他们认为,诸如卑鄙、懦弱、坏脾气、说谎、偷窃这类大的缺陷通常都是与他们随时相伴的。

从事不同职业、处于生命不同阶段的人,都有自己所熟悉的目标,这些目标非常不同,会使他们习惯于各种不同的激情,而且会使他们自然形成非常不同的性格和风度。我们期待经验能告诉我们,处于各个阶层、从事各种职业的人,所培养出的属于该阶层和职业的某种风度。但是因为在每种事物中,我们特别喜欢的只是中间形态,这种形态的各个部分及特性都能准确地符合似乎是造物主为那种事物制定的基本标准,所以在每一等级,或者,如果我可以这样说的话,在各种人中间,如果有些人既不过多、也不过少地具备一些通常只是伴随其特殊条件和状况才产生的性格,我们就喜欢他们。一个人,我们说,他看上去应该与自己所处的行业和所从事的职业相符;但是卖弄自己的职业是不可取的。人在一生的不同阶段中会因为相同的原因养成符合这些不同阶段的风度。我们期望在垂暮之年具备庄重沉稳的风度,而这一时期的体弱多病,长年积累的经验,以及大打折扣的敏感性,似乎都能使之变得自然而备受尊重;我们期望能在年轻时期看到自己那种机智灵敏、轻松愉快、生机勃勃的性情,经验告诉我们,所有这些都来自一些鲜活的印象,而这些印象都是一切有趣的事物很容易在那些天真幼稚、少不经事的年轻感觉上产生的。这两个年龄段的每一个可能都很容易使人具备太多的、属于那一时期的特性。年轻人的肤浅轻佻和老年人惰性十足的迟钝同样不可取。根据通常的说法,年轻人在自己行为中有一些老年人的风度时最受欢迎,而老年人在他们具备一些年轻人的欢快风度时最受欢迎。但是这两者可能都很容易具备太多的对方的风度。老年人的那些可以原谅的极端冷漠和迟钝拘谨在年轻人身上会显得荒唐可笑。而年轻人的放纵轻率、粗心和自负在老年人身上却会令人不齿。

习俗使我们产生的那些适应各个阶层和各种职业的特殊性格和风度,有时也许会具备一种独立于习俗之外的得体性;如果我们考虑到所有那些自然会影响人生各个不同时期性格和风度的不同环境,上述特殊性格和风度就是我们应该加以赞同的。一个人行为的得体性并非取决于这种行为对所处的任何一种环境的适合性,而是必须适合于所有的环境,在我们设身处地地思考他的情况时,我们就感觉这些情况应该自然而然地引起他的注意。如果他似乎为其中之一忙得不亦乐乎，以致置其他于不顾，我们就会像对待一些我们所不能同意的事情一样，不赞同他的这种行为，因为他没有使自己的行为适当地调节到与他所处环境的所有情况相适应；不过，他对自己感兴趣的事物所表达的情感，如果是在没有其他情况需要注意的情况下，就并没有超过我们应该给予的赞许的同情心。私人生活中的一位父母，可能会因为失去独生子感到某种程度的悲伤和柔情而不受责备，但对于一位将军来说，在荣耀和公共安全需要他高度关注的时候，这种行为就是不可原谅的。因为不同事物在通常情况下都应该引起不同职业者的关注，所以不同的激情就应该自然地为他们所习惯；当我们设身处地考虑他们在这一特殊方面所处的情况时，我们就一定会很清楚地感觉到，这种情况每发生一次，都会根据那种情况产生的情感与他们的习惯和性情是否完全一致，而对他们产生或多或少的影响。我们不能像期待一位官员那样期望一位牧师，会在生活的欢乐中找到相同的感受。牧师这样的人，他的特殊职业要求他时刻记住世人所面临的严峻前景，他必须宣告每一次偏离职业准则的严重后果是什么，他要树立与上述准则严格一致的榜样，他似乎就是上帝的使者，传递那些不能凭轻浮和冷漠就能适当传递的信息。他的头脑可能会继续关注大事要事，不为思考琐碎小事留有任何余地，因为这些小事会使注意力全部集中到那些放荡无羁、寻欢作乐的行为上去。于是我们马上感到，在习俗为这种职业规定的行为方式中还存在一种独立于习俗之外的得体性；没有任何一种表现，能比我们惯常期待在一位牧师行为中见到的那种庄重沉稳和严肃认真更适于他的性格了。这些考虑非常明显，以致很少有人会不作如是想，会不以这种态度来认可这类常见的性格。

一些其他职业通常使人具备的性格并不是如此明显，我们对它们的认可全凭习惯，无需这种思考来加以确认和强化。比如我们经常受习惯驱使，将兴高采烈的性格、生龙活虎的性格、无拘无束的性格以及某种程度的狂放无羁的性格添加给军人，但是当我们考虑究竟何种脾气秉性才最适合这种情况时,我们也许就应该很容易断定最严肃最深沉的思想特性,才最适于那些一生经常面临非同寻常危险的人,因此他们应该比他人更加不断地思考死亡及其后果的问题。不过正是这种环境,才是相反的性情在这种职业人群中如此流行的原因。这使我们在以坚强的毅力和决心战胜死亡时非常需要努力克服怕死的思想,以致不断面临死亡的人会发现原来不难彻底扭转他们的思想倾向,不难使自己变得对安全采取随意低调的态度,不难使自己为此而浸沉在各种愉快随意的情绪中。军营并不是沉思忧郁型人士的生活环境:那种类型的人确实经常信心充足,而且凭借极大的努力能够继续对最不可避免的死亡做出坚定不移的决定。但是经常面对危险,虽然并非十分危急,也不得不长期做出这种努力,而这样就会使他筋疲力尽、心情压抑,无法享受幸福与欢乐。纵情欢乐、无忧无虑的人,他们无须努力,在做出决定前根本不必考虑自己的情况,但他们却能浸沉在持续不断的快乐和喜悦中,从而忘记自己对环境的忧虑,因而也就更容易忍受这种环境。当一位军官因为某种特殊原因没有理由期待会面临任何非同一般的危险时,他就会失去自己性格中的那种快乐和无忧无虑。一位城市的卫队长一般来讲都会像其他市民一样很有理智、很仔细,有时也像一头吝啬的动物。因为同样的原因,一种长期的和平环境会使军民性格之间的差异日益弱化。但是从事这种职业者的通常情况却会使快乐以及某种程度的放荡变成他们通常会具备的性格;我们认为,习俗将这种性格与这种生活状况十分紧密地联系在一起,以致我们非常易于蔑视那种因自己的特殊气质或者特殊状况而不能具备这种性格的人。我们会嘲笑一名卫兵那张一丝不苟的脸,那张脸和他们同事所应有的脸没有什么共同之处。他们本人似乎经常为自己循规蹈矩的举止感到羞愧,为了不乖离自己的职业,非常喜欢装出一副欢快的姿态,而这对他们来说丝毫不自然。我们习惯于从一个备受尊敬的阶层那里看到什么样的举止,这在更大程度上取决于自己对那种人的想象,以致无论在什么时候,只要我们看到一个那样的人,我们就做好准备再见到另外一个,一旦失望，我们就会若有所失，而且感到尴尬和为难，不知道该如何谈论一种显然与我们本来想加以归类的性格不同的性格。

不同时代不同国家的不同情况，同样很容易使生活在其中的大多数人产生不同的性格，至于某一具体品质所引发的情感问题，亦即这种品质应该受到责备还是应该受到赞扬，通常也都根据他们自己国家和自己时代所认定的程度而定。那种会受到高度尊敬的礼貌，在俄罗斯也许就被认为是矫揉谄媚，而在法国宫廷中则会被认为是粗俗野蛮。而被波兰贵族视为过度吝啬的勤俭节约，则会被一位荷兰阿姆斯特丹公民视为奢侈。每一时代、每一国家都会把在备受尊敬的人中间才能见到的品质，视为衡量特殊才能或美德的最佳适中标准。正像他们所处的不同环境使他们或多或少地习惯于不同品质一样，涉及到品质和行为的正确得体的情感也在相应变化。

在文明国度中，与建立在克己抑情基础上的美德相比，人们会更加注重培养建立在人道基础上的美德。在未开化的野蛮国度中，情况则当别论，与建立在人道基础上的美德相比，人们则更加注重培养建立在克己抑情基础上的美德。在彬彬有礼的文明之风大行其道的时代，安居乐业的基本保障使人们很少有机会去磨炼不顾危险以及忍耐辛劳、饥饿与痛苦的精神。人们可轻易免受贫穷之苦，因而贫贱不夺志的精神几乎不再是一种美德。节制享乐已不太必要，在所有那些方面都随心所欲，为所欲为。

在未开化的人和野蛮人之间，情况正好相反。每一个未开化的人都经历过一种斯巴达式的训练，而且由于自身环境所迫，都要习惯于各种艰难困苦。他处在连续不断的危险之中：他经常饥肠辘辘，往往死于极端的穷困。他的环境不仅使他习惯于各种不幸，还教他不要屈从那种不幸所产生的各种激情。他不能因为懦弱而指望从自己的同胞那里得到怜悯或恩惠。要想同情他人，自身必先安逸。如果我们正为自己的不幸所煎熬，那就没心思去关注邻居。一切野蛮人都为一己之需忙得不亦乐乎，以致无暇顾及他人之需。因此，一个野蛮人，无论其不幸的实质是什么，他都不能指望从自己身边那些人获得同情，正因为如此，也就不会允许表露出最细微的弱点从而暴露自己。无论激情有多么强烈，也不允许干扰自己面部的严肃表情，和行为的镇定自若。据我们所知，北美的野蛮人在一切场合都会佯装一副冷漠无情的面孔，而且认为，如果任何一方表现得受制于爱情、悲伤或愤怒，他们就认为自己被降低了档次。他们在这方面所表现的高尚行为以及自我克制，几乎超出欧洲人的观念。在一个所有人的地位及财富都相等的社会里，人们可以想见，双方相互倾慕应该是婚姻中唯一要考虑的问题，而且应该不受任何限制地尽情尽性。不过，在这样的国家里，所有婚姻，毫无例外，都是由父母包办，如果一个年轻人对女人稍有挑挑拣拣，或者对自己该何时成婚、该娶何人为妻的问题不表现出毫不关心的样子，他就永远被认为很丢人。在仁爱慈善和彬彬有礼大行其道的时代恣意向往爱情没有问题，但在野蛮人中间却被视为最不可原谅的阴柔之气。即便在成婚之后，对建立在如此肮脏的需求基础之上的关系依然羞于启齿。他们并不生活在一起。相互探望也只是偷偷摸摸。他们继续住在可敬的父亲的房子里，两性同居，在所有别的国家都是天经地义、无可指责，在这里却被认为是最卑鄙下流、最缺乏阳刚之气的淫荡行为。他们做出极大努力所克制的并非仅仅是这种本该很愉快的激情。他们经常在自己同胞的众目睽睽之下忍受伤害、责备以及极大的耻辱，但他们却麻木不仁，没有任何愤怒的表现。当一个野蛮人变成战俘，并通常被征服者处死的时候，他会不动声色地听之任之，在遭受最可怕的折磨时，丝毫不为自己感到哀叹惋惜，除了藐视敌人之外，在他们身上看不到任何其他的激情。当他们被倒悬在文火上炙烤时，他嘲笑折磨自己的人，并告诉他们当他们的人落入他手中时，他又会如何更加独出心裁地折磨他。当他全身最娇嫩、最敏感的部位惨遭烧灼、炙烤和切割数小时之后，为持续他的痛苦，他往往被允许有短暂的喘息时间，因而从火刑柱上放下来；他会借助这一间歇来谈论所有那些最无关痛痒的事情，还会问起自己国家的消息,他似乎最不关心的就是自己的情况。旁观者的表现同样麻木不仁,眼见得这么一个大活人在惨遭如此可怕的折磨,他们却似乎心如古井,无动于衷;除非共同参与折磨,否则他们很少会直面战俘。其他时间他们会吸烟,或以一些普通事物来取乐,似乎根本没有发生这么一回事。据说每一个野蛮人自幼就准备接受这种可怕的结局。为达此目标,他会编写他们的"死亡之歌",即一首当他落入敌人手中,并在他们的折磨中渐渐死去时要唱的歌。歌中表示的是对折磨者羞辱,以及对死亡与痛苦的最强烈蔑视。他会在所有极为特殊的情况下唱这首歌,诸如:当他出征参战时,当他在战场遭遇敌人时,或者想表达对最恐怖的折磨早已了如指掌,或者任何人都不可削弱他的决心或改变他的意志时。所有其他野蛮民族同样会蔑视死亡与折磨。来自非洲海岸的黑人,在这方面没有一个不具备一定程度的高尚品德,他那最卑鄙的主人那颗心对此往往难以想象。命运之神统治人类时,绝不会比下列情况来得更残酷:她迫使那些英雄民族受制于欧洲监狱放出来的宵小之辈,受制于那些既不具备自己祖国的美德,也不具备前往国美德的卑鄙之徒,这类人渣因其轻浮、野蛮、卑鄙最终会如此公正地遭到被征服者的鄙夷。

在野蛮人的国家里,习俗和教育要求每一个野蛮人具备的这种崇高的、不可征服的坚强性格,并不要求在文明社会中长大的人也同样具备。因此,如果后者因痛苦而抱怨,因遭遇不幸而悲伤,以及允许自己被爱情征服或因愤怒而不安时,他们就会很容易被谅解。这种缺陷并不被认为会影响他们的基本品质。只要他们不允许自己去做任何违背正义与人道的事情,虽然他们严肃的表情以及言谈举止的镇静神态或多或少会因此而发生变化或受到干扰,但他们损失的仅仅是微乎其微的名誉而已。一个仁慈而白璧无瑕的人,会对他人的激情具有更强的敏感性,他很容易谅解一些微小的过当行为。当事人也能觉察到这一点;确信自己判断的公正性,从而放纵自己强烈的激情,对于因自己情感的激烈所遭受的蔑视并不十分害怕。与陌生人在场相比,有朋友在场时我们会表现出更多的情感,因为与陌生人相比,我们会期待朋友能更加宽容自己。同样,与在野蛮人中间相比,在文明民族里,有关得体性的准则容许更加激烈奔放的行为。前者是以朋友的开诚布公相聚交谈,后者则是以陌生人的墨守成规相聚交谈。法国和意大利,这两个欧洲大陆上最文明的民族,在一切有趣的情况下进行自我表达时所表现的情感和活力,最初往往令那些正好在他们中间旅行的陌生人感到吃惊,因为这些人是在一个感觉迟钝的国度里接受教育的,全然不能理解这种在自己国家前所未有的、充满激情的行为。一位年轻的法国贵族,会因为编入军团的要求遭拒而在全体朝臣的众目睽睽之下哭哭啼啼。修道院长杜博①称,与一位英国人在获悉死刑时的表现相比,一个意大利人在遭到二十先令罚款时的表情会更加激烈。在罗马温文尔雅大行其道的鼎盛时期,西塞罗并没有因为在全体长老和民众面前悲痛欲绝地哭泣而屈尊辱贵;因为十分显然,他几乎在每一场演讲结束时都必须这样做。在罗马早期和尚未开化的时代,为了与当时的行为方式保持一致,演讲者也许不能表现得太动情。可是我想,如果西庇阿家族、莱列阿斯和老加图在公众面前也表现得温情脉脉,就会被视为一种违背本性与得体准则的行为。古代武将在自我表述时都能讲得头头是道、严肃认真、判断无误;但是他们却被认为对那些绝妙有力的雄辩术一窍不通,这些雄辩术是在西塞罗诞生前不久被格拉古两兄弟、克拉苏和苏尔皮西乌斯率先输入罗马的。这种有力的雄辩术长期以来一直在法国和意大利被人们或成功或失败地运用着,但仅仅是刚刚才开始被输入英国。文明民族和野蛮民族都需要自制,但这两种需要的程度之间所存在的差距是如此之大,他们就是借助这种不同的标准来判定行为得体与否的。

这种区别衍生出许多其他同等重要的区别。一个惯于在某种程度上屈从本能意向的文明人就会变得坦率、开放和真诚。相反,一个被迫对各

---

① Jean-Baptise Du Bos, 1670—1742,著有《诗歌、绘画和音乐的批判性思考》。

种激情表现遮遮掩掩的野蛮人，必然会养成撒谎掩饰和自欺欺人的习惯。熟悉野蛮民族的人都已观察到，在亚洲、非洲或美洲，他们同样都是不可理解的，当他们有意隐瞒真相时，任何审察都不可能发现。无论手段如何巧妙，也无法使他们落入圈套。任何严刑拷打都不能使他们承认他们不想告诉你的任何东西。一个野蛮人的激情，从来不凭借任何外部表情来表达，而只是隐瞒在受害者心中，而且聚集在一起，已经接近怒火一触即发的程度。虽然他很少表现出愤怒的迹象，但他一旦无法抑制报复欲望，其复仇之心就总是非常残忍可怕的。稍加冒犯，他们都会发疯。他的面部表情和讲话神态的确依然十分克制，表现的只是那颗最平静的心；不过他行为却往往非常凶残暴烈。在北美人中间，如下的情况就颇为普遍：那些已到了最动情的年龄，或者总是怯生生的女性，仅仅因为被母亲稍微责备一下就跳河自尽，她们同样没有表示任何激情，而且仅仅说出这样一句话：你将不再拥有一个女儿。在文明国家里，男人的激情如此凶悍、如此决绝的并不十分普遍。他们通常会吵吵嚷嚷、粗声大气，却很少会造成伤害；他们的目的似乎往往只是为使旁观者相信他们如此冲动是正确的，因而获得他的同情和认可，并从中获得满足。

然而习俗和风尚对人类道德情操所产生的这些作用，与它们在其他一些情况下产生的作用相比，是无足轻重的；那些准则在判断时会产生极大偏差，这虽然不涉及性格与行为的基本风格，却关乎具体运用这些准则时是否得体。

习俗在不同职业和生活状况下使我们养成的不同行为方式，与各种大事并无关系。无论是老人还是年轻人，无论是牧师还是官员，我们都期待能从他们那里得到真理和正义；我们只是在那些并不重要的事情中寻求他们各种令人尊敬的性格的清晰标志。至于这些，经常有一些未被观察到的情况，如果加以注意，这些情况就会向我们显示，独立于习俗之外的还有一种性格的得体性问题，习俗教导我们将这种得体性赋予各行各业。因此在这种情况下，我们不能抱怨自然情感竟然如此反常。虽然在不同的国家里，行为方式都要求在值得尊敬的性格中具备不同程度的同类品质，但即便在这里也还会出现一些最坏的情况，即：一种美德所包含的各种责任有时会被扩展，以致对其他一些领域造成少许的伤害。在波兰人中间盛行的那种质朴好客的风气也许对勤俭节约和良好秩序造成一些伤害；而在荷兰备受尊敬的那种节约俭朴却可能对慷慨大方和真诚友谊造成伤害。顽强的性格要求野蛮人弱化自己的人道精神；在文明国家需要的微妙感受力，有时也许会将其性格中充满阳刚之气的坚定性毁灭殆尽。一般来讲，在任何一个国家出现的行为方式，总体而言，可能都会被说成是最适宜那个国家情况的。顽强是最适于一个野蛮人情况的性格；敏感则最适合一个生活在文明社会的人所处的境况。因此，即便在这里，我们也还是不能抱怨说，人类道德情操居然如此反常。

因此，习俗并不是在一般的行为举止方式上，允许与行为的自然得体性存在最大的偏差。至于具体的习惯，它所产生的影响经常会对良好的道德造成很大的危害，对那些违背关于正确与错误的最清晰原则的行为，它还能证实其合法性和正确性。

还有什么比伤害一名婴儿更野蛮的事例吗？他的孤弱无助、天真无邪、温柔可爱，甚至都能博得一个敌人的同情，不饶过那样一个幼小的生命，就被视为一名狂怒残忍的征服者最凶残的暴行。一名父（母）亲竟然会伤害连凶残敌人都不敢侵犯的孤弱婴儿，你能想象得到他（她）会有着怎样的一颗心吗？然而，这种对婴儿的遗弃，亦即谋杀新生儿的行径，在希腊几乎所有社会阶层，甚至在温文尔雅、文明至极的雅典人中间，居然是一种被允许的做法；无论何时，只要父（母）亲所处环境无法提供抚养儿童的方便条件，那就可以让他忍饥挨饿，或让野兽吃掉，所有这些行径都被视为无可指摘。这种做法大概是从最野蛮的未开化时代开始的。人们的头脑早在社会发展的最初阶段就已经熟悉这一点，而习俗的一贯延续，则妨碍了他们去察觉这种做法的残酷性。我们现在发现，这种做法在所有野蛮民族大行其道；在社会处于那种最野蛮、最低级的状态时，这种做法无疑比在其他任何民族都更会得到谅解。一个野蛮人的贫困往往会使他本人经常遭受极端饥饿的煎熬，他常常死于极度贫困，他往往不可能养活他本人及其子女。因此我们不能怀疑，他在这种情况下是应该遗弃婴儿的。一个逃离自己无法抵抗之敌的人，就应该抛弃自己的婴儿，因为他妨碍了他的逃命行为，因而也就一定是可原谅的；如果他试图拯救婴儿，他只能希望通过父子共赴黄泉来得到慰藉。因此，在这种社会状态下，一位父（母）亲应该被允许判断他是否能够抚养自己的孩子，这种情况不应该使我们感到如此惊讶。但是在希腊晚期，基于对利益或便利的认识，这种事情能获得允许，但这种做法绝对不可宽宥。细小的习俗此时非常顺利地认可了这种做法，不仅世间宽松的准则原谅这种野蛮的特权，甚至连哲学家那些本该更加公正和准确的原则，都被既定习俗引入歧途，而且像在许多其他情况下一样，不是去指责，而是出于对公共事业的长远考虑，支持这种可怕的陋习。亚里士多德说这种事地方长官在许多场合都应加以鼓励。慈悲为怀的柏拉图也持相同的观点，尽管其所有著作都充满人类之爱，他却从来没有以指责的态度谈及这种做法。当习俗能够对违背人性的这种可怕行径加以认可时，我们可能就会认为几乎没有任何粗暴的行为不能得到认可。每天都能听到人们在说，这种事简直是家常便饭，他们似乎认为，这本身就是对极其不公和不合理行为的一种充分的辩解。

还有一种十分明显的理由说明，为什么在行为举止的基本方式和特点上，习俗绝不应该在像某一特殊习惯是否得体或不合法的问题上一样，扭曲我们的情感。永远也不会有这样的习俗。如果在一个社会里，人们行为举止的通常习气和我刚才提及的那种可怕行为保持一致，那就没有任何一个社会能够维持哪怕只是一分钟。

第六卷

论美德的品格

导　言

我们考虑任何个人的品格时,自然要从两个不同的方面考察它;首先,它可能影响他本人的幸福;其次,它可能影响他人的幸福。

第一篇　论个人品格
对自己幸福的影响;或论谨慎

身体保养和健康状态似乎是造物主劝告每个人首先要关注的问题。饥渴时的欲望、对快乐与痛苦或冷热等的快感或反感,可能都是造物主对他的言传口授,指导他为达此目标应该选择什么,应该避免什么。人生第一课,可能是由自幼照管他的人来讲授,其中最大部分也是针对这同一目标的。而其主要目的就是教会他如何避免伤害。

他长大之后,很快就知道自己需要某些思虑和预见力,以便提供必要条件,去满足那些本能的欲望,去获得快乐、避免痛苦,去趋避冷热。通过这种思虑和预见力,就能获得对自己所谓的物质财富的保值和增值之术。

虽然物质财富最先给予我们的好处,就是向身体提供必要的便利条件,但如果我们没有觉察到,赢得自己同类的尊敬,以及在自己生存的社会里赢得信誉和地位,要取决于我们拥有那些好处的程度,或被认为拥有的程度,那么,我们就不能在这个世界上长久地生活下去。成为被尊重的适当目标,应该并能够赢得同类人的信任以及社会地位,也许在我们自己的欲望中是最强烈的,我们赢得财富好处的焦虑之心,多是因这种欲望而起,而不是出于提供身体的必需品和便利的欲望,因为后面这些东西总是很容易获得。

我们在自己同类人中间的地位与信誉,在很大程度上取决于我们自己的品格和行为,这也许正是一位公正的人自己所希望的,或取决于这些品质和行为在与我们共同生活的人中间自然激发的那些信心、尊敬和良好愿望。

关注个人的健康、财富、地位、名誉,以及今生今世的舒适快乐主要赖以存在的那些事物,都是通常被称为谨慎的美德的应有之义。

我已经说过,我们的处境有时每况愈下,有时扶摇直上,与从后者获取快乐相比,从前者遭受痛苦要更甚些。因此,安全保险、万无一失就是谨慎所涉及的首要问题。谁都不愿使我们的健康、财富、地位、名誉遭到任何危害。我们宁可谨小慎微而不求进取,伤脑筋最多的是如何保持既得利益,而不是激励自己着眼多多益善。这主要是我们认为,增加财富的方法就是免遭损失或危害,诸如:掌握各行各业的真知绝技,然后兢兢业业、勤勤恳恳地去实践;厉行勤俭节约,甚至在所有开支方面达到某种程度的吝啬。

谨慎的人总是认真投入地研习,去理解自己声称要理解的事情,不只是劝说他人相信他对此早已深谙熟知;虽然他可能并不总是才华横溢,但他却总是有真才实学。他既不凭借狡诈的骗子那套熟练的骗术来欺骗你,也不凭借傲岸的空谈家那种盛气凌人征服你,更不凭借浅薄的江湖骗子那些狂言妄断来说服你。即便真有本领,他们也不故弄玄虚自吹自擂。他说话简明扼要、谦虚谨慎,他鄙视他人为吸引公众眼球或骗取公众信誉而经常采取的种种伎俩。对于自己在业界的声誉,他自然倾向于依赖自己渊博的学识及超凡的本领;他并不总是在考虑如何为小集团谋利,这些小集团在艺术科学领域经常因其卓越的成就而鹤立鸡群;他们把相互颂扬彼此的才德,贬低竞争对手视为己任。如果他曾与这种社团相联,那就仅仅是自卫,其着眼点不是欺骗公众,而是阻止他所置身的那个具体社团,或其他类似社团,采取大呼小叫、散布谣言、耍弄诡计等手段来欺骗公众。

谨慎的人总是十分诚恳,一想到遭遇那种伴随阴谋败露而生的羞耻他就感到十分恐惧。但是,他虽然总是十分诚恳,却不能总是直言不讳;虽然他只讲真话,却并不认为在不合时宜时也必须把真相和盘托出。因为他对自己的行动十分谨慎,所以他讲话总有保留;从来不草率或在没必要时强行对他人他事说三道四。

谨慎的人虽然并不总是以最敏锐的感受力著称,却总是善于交友。不过他的友情并非十分真挚热诚,总是昙花一现,颇不受初出茅庐而又慷慨大方的年轻人的青睐。它对少数几个经过严格考验和精心挑选的伴侣来说,不失为一种稳定诚实的感情;在挑选朋友时不是根据他们因辉煌业绩而赢得的钦佩,而是看他们因谦虚谨慎和良好行为而赢得的尊敬。不过,他虽然善交,但并非泛泛而交。他很少抛头露面,尤其在那些以眉飞色舞的侃侃之谈为特色的欢宴社交中,更是很少见到他的踪影。他们的生活方式可能经常干扰其正常的自我克制,或阻碍其持之以恒的勤奋,或完全断送其严格秉持的勤俭节约。

虽然他的讲话并不能总是生机勃勃、情趣盎然,但总不至于令人生厌。因暴躁易怒或粗俗无礼而获罪的事,他想都不愿想。他从不对任何人、不在任何场合摆出目中无人的架势,他乐于将自己置于同等人之下,而不是凌驾于他们之上。他的言谈举止绝对正派得体,遵奉的几乎就是宗教那种一丝不苟的精神，以及社团内既定的礼仪和礼节。在这方面，他所树立的榜样较之一些先贤更加完美，那些人才华更出众，品德更高尚，包括各个时代的杰出榜样，从苏格拉底和亚里斯提卜时代到斯威夫特博士和伏尔泰的时代，从腓力二世和亚历山大大帝时代到沙皇彼得大帝时代，但他们往往以最不得体的举止，甚至因为极度蔑视生活和言谈举止的普通礼仪而著称，因此他们为那些想效仿他们，尤其是为那些仅以模仿他们蠢行为乐，而不想学到他们真正美德的人，树立了一种最有害的榜样。

在长期坚持勤俭节约的过程中，在为可能更遥远却更持久的更大安逸和快乐而坚持牺牲眼前安逸和快乐的过程中，一个谨慎的人，总是能够从一位公正的旁观者，以及代表公正旁观者的内心之人的完全认可中获得支持和回报。这位公正的旁观者从来不会因为看到他目前观察对象的辛劳而感到疲惫不堪，也不会为目前欲望的强烈呼唤而受到诱惑。对他来讲，他们目前的以及未来可能的状况，二者几乎毫无二致：他在几乎相同的距离之内加以观察，而且似乎以非常近似的方式受到它们的影响。但是他知道，对于当事者来讲，它们又非常不同，而且以一种非常不同的方式对他们产生影响。因此他只能赞成，甚至称赞自制力的恰当运用，这种自制力就使他们的行为十分恰当，似乎他们目前的，以及将来的状况影响他们时，几乎是以他们影响他的相同方式进行的。

根据自己收入安排生活的人，自然对自己的处境十分满意，其收入总额虽然不大，但不断积聚起来，也能使他的处境日益好转起来。他能从以前过于节俭的拮据状况中放松自己，以前他因缺乏安逸和快乐倍感艰辛，现在能从这种状况中解脱出来，并能逐渐增强安逸和愉悦感，他对此感到加倍的满意。他不急于改变如此舒适的状况，也不需要进行新的冒险事业，因为那非但不能增强和保障，反而会危及他实际已在享有的平静。如果他从事任何新的计划或者事业，它们可能早已经过充分的协调和良好的准备。他不会因贫困所迫而匆忙上马，他总是拿出充分的时间，并以闲适的心境冷静清醒地对将来可能产生的后果加以深思熟虑。

谨慎的人不愿承担自己职责没有赋予他的任何责任。他不参与与己无关的事情；他也不干预他人的事务；他是一个不胡乱劝说他人，别人不求，自己绝不把建议强加于人的人。他只根据责任的允许范围把自己锁定在自己的事务之内，他没有兴趣像很多人那样希望通过干预他人事务显得很自己很了不起。他不愿介入任何派系之争，憎恶宗派团体，即便对于涉及宏图大志的高谈阔论他也并非总是急于倾听。在听到明确号召时，他不会拒绝为国效力，但他不会结党营私削尖脑袋强迫自己那样做；别人把公共事务管理得井井有条，他乐观其成，比自找麻烦独揽大权去做还高兴。他真心实意地宁愿通过确保平静生活来享受不受干扰的快乐，也不愿通过成功满足雄心大志而换取徒有虚名的光环，即便通过自己最伟大、最高尚的行动赢得货真价实的荣耀，也非他所热衷。

　　简而言之，当谨慎仅在于指导人们如何关注个人健康、财产、名誉和地位时，虽然它被视为一种极其可敬，甚至在某种程度上温厚可亲的品质，但是它从来也没有被视为一种最讨人喜欢，或者最为崇高的美德。它虽能博得某种真正的敬意，但似乎还不配赢得热爱或钦佩。

　　明智审慎的行为，在着眼于比个人健康、财富和名誉地位更加重要、更加高尚的目标时，才会经常被恰如其分地称为谨慎。我们经常谈及伟大将军的谨慎、伟大政治家的谨慎以及著名议员的谨慎。谨慎，在所有这些情况之下，都与诸多因素结合在一起：更加伟大、更加光彩夺目的美德，威猛雄壮的气概，强烈的博爱之心，秉持公正的神圣之举，以及所有这些以适度自制为基础的品格。这种高一等的谨慎，当它被运用到臻于完善的程度时，就必定意味着技艺、才华以及人们在各种可能情况之下行为极度得体时表现出的习惯或性情。它必定意味着所有智慧和道德方面的美德已经完美无缺。这就是最佳头脑与最佳心灵之结合。这就是最完美的智慧与最高尚的美德之结合。它所包含的几乎就是学园，或逍遥派哲人所具备的品格，就像低一等的谨慎包含的几乎就是伊壁鸠鲁派哲人的品格那样。

纯粹的不谨慎，或者单纯的缺乏自我关心能力，是宽厚仁慈者同情的对象；同时又是感情不太细腻者轻视的对象，或说往最坏里说，是蔑视的对象，当然绝不是仇恨或者愤怒的对象。但当它和其他恶行结合在一起时，就会聚少成多，及至达到高峰，臭名昭著和无尽的耻辱便应运而生。狡猾的恶棍，他们的机敏和熟练虽然不能使其免遭强烈的怀疑，却能使其免遭惩处和明显的察觉，而且也经常得到世人本不该给予的纵容。愚蠢的笨伯，由于缺乏这种机敏灵活性，则被宣判有罪，并遭到惩处，这样的人就是万人仇恨、鄙视和嘲笑的目标。在那些重罪经常免遭惩处的国家里，最凶残的行为简直就是司空见惯，因此民众对此已经不再恐惧，而这种恐惧通常是在秉公执法的国家里人们才能感觉到的。不义的行为在这两种国家里都被看成是一样的；但是对不谨慎的看法却不同。在后一种国家里，大罪显然就是大愚。在前一种国家里，大罪并非总被如此看待。在意大利，在十六世纪大部分时期，暗杀、谋杀甚至受托谋杀，在上等人中间简直就可以为所欲为。恺撒·博尔基亚邀请邻国四位并不拥有什么主权，也没有什么军队的可怜的君主，到塞内加利亚参加一次友好会议，但他们一到那里就立即被处决。这一卑鄙行径，在那个罪恶的时代虽然也肯定不得人心，但这并不会让凶手名誉扫地，更不用说让凶手覆没。其覆没是随后几年发生的事，其原因完全与这桩罪案无关。马基雅维利即便在他那个时代也的确算不上是道德最高尚的人，就是在这件罪案发生时，他作为佛罗伦萨共和国公使，正居住在恺撒·博尔基亚的宫廷里。他用一种完全有别于其全部著作的纯正优雅而又简练的语言对此案作了翔实的描述。他谈论此事时态度冷漠；他为恺撒·博尔基亚办事的机智灵敏感到高兴；他对受害者的被愚弄和懦弱表示鄙视；对他们悲惨的夭亡没有丝毫怜悯之心，对凶手的残暴和罪恶亦无些许愤慨之情。强大征服者的暴戾和不义之举经常被愚蠢地视为奇迹而备受钦佩；小偷、劫匪、凶手的残暴和不义之举却在一切场合都会遭到鄙视、仇恨甚至恐惧。前者虽然会造成百倍于后者的伤害和破坏，可当他们一旦得逞时，则往往被当成最英勇最高尚的行为而被放过。后者则总是被人们以仇恨和不屑的态度,视为最低等、最无价值之人的罪恶行径。前者的不义之举无疑像后者的一样严重;但是其愚蠢和疏忽并非如此严重。一个卑鄙至极、毫无价值的人所赢得的信誉往往比他应该得到的要多。一个最邪恶、最无价值的笨伯在世人中似乎总是最平庸、最遭恨也是最可鄙的。谨慎和其他美德相结合时,就构成最高尚的品质;而不慎与其他恶行相结合,则构成最卑鄙的品质。

第二篇　论个人品格对他人幸福的影响

　　每个人的品格在影响他人幸福时,必定是出于它对他们有害或有益的倾向。

　　对意欲做出或实际做出的不义之举产生的适当愤怒,在公正的旁观者看来,是我们唯一能够伤害或干扰他人幸福的正当动机。出于任何其他动机而这样做本身就已经违背了具有制约或惩罚作用的正义法。每个明智的国家或共同体都应该尽其所能地利用社会力量,来制约受其管辖的那些人,以免他们互相伤害或干扰彼此的幸福。为此目的制定的法规就构成了每一特定民族或国家的民法和刑法。建立那些法规所依据或应该依据的原则,就是某一特定科学的课题,这一学科是最重要的然而也许是迄今为止人们研究得最少的,这就是自然法学;不过有关这一学科的问题并不属于我们目前要具体论述的课题。从某种神圣的、宗教性的角度考虑,即使在没有法律保护我们邻人的情况下,也不在任何方面去伤害或干扰他们的幸福,这就是一个完全无害于他人而又秉持公道者的品格;这一品格达到体贴入微的地步时,就总是令人敬佩,甚至令人崇敬,而且几乎总是能够和关爱他人的博大情怀以及仁慈博爱的高尚品格之类诸多其他美德相伴随。这是一种颇能得到充分理解的品格,它无需进一步解释。在目前这部分,我只是尽力解释造物主似乎已经描绘的那种次序的基础,亦即我们行善职责的分配,或者我们非常有限的这点仁慈力量的方向与运用：首先，针对个人；其次，针对社会。

人们发现这同一种万无一失的智慧，不仅从其他各方面调节他自己的行为，而且也在这一方面指导他所推荐的次序；而这种智慧表现的强弱，与我们表达慈爱之心的必要程度或者有用程度成比例。

第一章　论天性使个人成为我们关注对象所依据的次序

正如斯多葛派所言，每个人首先和主要考虑的就是他自己；每个人当然从各个方面比其他任何人都更适合和更能够关心他自己。每个人对自己快乐和痛苦的感觉要比对他人快乐和痛苦的感觉更加敏锐。前者是原生感觉；后者则是对那些感觉产生的反射或共鸣的印象。前者可以说是实体，后者则是幻影。

自家的成员，那些通常是和他同居一屋的人，他的父母、他的孩子、他的兄弟姐妹，自然都是仅次于他本人的表达最热烈情感的目标。自然而通常的情况是他的行为必定更能影响他们的幸福与痛苦。他更惯于同情他们。他更清楚地知道每一件事可能会如何影响他们，他对他们的同情心比对其他大部分人的同情心更加明确。简而言之，这种同情心会更接近他对自己的感受。

这种同情心，连同建立在这一基础之上的情感，从本质上讲，表现在自己孩子身上时要比表现在父母身上时更强烈，与对父母的崇敬与感激之情相比，他对孩子的温情一般来讲似乎是一种更加强烈的本性。在事物的自然状态中，前面已经说过，孩子出世之后一段时间里，他们的生存完全依赖父母的呵护；而父母则并非自然而然地要依赖孩子的关照。在天性看来，情况似乎是这样，与一位老人相比，一个孩子是更重要的关照对象；这也更能激发一种更加强烈、更加普遍的同情心。本来就应该如此。孩子们可以对每件事加以期待，或至少抱有希望。在普通情况之下，老人们所期待或希望的事情非常少。孩童的软弱甚至会使最野蛮、最铁石心肠的人动情。只有对道德高尚、仁慈善良者,老年人才不会因为体弱多病而成为蔑视或厌恶的对象。在普通情况下,一位老人辞世不会使任何人感到惋惜。一名儿童夭折不令人心碎则极为罕见。

最初的友情,即心灵对那种情感最敏感时自然产生的友情,都是兄弟姊妹之间的友情。他们共处一家时良好的一致关系,对家庭的平静与幸福来说是不可或缺的。与其他大部分人相比,他们相互之间给予对方的快乐或痛苦要强烈得多。他们所处的环境使他们的相互同情对他们的共同幸福起着至关重要的作用;同一种环境,在天性具备的智慧作用之下,迫使他们互相接纳,进而使那种同情心变得更加习以为常,因此也就更加强烈、更加独特、更加明确。

兄弟姊妹的孩子自然因友情相连,而这种友情在分化成不同的家庭时,依然在他们及其父母之间继续存在。他们之间良好的一致关系加强那种友情带来的快乐;他们之间的失和会影响这种快乐。但是因为他们很少生活在同一家庭之中,因此,虽然与大多数其他人相比,他们之间的关系会更重要,但是与他们父母之间那种兄弟姊妹关系相比要差很多。因为他们之间相互同情的必要性已经很小,所以也就不那么习以为常,而强烈程度也就相应地减弱了。

堂兄弟姊妹的孩子们之间的联系更加疏远,他们彼此之间所具有的重要性就更小了;随着关系的逐渐疏远,相互之间的情感也就越来越淡薄了。

所谓的情感其实就只是习惯性的同情心。我们关心作为我们所谓情感之对象的那些人的快乐与痛苦;我们希望增进一种情感,避免另一种情感,这种关心和愿望既是那种习惯性同情心的实际情感,也是那种情感产生的必然结果。亲属们通常被置于自然催生这种习惯性同情心的环境之中,人们希望一份适度的情感就应该在这些亲属中产生。我们通常会发现这种情况实际上是存在的;因此我们自然会希望它应该如此;正因为如此，无论在何种情况下，我们一旦发现事情并非如此时，我们就会感到大吃一惊。基本准则业已建立，即，人们之间都存在某种程度的联系，因此相互之间应该具有某种情感；如果不是这样，就是极其不合宜的，有时甚至可以说是不敬不端。一位缺乏父母温情的父（母）亲，一个缺乏孝心的孩子，仿佛妖魔鬼怪，不仅是仇恨的对象，而且是恐惧的对象。

虽然在某一特定事例中，通常能产生那种自然情感的环境，正如他们说的，可能偶然没有出现，但由于对基本准则的尊重，在某种程度上经常还是会产生一些虽然并不完全相同，但可能和那些情感十分相仿的东西。一位父亲可能并不怎么喜欢一个因意外缘故从小就和他分离，直到长大成人后才回到他身边的孩子。这位父亲可能对这个孩子感觉不到什么父子之情；这个孩子对父亲也没有什么孝敬之心。远在异国他乡接受教育的兄弟姊妹则往往感到一种类似的情感淡化。然而，出于本分和道德观念对基本准则表示的尊重，往往就会产生一些虽然绝不相同，但可能与那些自然情感十分相似的东西。即使在分离时期，父子之间、兄弟姊妹之间也决然不会毫不关心。他们都会认为彼此是某种情感的产生者和接受者，而且在生活中都希望在某种情况下会时不时地享受那种在如此密切相关的人们中间应该自然产生的友情。在彼此见面之前，未曾谋面的儿子和未曾谋面的兄弟都应该是备受宠爱的儿子和兄弟。他们从来没有彼此冒犯，或者如果曾经有所冒犯，那也是很久之前的事，因此会被当成不值得记忆的儿戏早已被忘记。他们听到彼此之间的每一件事，如果是被颇具宽宏之心和好脾气的人所告知，那就是最令人高兴、最讨人喜欢的事情了。未曾谋面的儿子和兄弟不同于其他普通的儿子和兄弟；而是一个完美无缺的儿子，一个完美无缺的兄弟；最浪漫的希望就在于这些人的友情和谈话间会享受的快乐。当他们相见时，经常带有一种非常强烈的心情，希望获得由家庭感情构成的习惯性同情心，他们也非常容易幻想他们实际上已经获得，也非常容易在彼此之间表现得就像已经获得一样。但是时间和经验，恐怕往往会使他们醒悟。在面对一位哪怕更加熟悉的人时,他们也经常发现彼此之间的习惯、性情、情趣都与想象的不同,而且他们现在很不容易使自己适应这种差异,而这种差异则是由于缺乏习惯性同情,缺乏那种应该被恰当称为家庭情感的东西赖以存在的真正原则和基础而产生的。他们从来没有生活在那种几乎必然迫使他们相互适应的环境中,虽然他们现在可能非常想去设想一下那种环境,但他们实际上已经不能这样做了。他们熟悉的对话和交往对他们来讲很快就变得索然无味了,而且正因为如此,彼此之间的谈话和交往也就不十分经常了。在相互之间提供最基本帮助的情况下,在表面看来彼此彬彬有礼的情况下,他们可能还能继续生活在一起。但是那种只有在长期生活在一起、相互之间非常熟悉的情况下,在彼此交流对话中才能自然形成的温馨的满意之情、深切的同情之心以及充满自信的开朗和安逸之情,原本应该可以完全享受到的,现在却鲜有发生。

但是只有遵守本分和道德,基本准则才会具有这种微弱的权威。如果放荡无羁、游手好闲、自视清高,基本准则就会被漠然视之。这类人从来不尊重这种基本准则,他们只有在对它进行最不正当的嘲讽时才偶然谈起它,自小的分离状况只会使他们相互之间关系疏远。对于这种人,尊重基本准则最多只能产生一种冷漠的、虚假的客套(与一种真正的尊敬之情相似之处极少);即便如此,只要出现哪怕是最轻微的冒犯、最微小的利害冲突也都会使得前功尽弃。

男孩在遥远的名校接受教育,青年在遥远的大学接受教育,淑女在遥远的女修道院或寄宿学校接受教育,这在上层生活中似乎已经根本伤害了家庭道德,从而伤害了法国和英国的家庭幸福。你想把自己的孩子教育得孝顺父母,对自己兄弟姐妹怀有爱心和深情吗?那就把他们置于能成为孝顺孩子,能成为具有爱心和深情的兄弟姐妹所必需的环境中;而且在自己家中教育他们。他们就会带着各种优点和得体的风度,每天走出父母的家门去到公校上学;但是要永远让他们在家里住。要想让他们尊重你,就必须强迫他们的行为接受有益的克制;而你要尊重他们,则可能经常迫使自己的行为接受一种有益的克制。从所谓的公众教育中获得的东西可能无法补偿公众教育几乎肯定和必然会造成的损失。家庭教育是天生的大学;而公众教育则是人类的发明。的确没有必要说究竟哪一种教育最明智。

在一些悲剧或浪漫剧中我们遇到很多美妙而有趣的场景,它们都是以所谓的血缘力量为基础,或者以近亲之间才可能具有的那种美好情感为基础,而这种美好情感即使在他们知道彼此之间存在这种关系之前就已经存在。但是我想这种血缘力量恐怕只存在于悲剧和浪漫剧之中。即便在悲剧和浪漫剧中,这种情感可能也不会存在于任何亲戚之间,它们只能存在于那些在相同家庭里自然抚养长大的人中间,只能存在于父母子女之间,只能存在兄弟姊妹之间。堂兄弟姊妹之间,叔伯姑婶之间,甚或侄子侄女之间,要说存在任何这种神秘情感,都是十分荒唐的。

在农牧国家,以及在所有单凭法律权威并不足以为每一位国民提供安全保障的国家,同一家族的不同支系通常选择住在彼此邻近的社区内。他们之间的交往对于保障共同防务往往十分必要。他们每一个人,从最高层到最底层,相互之间或多或少都是非常重要的。他们的和谐一致加强了彼此之间必要的联系;不过实际上他们之间的和谐一致却总是削弱或可能毁掉这种联系。与其他任何家族的成员相比,他们彼此之间有更多的联系。同一家族之间最疏远的成员彼此之间也都声称存在一些联系;在所有其他条件都相同的情况下,他们希望从亲族那里能够比从没有这种关系的人那里得到更多的关注。并非很久之前,在苏格兰高地,族长往往把自己氏族中最贫穷的人看作是自己的堂表兄弟和亲戚。据说这种对亲属的广泛尊重也存在于鞑靼人、阿拉伯人、土库曼人之中,我相信它也存在于所有其他国家中,这些国家的人几乎都处于苏格兰高地人本世纪初那样的社会状态中。

在商业国家,法律权威总是足能保护国民中最微卑的人,同一家族的后人没有聚居的动因,因此总是为利益和喜好的驱动分散而居。他们彼此之间的互利关系很快就会消失；过不了几代，不仅彼此不再互相关照，就连对共同血缘的记忆，以及在先祖之间存在的联系都已不复存在。鉴于长期以来逐渐确立并完善起来的这种文明状况，在每个国家里，对远亲的关照越来越少。这种状况在英格兰比在苏格兰存在的时间要长，而且也更加完善；于是，远亲在苏格兰比在英格兰所受关注要多，虽然在这方面两个国家之间的差异日益减少。的确，在每个国家里，名门望族之间的关系虽然很疏远，但是他们却以记忆和承认彼此之间的关系为傲。记住这样一种虚幻的关系，给他们所有人的家族骄傲增光不少。这种记忆之所以能够得以延续，既不是因为情感，也不是因为类似情感的任何东西，而是因为所有那些最轻浮无聊、最幼稚可笑的虚荣心。如果有一些地位更加微卑，但关系可能是很亲近的亲族，竟然提醒大人物记起他与他们家族的关系，他们就一定会告诉他，他们是最糟糕的宗谱专家，对于自己家史所知有限。我们期待的所谓自然情感的延伸恐怕不能在那一阶层内进行。

我把所谓的自然情感更多地看成是父母与子女之间道德的产物，而不是父母与子女之间假定存在的自然联系的产物。一个醋意十足的丈夫，尽管千真万确存在着道德关系，尽管其子女在自家接受教育，他也经常带着仇恨和憎恶之心，认为那个不幸的孩子可能是他妻子外遇的孽种。这样一件最不光彩的事情，对于他自己及其家族的名声，都是一座万劫不灭的耻辱柱。

在好心人中间，互相顺应的必要性和便利性经常产生一种友情，这与一家人之间的那种友情并无不同。办公室的同事和贸易伙伴之间相互称兄道弟；他们经常像真兄弟一样互相同情。他们之间的良好默契对大家都十分有益，如果他们是颇具宽容之心的理性之人，他们自然会趋于一致。我们期望他们应该做到这样；他们的不一致是一种小小的憾事。罗马人以"necessitudo"（必要）一词来表达这种相互的依存关系，从词源学的角度看，这个词似乎意味着，这种关系是形势的必然产物。

即便邻里生活也会产生相同的效果。每天见面的人，只要他不冒犯我们，我们就不会和他撕破脸皮。邻里之间会互相提供方便，但也会互相制造麻烦。如果他们是那种品质优秀的人，他们自然就会趋于一致。我们期待他们良好的一致关系；成为恶邻者，一定是品质恶劣的人。人们会把某些微小的便利条件，优先提供给一位邻居，而不是任何缺乏这层关系的人。

这种互相适应及同化的自然倾向，是好坏同伴对我们产生颇有感染力影响的原因。我们会尽可能使自己的情感、天性、感受，与另外一些我们不得不与之共处相交的人身上根深蒂固的情感、天性和感受相适应。有的人虽然自己并不会成为比他人更聪明、更具美德的人，但他却主要是和聪明的、颇具美德的人交往，这种人至少会情不自禁地对他人的聪明和美德怀有崇敬之心；而那种主要是和行为放荡无羁者打交道的人，他本身虽然可能不会变成放荡无羁者，但不久必定会丧失自己对放荡无羁生活方式原有的恐惧之心。家族品格的类似，我们经常会看到它会在随后数代人之间传承下去，这种类似的原因或许可能有一半都是来自这种倾向，即试图使自己适应我们必须与之生活和大量交谈的人。但是家族品格，就像家族容貌一样，似乎并非完全取决于道德，部分也取决于血缘关系。家族的容貌当然完全取决于后者。

对一个人的所有依恋之情，完全是建立在对此人良好行为表现的尊重和认可之上，这种依恋之情因为亲身体验和长期相处得以证实，因而也是最受敬重的。这种友情，并非来自一种强装出来的同情心，并非来自一种为了相互便利和适应已经变得习以为常的虚情假意，而是来自一种自然的同情心，来自一种并非刻意装出来的情感，我们所依恋的人，正是我们尊敬和认可的自然而适当的对象；这种情感只存在于颇具美德的人中间。也只有这种颇具美德的人才能感觉到，互相之间对彼此行为所抱有的完全信任，在任何时候都能确保他们既不会冒犯他人，也不会被他人冒犯。邪恶永远是反复无常的，只有美德才是中规中矩、井井有条的。建立在热爱美德基础上的依恋之情,在所有依附关系中是境界最高的;因此它也是最幸福的,而且也是最持久和最可靠的。这种友情无需限制在一个具体的个人身上,而是可以安全可靠地接纳一切具有聪明才智与美德的人,我们与他们结下长久的亲密情谊,因此我们能完全依赖他们的聪明才智和高尚美德。想把友情局限于两个人身上的人,似乎将明智可靠的友情,与嫉妒和假爱混淆在一起了。年轻人那种草率、多情、愚蠢的亲昵之情,通常建立在一些与良好行为毫不相干、与美好品格只是略微相似的东西之上,或建立在对相同的研究、相同的娱乐、相同的憎恶有共同情趣之上,或者也许建立在他们对一些通常不被接受的独特原则或意见全然一致之上,那种出于一时冲动,也归于一时冲动的亲昵之情,不论它们在持续存在时显得多么令人愉快,它们也绝对没有资格被称呼为那种神圣的、崇高的友情。

但是在造物主所指出的所有那些最应博得我们善心的人中间,似乎没有任何人会比那些其善心早已为我们体会到的人更适于博得我们的善心。造物主就是为使人们互相友善才制造人,这对人的幸福来说是不可或缺的,也正因此他才又给每一个人提供了表示友善的特殊目标,即那些他早已善待过的人。虽然人们的感激之情并非应该总是与他的慈善之心相称,但是公正旁观者对其功德的看法,以及对其表示出的颇具同情心的感激之情,却总是与他的善行相称。别人针对可耻背叛行为所产生的普遍愤慨之情,有时甚至会增强对他的美德的总体认识。没有任何一个慈善的人会根本收获不到自己乐善好施的成果。如果他总不能从本该获得善果的人那里获得,他就会记住要以十倍的努力从他人那里获得。善有善报。如果赢得自己兄弟的爱戴就是我们的宏伟目标,那么获得这种热爱最可靠的办法,就是我们要以实际行动表示我们是真心爱戴他们的。

有一些人,凭借他们与我们的关系,凭借他的个人品质,凭借他以往的成绩,赢得我们的友善之心,然后又有一些人,人们认为他们确实没有得到我们所谓的友情,却赢得了我们颇具友善之心的关注和好处;还有那些以自己独特处境著称的人：比如福从天降或横祸飞来，腰缠万贯大权在握，或一贫如洗可怜至极。地位的区分，社会的和平与稳定，在很大程度上都取决于我们对前者自然持有的尊敬之心。人类痛苦的舒解和慰藉则完全依赖我们对后者的同情。社会的和平与稳定甚至比舒解痛苦更为重要。我们对大人物的尊敬很容易因为过分而令人不快；我们对不幸之人则因为同情不够而令人不快。伦理学家规劝我们要宽宏大度悲天悯人。他们警告我们不要迷恋权贵。这种迷恋的确具有巨大的威力，它使人们总想当富翁权贵，不去当智者德者。造物者明智地判定，地位的区别、社会的和平与稳定所赖以存在的可靠基础，是身世和命运方面那些显而易见的差异，而不是智慧和美德那些看不见而且往往很不确定的差异。大多数人的肉眼凡胎足以察觉前者，而即便智者德者良好的洞察力有时也难以区别后者。在上面所提出的那些次序中，天性所表现的仁慈和智慧同样显而易见。

可能没有必要再加以陈述，两个或更多激励善心的原因，结合在一起会更增加善心。在这种没有嫉妒心存在的时候，我们自然给予大人物的好感和偏心，就会因为智慧和美德的结合得以大大增加。虽然具有智慧和美德，但是如果大人物横遭厄运，他们的崇高地位就会遭遇危险和不幸，我们对其命运的关注，要胜过对具有同等道德水平地位却很低下者命运的关注。悲剧和浪漫剧最有趣的主题，就是那些颇具美德而又宽宏大度的国王和王子所遭遇的不幸。如果他们凭借自己的智慧和毅力万一能够摆脱那些不幸，并完全恢复往日的优越而安全的地位，我们就会情不自禁地以最热情、甚至过分的钦佩之情来看待他们。我们为他们的不幸所感到的悲伤，以及为他们的春风得意所感到的快乐，似乎已经结合在一起，从而增强了我们因其地位和品格而自然给予他们的钦佩之情。

当那些不同的仁慈之心碰巧把我们拽向不同的方向时，我们是不可能凭借任何明确的准则，决定我们应该在何种情况下根据某一种情感办事，在另外的情况下则根据另一种情感办事。在何种情况下，友情应该让位于感激之情，或感激之情让位于友情；在何种情况下，在所有自然情感中，哪怕最强烈者也应该让位于对位尊权重者安全的考虑，因为这些人的安全经常决定整个社会的安全；在何种情况下，自然情感可以合理合宜地胜过那种考虑；所有这些都必须完全交由那个心中之人决定，也就是那个想象中的公正的旁观者，那个对我们行为作出裁决的大法官。如果我们把自己完全置于他的情况下，如果我们真正像他那样以他的眼光看待我们自己，并且带着极其真诚的敬重之意和关注来倾听他给予我们的建议，他的声音就永远不会欺骗我们。我们无须任何独断的准则来指导自己的行动。这些准则往往不能使我们完全适应环境、品格和情况所具备的各种细微差异和等级，尽管它们并非无法察觉，但因其过细过微往往是无法界定的。在伏尔泰那出最精彩的悲剧《中国孤儿》中，我们十分钦佩札姆蒂的宽宏大度，他甘愿牺牲自己的亲生骨肉，来保住其古老国君和主人遗留下来的微弱香火，每当这时我们就不仅原谅，而且喜欢艾达姆温馨的母爱。她冒着暴露丈夫重要秘密的风险，抱回自己被送入鞑靼人残忍之手的婴儿。

第二章　论天性使社团成为
我们慈善对象的次序

个人成为我们慈善对象要有一定的次序，而指导这些次序的原则，同样也在指导社会团体成为我们慈善对象的次序。最首要的对象，就是我们的慈善对其最重要或可能最重要的对象。

我们在其中出生和接受教育，而且还将在其保护下继续生活的那个政府和国家，在一般情况下，就是我们善行和劣迹对其幸福和痛苦产生重要影响的社会团体。于是天性就会极力使其成为我们慈善的对象。不仅是我们自己，而且包括我们的慈善所及的一切目标，我们的子女、我们的父母、我们的亲戚、我们的恩人，所有那些被我们自然加以爱戴和敬仰的人,通常都被认为是离不开这个国家的;而他们的发达和安全在某种程度上就取决于这个国的发达和安全。于是,在天性的作用下,不仅是在自私情感的作用下,而且是在我们个人的仁慈之心的作用下,这个国家越来越受到我们的热爱。正是因为我们自己和这个国家的关联,它的繁荣昌盛似乎也给我们自己带来某种荣耀。我们把它和同类的其他社会团体相比较,就会为其优越性感到骄傲,而如果它在任何一方面显得不如其他社会团体,我们就会感到某种程度的羞辱。它在早期产生过很多光彩夺目的人物(如果和我们当代的人相比,妒忌心可能会略微影响我们对他们的看法),诸如武士、政客、诗人、哲学家、各种各样的文人。我们都倾向于对这些人给予极不公正的赞扬,并且(有时非常不公平地)把他们的地位排在所有其他国家同类人之上。为这个社会的安全,甚至虚夸的荣耀而献出生命的爱国主义者,似乎表现得最为得体。似乎他会以公正的旁观者自然而必然看待他的眼光,把自己仅仅看成是大众的一员,而且在那位公正的法官看来,并不比社会中其他任何人更重要,但是他必定会在任何时候都为社会安全尽职尽责,甚至为大多数人的荣耀而做出牺牲。不过,虽然这种牺牲显得完美无缺,但我们知道,要真正做到这一点是多么的不容易,仅有那么几个人可以这样做。于是他的行为不仅引起我们完全的认可,而且会引起我们的惊叹和钦佩,似乎还会赢得我们对最高尚美德才能给予的那种赞誉。相反,在一些特殊情况下,叛徒会幻想通过投靠自己国家的公敌,能够获得微薄的利益。忽视心中之人判断的人,卑鄙无耻地忽视那些与之存在关联的人的利益;他显然是个令人深恶痛绝的歹徒。

对自己国家的热爱经常使我们以颇带恶意的偏见看待任何邻国的繁荣昌盛。各自为政的邻国,没有共同的君主拍板解决争端,它们持续生活在相互恐惧猜忌之中。每一个主权国家,很少指望能从邻国那里获得公正,因此在与邻国打交道时就尽量少抱希望。对国际法的尊重,或对独立国家自称或假装自己在处理相互关系时所尊重的那些法规的尊重,往往就纯粹是装腔作势。我们每天都能看到,基于最微薄的利益与最轻微的义愤,这些法规都在遭人无羞无悔地规避或直接践踏。每个国家都会预见,或认为已经预见到自己将会被日益繁荣昌盛的邻国所征服,这种可鄙的民族偏见往往建立在热爱自己祖国的高尚情操之上。据说老加图每次在元老院做演说,无论话题如何,结束语都千篇一律,"我同样认为迦太基应该遭毁灭",而这句话就是原始爱国主义的自然表述,也是对欺辱自己国家的任何外国表示的极大愤慨。据说斯奇比奥·内西卡在结束自己所有演说时最富仁慈之心的句子却是,"我同样认为迦太基不该遭毁灭",这便是一个胸怀更宽广、头脑更清明之人的最自由表述,这表明在宿敌之国变得不再能与罗马抗衡时,并没有对它的繁荣昌盛感到反感。法国和英国之间可以有某些理由对彼此海陆军力的增长感到畏惧;但没有理由互相嫉妒对方国家内部的幸福繁荣、国土开发、制造业发展、商业增长、防卫以及港口的数量、人文艺术的实力,这样的嫉妒有损于这两大国家的尊严。而这些就是我们当今生活的世界所取得的真正发展。人类从这些发展中获益匪浅,而人性也因此变得更加高尚。在这种发展中,每个国家不仅应该努力获胜,而且应该从人类之爱出发,促进而不是阻碍邻国的进取。所有这些都是民族竞争,而不是民族偏见或嫉妒的适当目标。

爱国之情似乎并非出自爱人类之心。前者完全不取决于后者,有时甚至因此而使行为与后者南辕北辙。法国也许可以肯定地说能承载三倍于大不列颠的人口。因此在伟大的人类社会中,法国的繁荣应该是一个远比大不列颠更为重要的目标。然而英国国民若因此在任何情况下追求的是法国而不是英国的繁荣,这种人不能被认为是英国良民。我们之所以爱国,不仅因为它是伟大人类社会的一部分;我们爱国是因为它是我们的祖国,与上述这种考虑毫不相干。设计人类情感机制的聪明才智,还有天性中各种其他因素,似乎已经做出决断,即,通过指导每个人都去关注伟大人类社会利益中自己有能力关注,并能加以理解的那一部分,来促使这种利益得到很好的发展。

民族偏见与民族仇恨多半都是针对邻邦。我们也许会非常懦弱和愚蠢地称法国为我们的自然仇敌;他们可能会同样懦弱和愚蠢地以同样的方式看待我们。但无论是他们,还是我们,对中国或日本的繁荣都不会怀有任何嫉妒之心。但是,我们对如此之远的国家怀有良好愿望却很少会产生多少效果。

通常能产生可观效果的最广泛的公益善举,都是政客们的行为,他们在邻国或不远的国家之间设计或结成同盟,旨在保持所谓的势均力敌,或保持同盟内国家的普遍和平与安定。但是,签订和实施这种协约的政客,除了各自国家的利益之外,简直可以说是眼中无物。他们的目光有时也的确较比远大。法国的全权大使阿沃伯爵在签订蒙斯特条约时,甘愿牺牲自己性命(据不轻信他人美德的雷斯红衣主教的说法),以便借助那个条约恢复欧洲普遍的安定局面。威廉国王对欧洲大部主权国家的自由独立怀有一股真正的热情;这也许是一件颇受其对法国怀有的特殊憎恶之情所激励的善举,在他当政的时代,自由独立在法国正处于危险之中。类似的仇法情绪似乎传承给了安妮女王的首任内阁。

每一独立的国家都分成许多不同的社会团体和阶层,每一个都拥有自己特定的势力、特权及豁免权。每个人对自己特定团体或阶层的隶属关系自然比他人更密切。他自己的利益和声誉与朋友或同伴的利益和声誉通常都是相互关联的。他总是雄心勃勃地想扩张自己团体或阶层的特权和豁免权。他热诚地保护自己的特权和豁免权,以免遭遇其他社会团体或阶层的侵犯。

一个特定国家的所谓政制,取决于不同社会团体和阶层的划分方式,以及对各自势力、特权及豁免权的具体分配。

每一社会团体和阶层维护自己势力、特权及豁免权的能力,以及使之免遭其他社团和阶层侵犯的能力,都取决于那一政制的稳定性。在其任何一个下属团体和阶层的地位和状况超出或低于原先水平的时候,那一特定政制就需要或多或少地加以修改。

所有那些不同社会团体及阶层都依赖于向它们提供安全保障的国

家。它们都是那个国家的附属，建立它们的目的仅仅在于维护国家的繁荣昌盛，而这一事实已经为每一哪怕极其偏激的社团成员所承认。但往往很难使这位成员相信，维护国家的繁荣昌盛需要削弱他自己所属社团的势力、特权及豁免权。这种不公，虽然有时也很不当，却因为那个原因可能并非完全无益。它抑制革新精神。它有助于维持国家分划成的各个社团之间的既定平衡局面；当它有时似乎阻碍一些当时可能很流行、很时尚的政府变革时，它实际上就已经在对整个体制的稳定性及持久性做出贡献。

在一般情况下，爱国似乎会涉及两条不同的原则：首先，对那种业已建立的政治体制或其结构形式怀有某种尊敬和崇敬之意；其次，竭尽全力使同胞感到安全幸福及备受尊敬的强烈愿望。不尊重法律，不遵从行政长官的人不算公民；不希望借助自己权力改善全体同胞福利的人也算不上一名好公民。

在和平安定时期，那两条原则基本一致，并能导致相同的行为。当我们看到业已建立的政府实际上正在维护同胞的安全幸福及备受尊敬的地位时，支持这样的政府显然是维护上述地位的最佳手段。但是处在怨声载道、你争我斗、天下大乱时期，那两条不同的原则就可能指引不同的方向，甚至一个聪明人还会想到对那种实际上已无法维持安定局面的政治体制及机构形式做一些必要的变革。但是在这种情况下，就经常要求政治家借助最佳才智来判断：一个真正的爱国者应该在什么时候支持并努力重新树立旧体制的权威，以及他应该在什么时候向那些更大胆的，但往往是颇富冒险精神的改革大开绿灯。

内忧外患是为热心公益精神提供展示良机的两种情况。在外患中能为自己国家恪尽职守的英雄能使全体国民如愿以偿，正是因为如此，他才是备受感激和钦佩的对象。在内乱时期，相互争斗集团的头面人物，虽然他们也可能受到半数同胞的钦佩，但是通常会遭到另外一些人的憎恶。他们的品格以及各自的功绩通常会备受质疑。正是因为如此，在抗击外患中赢得的荣耀几乎总是比在内乱中获得的更加纯洁和辉煌。

但是执政党派的领导人，如果他具备足够的权威劝诫自己的朋友言谈举止要温文尔雅、稳健得体(他往往并不具备这种权威)，有时他就可能为国家尽职尽责，而这要比最辉煌的胜利和最广泛的征服更加必要和重要。他就可能重建和改进政制。他可能会一改政党领导人那种非常令人质疑和捉摸不定的性格，进而表现出所有人类品格中最伟大、最高尚的品格，亦即一个伟大国家的改革者和立法者具备的品格，并能凭借自己制度具备的聪明才智，在未来世世代代确保自己同胞能在国内享受安宁和幸福。

在派系争斗的动乱中，某种体制的精神很容易和公益精神相混，而那种公益精神得以建立的基础是仁爱，以及对我们同胞可能遭遇的麻烦和痛苦所给予的真挚同情。这种体制精神通常都会掌控更加温和的公益精神，激化它，有时甚至火上加油，使之达到狂热的程度。在野党派领导人经常会提出一些似乎有理的革新计划，他们自称这些改革将不仅能够革除弊病，立即解除怨声载道的痛苦，还能在将来避免类似的弊病和痛苦死灰复燃。正是因为如此，他们经常提出新的政体模式，并要求在某些最重要的方面改革政体，虽然这个伟大帝国的国民在这样的政体之下，在长达数世纪的时期内，已经享受和平、安全甚至荣耀。政党大部分成员通常会陶醉于这一理想体制具备的那些虚幻的完美，其实他们对这种完美并没有切身体验，而这些完美只是被那些娴于辞令的领导人涂以各种眼花缭乱的色彩后呈现在他们眼前的。这些领导人，虽然他们原本旨在扩张影响，但很多人迟早会变成自己诡辩术的受骗者，他们对这项伟大的改革，和自己那些最软弱最愚蠢的追随者一样渴求。即便这些领导人应该保持自己的头脑不要过热，正如他们通常做到的那样，但是他们却总是不敢使自己的追随者失望；虽然与他们自己的原则和良心相悖，却经常不得不表现得像在按照人们的共同幻想办事。这种党派的狂暴行为拒绝一切辩解、拒绝一切调和、拒绝一切合理的和解，他们要得太多，结果一无所获。

那些弊病和痛苦,那些只要稍加调停就可以在极大程度上解除或缓解的弊病与痛苦,结果被置于缓解无望的境地。

完全受仁慈之心激励而富于公益精神的人,会尊重甚至是个人业已确立的权力和特权,更会尊重国家分划出的各大社会阶层和社会团体的权力和特权。虽然他会认为一些这样的权力和特权已经遭到一定程度的滥用,但是他依然乐于调和那些不用暴力就往往不能消除的东西。他不能通过讲理和规劝来征服人们那些根深蒂固的偏见时,也不想强制地压服它们;但是他会虔诚地奉行被西塞罗公正地称之为柏拉图神圣准则的东西,就像不对自己父母采取暴力那样,也从来不对自己的国家采取暴力。他会尽量调整自己的公共计划,使之适应人们顽固的习惯与偏见;他将会尽量补救因为缺乏人们不愿遵守的法规而造成的不便。他不能建立正确的东西时,也不会轻视修正错误的东西;正如梭伦那样,当他不能建立最佳法律体系时,就努力建立人们所能接受的最佳的法律体系。

相反,大权在握的人,往往自恃聪明,时常迷恋于自己理想的政府蓝图美轮美奂的景象,在计划实行中哪怕稍有偏差他都无法忍受。他继续使之臻于完美无缺,根本不考虑重大利益,也不考虑可能与之对抗的那些顽固的偏见。他似乎认为自己能够像在棋盘上摆布棋子那样任意摆布一个庞大社会中的不同人物。他不考虑棋盘上的棋子除了被手摆布之外,没有其他行动准则;然而在人类社会这个大棋盘上,每一个棋子都有自己的行动准则,而且完全不同于立法机构可能选择的准则。如果这两种准则达成一致,并向着同一方向行动,人类社会的游戏就会轻而易举地、协调一致地运作,而且似乎很愉快,很成功。可如若它们互相抵触或不同,这一游戏的运作就会很惨,而整个社会必将长期陷入极度的混乱。

使政策法规臻于完善的一些基本的甚至是系统的观念,对于指导一位政治家的见解来说无疑是必要的。但是置人们的反对于不顾,坚持确立甚至是立即确立那种观念可能要求的每一件事,这往往就变成极端的傲慢了。他应该建立自己判断是非的至高无上的标准。这就等于把自己看成全体国民中唯一明智和高尚的人,让他的黎民百姓调整自己去适应他,而不是他去迎合他们。正是因为如此,在所有政治投机家中,至高无上的君主都是最危险的。而上述这种极端的傲慢是他们极其稔熟的。他们毋庸置疑地认为自己的判断无比正确。当这些帝王改革者因此而屈尊考虑用于他们政府的那种国家政制时,就很少看到任何东西会像抵制其意志之实施的那些障碍那样错误。他们蔑视柏拉图的神圣准则,认为国家是为他们而建,而不是他们为国家而生。于是他们改革的最大目标就是铲除那些障碍;削弱贵族权威;剥夺省市特权;使最伟大的人物和最庞大的国家机构,就像最软弱、最微卑的人那样,不能违抗他们的指挥。

第三章　论普世仁爱

虽然我们有效的善行,也很少能够超越我们自己国家的范围,但我们的善心却不受任何疆界的限制,它可以涵盖无限的宇宙。我们无法想象任何清白无邪而明理识事的人,我们不应该对他们的幸福有所期望,当我们想象到他们的不幸时,而不应该产生厌恶之情。想到那种虽然明白事理却为非作歹的人,确实会自然激发我们的仇恨,但是在这种情况下我们的嫌恶,实际上就是我们普世仁爱的结果。这也是我们对其他一些清白无邪而明理识事的人所遭受的不幸和产生的愤怒给予同情的结果,他们的幸福会受到那些恶行的影响。

如此高尚、如此慷慨的普世仁爱之心,却并非任何一个人十分牢靠的幸福的源泉,如果这个人不完全相信宇宙所有居民,无论多么伟大,也无论多么渺小,都处在那位伟大的、仁慈的、无所不知的神的直接关怀和保护之下;这位伟大的神则指挥着自然界的一切运动,他因为自己无可改变的完善美德而决心在宇宙中长久维持尽量多的幸福。但是相反,对这种普世仁爱来说,对于没有神眷顾的世界的怀疑,乃是最阴暗的想法,而且它是来自这样一种认识,即,不可认知的无限宇宙空间中那些不可知的地域中所充斥的只能是无边的苦难与悲情。无论繁荣昌盛会放射出多么耀眼的光彩，也不能照亮一种如此恐怖的念头必然会在人们的想象中投下的阴影；但在一个聪明而高尚的人心中，所有这些苦难产生的悲伤却根本不能消灭快乐情绪，这种快乐产生的原因则是坚信与上述悲观看法相反的真理，而且已经习以为常。

明智而高尚的人总是乐于为自己的特定团体和阶层的公众利益牺牲一己之利。他也总是乐于为自己从属的国家或君主的更大利益而牺牲自己团体或阶层的利益。因此他同样会乐于为普天下的更大利益，为所有受上帝管理和指挥的有知觉有理智的生灵构成的大社会的利益，而牺牲所有那些低层次的利益。如果他深刻地认识到，他已经惯于坚信，这位大慈大悲、全知全能的上帝，绝对不会把那些对普遍利益来说没有必要的偏见恶行纳入自己的管理范围，他就必须把他自己、他的朋友、他的社团或他的国家所遭受的苦难，看作是对普天下的兴旺发达不可或缺的，因此也就看成是他自己甘愿顺从的，而且如果他已认识到事物之间所有那些关联和依赖关系，那也应该是他自己所热诚期望的。

这种对伟大的宇宙指挥者高尚的顺从，似乎在任何一个方面都没有超出人性所及的范围。爱戴并信任自己将帅的优秀士兵，在踏上不归之路时，往往要比前往既无困难又无危险的战斗岗位更高兴。在前往四平八稳的战斗岗位时，他们只有执行普通任务时那种味同嚼蜡的感觉；但是在踏上不归之路时，他们却感觉自己正在做出人类所能做的高尚至极的义举。他们知道，如果不是为了全军的安全，不是为了战争的胜利，他们的将帅是不会命令他们踏上不归之路的。他们为一个更大的世界而欣然牺牲自己的小世界。他们深情地离开自己希望获得幸福与成功的同志，迈开征战的步伐，不仅出于服从，往往还会因为欣喜若狂而振臂高呼，继而欣然前往被分配的那种生死攸关却极其荣耀的战斗岗位。没有任何一位军事指挥官能比宇宙中那位伟大的指挥官赢得更多的无限信任及诚挚热情。无论遇到公众性的大灾大难，还是个人的小灾小难，一位智者都应该认为：这只是他自己以及朋友和同胞被命令踏上世间的不归之路；如果不是为了整体利益的需要，他们是不会接到这种命令的；不仅要谦恭地顺从这种安排，而且要心悦诚服地接受这种安排，这，就是他们的职责。一位智者当然应该能够做到一位优秀士兵认为自己应该时刻准备做到的一切。

那位神的理念当然是所有人沉思的最崇高的目标。神的仁慈与智慧，从无限的远古以来就在发明和操纵宇宙硕大无朋的机器，以便随时能够生产尽量多的幸福。任何其他思想相比之下必然显得极其渺小。我们认为具备这种崇高思想的人很少不能成为我们高度崇敬的目标；虽然他一生都在致力于这种沉思，但是我们却经常给予他宗教般的崇敬，这种崇敬要远远超过我们对那些积极有为的国民公仆的尊敬。马可·奥勒留的《沉思录》，主要是在阐述这一主题，这也许是他因自己品格赢得的赞誉，要远远超过他在自己公正不阿、悲天悯人、普世仁爱的执政时期致力的一切作为的主要原因。

然而，对宇宙庞大系统的管理，以及对所有民族和理智生灵共同幸福的关照，这都是上帝，而不是人的职能。分派给人管理的是一个卑微得多的部分，但它却非常适于人类权能的弱点以及理解力的狭隘；关照他自己的、朋友的以及国家的幸福，这就需要他全神贯注地沉思一些更为崇高的事业，但这决不能作为他忽视卑微部分的借口；但是他决不能使自己陷入据说也许是阿维迪乌斯·卡西乌斯对马可·奥勒留提出的指控；当他自己致力于哲学玄想，以及为宇宙繁荣进行沉思时，他便忽略了罗马帝国的繁荣。即便是善于沉思的哲学家最崇高的沉思，也很少能够补偿疏忽眼前最微小职责所造成的后果。

第三篇　论自制

　　根据完美谨慎的准则、严格公正的准则、适度仁慈的准则行事的人，就可以说是十分高尚的人。但是仅仅深刻认识到这些准则并不能使他以这种方式行事：自身的激情非常容易误导他；有时会驱使他，有时会诱使他违背他自己在清醒冷静时所赞成的所有这些准则。如果缺乏自制力，单凭对这些准则的深刻认识他总是不能恪尽职守。

　　一些优秀的古代道德家似乎已经考虑将那些激情分成两个不同的类别：第一种，即便加以片刻的克制都需要极强自制力的激情；第二种，在片刻甚至短时间内容易加以克制的激情，但是这种激情由于受到连续的、几乎是毫不间断的诱惑，在一生中都将非常容易令人遭误导而出现严重偏差。

　　恐惧和愤怒，连同与之相关的一些其他激情一起，构成第一类。喜欢安逸、快乐和赞扬，以及其他许多私自型的喜好，构成第二类。过度恐惧和狂怒往往非常难以克制，哪怕是片刻的克制。喜欢安逸、快乐和赞扬，以及其他许多私自型的喜好，总是容易得到暂时的克制；然而，由于受到连续的诱惑，它们往往会误导我们表现出许多事后颇有理由感到惭愧的弱点。前面一系列激情经常可以说是驱使我们擅离职守，后面的则可以说是诱使我们擅离职守。克制前者被上述古代道德家称为坚毅、阳刚、意志坚定；克制后者则被称为节制、体面、谦虚、温和。

对那两类激情中每一种的克制都含有自身的美,而且似乎由于其自身的缘故应该赢得某种程度的尊重与称赞。而这种美,无关乎从其效能中衍生出的美,也无关乎它使我们能在任何场合下都能根据谦虚、正义和适度仁慈的指令行事的能力。在前一种情况下,强有力的克制在某种程度上能够激发尊敬和钦佩之情。在后一种情况下,一贯、持恒、不间断的克制也都能激发上述情感。

一个人,如果处在危险之中,或遭受刑罚,或濒临死亡时,其平静的心态依然能保持不变,而且从不容许自己说出一句不完全符合最冷漠无情的旁观者情感的话,或做出一个那样的姿势,他就必然会赢得高度赞扬。如果他是出于人道和对自己国家的热爱,在自由正义的事业中受苦受难,那么,人们对其迫害者的不公所表示的极度愤慨,对其仁慈的意愿以及高度荣誉感所表示的最诚挚的同情和感激,所有这些与对其高尚行为表示的钦佩融合在一起,就往往会将那种情感升华为最热情、最令人狂喜的崇敬之情。人们以独特情感衷心爱戴和怀念的古代和现代英雄人物,很多都是这样的人,他们在为真理、自由和正义奋斗的事业中,献身在断头台上,充分表现出将他们铸造为英雄的那种视死如归的精神和尊严。如果敌人没有允许苏格拉底静静地死在自己的床上,即便是那样伟大哲学家的声名都可能永远不会赢得那种耀眼的荣耀,正是在这种荣耀中,他的那种耀眼的光彩才为世世代代的人们所见到。在英国历史上,当我们浏览弗图和霍布雷肯雕刻的那些美妙的头像时,我认为很少有人不认为,被雕刻在托马斯·莫尔先生、拉雷、罗素、西德尼等人头像下方的那把斧头,即枭首的标记,会让这些人物头像体现出真正的尊严和意趣,这些当然要超过有时伴随着这些头像的那些毫无用处的勋章装饰物所体现的尊严和意趣。

这种高尚行为并非仅仅为那些纯洁而高尚者的品格添加光彩。它甚至还会为重刑犯赢得一定程度的尊重;当一个劫匪或拦路抢劫犯被带上断头台,并且表现得庄重坚定时,虽然我们完全赞同对他的惩处,但是我们往往情不自禁地感到惋惜，一个精力如此充沛、才能如此卓越的人，居然会如此穷凶极恶。

战争是培养和历练这些高尚品质的大学校。正如我们所说，死亡是恐怖之王；克服死亡恐惧的人在任何其他自然灾难到来时不可能心慌意乱。人们在战争中熟悉了死亡，并且矫正了意志薄弱者和未曾经历过死亡者在对待死亡上那种不无迷信色彩的恐惧认识。他们只把死亡看成是生命的丧失，是一件令人厌恶的事，就像对生命的欲求一样。他们也从亲身经历中认识到，很多似乎很大的危险其实并不像看上去那么大；只要鼓足勇气、积极应对、心神不乱，就很有可能会从起初看来毫无希望的处境中全身而退。于是对死亡的恐惧就这样被减轻；而摆脱死亡的信心和希望却增强了。他们学会了应该如此从容面对危险。他们面临危险时，并不太急于摆脱，也不容易心慌意乱。就是这种对危险和死亡习惯性的蔑视态度，才使得士兵的职业变得高尚起来，而且在人们的自然意识中，这种职业已经被赋予超越其他任何职业的荣耀与尊严。在为国服役的过程中熟练而成功地履行这种职责，似乎已经构成各个时代英雄品质中最大的亮点。

有一些类似战争的重大事件，虽然与各种正义的原则背道而驰，而且毫无人性，但有时我们却非常感兴趣，甚至对每一个毫不足道的参与者都给予一定程度的尊崇。我们甚至对海盗行径颇感兴趣；带着某种崇敬的心情阅读那些最不足取人物的历史，这些人为了追求罪恶目标，忍受了很大的艰苦，战胜了很大的困难，遭遇了很大的危险，所有这些都远远超过一般历史课所提到的那些艰难险阻。

在很多场合，克制愤怒所显示的高尚和崇高并不亚于克制恐惧。适当地表示义愤，无论在古代还是在现代雄辩史上，都写就了许多令人叹服的辉煌篇章。古希腊德摩斯梯尼痛斥马其顿国王腓力二世的演说，西塞罗控告喀提林党徒的演说，全部妙谛都从对这种激情高雅得体的表达中生发而出。然而，这种义愤也不过是一种经过克制而适当缓和到能为公正旁观者所接受的愤怒。超出这一程度的那种雷霆之怒总是面目可憎、令人作呕，如果这也能吸引我们，那也不是因为这个怒发冲冠的人，而是因为引得他怒火中烧的那个人。这种忍让风度的高贵在很多场合下甚至都会超出对愤怒最完美最得体的表达。无论引起他人愤怒的一方是否认错，在公众利益要求不共戴天之敌应该为履行一些重要义务而捐弃前嫌时，能够对曾经严重冒犯过他的人诚心相待、推心置腹的人，似乎就应该赢得我们极高的赞誉。

但是克制愤怒并非总显得如此光彩夺目。恐惧与愤怒相反，并经常成为克制愤怒的动因，在这种情况下，动因的卑劣就将克制愤怒的所有高尚品质化为乌有了。愤怒会催生攻击，而放任愤怒有时似乎表现出勇气和一种超越恐惧的品质。放任愤怒有时是一种虚荣的目标。而放任恐惧则绝非如此。自负与懦弱的人在比他们低的人中间，或者在不敢与他们作对的人们中间，经常装腔作势地卖弄豪情，认为自己正是表现了如此这般的所谓气魄。一个恶棍编造许多有关他自己野蛮行径的并非真实的故事，认为这样就可以让听众觉得自己即便不十分可亲可敬，至少也会更加令人生畏。当今的风气，由于赞成决斗的做法，在一些情况下可能被认为鼓励私人复仇，这也许会使在当今时代以恐惧遏制愤怒比在其他情况下显得更可鄙。无论出于何种动因，克制恐惧过程中总会存在一些可贵的东西。然而克制愤怒却并非如此。如果不完全建立在庄重感、荣誉感和得体感的基础之上，它永远也不会受到完全的赞同。

根据谨慎、公正和适度仁慈的原则行事，如果没有受到不这样做的诱惑，似乎也就没有什么高尚之处。但在极度危险和困难时，能够冷静行事；能够严肃对待神圣的正义准则，既不管产生诱惑的利益有多大，也不管可能促使我们违背这种准则的伤害有多严重；绝不容忍我们的慈善之心受到那些曾经得过我们恩惠，但却口出恶言、忘恩负义的小人的损害和打击，这就是那种至高无上的智慧与美德的特点。自我克制本身并不是一种伟大的美德，但所有其他一切美德的光彩似乎正是从这里才生发而出的。

　　克制恐惧，克制愤怒，这总是需要巨大而高尚的自制力。当它们受正义和仁慈驱动时，不仅是伟大的美德，而且能为其他美德增添光彩。但是，它们有时却可能受各种不同的动因驱动，在这种情况下，它们虽然仍旧伟大而令人肃然起敬，却可能极端危险。这种坚毅果敢、勇猛顽强的精神可能被用于极其不正义的事业。在遭受严重挑衅时，表面平静而温和的性情有时可能掩饰着最坚决、最残暴的复仇决心。这种掩饰所需的意志力，虽然总会受到荒谬错误的玷污，但往往备受众多摆脱偏见人士的高度赞赏。梅迪契家族的凯瑟琳的掩饰功力，常常受到博学多才的历史学家达维拉的赞赏；迪格比勋爵及之后布里斯托尔伯爵的掩饰才能，则受到严肃认真的克拉伦敦勋爵的称赞；沙夫茨伯里伯爵一世的掩饰功夫，则备受明察秋毫的洛克先生的赞颂。即使西塞罗似乎都认为，这种颇具欺骗性的品格的确并非十分高尚，但是对于某些灵活的行为方式来说，也并非不适合；他认为，虽然如此，这些行为方式从总体来看依然既令人赞同，又令人尊重。他以很多名人的性格证实这一点，其中包括荷马史诗中的尤利西斯、雅典的地米斯托克利、罗马的莱山得以及罗马的马库斯·克拉苏。这种阴险毒辣、颇具城府的掩饰性格在天下大乱、宗派暴力争斗以及内战时期最易产生。当法律在很大程度上变得软弱无力时，当最无辜的人单靠自己不能确保安全时，出于自卫的考虑，大部分人就不得不对当时正巧占上风的党派采取见机行事、见风使舵以及表面迎合顺从的态度。这种虚假的品格也常常伴随着冷漠无情、坚毅果敢的勇气。将这种虚假的品格恰到好处地付诸行动，就必须有勇气存在，因为一旦被识破，死亡通常都是必然的结果。对于加剧或减轻被迫采取敌对态度的敌对集团的强烈敌意，这种品格可以同样发挥作用；虽然有时很有用处，但它也同样会变得非常有害。

　　对不太强烈的激情的自制力，似乎不太容易被用于任何险恶的目的。节制、正派、谦逊、温和，总是和蔼可亲的，很少能运用于任何险恶的目的。

由于一以贯之地坚持自我克制,朴实可亲的美德、勤俭节约的美德,都会随之衍生出耀眼的光辉。那些乐于在平静的私人生活小路上信步而行的人,他们的行为从同一准则中获得大部分属于它的美丽与优雅,虽然这些美丽与优雅远非光彩夺目,但受到欢迎的程度,并不比伴随英雄人物、政客、立法者骄人事迹的那些光彩逊色。

在本书的几个不同部分都谈过自制的本性之后,我觉得没有必要再详谈与那些美德相关的事情了。现在我只是说,得体点,以及为公正旁观者所能接受的激情的程度,在不同的激情中也各不相同。与不足相比,某些表现过度的激情倒不是太令人生厌;在这类激情中,得体点似乎很高,或更接近过度而不是不足。在其他一些激情中,不足没有过度那么令人生厌;在这种激情中,得体点似乎没那么高,与过分相比,它离不足更近些。前者是旁观者最同情的激情,而后者则是旁观者最不愿意同情的。前者也是当事者的直接情感和感受最赞赏的;后者则是最难以接受的。下面的情况可以被当作一种基本准则:旁观者最容易同情的激情,因此就是得体点被认为最高的激情,也就是当事者直接感觉到或者体会到之后,或多或少会感到高兴的那些激情;相反,旁观者不太容易同情的激情,因此就是得体点被认为是很低的那些激情,也就是当事者直接感觉到或者体会到之后,或多或少会感到不快甚至痛苦的激情。到目前为止我所能观察到的这种基本准则没有任何例外。只需很少几个例子就能对此加以充分的解释,并能证明其真实性。

有助于团结社会大众的情感,仁慈、善意、自然情感、友情、尊重等,有时可能有些过火。但即便就是这种过火的倾向,也能使一个人引起他人的兴趣。虽然我们对这种性情并不满意,但依然会以理解的心态,甚至带着善意,而绝不可能带着厌恶的情绪来对待。我们对它总是表示遗憾,而不是愤怒。对于当事者本身来说,放任这种过火的情感,甚至能在很多场合变得令人愉快,而且十分有趣。在一些场合,的确,尤其是当这种倾向就像常见的情形那样指向毫无意义的目标时,它就会使当事者遭受非常深重的痛苦。但是，即便在这种场合，一位好脾气的人也会非常同情他，而且对那些因当事者软弱和无礼就鄙视他的人产生极端的义愤。相反缺乏这种性情会使一个人对他人的情感和不幸感到冷漠，因而被称为冷酷的心，而这种性情的不足，也使他人对他冷漠无情，并将其排斥在全体世人的友谊之外，排斥在所有最佳最舒服的社交乐趣之外。

相反，促使人们互相分裂，事实上是破坏社会大众联系的那些情感，愤怒、仇视、嫉妒、怨恨、复仇等，更多的是因为过度，而不是因为不足而非常容易冒犯人。过度就会使一个人心中感到沮丧和痛苦，使一个人变成他人仇恨有时甚至是畏惧的对象。不足则很少被诟病。但它可能是缺陷。缺乏适度的愤慨是男人性格中最根本的缺陷；在很多情况下，它会使一个人既不能使自己，也不能使朋友免遭欺辱和不公。即便是人的本性，在过度且方向失当而构成令人厌恶的嫉妒之情时，可能都是缺陷。嫉妒是这样一种情感，它带着恶意的厌恶之情来看待那些的确拥有优越性的人所拥有的东西。但是，如果一个人温驯地忍受那些不配享有这种优越性、不配使自己位居他人之上或之前的人，那他就会被看作自甘下流而遭到公正的谴责。这种懦弱通常都建立在对自己情感的放任自流上，有时放任的甚至是好品质，出于对反对、匆忙、诱惑的憎恶，有时也建立在一种错估的宽宏大度上，认为可以继续蔑视那种先前蔑视并轻易放弃的利益。但是紧随这种懦弱而来的通常都是强烈的遗憾和懊悔；起初一些貌似宽宏大度的情感最终往往让位于恶意的嫉妒，让位于对那种优越性的仇恨，而曾经获得这些优越性的人可能经常在获得优越性的环境中变成有资格的享有者。为了在这个世上生活得舒适些，在所有这些情况下，非常有必要像保卫我们的生命和财产那样保卫自己的尊严和地位。

对个人危险和痛苦的感觉，就像对挑衅的感觉一样，过度比不足更能冒犯他人。没有任何一种性格比一个懦夫的性格更可鄙；没有任何一种性格比一位置身危难却能视死如归，保持情绪平静，脸不变色心不跳的人的性格更值得敬佩。我们敬重那种以阳刚之气和坚定意志忍受痛苦甚至折磨的人;我们很少能尊敬那种被痛苦和折磨吓破胆,面对死亡像女人那样如丧考妣,徒劳地嚎啕痛哭的人。脾气浮躁的人,对任何一点小小的事件都会过度敏感,这会使他自己感到痛苦,同时还会冒犯他人。脾气沉着的人,不容忍自己的平静遭到人类日常生活中小小的伤害或者小小的灾难所干扰;不过,这种脾气的人,在破坏世界的自然灾害或道德沉沦面前,就期待并且为能多少遭受一点上述灾难感到满足,因为这不仅给他带来了福音,而且也是在向他所有的朋友提供舒适和安宁。

无论我们对于自己被伤害的感觉,还是遭受痛苦的感觉,尽管一般来讲都十分强烈,但同样也可能太弱。对自己的痛苦麻木不仁的人,对他人的痛苦一定总是更加冷漠无情,至于去解除他们的痛苦,那就更不用说了。对自己遭受的伤害很少愤怒的人,对他人遭受的伤害一定总是更少愤怒,更不用提如何保护他们或为他们复仇了。对人类生活事务抱有一种愚蠢的麻木不仁的态度,这一定会使人完全打消对自己行为得体性的迫切关注,而这种得体性正是美德真正的核心所在。我们如果对事情引发的后果漠不关心,那我们就可能很少去操心自己行为的得体性。如果一个人对自己遭受的灾难能够感到极其痛苦,如果他能感到自己所遭不公对待的卑鄙性,而更加感觉到自己品格所需的尊严;如果他不被自己环境可能自然激发的那些无拘无束的激情任意摆布,而能根据心中伟大居民和半神人物所描述和赞同的那些已被抑制并纠正的情感来控制自己的行动;这样他就可以变成真正具备美德的人,成为他人爱戴、尊敬、钦佩的恰当对象。麻木不仁和那种高尚的果敢坚毅,那种基于尊严和得体感的崇高的自我克制,它们之间存在着天壤之别,后者的价值就随前者发生的程度而相应减弱,在很多情况下是全然消失了。

虽然对个人遭受的伤害、危险和痛苦完全缺乏感觉,在这种情况下会使自我克制的价值全然消失,但是这种感觉却很容易过于敏锐,而且经常如此。当得体感以及内心判断的权威能够控制这种极端的感觉时,那种权威必定显得非常高尚,非常伟大。但是使这种权威发挥作用却绝非易事;可能有许多事情要做。一个人经过巨大的努力可能会表现得十分完美。但是这两种本性之间的抗争,亦即内心的战争可能极其激烈,以致无法与内心的平静与快乐保持一致。那些造物主赋予了这种敏锐感受的聪明人,那些这些敏锐感受未因早期教育及适当历练而减弱或变得冷酷的聪明人,都能在职责和得体原则允许的情况下,避免自己不能完全适应的情况。那种因身体结构柔弱而对疼痛、困难以及各种肉体痛苦过分敏感的人,不应该任性地非要从事当兵这一行。对伤害过度敏感的人不应该草率地介入派系之争。虽然必须有足够强烈的得体感才能控制所有那些感受,但是在斗争的全部过程中,平静的思想必定总是会受到干扰。处在这种混乱状况中,判断不能总是保持通常的准确性;虽然他总想做出适当的行动,但是他可能经常草率从事,而且坚持一种在全部有生之年都为之惭愧的行为方式。勇猛无畏、坚定不移、体魄健康,无论是先天早已具备,还是后天锻炼而成,无疑都是坚持自我克制的最佳先决条件。

虽然战争和派系之争,对每个人来说,肯定都是锻炼坚强意志的最佳学校,虽然它们对他治愈懦弱这一顽症是最佳的灵丹妙药,但是,如果审判之日在他尚未学完全部课程之前来临,或在这剂灵丹妙药见效之前来临,其后果可能是令人不快的。

我们对快乐的感受,对人生中愉悦和欢欣的感受,可能同样会因为表现过度或不足而令人感到不快。但是,就这两种情况而言,过度并不像不足那样令人不快。对旁观者和当事人来说,嗜好快乐当然要比对消遣娱乐麻木不仁开心得多。青春的快乐,甚至孩童时代的贪玩都能令我们陶醉;但是我们很快就对经常伴随老年人的那种平淡无奇和味同嚼蜡心生厌倦。当这种嗜好的确没有受到得体感的限制时,当它对时间、地点、年龄或当事者所处环境都不适当时,当他沉迷这种嗜好时,他就会因此忽视自己的利益与责任;当这种嗜好无论对于个人,还是对于社会来讲都已达到过分,或者有害的程度时,它遭到诟病是正当的。但是在这种情况下,我们挑剔的主要错误,并不是嗜好有多强,而是得体感和责任感有多弱。

一个对适于自己年龄的自然消遣娱乐缺乏兴趣的年轻人,一个只谈书本和生意的年轻人,因为太一本正经和卖弄学问而令人厌恶;我们并不称赞他对那种不当嗜好采取的克制态度,因为他本人似乎对这种不当嗜好并没有多大兴趣。

自我评估时,可能会过高,也可能会过低。高估自己会非常愉快,而低估自己则会非常不快,这对当事人来讲是毋庸置疑的,哪怕是某种程度的高估自己,也会比任何程度的低估愉快得多。但是,对于公允的旁观者来说,事情一定显得截然不同,对他来说,估计不足引起的不快,总比估计过高引起的不快要少。对我们的同伴来说,毫无疑问,我们经常抱怨的则是估计过高,而不是不足。当他们凌驾于我们之上,或者在我们面前大摆架子的时候,他们的自估就影响了我们的自估。我们的自傲和自负就会驱使我们指责他们的自傲与自负,这时我们就不再是他们行为的公正旁观者。但是当这些同伴容忍任何人以一种本不属于他们的优势凌驾于他们之上时,我们就不仅责备他们,而且经常会蔑视他们的低贱。相反,在其他人中间时,他们如能激励自己前进一小步,而且勉强达到我们认为与其优点相比不成比例的一定高度,虽然我们并不完全赞同他们的行动,但是总体来说,我们往往会乐见其成;而且在不存在嫉妒之心的情况下,我们对他们的不满意度,往往大大低于他们容忍自己堕落到适当限度之下时我们对他们的不满意度。

在评估自己的优点,在对自己品格和行为作出评判时,有两种不同的标准可供我们比较。其中之一就是十分得体与完美无缺的概念,这是我们每个人至今都能理解的观念。另一个则是一种近似这一概念的标准,这既是当今世人通常都能达到的水准,也是我们的敌手和竞争者实际上已经达到的水准。我们很少(我认为,我们根本就不会)在没有对这两种不同标准给予一定注意的情况下,就对我们自己做出评判。但是不同的人,即使在不同时间的同一个人,其注意力在这两种标准中的分配也往往十分不均;有时主要集中于一种,有时则集中于另一种。

如果将我们的注意力集中于第一种标准，我们当中最明智的人在自己的品格和行为中看到的就只是缺点和不足；他所发现的决不是骄傲自大和自以为是的根据，而是谦卑、懊恼和悔恨。如果将我们的注意力集中到第二种标准，我们就可能会受到这样或那样的影响，而且感到我们自己或高于或低于我们用以衡量自己的那种标准。

　　明智而高尚的人将自己的主要注意力集中于第一种标准，即十分得体和完美无缺。这种概念存在于每一个人的头脑之中，它是在对自己和他人品格和行为的观察中逐步形成的。这是心中那位犹如神一般的人物，亦即行为的大法官和仲裁者循序渐进、精雕细琢的杰作。这种概念在每一个人的头脑中的蓝图被描绘得相差无几，色彩或多或少是恰当的，线条或多或少是设计精确的，而这是得自于两个方面，其一就是在观察时那种感觉的细致及强烈程度，其二就是在观察时所给予的关注程度。明智而高尚的人天生就具备极端精准的感受能力，而且在进行观察时也能给予极大的关注。每天都会有一些特性得以完善；每天也都有一些缺点得以纠正。他对这一概念的研究要比他人多，他对这一概念的理解要比他人透彻，他对这一概念形成的印象要比他人正确，而他对这一概念的神圣精美之处的迷恋程度要甚于他人。此外他还竭尽全力使自己的品格接近这种尽善尽美的原型。然而他是在模仿一位神圣艺术家的杰作，当然任何模仿也不会达到与这件杰作等量齐观的水平。他感到自己的努力虽然获得成功，却不完美，而且十分悲哀苦恼地看到究竟在多少不同的特性上，自己的模仿与那件不朽的原作之间都存在着差距。他十分关切而又羞愧地记得，自己经常因为缺乏注意力，缺乏判断力，缺乏毅力，无论在言论还是在行动中，无论在做事还是说话时，都违背了极端得体的准则；因此远离了那个他本想借以塑造自己品格和行为的模型。当他将注意力集中于第二个标准时，其实也就是集中于其朋友和相识者通常都已达到的那种卓越程度时，他就可能感觉到自己的优势。但是，因为他将注意力主要集中于第一种标准，所以他因前一种比较而感到的难堪，要甚于他因第

248

二种比较而感到的扬眉吐气。他绝不会洋洋得意地以蔑视的态度看待那些的确比自己差的人。他很清楚地感觉到自己的不足，因而也就十分明了自己哪怕只是接近真正的标准将会遇到什么样的困难，从而觉得对于其他人更大的不足，他也不能以蔑视的态度对待。他决不会羞辱他们的不足，他将以最大宽容怜悯之心看待他们的微卑，而且以自己的建议和榜样，激励他们为改善自己随时做出努力。如果因为某种特殊的条件，他们恰好混得比他强（谁会如此完美，以致在很多不同的条件上都没有人优于他呢？），他也不会嫉妒他们的优越性，他因为知道超越他们该是如何困难，因此非常尊重他们所获得的成功，根本不会忘记向他们表示那种实至名归的赞扬。总之，他的心，他的全部举止行动，都被真正的谦虚谨慎打上了烙印；正因为如此，他对自己的优点评估非常适度，与此同时，对他人的优点则能有充分的认识。

在所有自由独创的艺术领域中，在绘画、诗歌、音乐、辩术、哲学方面，伟大的艺术家即便对于自己的最佳杰作，也总是感觉还存在实实在在的不足之处，他比任何人都能敏感地认识到这些作品与他自己形成的一些完美的理想观念之间存在多大的差距，他对这些观念竭尽全力地模仿，但他觉得要想模仿得丝毫不差，那简直望尘莫及。只有低俗的艺术家才对自己的成绩沾沾自喜。他对这种理想的完美没有什么概念，他对此也很少考虑；他屈尊以自己作品相比的主要是其他一些也许档次更低的艺术家的作品。布瓦洛，伟大的法国诗人（他的一些作品，也许并不亚于古代或现代同类最伟大的诗人），曾经说过，没有哪位大人物会对自己的作品完全满意。他的老友桑托伊尔（一位拉丁韵文作家，只是因为自己写过一些中学生水平的作品就喜欢幻想自己是一位诗人）就想让他确信他对自己的作品总是心满意足。布瓦洛狡黠而模棱两可地回答他，说他当然是具有这种表现的绝无仅有的大人物。而布瓦洛本人，在评判自己的作品时，总是用最理想的尽善尽美的标准来衡量，我认为，在他风格独具的诗歌艺术中，已经竭尽所能地对这一标准加以深刻构想。桑托伊尔在评判自己作品时，我认为他主要是和他那个时代其他一些拉丁诗人的作品相比，当然与其中的大部分相比他都毫不逊色。但是坚持和做到，如果我可以这样说的话，使自己一生的言行都和这种理想的完美标准有些相似，当然要比制作一件精美艺术品的复制品难得多。真正的艺术家都能悠然自得地坐下来，不受外界干扰，使作品饱含并汇集自己的全部技艺、经验和知识。明智的人，无论身强体健还是疾病缠身，无论功成名就还是失意落魄，无论是疲乏不堪还是怠惰之至，抑或在所有头脑清醒的时刻，都必定能够坚持行为举止正派得体。困难和不幸造成的意外打击绝然不会使他感到吃惊；他人的行为不公绝然不会唆使他也行为不公；宗派的暴行绝然不会使他胡作非为。一切战争的艰难险阻绝然不会使他心灰意冷或惊恐万状。

有些人在评估自己优点和评判自己品格和行为时，把自己大部分注意力集中到第二种标准，或集中到他人通常都能达到的卓越程度上。在这些人中间还有一些人，他们真正地、公正地感到自己已经大大超出那些标准，而且受到每一个聪明而公正的旁观者的承认。但是这些人的注意力总是主要集中于普通的完美，并非集中于理想的标准，他们对自己的缺陷和不完美知之甚微；他们很少会谦虚；他们总是骄傲自大、目中无人、自以为是；对自己倍加赞赏，对他人倍加鄙视。虽然与具备真正谦虚美德的人相比，他们的品格已经相当差劲，他们的优点也相形见绌；更有甚者，他们那种基于过度自我赞赏的过度自以为是，总是迷惑大众，甚至往往会欺骗那些层次大大高于普罗大众的人。那些最无知的江湖骗子常用的，而且往往是非常精彩和成功的骗术，无论是宗教的，还是世俗的，都非常充分地显示出普罗大众是多么容易地被那些肆无忌惮、毫无根据的主张所欺骗。但是，当那些主张以一种真实程度很高的优点为依据的时候，当它们带着一种卖弄所赋予的光彩来展示自己的时候，当它们得到有权有势者的支持的时候，当它们经常被成功地付诸实施时，它们就因此而赢得普罗大众的热烈欢呼，甚至那些能做出清醒评判的人也往往会沉迷于这种廉价赞赏的鼓噪声中。那些愚蠢的欢呼喧嚣往往会干扰他的理解，当他从遥远的地方观看那些大人物时，他就经常会有意以虔诚的钦佩之情崇拜他们，而这种钦佩之情甚至会超过那些人自我崇拜时的钦佩之情。当这种情况并不存在嫉妒之心时，我们都会从钦佩之情中获得乐趣，而且正是因为如此，我们都自然而然地通过想象，有意使各种品格的每一方面都变得十全十美，而这些品格的很多方面都值得赞赏。那些大人物的过度自我赞赏也许是很容易理解的，甚至会被那些聪明人以某种讥讽的态度看穿，这些聪明人不但与他们很熟悉，而且对那些高尚的自我标榜暗自发笑；可是这些自我标榜，往往会使远离他的人带着尊敬而且几乎是崇拜的情感来加以对待。然而在任何时代，大部分名声鼎沸、流芳百代，也就是名声可以世代相传的人，都不过如此。

缺乏某种程度的过度自我赏识，几乎无法成就君临人类情感和思想之上的世间伟大成就和伟大权威。品质极为高尚、行为堪称最辉煌典范的人，在人类自身环境及思想领域带来最伟大变革的人；金戈铁马、战绩辉煌的武士，最伟大的政治家和立法者，成员众多、成绩卓著的党派团体最富辩才的创始人和领导人；他们当中很多人之所以卓尔不群，并不是因为他们的伟大成就，而是因为在一定程度上与他们那些伟大成就完全不相称的自以为是和自我赏识。这种自以为是也许在下述情况下非常必要，即：不仅用以激励他们自己从事头脑清醒者从来没有想到过的事业，而且用以博得追随者的顺从，以便在这种事业中获得他们的支持。在获得成功之后，自以为是随之往往表现为妄自尊大，进而几乎演化成神经错乱以及令人齿冷的蠢行。亚历山大大帝，似乎不仅希望别人都把他看成神，而且他至少曾经幻想自己真的就是如此。他在弥留之际，也就是最不像神的时刻，曾要求朋友将其老母奥林匹亚也同样荣幸地列入至尊的神祇名单，而他自己很久之前就已被列入其间。在其追随者与门徒的尊崇赞扬之中，在公众非同寻常的赞美声中，在与欢呼声接踵而至的神谕宣示之后，他被宣示为伟大智者苏格拉底式的圣贤，这虽然没能容他将自己幻想为神,但不足以阻止他幻想从一些肉眼无法看到的神灵那里经常获得秘密暗示。恺撒灵光的头脑没有灵光到足以制止他因与维纳斯女神一脉相承的神圣家系而心花怒放;就在这位假想的祖奶奶的神殿前,他都没有从座位上站起来,就接受了罗马元老院这个显赫的机构把一些至高的荣誉当成天命授予他。这种目空一切的态度,连同其他一些几乎就是顽童狂妄之举的行为,无法想象是出自一个极其敏锐又十分周全的头脑,看上去似乎是在凭借激化公众的嫉妒之心来为自己的暗杀者壮胆,似乎是在加速他们实施自己的阴谋计划。现代的宗教与行为方式不怎么鼓励我们的大人物将自己幻想为神,甚或先知。但是成功连同公众的巨大支持往往改变了大人物的思想,他们将自己本不具备的价值和才能完全攫为己有;就是因为这种目空一切的态度,他们就使自己陷入许多鲁莽的,有时甚至是毁灭性的冒险行动中。连续十年未受干扰地获得辉煌成就极其罕见,其他任何一位将军都望尘莫及,而且从来没有使自己做出一次一意孤行的行动,没有说过一句一意孤行的话,没有流露出一次一意孤行的表情,这几乎是伟大的马尔伯勒公爵①独具的品格。窃以为,随后时代的任何一位伟大的武士都不能具备与此相同的冷静气质与自制能力,尤金王子不能,已故的普鲁士国君不能,伟大的孔代亲王不能,甚至连古斯塔夫二世在内,统统都不能。蒂雷纳在这方面似乎最接近,但是他一生中几件不同的事情却足以显示,那种品质在他身上绝然不会像在伟大的马尔伯勒公爵身上表现得那样完美无缺。

无论在私人生活的微小计划中,还是在位高权重者雄心勃勃的追求中,最初的大才大能和成功计划,往往鼓动人们从事那些最终必将导致破产甚至毁灭的事业。

---

① John Churchill, 1650—1722,一世马尔伯勒公爵,英国将军和政治家,西班牙继位战争中的英军统帅。

每一个公正的旁观者对那些生机勃勃、宽宏大度、思想崇高者的真正优点所持有的尊重与钦佩之情，完全不取决于他们命运的好坏，因为这是一种公正而基础牢靠的情感，因此也是一种稳固而持久的情感。至于他对他们高估自己和自以为是所持有的钦佩之情则是另外一回事。他们获得成功时，他的确经常完全被他们所折服。他的眼睛完全被他们的成功所蒙蔽，不仅对他们在事业中严重的鲁莽草率熟视无睹，而且对他们在事业中严重的不公也视而不见；他对其品格中这一缺陷部分远非加以责备，相反却经常以最热诚的钦佩之情看待。但是当他们背运的时候，事情就改变了它们的色彩与名声。曾经的英雄大度恢复了过度鲁莽与愚蠢这种恰如其分的名称；曾经隐藏在欣欣向荣的灿烂光辉之下的贪婪和不义，现在却被暴露在光天化日之下，为其灿烂辉煌的事业蒙上了阴影。如果恺撒没有在法撒卢斯之战中获胜，而是遭到惨败，他的品格现在就将被贬低得只比喀提林略高一筹，就连最懦弱的人，也将会带着比加图以一名党徒看待恺撒时更强烈的敌意，把他的事业看成是违法行径。他的真正优点、正当的爱好、简练优雅的文笔、得体的辩术、娴熟的战术、身处困境时的智谋、面临危难时冷静持重的判断、对朋友的忠诚、对敌人空前的宽容，所有这些都将被世人承认，就像高尚品质多多的喀提林那些真正的优点在当今被公认一样。然而在他勃勃雄心中包含的目空一切与偏颇不公，却使他所有那些光芒四射的真正优点蒙上阴影，乃至全然化为乌有。运气在这方面，以及在已经提到过的其他各方面，都对人类道德情操产生了巨大影响，而且视乎走运还是背运，能使同样的品格变成被公众爱戴和钦佩的目标，或者为人们普遍憎恨与蔑视的目标。然而在我们道德情操中存在的这种严重混乱情况，绝非没有任何益处。在这方面，我们可以像在其他许多方面一样，甚至在一个人的懦弱及蠢行中去赞美神的大智大慧。我们对成功的赞赏与对财富和显赫地位的敬佩都是建立在同一准则之上的，这对于建立和区别社会等级制度同样十分必要。在他人的教导之下，我们很容易把对成功的赞赏给予人类事务分派给我们的那些卓尔不群的优秀人物;而且以敬重之心,有时甚至以一种尊崇的情感来看待我们早已不能抗拒的会令人交好运的暴力行为;不仅把这种优秀品格中包含的暴力看成是一位恺撒或一位亚历山大那样人物的品格所包含的暴力,而且经常看成是一位阿提拉、一位成吉思汗或一位帖木儿之类人物的品格中所包含的最野蛮最凶残的暴力。对所有这类强大的征服者,大众自然就倾向于以一种惊叹的态度来看待,虽然毫无疑问,也带着一种非常懦弱愚蠢的钦佩之情。但是这种钦佩之情却引导他们,面对被某种不可抗拒力强加给自己的统治时,要采取顺从默许态度,尽量少些不情不愿,因为不情不愿无法将他们从这种统治中解救出来。

虽然万事如意时,自我估量过高的人有时可能显得比具有正派谦虚美德的人更胜一筹;虽然普罗大众的赞扬,以及从远处观察他的那些人的赞扬,经常在赞许前者时比赞许后者时要响亮得多,但是对所有的方面都做了公平的评估后,在所有情况下,真正具有优势的应该是后者而不是前者。那个自己不希望,也不希望别人把除了应该属于他的优点之外的优点也归属于他的人,不惧怕蒙羞,不惧怕检测;他对自己品格的真实情况和牢靠程度既心满意足又信心十足。他的赞赏者可能数量不太多,赞赏的热烈程度也可能并不太高,但是近距离观察他并对他了如指掌的聪明透顶的人,对他的赞赏却是最多的。对一个真正明智的人来说,仅仅一个聪明人做出的明智审慎、权衡再三的赞扬,给他带来的真诚满意度,就会超过一万个盲目狂热的赞扬者震耳欲聋的赞扬声。他可以和巴门尼德说同样的话,因为巴门尼德在雅典举行的一次集会上,在宣读一篇哲学论文时看到除了柏拉图之外,全体听众都离开了,但他继续读下去,而且说单单柏拉图一个听众对他就足够了。

过高估计自己者的情况则另当别论。从近距离观察他的智者们对他赞扬甚微。在他陶醉于万事如意之时,他们适当公正的尊敬远远达不到他自我赏识的程度,以致他把这看成仅仅是恶意与嫉妒在作祟。他对自己最好的朋友都怀疑。而这些朋友的同伴也便成了他厌恶的对象。他把他们视为势不两立，对他们的服务不仅毫无谢意，而且充满残忍与不公。他完全信任那些假装极度崇拜其虚妄自大、目空一切行为的阿谀奉承者和背叛者，他那起初虽然在某些方面还有缺陷，但总体来讲还算亲切与值得尊敬的品格，最终也变得卑鄙可耻和令人厌恶。在陶醉于万事遂意的情况下，亚历山大杀掉了克莱特斯，因为此人认为亚历山大之父菲利普开疆拓域的丰功伟绩超过他本人；他还把卡利斯塞纳斯折磨致死，因为后者拒绝以波斯方式崇拜他；他还毫无根据地怀疑其父的伟大朋友、年高德劭的帕尔梅尼奥，随即对老人唯一幸存的儿子先是大刑伺候，而后推上断头台，其他几个儿子早已死在为亚历山大效劳的任上。这就是菲利普常常提起的那个帕尔梅尼奥，也是雅典人为之感到幸运的人，因为他每年都能发现十位将军，而菲利普终其一生，也才不过发现帕尔梅尼奥这么一位。正是仰仗着帕尔梅尼奥的警觉和关注，他才得以在任何时候都能信心满满地安然休憩，他曾在欢宴上开心地说：让我们开怀畅饮吧，朋友，我们可以安全无虞地一醉方休，因为帕尔梅奥从来都是滴酒不进。也是这同一位帕尔梅尼奥，据说因为有他在场做参谋，亚历山大才能旗开得胜；而没有他在场做参谋，他连一次胜利也未赢得。被亚历山大留下来掌握权柄的那些奴颜婢膝、阿谀奉承的朋友们，把他的帝国瓜分了，继而又对其家人和亲戚的遗产大肆劫掠，此后，就把他们中间每一个幸存者，不分男女，逐一处死。

　　我们往往不仅宽恕，而且完全谅解和同情那些杰出人物的过度自估，因为我们从他们身上看到了一种超乎人类一般水平的伟大、卓越的优良品格。我们说他们生机勃勃、宽宏大量、精神高尚；这些都是与相当程度的赞扬和钦佩相关的词语。但是我却不能谅解和同情那些我们无从发现这种卓越优良品格者的过度自估。我们对此感到讨厌与憎恶；要想让我们对此加以宽恕或容忍，那是有点困难的，我们把他们的表现称为骄傲或虚荣；这两个词，后者总是，前者则大部分时间都意味着相当程度的责备。

　　这两种恶行的表现在某些方面很类似，因为两者都是过度自估的变

255

形,不过在很多方面却又相互区别。

骄傲的人是真诚的,他从心底对自己的优点充满信心,虽然有时可能很难猜测这种信心究竟以什么为基础。他希望你在看待他的时候,要像他将自己置于你的位置时那样真实地看待他。他对你的要求,不过就是像他认为的那种公正。如果你看上去并不像他尊重自己那样尊重他,他比受到羞辱时更恼火,他会像真的遭到伤害那样义愤。此时他甚至不会屈尊解释自己自负的依据。他不屑于赢得你的尊重。他甚至会对此假装憎恶,并努力维持他假想中的地位,他要让你感到他的优势,更要让你感到你的卑鄙。他似乎不是希望引起你对他的尊敬,倒像是希望贬损对你自己的尊重。

虚荣的人并不真诚,他很少从心底对他希望你认为属于他的优点充满信心。他希望你能以一种更富有光彩的眼光看待他,要甚于他将自己置于你的位置,并假想你了解他所知道的全部事情,而他也能如实认识他自己时程度。因此,当你似乎要以不同的眼光,也许正是以他自己的本来面目看待他的时候,他更多的是感到受伤害,而不是怨怒。对于他声称已经具备他希望你认为属于他的那些品质的原因,他已经抓住一些机会加以展示,有时靠颇具炫耀味道但没有必要地展示一些还算属于他的优良品质和业绩,有时甚至靠错误的自吹自擂,自称具备他根本不具的优点,或者少到可以说根本就不具备的优点。他远非蔑视你的尊重,相反他是如饥似渴、千方百计要赢得你的尊重。他远非希望贬损你的自我评估,相反他非常乐于珍视你的自我评估,希望回过头来你会珍视他的自我评估。他奉承别人以便得到别人的奉承。为了博得你对他的好评,他学着如何以彬彬有礼的态度和献殷勤的手段,有时甚至以实实在在的好处来讨好你,虽然往往显得没有必要那么夸张。

虚荣的人看到地位与财富赢得的尊敬,就想攫取这种尊敬,以及才能和美德所能赢得的尊敬。他的衣着、他的用品、他的生活方式都显示出一种超出于他的实际情况的高位和巨大财富;为了在人生之初的几年里满足这种愚蠢的非分之求,他往往使自己要在人生结束前的很长一段时间里忍受贫困与痛苦。但只要他还能继续维持开支,他就会因为看到自己的情况感到心花怒放,不过他看待自己时并不是以你在彻底了解他的前提下看待他的眼光,而是以一种他认为通过自己的衣着已经吸引你去实际观察他的眼光。在所有虚妄的幻想里,这也许是最通常的一种。访问外国的那些不明就里的陌生人,或者从远方省份来到他们自己首都作短暂访问的人,都经常想亲自实践一番。这种愚念虽然经常很严重,而且与一名有理智的人极不相称,但是在这种场合它可能并不像在其他场合那么严重。如果他们停留十分短暂,他们就可能避免那种令人脸面尽失的探查;他们在沉湎于自己的虚妄想法达数月或数年之后,就可以回到自己的家,依靠将来极度的节俭来弥补过去挥霍无度造成的浪费。

骄傲的人很少会因为这种蠢行遭到非议。他因自尊心而崇尚慎独,当他的财富碰巧还不很多的时候,虽然他希望还算体面,但是他在开支方面学会了克勤克俭和精打细算。虚荣心强烈者的挥金如土为其所不屑。相比之下,他的开支情况也许相形见绌。作为一种绝非适当的目空一切,想入非非,那种奢华无度激起他的愤慨;只要谈及此事,他就严加斥责。

骄傲的人对于身边都是一些旗鼓相当的人并非总是感到心安理得,对于身边都是一些高于自己的人,更是如此。他不能放下自己的高傲自负,和这些人的关系和对话时时威慑着他,不敢展露这种自负。他退而求助于身贱言微的人,亦即他的下属、他的吹捧者及其庸从,他对这些人尊敬甚微,并非甘愿与他们为伴,而且这对他来讲绝不是件开心的事。他很少拜访比自己地位高的人,或者说,即便去拜访,也仅仅为表示他有资格与这些人为伍,而不是自己确实因为如此而感到满足。正如克拉伦登勋爵提及阿伦德尔伯爵时所说,他有时进宫仅仅是因为只有在那里才可以发现一位比自己伟大的人物;但是他很少到那里去,那是因为他在那里发现了一位比自己伟大的人物。

虚荣的人则当别论。对于超出自己的人,他极力与之为伍,就像骄傲的人避之唯恐不及一样。在他看来，超出自己者的光彩，总会令其追随者沾光。他经常现身于朝觐国王与晋见大臣的行列，装出一副财富拥有者和拔擢候选人的姿态，而如果他知道如何享受，其实他早已拥有适量财富与无官一身轻所能给予他的那些弥足珍贵的幸福。他热衷于成为名流的座上宾，更热衷于向他人夸耀自己在那里有幸与大人物的亲密无间。他使出浑身解数将自己与各路精英挂钩，诸如上层社会名流、公众舆论导向人物、智趣横溢的才子、博学多闻的鸿儒以及明星大腕；一旦动荡不定的公众偏好潮流在某一方面对自己的至爱亲朋不利，他甚至对他们也要退避三舍。对于自己希望攀附的人物，只要能达到目的他就不择手段；不必要的卖弄、毫无根基的夸夸其谈、无休无止的随声附和、乐此不疲的阿谀奉承，无所不用其极，尽管大多是令人轻松愉快之举，很少是那种谄媚者低俗虚伪的吹捧。相反，骄傲的人从来不溜须拍马，往往对任何人都很少彬彬有礼。

尽管夸夸其谈毫无根据，虚荣之心却几乎总是一种生机勃勃、开开心心而且往往温情脉脉的激情。骄傲则总是一种愠怒不快、脸色阴沉以及冷若冰霜的情感。即便爱虚荣者做了错事也完全是无害的，因为其本意旨在提升自己，并非贬低他人。平心而论，骄傲的人很少会堕落到犯下卑鄙的错误。不过，他只要犯错误，就绝非全然无害。这些错误都是颇为有害的，而且旨在贬低他人。他对自己认为他人享有的不合理的优越性，总感到极端愤怒。他以极度的恶意与嫉妒之心看待这种优越性，在谈及它们时，也竭尽全力藐视和削弱它们应该赖以存在的基础。当对他们不利的流言蜚语广为流传时，虽然他很少亲自炮制，但却乐于相信，而且绝非不愿重复它们，有时甚至带有某种程度的夸张。爱虚荣者最大的错误就是我们所说的无恶意谎言；而骄傲者的无恶意谎言一旦堕落成错误时，则会出现相反的情形。

我们对骄傲和虚荣的厌恶，一般来讲都会使我们倾向于将那些我们认为有这些缺点的人列在一般水平之下，而不是之上。不过在这种评判中,窃以为,我们经常会出错,无论骄傲的人,还是虚荣的人,经常(也许是大多数)都远远超过一般水平;虽然并不像当事人自己认为的那样高,也不像他希望你认为的那样高。如果我们把他们与其自夸相比,他们可能显得正是遭蔑视的适当对象。但是当我们拿他们与敌手和竞争对手的大多数相比时,他们可能就显得非常不同,远远超过一般水平。存在这种真正的优越性时,骄傲就往往伴随着许多方面的美德,诸如真理、尊严、高度的荣誉感、热情持久的友谊以及坚定不移的决心。伴随虚荣心的则是许多和蔼可亲的美德,诸如仁慈、礼貌、不因善小而不为,以及在丰功伟业中展示出的那种宽宏大度。法国人在上个世界末,曾被自己的对手与死敌指责为虚荣,而西班牙人则被指责为骄傲;外国人倾向于把法国人看作最可亲的人,而把西班牙人看作最可敬的人。

虚荣和虚荣心这两个词从来没有被赋予褒义。有时我们会谈到一个人,当我们以好心情谈论他的时候,就会说他比他自我标榜的还要好,或者说,他的自负令人感到更多的是有趣,而不是可恶;不过,尽管如此,我们依然认为自负是他品格中的一个瑕疵和笑柄。

相反,骄傲的和骄傲有时被赋予褒义。在谈到一个人的时候,我们经常会说他太傲慢了,或者说他太高傲,连一件卑鄙的事也做不出来。在这种情况下骄傲就会杂以某些高尚的品质。亚里士多德,一位对世界了如指掌的哲学大师,在描述高尚人的品格时为其添加了许多亮色,这些亮色在前两个世纪中通常都被赋予西班牙人,诸如:他做决定都要经过深思熟虑;他行动缓慢,甚至有些勉强;他的声音低沉,他说话很谨慎,他步履蹒跚,动作迟缓;他显得很懒惰,甚至很懒散,小事不愿做,但对大事,对光彩的事,却总是信心百倍,跃跃欲试;他对危险并非情有独钟,对冒点小险不屑一顾,但面临大危险时却能挺身而上,甚至置生命于不顾。

骄傲的人通常对自己过度自满,以致想不到自己的品格尚待完善。认为自己十全十美的人对进一步完善自然不屑一提。他对自己优点的自我满足和荒唐自负,通常从孩提时代一直延续到耄耋之年;正如哈姆雷特所说，他未受临终涂油礼，因此背负着全部罪恶离开了人世。

爱好虚荣的人往往是另一回事。当一个人希望别人能够因为他的品格和才能，亦即敬重和钦佩的自然而适当的对象，而尊重和钦佩他时，这种欲望就是对实至名归的荣耀的真爱，这是一种激情，如果它算不上人性中的最佳激情，当然也能算是最佳者之一。虚荣心往往只不过是一种在荣耀属于自己之前就过早地掠为己有的企图。即使你儿子在二十五岁之前只是一名花花公子，不要因此就绝望于他在四十岁之前不能成为一个非常聪明、非常高尚的人，以及各种才能与美德方面的行家里手，尽管现在他在这些方面可能仅仅是一名夸夸其谈、空虚无度的妄想者。教育的一大秘诀就是将虚荣心引向正确的目标。绝不允许他在自我评价时囿于琐屑之功。对其取得真正具有重大意义的成功的宏图大愿，也不要泼冷水。如果他并不具备希望有所成就的欲望，他也不会假装具备这些成就；要激励这种欲望；向他提供必要的手段以便促成这种成就；不要对他产生过多的不满，虽然他有时会摆出一副早已提前达到目标的架势。

我认为，骄傲和虚荣心方面的各种品质，如果能够适当根据其本性加以落实，它们就都是非常优秀的品质。不过骄傲的人经常是爱虚荣的；爱虚荣的人则经常是骄傲的。再自然不过的事就是，把自己看成高于应有水平的人，也会希望别人把他看得更高；换言之，那个希望他人对他的看法高于他对自己看法的人，同时也会把自己看成是高于他应有的水平。经常在同一种品格中存在的那两种恶习，它们的特点通常都是混淆的；我们有时发现虚荣心表现出的那种肤浅离谱的夸夸其谈，和骄傲中包含的极端恶毒、极端幼稚可笑的目空一切纠缠在一起。正是因为如此，我们有时会茫然不知该如何为具体的品质分门别类，不知应将其归入骄傲，还是归入虚荣。

优点超出一般水平很多的人，有时也会低估自己，如同他们有时会高估自己一样。这种品格虽然不是很有威严，但在私人交往中却并非总是令人不快。他的同伴都会感到与这样一个温逊谦和的人交往颇为惬意。

但是,如果那些同伴没有超出一般水平的洞察力和广阔心胸,虽然他们可能也会善待他,却很少会尊敬他;而他们善待他的热诚度也罕能补偿他们在敬意方面的冷淡度。洞察力平平的人对任何人的评价都不会高于他对自己的评价。他们说,那个人似乎怀疑自己享有这样一种地位和职务是否称职;于是他们就立即转向一些对自己资质毫无怀疑的厚颜无耻的傻瓜。他们应该具备洞察力,然而,如果他们缺乏宽宏大度的胸襟,他们就会利用他的单纯,就会装出比他优越的样子,但其实他们绝然没有资格享受这样一种不合理的优越性。他的和善可亲也许能使他在一段时间内对此加以忍受,但忍得了一时忍不了永远,当一切都已为时过晚的时候,他就必将感到厌烦,尤其是在他应得的地位最终无可挽回地丧失,以及由于自己的裹足不前导致这一地位被自己一些虽然功绩平平却更加进取的同伴篡夺时,就更是如此。一个具有这种品格的人,生于世间,如果从那些出于自己以往的善意也许有理由认为是好友的人那里得到的总是公平合理的待遇,那他在最初选择同伴时,一定是非常幸运的;一个年轻人,如果过于平易谦逊,过于缺乏雄心壮志,他最终将变成一位身卑言微、满腹牢骚和永不满意的老者。

天分大大低于一般水准的不幸的人,有时对自己的评估似乎比他们自身的真实水平还要低。这种谦卑有时似乎将自己贬低到白痴的地步。任何以关切态度对白痴加以考察的人都会发现,他们中间的很多人理解能力绝非低于其他一些人,这些人虽然被公认为痴呆愚钝,但是决不能被认为是白痴。很多白痴,仅仅受过普通教育,但读、写、算水平都被教得还算过得去。很多根本算不上白痴的人,尽管接受过最精心的教育,尽管在年长时也信誓旦旦地表示想学到早期教育所未能教给他们的东西,却始终未能在上述三方面中任何一方面有差强人意的成绩。为一种骄傲的本能所驱使,他们为自己制定一个与其年龄和地位相当者持平的标准;并且以十足的勇气和坚强的意志维持自己在同伴中的适当地位。但是为与之相反的一种本能所驱使,白痴却感到自己的情况比你所能使之结识的每一个朋友都差。他极易受到的不公待遇，会使他忍不住大发雷霆。然而，公正的对待，以及善意或宽容都无法使他提升至与你平等对话的程度。但是如果你能使他和你交谈，你往往就会发现他的回答不仅非常中肯，甚至非常切合实际。然而他们却总是带有一种极其自卑的意识的烙印。他似乎总是在躲避，实际上是摆脱你的视线和谈话；而且当他把自己置于你的地位时，就会感到，即使你貌似谦卑，你还是不能不认为他比你低一大截。有些白痴，也许大部分白痴之所以都如此，主要或完全是由于理解能力方面的麻木与迟钝。但是还有一些人，他们的理解能力并不比另外许多不被视为白痴的人更麻木和更迟钝。然而，能使他保持与同胞地位平等所必需的骄傲本能，似乎根本就没有，后者则略微有点。

因此，最能带给当事者快乐和满足的自我评估，对于公正的旁观者来说似乎也最令人愉悦。如果一个人对自己怀有应得的尊敬，而且不超过应得的程度，他就一定能够从他人那里赢得他自认为实至名归的尊敬。他得到的只是自己应得的那份尊敬，他对此心满意足。

与此相反，骄傲的人和好虚荣的人从来得不到满足。前者因为别人在他看来不合理的优越性而感到怒火中烧，因而备受折磨。后者则持续不断地对羞辱感到惶恐不安，因为他已经预见到一旦自己毫无根基的狂妄自负暴露于光天化日之下，就会招致羞辱。即使具备真正宽宏大量品格的人所表现的极度自负，以优秀才能和美德为基础，而且最重要的是交了好运时，他们能蒙蔽普通民众，却欺骗不了聪明人，他根本不关心大众的赞扬会有多少，而只在意聪明人的认可，并渴望赢得他们的尊敬。他感到他们已经看出他的过度自负，并对此持怀疑态度；他经常陷入不幸的境地：起初他只是那些人颇具嫉妒心且秘而不宣的敌人，最终却成了他们公开的、凶狠的、颇具报复心的敌人，而那些人的友谊似乎曾经使他从安然无虞地享受生活中获得极大乐趣。

我们厌恶骄傲的人和虚荣的人，这经常使我们将他们置于恰当的地位之下，而不是之上，但是，除非我们被一些具体的个人不当行为所激怒，否则我们很少敢于粗暴地对待他们。在一般情况下，我们为了自己安宁就会努力去默认，或尽量去迁就他们的蠢行。

但是，对于低估自己的人，除非我们比大多数人都具备更强的辨别能力和更宽宏大度的品质，否则我们就难免会像他对自己那样对他做出不公平甚至更过火的事情。不仅他的感觉比骄傲和虚荣的人更加不快，他还更容易遭到他人的各种虐待。在几乎所有的情况下，略微有些骄傲，要胜于在任何方面的过度谦卑；在自我评估的情感上，一定程度的过分对于当事者和公正的旁观者来说，似乎不如任何程度的不足那么令人不快。

因此，在这种以及其他每一种感情、激情和习惯之中，达到了最令公正旁观者愉悦的程度，同样也就达到了最令当事者愉悦的程度；过度和不足使前者产生的不快最少时，相应地它们使后者产生的不快也最少。

结　论

　　关心我们自己的幸福要求我们具备谨慎的美德；关心他人的幸福则需要具备正义与仁慈的美德；前者约束我们免遭伤害，后者敦促我们增进他人的幸福。在不考虑他人的情感是什么，或应该是什么，或在某种情况下将是什么的情况下，上述三种美德的第一种就是我们的利己之心最初要求我们必备的，另外两种则是我们的仁慈之心要求我们必备的。但是为了促进和指导所有那些美德的实施，接下来就需要考虑他人的情感；在人的整个一生中，或相当长的一段时间里，无论是谁，只要其行为并非受到设想中公正旁观者的情感，以及那位伟大心中居民，亦即行为的伟大判官和仲裁者的情感的引导，那他在谨慎之路、正义之路或适当的仁慈之路上的步伐就都不会坚定不移和始终如一。如果哪一天我们在任何一方面脱离了伟大心中居民为我们规定的准则，如果在节俭方面过分或放松了要求，如果在勤奋方面过分或放松了要求，如果因为激情或疏忽而对我们身边人的利益或幸福造成伤害，如果我们错过了一次增进那种利益和幸福的千载难逢的好机会，那么就正是这位伟大的心中居民，会在晚上召唤我们来估算所有那些被忽略的东西和所造成的伤害，而他的指责经常使我们对自己的各种不当行为感到内疚，诸如：对我们自己的幸福做出的蠢行和疏忽，对他人的幸福更加严重的漠不关心和疏忽大意。

　　虽然两条不同的准则几乎在不同场合同样要求我们都具备谨慎、正义、仁慈的美德，但其中一条准则，即得体感和对设想中公正旁观者情感的考虑,在许多场合,基本上或几乎总是要求我们具备自我克制的美德。缺乏这种准则要求我们做到的克制,每一种激情,在大多数情况下,如果我可以这样说的话,就会一泄千里,尽情自我满足。大发雷霆是应其自身愤怒的念头而生的;惊恐万状则因自身的强烈煽惑而起。对时间和地点是否合宜的考虑,不仅会使虚荣停止喧闹的夸夸其谈,还会促使骄奢淫逸避免发展到最公开、最下流和最可耻的纵欲。他人的情感现在是什么,应该是什么,在某种情况下将会是什么,对此的尊重就是唯一的准则,在大多数情况下,它都将威慑所有那些反叛和骚乱的情绪,使之契合公正旁观者的心情并能为其所同情。

在某些场合里,那些激情之所以受到限制,与其说是因为意识到那些激情不得体,不如说是因为谨慎地考虑到了过度放纵那些激情可能带来的恶果。在这种情况下,激情虽然受到克制,但并没有被彻底根除,而且仍然强烈地潜伏在人们心中。愤怒受到恐惧限制的人,不会永远将愤怒搁置一旁,他只不过为了给其适当发泄寻求一个更加安全的机会。将自己受到的伤害向他人诉说的人,立即感到自己强烈的激情,因为朋友更加平和的同情之心而被削弱或平息,他会立即转向更加温和的情感,而且在看待那种伤害时,不会再采取自己从前那种阴暗的眼光,而是采取朋友们自然看待这些伤害时所持有的那些比较温和公正的眼光,对愤怒之情不仅加以克制,而且在某种程度上是加以根除。这种激情就会真的变得比从前少,而且不太可能激发他采取起初可能想采取的激烈血腥的报复。

被得体感所克制的激情最终都会在某种程度上被得体感弱化,乃至根除。然而那些仅仅被任何一种慎重考虑而克制的激情,有时候(在受刺激之后很长时间,已没有任何人想到它了)却会异常激烈地突然迸发而出。但是愤怒以及其他各种激情,在很多情况下,都可能受到谨慎考虑的克制。刚强和自制对这种克制来说是必不可少的;公正的旁观者有时对他认为不过是寻常之举的谨慎行为勉强表示尊敬,他也正是以这种尊敬来看待上述这种节制的;但是,他绝不会怀有深刻的敬佩之情,只有在观察以得体感来克制激情,使之变得温和,甚至减弱到自己能够真正接受的水平时,他才会具有这种深刻敬佩之情。在前面一类克制中,他可能经常会看出某种程度的得体性,而且,如果你愿意的话,甚至会看出美德;不过,相对那些他在后者中总是以激动和钦佩之情感受到的东西来说,这不过是一些很低层次的得体性和美德。

谨慎、正直和仁慈的美德,除了产生最令人愉悦的效果之外,没有产生任何其他效果的倾向。关于这些效果,起初只是当事人看到,但后来公正的旁观者也看到了。我们在赞扬行为谨慎者的品格时,就会特别满意地感觉到那种只有以持重审慎的美德为保障时才能体会到的安全感。在我们赞扬行为正直者的品格时,我们就会同样满意地感觉到邻里、社交或生意中与其交往者,从他总怕伤害或冒犯他人的审慎忧虑中所体会到的安全感。在我们赞扬仁慈者的品格时,我们就会与曾经受惠于他的所有人的感激之情产生共鸣,并且和他们一起认为他功德无量。在我们赞美所有那些美德时,我们对它们产生的令人愉悦的效果的感受、对它们在施行这些美德的人或者其他人身上产生的效果的感受、对它们的得体性的感受,这三种感受相结合,就总会在那种赞扬中占相当大的一部分,甚至往往是主要的部分。

但是在我们赞美自我克制的美德时,对其后果的满意程度,在构成赞美的因素中有时不占任何比重,即使能占,也是微不足道。这种美德产生的后果有时令人愉悦,有时则令人不快;虽然我们的赞美在前一种情况中无疑很强烈,但绝不等于在后一种情况中就化为乌有。最勇猛的气概无论在正义还是非正义事业中都可能毫无差异地被利用;虽然在前一种情况中,它无疑会受到更多的爱戴和钦佩,但是在后一种情况中,它依然显得是一种伟大而受尊敬的品质。在那种英雄气概中,在自我克制的其他所有美德中,绚丽夺目的品质似乎永远体现在落实这些品质所表现的伟大精神和坚定意志中,永远体现在落实这些美德时不可或缺的强烈的得体感中。后果虽然常常为人们所考虑,但并不重要。

第七卷

论道德哲学体系

第一篇　论道德情操理论
应该考察的问题

如果对有关道德情操本质和起源的各种不同的著名理论加以考察，我们就会发现，几乎所有的理论都或这或那地符合我已经加以说明的学说；如果所谈及的内容得到充分的重视，我们就会清楚地解释引导每一位作者形成自己独特体系的那些观点及本性。在世界上享有盛誉的每一种道德体系，也许最终都是从我们努力阐述的一些原则得来的。因为它们在这方面都是以天性法则为基础，所以从某种程度上讲，它们都是正确的。但是因为它们当中有很多都是来自某种不完整、不完美的天性观点，因此有很多道德学说在一些情况下就是错误的。

在探讨道德原则的时候有两个问题需要注意。第一，美德存在何处？或者说，构成值得称赞的优良品格，亦即成为尊敬、荣耀和认可的适当目标的那些心情和行为倾向，究竟是什么？第二，在何种内心力量或官能的作用下，这种品格被推荐给我们，无论它是怎样的品格。换言之，我们是如何又是凭借何种方式对行为倾向作出选择，能识别出这种行为倾向正确，另一种倾向不正确，并且能考虑到哪种行为可以成为认可、赞誉和报答的对象，而另外那种则会受到指责、责难和惩罚。

当我们像哈奇森博士设想的那样考虑美德是否存在于慈善之心；或者像克拉克博士假设的那样适当处理与我们的各种人际关系；或者像其

他人那样明智而谨慎地追求自己真正的、实实在在的幸福时,我们就要考察第一个问题。

美德,无论它存在何处,我们有时都会考虑它是否因为在自爱情结的作用下,才被推荐给我们自己,而这种自爱情结又会使我们认为这种品格,无论在我们身上存在,还是在他人身上存在,都倾向于增强我们的私人利益;或者因为在理智的作用下,才被推荐给我们,因为理智向我们指出一种品格和另外一种品格之间,就像真理和谬误之间那样,也存在差异;或者在某种被称为道德感的特殊感知力量的作用之下,美德就令人满足和愉快,而相反的品格就会令人生厌或令人不快那样;或者最终,是否是由人性中某个其他法则,诸如,某种同情心之类推荐给我们的。在上述这些情况之下,我们就在考察第二个问题。

我将首先考虑涉及到第一个问题的那些学说,然后继续考虑与第二个问题相关的那些学说。

第二篇　论对美德本质的不同阐述

对于美德的不同阐述，或者说对构成值得赞扬的优秀品格的那些性情的不同阐述，可以简略为三个不同的类别。根据一些人的见解，良好的情绪并不存在于任何一种情感本身中间，而是存在于对我们所有情感适当的控制和指导当中，这些情感根据它们所追求的目标，以及追求目标的迫切程度，可分成高尚的或者丑陋的。因此根据这些作者的见解，美德就存在于得体性之中。

另外一些作者认为，美德存在于对自己个人利益和幸福的明智而慎重的追求中，或者存在于对仅仅着眼于这一目标的那些自私的情感的恰当控制和引导中。根据这些作者的意见，美德于是就存在于审慎之中。

还有一些作者则认为，美德存在于那些仅着眼他人幸福的情感之中，并不存在于仅着眼我们自己的那些情感之中。根据他们的见解，公正的仁慈之心于是就成了能激发美德行为的唯一动因。

当我们的情感得到适当控制和引导的时候，体现美德的品格显然不是被毫无差异地归因于我们所有的这些情感，就是必须被归入某一种或某一部分情感之中。我们情感的大部分都可被分成自私的和仁慈的两方面。如果体现美德的品格因此而不能被毫无差异地归因于得到适当控制和引导的所有情感，那它就必然被归入直接着眼我们自己个人幸福的那些情感，或者是直接着眼于他人幸福的那些情感。如果美德因此而不能存在于得体性之中,它就必然存在于谨慎和仁慈之中。除了这三点之外,简直无法想象对美德的本质还会有任何其他的阐述。下面我将努力表明那些似乎有别于这些的其他一切阐述,根本上是和它们一致的。

第一章　论认为美德存在于得体性之中的学说

根据柏拉图、亚里士多德和芝诺的见解,美德存在于行为的得体性之中,或者说存在于能激发我们追求目标的那些情感的合宜性之中。

1. 在柏拉图的学说中,心灵被看作类似于一个小国家或共和国,它包括三种不同的功能或等级。

第一种就是判断的功能,这种功能不仅决定我们应该采取何种适当的手段来达到最终目标,还决定什么才是我们适合追求的最终目标,也决定我们该如何评估每一个最终的目标。这种功能被柏拉图十分恰当地称为理智,而且把它看成是整体的指导原则。在理智的名号之下,显然他不仅包括了我们借以判断真伪的那种功能,而且包括了我们借以判断自己欲望和情感是否得体的功能。

他把不同的激情和欲望,以及非常容易反抗其主人的这种支配原则的自然对象,归纳为两种不同的类型和等级。第一种包括建立在骄傲和怨怒之上的那些激情,按照经院学派的说法,就是内心中性情暴躁的那部分,其中包括野心、仇恨、爱面子、怕难堪,对胜利、优势和报复的渴望;总之,所有那些激情都被认为来自或者表示我们通常用隐喻所说的灵魂或天然的热情。第二种包括那些建立在喜欢乐趣,或被经院学派称为内心欲望的部分。它包括身体的所有欲望,喜欢安逸与安全,以及所有肉欲的满足。

除了受那两种不同激情中的任何一种激励时,也就是说被难以驾驭的野心和怨怒所激励,或被眼前的安逸所强烈诱惑时,我们对于头脑清醒时认定是我们所要适当追求的这一由主导原则规定的行动计划,是很少会半途而废的。虽然那两种激情非常容易误导我们,但它们仍被认为是人类天性不可或缺的部分:第一种,可以保护我们以免受伤害,维护我们在世界上的地位与尊严,使我们将目标锁定在高尚和光荣的事情上,可以使我们识别那些以相同方式采取行动的人;第二种,可以向身体提供各种供给与需求。

在主导原则体现的力量、准确和完美中,就存在着谨慎的基本美德,根据柏拉图的见解,它基于普遍的科学观念上,对适当追求的目标和为实现这一目标所采取的手段,做出公正而清晰的识别。

第一种激情,也就是内心最易暴躁的那部分的激情,具备使我们在追求光荣与高尚的目标时,在理性的引导下蔑视危险的力量与坚毅;它构成了坚毅与大度的美德。根据这种理论,与其他激情相比,这种激情具备一种更加慷慨与高尚的天性。在很多种情况下,它们被认为是理性的补充,以克制低级野蛮的欲望。据说,当贪图安逸的思想怂恿我们去做我们不同意的事情时,我们就经常对自己感到恼火,我们经常成为自我憎恨和愤怒的目标,我们天性中易怒部分就以这种方式被用于支持对欲望加以抵制的理性行为。

当我们天性的所有那三个不同的部分都相互协调一致时,当易于暴躁部分和受欲望支配部分都不将目标集中在理性所不赞同的心满意足时,当理性所要求的只是那些甘心情愿做出的事情时,这种内心中愉快的镇静以及完美的和谐就形成了那种美德,他们的语言对此的表达,用我们的一个常用词翻译成克制即可,但如果翻译成好脾气,或者清明与中庸,可能会更加准确。

正义是四种基本美德中最后一种,也是最伟大的一种,根据这一理论体系,当头脑三个功能中的任何一个都将自己局限于它适当的功能而又无意互相侵犯的时候,当理性在指导而激情在遵从的时候,当每一种激情都在履行自己适当的责任,并且从容不迫,毫不勉强,以适合自己追求目标之价值的力量和精力朝着适当的目标前进时,就具备了这种美德。而全部的美德,亦即行为完美的得体性,就存在于此,柏拉图追随一些古代毕达哥拉斯信徒,将其称为正义。

需要指出的是,在希腊语中表达正义的词,具有几种不同的含义,据我所知,因为在所有其他语言中的对应词也具有同样的含义,在那些不同的含义中必然存在一些自然的类同。从某种意义上讲,如果我们不去对邻居做任何具有伤害性的事,不在其本人、财产或名誉方面直接伤害他,我们就会被说成是做了正义的事。这就是我在上面探讨的那种正义,遵循这一点可以靠强迫,违背这一点就会受到惩罚。从另外一种意义上讲,如果我们不给予邻居所有那种爱护、尊敬、敬重,正像他的品格、他的处境以及他与我们的关系使我们所感受到的那样;如果我们的行动不能与此相符,那我们就会被认为对邻居缺乏正义。正是在这种意义上讲,我们才会被说成对一个既与我们有关系又具备美德的人缺乏正义;虽然我们尽力不在任何方面对他做出伤害,但是如果我们没有竭尽全力为其服务,并把他们置于那种能令公正旁观者高兴看到的环境中,那还是不行。这个词的第一个意思完全与亚里士多德以及经院学派所说的交换性正义相符,也与格劳秀斯所说的 justitia expletrix 相符,它既存在于我们不侵犯他人利益之中,也存在于自愿按照得体性迫使我们所做的那样去做事之中。这个词的第二个含义和某些人所说的分配性正义相符,和格劳秀斯所说的 justitia attributrix 相符,这种正义存在于适度的仁慈中,存在于对我们自己情感的运用中,将其运用到那些慈善的或慷慨的目标,运用到在我们看来最合适的东西上。在这个意义上讲,正义就包括所有的社会美德。正义一词还有另外一种意义,它虽然和上述第二种十分相近,但比前面提及的两种意义都广泛,而且就我所知,它在所有的语言中都存在。正是在这最后一种意义上讲,当我们似乎并没有以敬重的态度来估量任何一种目标时,或以如火的热情来追求这一目标时,我们才会被说成是缺乏正义,这种热情在公正的旁观者看来,可能会显得既应该加以激发,也是自然得体的。于是,当我们对一首诗和一幅画赞赏得不够时,我们就被说成是对它们不公平,当我们对它们赞赏得过分时,我们就会被说成是公正得过了头。同样,当我们似乎对攸关个人利益的目标并没有给予足够的注意时,我们就会被人说成是对自己不公。在最后这种意义上说,被称为正义的东西同样就是那些与行为的准确和完美得体相关的东西,其中不仅包括交换性正义和分配性正义的职责,而且包括其他任何一种美德,如谨慎、坚毅、克制。正是在这最后一种意义上,柏拉图清晰无误地理解他所说的正义,根据他的观点,这种正义包括每一种美德的完美无瑕。

这就是柏拉图对美德的本性的阐述,或者说是对作为赞扬和认可之适当对象者的脾气秉性的描述。根据他的见解,这种本性存在于这样一种精神状况中,即,每一种官能都将自己限定在互不侵犯的适当范围内,而且以其旺盛的精力来履行自己适当的职责。他的阐述显然在各方面都与我们上文对行为得体问题的阐述相符。

2. 根据亚里士多德的见解,美德存在于受正确理性制约的平凡习惯中。在他看来,每一种具体的美德,都存在于两种相反劣行的中间,这两种劣行都令人不快,其中一种是因为受某种特定对象影响过大,而另一种则因受其影响甚微。于是,体现坚毅和勇气的美德就存在于怯懦和专横鲁莽这两种相反的劣行中间,前者令人不快的原因是由于受恐惧这种特定因素影响过大,而后者令人不快的原因则是由于受这一特定因素影响甚微。勤俭的美德则存在于贪婪与慷慨之间,前者是因为对个人利益关注过多,后者则是因为对其关注不足。同样,宽宏大量则存在于过分的自以为是和优柔寡断之间,前者是因为盛气凌人,后者则是因为对我们自己的价值和尊严观念太薄弱。毋庸赘述,对美德的这种描述,和我们上面就行为是否得体所说的话极其吻合。

根据亚里士多德的观点,美德与其说存在于居中适度的情感之中,事实上倒不如说是存在于居中的习性之中。为了理解这一点,需要注意的是,美德既可以被认为是一种行为的品质,也可以被认为是一个人的品质。在被认为是一种行为的品质时,即使根据亚里士多德的见解,它也存在于对激发行为的情感的理性克制之中，无论这种克制对那个人来说是不是习惯性的。于是，由于慷慨之情的一次偶然爆发所采取的行为，无疑就是一种慷慨行为，但是采取这种行动的人并非一定就是个慷慨之人，因为在他的所有行动中，这可能仅仅是他唯一的慷慨行动。引发这种行为的动机和意向可能非常公正恰当，但是因为这种快乐的心情，与其说是那种品质所产生的牢靠而持久的效果，倒不如说是偶然的情绪产生的效果，因此它无法在行为者身上显示出高尚的品格。当我们将一种品质定义为慷慨、仁慈或高尚的时候，我们的意思是，由那些名称中的任何一种所表达的都是那个人通常所养成的习惯性的性情。但是任何一种单一的行为，无论多么恰当与合适，也很难表明这就是习惯。如果一种个别行为就足能在行为者身上烙印美德的品质，那么人类中最卑鄙者都可能自称具备所有的美德，因为世界上没有任何一个人没有在某些场合表现过谨慎、公正、温和和毅力。个别行动无论多么值得称赞，它为行为者赢得的赞誉都微乎其微。但是如果一个平时行为非常正常的人做了一件坏事，它也会影响或全然毁掉我们对其美德的看法。这样一个具体的行为足能表明其习惯并非完美无缺，并不像我们通过对其平常表现进行的想象而感觉到的那么可靠。

亚里士多德在认为美德存在于行为习惯的同时，大概也将这一见解融入其反对柏拉图学说的观点中，柏拉图似乎认为仅仅对何事应该做、何事应该避免所表现的正当情感以及所做出的理性判断，就足能构建最完美的美德。根据柏拉图的见解，美德可以被认为是一种科学，他认为，没有人在明白无误地看出何为对、何为错时，而不根据这一理念行事。激情可以使我们的行为与满腹狐疑和优柔寡断背道而驰，但与简明透彻的判断并行不悖。然而亚里士多德的观点是源于理解的自信并不能改善根深蒂固的习惯，高尚情操的起源是行为，而非认知。

3. 根据斯多葛派创始人芝诺的学说，每一种动物的天性都要求它进行自我保护，并赋予它一颗自爱之心。这颗自爱之心不仅努力维系自身的生存,而且竭力使天性的各种不同因素都能够在力所能及的条件下保持最佳状况。

一个人的自爱之心,如果我可以这样说的话,拥抱自己的身体及其所有不同的器官,他的头脑及其所有不同的官能与效力,意欲保持和维护它们时时处于最佳的完美状态。旨在维系这种生存状态的一切,都是造物主向他指出的最佳抉择目标。旨在毁掉这种生存状态的一切,都是造物主指出的最应摒弃的目标。于是,健康、强壮、身体的敏捷和舒适,以及促成这些的持久性便利条件;财富、权力、荣誉、同伴给予的尊重和崇敬;所有这些就是造物主向我们自然提出的最适宜的东西,拥有这些东西当然比缺乏这些东西显得更好一些。另一方面,身体的多病、羸弱、笨拙、痛苦,以及偶然产生或落到他们头上的不便;贫穷困苦、无权无势以及同胞的蔑视或仇恨,同样也是造物主向我们指出的应该规避或避免的东西。在这两类相反的目标中,任何一类中都存在一些似乎比其他更应该被选择或避免的目标。于是,在第一类中,健康显然比强壮更可取,强壮比笨拙更值得考虑,荣耀比权势更值得注意。在第二类中,疾病比身体的笨拙更值得避免;耻辱比贫穷更值得关注,贫穷比大权旁落更值得考虑。美德和行为得体存在于对所有不同目标的抉择或摒弃中,而这种选择与摒弃完全是根据天性使它们或多或少成为选择或摒弃的目标的情况进行的;还存在于总是从呈现在我们面前的几种目标中,选择那些我们没有拥有却最必须拥有的目标;也存在于从呈现在我们面前的几种目标中,摒弃我们无法避免却最必须避免的目标。我们以这种公正明确的判断加以选择或摒弃,我们对每一种目标都根据它所处的自然刻度给予应有的关注,根据斯多葛派的看法,我们正是借助于这两种做法来维护构成美德核心的秉公行事原则。这就是他们所说的始终如一,根据天意或者造物主的旨意来生活,遵守造物主为我们的行为制定的那些法则和指令。

就此而言,斯多葛派对得体及美德问题的见解,与亚里士多德及古代逍遥派之间区别甚微。

在天性主张我们适当追求的基本目标中,有我们家庭的幸福、我们亲戚的幸福、我们朋友的幸福、我们国家的幸福、人类的幸福以及整个宇宙的幸福。天性也教诲我们,就像两个人的幸福胜于一个人的幸福那样,多数人或整体的幸福必定更是如此。我们自己只是其一,当我们的幸福不能与整体,或整体中相当大一部分人的幸福保持一致的时候,我们的幸福,即便在我们自己的选择中,也应该让位于人们普遍的选择。因为这个世界上所有的事情都由大智大慧、无所不能的上帝来操控,我们完全可以放心,无论发生什么事情,都必定着眼于整体的幸福与完美。因此,如果我们自己陷入贫困、疾病或任何其他灾难的困境,我们首先就应该竭尽全力,在公正原则以及我们对他人所应履行的职责允许之内,将我们自己从这种令人郁闷的环境中解救出来。但是,如果我们在做了这些之后发现这根本不可能,那我们就应该心满意足,因为宇宙的秩序和完美要求我们应该在这种处境中继续努力。因为整体的幸福,即便对我们来说,也应该显得重于我们自己这个微不足道的小群体,所以如果我们乐于保持自己完美无缺的美德赖以存在的情感和行为的完全得体和正确性,我们的处境,不管究竟如何,都应该立刻成为我们喜欢的目标。千真万确,如果有任何解救我们的机会从天而降,迎上前去拥抱它就是我们的职责。宇宙的秩序显然不再要求我们继续挣扎在这一状况中,世界的伟大指引者会清楚地向我们指出一条应该走的道路,并直言不讳地呼唤我们摆脱这种状况。我们亲朋的和我们国家的苦难亦复如此。如果无需亵渎神圣的义务,我们就有能力避免或结束他们的苦难,那么这样做无疑是我们自己的责任。行为的得体,以及朱庇特为指导我们行为所赋予我们的准则,显然要求我们这样做。但是如果我们对此无能为力,那我们就应该把这件事视为可能发生的最幸运的事;因为我们可以放心,这件事的着眼点正好是整体的幸福与秩序,如果我们明智而公正,这就正是我们最想做的事。这是我们自己的最终利益,它被视为整体利益的一部分,而整体的幸福不仅应该是我们想达到的主要目标,而且应该是唯一目标。

埃比克泰德说:"在何种意义上说,有些事情顺从天性,而另外一些则违背天性?就是在这样一种意义上,即,我们把自己视为与其他所有事情分离割裂的。据此,我们可以说,一只脚如果总能保持清洁,它就是顺从天性的。然而,如果你把它视为一只脚,而不是一些与身体其他部位分离的东西,那它有时就必须践踏污泥浊水,有时还必须踩踏蒺藜,为了全身的利益有时还必须被锯掉;如果它对此加以拒绝,那它就不再是一只脚。我们对自己也应该做出如此的设想。汝为何物?人也。如果你把自己视为某种分离割裂的东西,那你能颐养天年、富足小康、身康体健,这些都会取悦于你的天性。然而,如果你把自己视为一个人,是一个整体的一部分,那么正是因为那个整体的原因,你有时就必然会生病,有时就会在航海中遭遇不测,有时就会一贫如洗;最终也许不得寿终正寝。那你为何要牢骚满腹?难道你不知道这样做正像脚不再是脚,你不再是人吗?"

智者从不抱怨天命,也不在命途多舛之际认为天下大乱。他不把自己视为一个整体,这个整体与自然界各个其他部分割裂分离,只需要依靠自己并关照自己。他用自己想象中人性及整个世界的伟大守护神看待他的眼光来看待自己。如果我可以这样说的话,他与神的情感早已心有灵犀,将自己视为广袤无垠的宇宙体系中一粒原子和一粒分子,必须并应该根据整体利益遵从这一体系的操控。因为充分信赖支配人类生活中所有事情的那种智慧,无论他的命运如何,他都心满意足地欣然接受,如果他知道宇宙体系中各个部分之间所有的关联及依附关系,那这就是他自己所期望的那种命运。如果这种命运是生存,他会踌躇满志地活下去;如果这种命运是死亡,他会从容不迫地奔赴自己的归宿,因为大自然必定已没有必要再让他继续存活于世。有一位愤世嫉俗的哲学家,其学说在这方面与斯多葛派的相同。他曾经说过,无论我的命运如何,我都同样心满意足地欣然接受。富足或贫穷、快乐或痛苦、健康或多病,一切的一切,毫无二致:我不期盼神会在任何方面改变我的命运。除了他们早已给予我的恩赐之外,如果我还对他们有所乞求,那就应该是:最好事先通知我他们愿对我做什么，我会自愿将自己置于这一境况中，并充分展示接受他们恩赐的快乐。埃比克泰德说："如果我去航海，我就选择最佳船只和最佳舵手，然后等待最适于我的处境和职责的最佳天气。谨慎、得体以及神为指导我们行为所指定的原则都要求我们这样做；但是，如果掀起一场风暴，无论是船只的能力，还是舵手的技术似乎都无法驾驭，那我对后果就听天由命了。我已经把该做的一切都做了。指导我行为的导师从未要求我痛苦、焦虑、沮丧或恐惧。我们是否会淹死，或能否返港，这是朱庇特的事，与我无关。我把这件事完全交由他来决定，从来不闲得没事考虑他会采取何种办法来做出决定，无论遇到什么，我都会心安理得、漠然处之。"

出于对操控宇宙的那位仁慈智者的完全信任，出于对那位智者可能认为应该适当建立的秩序的彻底遵从，斯多葛派智者对于人类生活中的所有事情都必定是漠不关心的。他的幸福首先完全存在于对宇宙伟大体系的幸福与完美的沉思之中，存在于对神人共建的伟大共和体制良好的操控的沉思之中，存在于对理性与意识兼备的生物的沉思之中；其次存在于对自己职责的履行之中，存在于在这一伟大共和体制中对伟大智者分派自己的事情，无论大小都能以适当行为做出回应之中。他所做出的努力是否得体可能对他产生非常重要的后果。但是他们的成功或失败却并非如此，既不能催生强烈的欢乐或悲伤，也不能产生强烈的欲望或厌恶。如果他在事物中有所选择，也有所摒弃，如果有些情况是他的选择目标，另一些则是摒弃的目标，这并不是因为他认为这些事物中的一个在某些方面比另外一个强，或者认为他自己的幸福在被称为幸运的情况下比在被称为不幸的情况下要完美些；而是因为行为的得体性，以及神为了指导他行为所制定的法规，要求他以这种方式做出选择或摒弃。他所有的感情都被归纳为两类，一类是想到履行职责时产生的感情，另一类则是想到所有理性和意识兼备的生物可能具备的最大幸福时产生的感情。为了满足后一种感情，他感到安然无虞，充分信任宇宙主宰者的聪明才智和威力。他唯一的忧虑是如何满足前一种感情；他忧虑的不是所做的事情本身,而是努力做出这些事情时是否得体。无论那些事情是什么,他都相信有一种超然的力量和智慧,一定会促使他如愿以偿地达到自己所追求的目标。

对于选择和摒弃的得体性,我们已经通过具体事情有了初步的了解和认识,并且因为事情本身的缘故已经做出选择或摒弃,但是当我们彻底了解它的时候,我们在这种行为中观察到的秩序、优雅、美丽,还有我们从中感觉到的快乐,所有这些对我们的价值要远远超过获得所选择的各种不同的东西,以及避免所摒弃的东西。快乐和光荣就出自对这种得体性的关注,而忽视这种得体性,人性的痛苦以及羞辱就会应运而生。

但是对一位智者来说,对一个激情完全处于天性基本准则控制之下的人来说,对这种得体性的关注在各种场合都同样是非常容易的。如果他万事如意,他就会感激朱庇特将他和那些容易掌控的环境相结合,在这些环境中,作恶的欲念会变得微乎其微。如果他时乖命蹇,他同样会感激掌控人生这一场景的导演把一位生机勃勃的竞技者安排在自己身边,与其展开竞技的场面越激烈,赢得胜利后的光荣也越多,而且也越确定无疑。我们没有过错就无端地被置于痛苦之中,而且我们的行为也十分得体,我们是否会因此感到羞耻呢? 其实这并没有什么害处,相反会有很多好处。一位勇敢的人,有时并非因为自己的鲁莽,而是因为命运而被卷入危险境地,但是他却为此感到无限欢欣。这样的处境会向他提供一个展示英雄气概的机会。通过努力他会使自己因为意识到行为得体和应受称赞而感到心花怒放。能够驾驭自己行为的人,对于以最强者为标准衡量自己的力量与行为并不反感。同样,能够驾驭自己激情的人,对于宇宙主宰者认为对他来讲非常适宜面对的那种环境并不惧怕。神的恩惠向他提供了能够驾驭任何环境的美德。如果这种恩惠是快乐,他就能自愿地加以克制;相反,如果这种恩惠是痛苦,他就能坚决地加以忍受;如果这种恩惠是危险或死亡,他就会从容不迫、视死如归。他在人生的任何事件中永远不会处于无准备状态,对于如何保持情感和行为的得体性,从来不会茫然无知，而据他的理解，这种得体性就同时构成了他的荣耀与幸福。

斯多葛派似乎已经把人生视为一场竞技游戏，其中存在一种机遇或含糊地理解为机遇的东西的混合体。在这种游戏中，赌注往往是一些微若草芥的东西，整个游戏的乐趣来自玩得奇妙，来自玩得公平，来自玩得技高一筹。尽管身怀绝技，但是好的玩家由于受到运气的左右，却居然会恰巧输掉，而就输掉一事而言，与其说是极度悲伤，倒不如说是快乐。他没有走错一步棋，他没有做过应该感到羞愧的事；他尽情享受游戏给他带来的全部快乐。相反，如果低劣的玩家，尽管走错了棋，但因为运气这一相同的原因而大获全胜，可胜利给他带来的满足感却微不足道。由于回忆起自己所犯的错误，他会感到羞愧难当。即使在玩游戏的过程中，他也不会享受游戏所能带来的任何快乐。游戏中走出每一步棋之前所有的不悦之情，都出自对游戏规则的茫然无知，以及惶恐不安、满腹狐疑和踌躇不定；在游戏过程中，他发现自己走错一大步的时候，就会感到极度的不快。人类生活，以及随其产生的各种优点，根据斯多葛派的见解，应该只被视为一次两便士的赌注，远远不值得为之操心忧虑。我们唯一需要忧虑的，不应该是赌注，而应该是玩游戏的方法。如果我们将自己的快乐置于赢回赌注，就等于置于超乎我们驾驭能力以及指导方向的那些事情。于是我们就必然会使自己陷入永久的惶恐不安之中，进而经常感到无比的悲伤、羞辱和失望。如果我们将自己的快乐寄托于玩得巧妙之中，寄托于玩得公平之中，寄托于玩得明智与技高一筹之中；简而言之，寄托于行为的得体之中；我们就会通过适当的训练、教育以及关注，寄托于那些完全在我们的力量和指导方向所能驾驭的事情之中。这样，我们的幸福就会摆脱命运的摆布而得到保障。我们行为的后果如果超乎我们的能力所限，那就等于超乎我们关心的范围，我们就永远不会为此感到恐惧和忧虑；也不会因此感到悲伤，甚至严重的失望。

斯多葛派说，人类生活本身，伴随着各种优缺点，都可能根据不同情况成为我们取舍的适当对象。如果在我们的实际状况下存在更多与天性一致而不是对抗的情况,存在更多本身就是我们选择而不是拒绝对象的情况,那么在这种状况下,从生活总体来讲,这些就会成为我们选择的对象,而行为的得体性则要求我们继续生活在这种环境中。另一方面,如果在我们的实际状况中,在没有加以改善的希望时,存在更多与天性对抗而不是一致的情况,存在更多被视为拒绝的对象而不是选择的对象,在这种情况下,生活本身对智者来说就成为拒绝的对象,他不仅要竭尽全力消除它,而且行为的得体性,以及神为指导其行为而制定的法则,也要求他这样做。埃比克泰德说,有人命令我不要住在尼科波利斯。我就不住在那里。我被明令不住在雅典。我就不住在雅典。我被明令不准住在罗马。我就不住在罗马。我被明令住在多岩的杰尔小岛。我就住在那里。但是杰尔岛的房子烟熏火燎。如果烟不太浓,我还受得了,也还能住在那里。如果烟太浓,我会找到一处暴君撵不走我的地方住着。我永远牢记要开着门,以便在我愿意的时候可以走出去。我要到那间任何时候对全世界开放的惬意小屋内隐居;因为在那里除了我的贴身内衣和我的躯体外,没有任何一个活着的人具备凌驾于我之上的权力。斯多葛派说,如果你的环境总体来讲是令人不快的,如果你的房子对你来讲烟气太浓,那就要设法走出来。但你要走得无怨无悔,不嘟嘟囔囔,不怨艾十足。要走得从容淡定,心满意足,兴高采烈,对神满怀感激之情,因为正是他们出于大慈大悲之心,早已开辟安全静谧的救亡之港,随时准备从波诡云谲的人生之海接纳我们;也正是他们才建立起偌大一个神圣不可侵犯的避难所,它将永远开放,永远可以进入;然而由于人类的愤怒与不公从中作祟,它却显得可望而不可及。它硕大无朋,能容纳所有乐于进入者,乐于接纳不愿在小岛隐居的人;它能使每一个人的任何一点抱怨的借口化为乌有,或者根本打消这样一种幻想,即,除非他会因为自己的愚蠢或懦弱大吃其苦,人生中将不会存在邪恶势力。

在他们传至我们的一些哲学手稿中,斯多葛派有时会以愉快的心情,甚至轻率的态度去地谈论抛弃生命,如果我们考虑其中的细节,它们就会诱导我们相信他们的想象，即，我们只要有头脑，就会因为些许的厌烦或不适而任意地、反复无常地，然而却十分得体地抛弃生命。埃比克泰德说："当你和这样一个人一起吃晚饭时，你就会抱怨他给你讲述的那些他自己参加小亚细亚战争的冗长的故事。他会说：'我的朋友，刚才已经告诉你我是如何在这样一个地方立下赫赫战功的，接下来我就会说我在另外一个这样的地方是如何被层层包围的。'但是，如果你有头脑，那就别自找麻烦听这么长的故事，就别接受他的晚餐。如果你接受他的晚餐，那就没有丝毫借口抱怨他冗长的故事。这与你说的人类生活中的邪恶同是一回事。千万不要抱怨那些你在自己职权范围内随时都可消除的东西。根据斯多葛派，即便做出这种轻松愉快乃至轻率的表述，放弃生命还是继续活在人间这一抉择，也无疑是一种最认真和最重要的考虑。在最初赋予我们生命的那种主宰力量的明确号召之前，我们不应该轻生。但是它号召我们如此，不仅仅是在人生中被注定且不可避免的大限来临时刻。当那位威力无穷的神把我们的人生处境变成拒绝而不是选择的适当对象时，他所给予我们的那种指导自己行动的伟大法则就需要我们放弃生命。到那时有人就会说我们已经听到神以无比威严和仁慈的声音要求我们这样做。

根据斯多葛派的见解，正是因为那个原因，虽然一位智者在生活中十分快乐，但放弃人生也许是他的职责；相反，依然置身红尘也许是一位弱者的职责，虽然他必定会备受煎熬。如果在智者所处的情况下，作为自然摒弃目标的成分多于作为选择目标的成分，其全部处境就会成为摒弃的目标，而神为指导其行为指定的准则就要求他应该以具体环境可能提供他方便的速度尽快放弃。即便在他可能认为续留尘世也许十分恰当的时候，他也会满心欢喜。他并不把自己的幸福寄托在赢得选择目标上，也不寄托在避免摒弃目标上，却永远寄托在十分得体的选择或摒弃上；不寄托在成功之中，只寄托在自己竭尽全力、身体力行之中。相反如果在弱者的情况下，作为自然选择目标的成分多于作为摒弃目标的成分，其全部处境就会成为适当的选择目标,而续留红尘就是他的职责。但是他却会因为不知如何利用那些处境而感到不快。就算他的牌都很不错,他依然不知该如何玩牌,也不会感到真正的心满意足,无论玩牌过程中,还是牌局结束时,无论结果可能以何种形式出现,都是如此。

在某些情况下,对于自愿死亡所体现的得体性,斯多葛派也许要比任何其他古典哲学家都更加坚决地表示认同,但是这种得体性对各家各派,乃至对平和怠惰的伊壁鸠鲁派来说,却都是一种共同的理念。在古典哲学各派创始人兴旺发达时期,在伯罗奔尼撒战争及战后多年里,希腊各个不同的共和国在国内几乎总是被狂暴之至的派系搅得天昏地暗;在国外却卷入血腥的战争,在这些战争中,各派所追求的不仅是特权和统治,而且是一切敌人的彻底被根除,或者残忍程度丝毫不逊的做法,即,使他们沦为所有共和国中草芥不如的贱民,无论男女老幼,都变成家奴,并可以像牛群那样在市场上卖给出价最高的人。因为那些国家大多数都非常小,而这一特点就使它们的每一个成员也都面临着可能发生的情况,即陷入殃及邻国的灾难,或者至少是想以邻为壑,这种状况也许实际上已经常发生。处在这种混乱状态中,最洁身自好的美德,再加上权高位重和最伟大的公众服务,都不能使任何人的安全得到保障,即便对自己的家人或亲朋同胞也是爱莫能助,因为一些争勇斗狠的狂暴宗派团体大行其道,他迟早有一天会遭受奇耻大辱和残酷刑罚。如果他在战争中当了阶下囚,如果他所在的城市遭沦陷,如有可能,他就会遭受更大的伤害和羞辱。但是每个人都会自然地,甚至必然地对自己处境可能经常使其遭受的灾难进行想象。对于一名水手来说,不可能不经常想到在海上遭遇风暴、撞船甚至沉船事故,以及他面对这种状况时可能产生的想法或采取的应对措施。同样,一位希腊的爱国者或英雄也不可能不对不同处境必然会经常或不断使其遭受的灾难进行想象。就像一名美洲的野蛮人为自己准备丧歌,并考虑一旦落入敌人手中被他们凌迟处死,并遭到所有旁观者的羞辱和嘲弄时该如何行动一样,一位希腊的爱国者或英雄也不可避免地会经常开动脑筋,考虑惨遭放逐或监禁、沦为奴隶、遭受折磨、被推上断头台时该如何痛苦并应采取何种行动。但是各派哲学家非常公正地代表了各种美德;即明智、公正、坚定以及温和的行动;即使在今生,这也不仅是最有可能的,而且是确实可靠的通往幸福之路。然而这种行为不可能永远使人们免遭伴随国家事务风云变幻而生的灾变,相反它有时会使人饱尝这些灾变之苦。因此,他们所努力展示的就是幸福完全或至少在很大程度上与命运无关;斯多葛派认为情况完全如此,学园派和逍遥学派哲学家则认为大部分如此。明智、谨慎和良好的行为,首先就是那些最有可能保障在各种事业中取得成功的行为;其次,虽然不能获胜,但思想上并非体会不到慰藉。高尚的人可能依然会因自我赞赏感到快乐,而且也许无论事情多么不愉快,内心中依然感到从容不迫、处变不惊。他也可能会使自己感到很安慰,因为他确信自己拥有每一位对其行为表示赞赏、对其不幸表示惋惜的智者和公正旁观者所给予的爱戴和尊敬。

与此同时,那些哲学家都在努力表明,人类遭受的重大灾难可能比通常想象的更易于忍受。他们努力指出一个人在变得一贫如洗时,在遭到流放时,在遭到甚嚣尘上的不公待遇时,在垂暮之年乃至濒临死亡时,依然能够产生的舒适感。他们还指出一个人在遭受极度痛苦乃至折磨时,在疾病缠身时,在痛失爱子的万分悲恸中,在亲朋辞世时,甚至在更多情况下,能够使他坚持不懈的种种考虑。古代哲学家就这些主题所撰写的文章流传至今的片段,也许就构成了一种极具教育意义的篇章,也构成一种颇具意义的古典遗存。他们学说所体现的精神及气概与一些现代学说那种颓丧、哀怨、悲观的情调呈鲜明对比。

正如弥尔顿所说,有些事能以宛若钢铁般坚强的耐心武装坚强的头脑,但是当那些古典哲学家努力以这种方式倡导这些学说时,他们同时也就在极力使自己的追随者确信,死亡中既没有也不可能存在任何罪过;即便处境十分艰难,无法继续忍受,那也无须畏惧,车到山前必有路,补救的方法就在眼前,大门已然敞开,只要愿意,勇敢地走出去就是了。他们说,如若除此之外别无世界，那就一死了之，死得其所，死而无罪；如若别具洞天，神照样在那里存在，不做亏心事，不怕鬼敲门，一个正直的人在他们的护佑之下，就无需担惊受怕。简而言之，如果我可以这样说的话，那些哲学家已经备好丧歌，以供希腊爱国志士及英雄们在适当时机使用，我想我必须承认，在所有各类这些学派中，斯多葛派早已为自己准备好最富激情、最具活力的歌。

不过自杀在希腊人中间并不十分普遍。除了克莱奥梅尼之外，现在我还想不起来有任何一位自杀身亡的希腊著名爱国志士和英雄。阿里斯托梅尼之死已经像埃阿斯之死一样大大超乎了真实的历史时期。地米斯托克利之死的著名故事，虽然也处在那个时期之内，但是却具备一段浪漫故事的种种特征。在普卢塔克记述过生平的所有希腊英雄中，克莱奥梅尼似乎是唯一一位以这种方式结束生命的人。塞拉门尼斯、苏格拉底和福基翁当然不缺乏勇气，但他们却被关进大牢，从容不迫地接受自己同胞对其所做出的不公正的死刑判决。勇敢的欧迈尼斯从来没想采取暴力手段，而是听任自己的叛兵将其交给自己的敌人安提柯，最终死于饥饿。勇敢的菲罗波门遭梅塞尼亚斯监禁，被打入地牢，最终可能惨遭秘密毒死。有数位哲学家的确被认为是自杀而死的；但是他们的生平却被严重歪曲，因此有关他们的故事大都罕有可信度。对于斯多葛派学者芝诺的死，有三种不同版本的记述。第一种：在健健康康度过九十八年光阴之后，在走出学校的时候恰巧摔倒；虽然最大的伤痛也不过是由于跌倒时有个手指骨折脱位，他以手击地，并用欧里庇得斯笔下尼俄柏的话说，"我来了，你为什么还叫我？"随后立即回家自缢身亡。人们一定会认为，那样的高龄之人，应该更有耐心。第二种：在相同年龄，由于一种类似的原因，他死于饥饿。第三种：在七十二岁高龄的时候，他寿终正寝；这是目前最恰如其分的记述，受到一位同龄人柏修斯的支持，他必定对各种情况了如指掌；此人起初只是一名奴隶，后来成了芝诺的朋友。第一种记述的作者是泰尔的阿波罗尼奥斯，他在芝诺死后二三百年之间的恺撒时代占尽风流。

第二种记述的作者我记不清了。阿波罗尼奥斯本人是一位斯多葛派学者，他也许认为这样死于自己之手，可能会给那些专谈自愿死亡的学派的创始人脸上增光。文人们死后虽然经常被人们谈起，甚至比当时的王公贵族和政治家更容易被人谈起，但是却因为他们在世的时候身卑言微，以致其冒险事业很少为当时的历史学家所记载。后来的文人，为了满足公众的好奇心，在没有可靠的文献表明事实与他们的阐述是否一致或矛盾的情况下，似乎往往是根据自己的爱好大加炒作；而且几乎总是集奇迹于一身。在目前这个例子中，虽然缺乏权威性支持，奇迹似乎已经压倒那些得到最佳证实的可能发生的事情。第欧根尼·拉尔修直言不讳地认为阿波罗尼奥斯的故事更好。卢西安和拉克坦提乌斯似乎既赞成寿终正寝之说，也赞成死于非命之说。

自杀之风在傲岸的罗马人之间似乎已经盛行，远远超过在生气勃勃、天真浪漫和宽容随和的希腊人中间的流行程度。即便是在罗马人之间，这种风气似乎在早期，亦即我们称之为共和国的善良公正大行其道的时代，也并没有树立起来。流传的雷古卢斯之死的故事虽然可能是一种传说，但是，如果人们认为那位英雄人物因为心安理得接受据说由迦太基强加给他的那些折磨，因而颇有耻辱的话，那么种种故事也不会凭空捏造出来。在共和国的后期，我认为这种逆来顺受就会带来耻辱。共和国覆没之前的各种不同的内战中，所有那些恶斗中的各种杰出人物都选择自裁，而不是听任自己落入敌人手中。大受西塞罗追捧、备受恺撒诟病的加图之死，已经成为这两位世间极富盛名的辩论者之间颇具争议的话题，而且已经为随后延续几代的死亡方式打上了高尚品质的印记。西塞罗的雄辩胜于恺撒。赞美之声远远胜于谴责之声，追求自由的人在随后很多年都视加图为共和党最可敬的烈士。身为一个政党的领导人，雷茨红衣主教说，可以做自己喜欢的事情，只要他能保持自己的朋友的信任，他就永远不会做错事；他的显赫地位在很多场合使他有机会体验这一格言的真实性。加图似乎在他的各种美德之外，还与杯中物为伴。他的敌人谴责他是酒鬼,但是塞内加说,无论是谁,只要反对加图的这一恶癖,他就会发现证明醉酒是一种美德,要比证明加图可能沉溺于恶癖容易得多。

在罗马皇帝的统治下,这种死法似乎在很长一段时期内颇为风靡。我们在普林尼的书信中可以发现一篇专门记述几位采取这种死法的人,即使对于一位严肃认真、明智审慎的斯多葛派来说,其死因也似乎并非某种适当或必要的理由,而是出于虚荣或炒作。即便是那些追捧时髦不落下风的女士们,也似乎经常最无厘头地选择这种死亡方法;如孟加拉的女士们,有时会为丈夫殉葬。这种风气的流行当然导致了许多本不该发生的死亡。但是这种劫难,也就是人类虚荣和傲慢的最高表现形式,它所能招致的全部后果,其实无论在什么时候或许都不会有什么重要意义。

自杀的原则,能够教育我们在某些时候将暴力行为视作一种倍受欢迎和追捧的目标,这种原则似乎是对哲学的一种改良。造物主在健康理智的状况下似乎从来不怂恿我们自杀。世间的确存在一系列的忧郁症(人性除了其他灾难很不幸地也患有这种疾病),它似乎总是伴随着一种可以称之为自我毁灭的不可抗拒的欲望。在一些表面总显得繁荣昌盛的环境中,虽然有时也存在对人们影响极深极大的宗教情感,但是众所周知,这种疾病依然会将最可怜的受害者推向命运的风口浪尖。而那些在这种疾病中死亡的不幸者,只能成为怜悯的适当对象,而非指责的适当对象。当他们不在所有人类惩罚之列时,惩罚他们的企图就会既有失公允,又荒唐可笑。那种惩罚最终只会落到他们那些幸存的亲朋身上,而这些人总是完全无辜的,对这些无辜者来说,以这种可耻的方式失去朋友,这本身就必然永远是一场严重的灾难。造物主在明智健康的时候,鼓励我们在所有情况下都要避免痛苦;在很多情况下要保护自己免遭其害,虽然在保护自己的过程中会遭遇风险,甚或必死无疑。但是,当我们既无力保护自己免遭其害,又不会在其中死亡时,无论是自然法则,还是对假设中公允旁观者认可的考虑以及对心中那位法官评判的考虑,似乎都不会要求我们通过自我毁灭手段来逃避现痛苦的现实。只有我们意识到自己的软弱,意识到自己无法以适度的魄力和坚毅忍受灾变,才会驱使我们做出这一决定。我不记得读过或听过任何一个美洲原始部落的人,在被充满敌意的部族投入大牢后主动自杀,以免随后受尽折磨,在敌人的侮辱及嘲笑中被凌迟处死。令他引以为荣的是,他以大无畏的勇气忍受折磨,以轻蔑嘲笑的态度回敬。

但是这种对生死的轻视态度,同时就是对天意秩序最彻底的遵从,对人类事务可能包含的每件事都采取极端满足的态度,可以视为斯多葛派道德观念赖以存在的两条基本原理。那位独立自主,精神抖擞,然而又经常十分苛刻的埃比克泰德可能被视为那些原理中第一条的伟大的倡导者;而那位温情、仁慈、和善的安东尼努斯则是第二条的倡导者。

厄帕法雷狄托斯,那位被解放的奴隶,幼年时期曾遭到一位野蛮主人的侮辱,成年时期又被嫉妒任性的图密善从罗马和雅典驱逐出境,不得不蜗居在尼科波利斯,而他也许随时都有可能被那同一位暴君流放到杰尔岛,或者也许会被处死;厄帕法雷狄托斯只能凭借在自己心中树立起人生最严正的轻视态度,来保持自己的一份宁静。他从来不欣喜若狂,从来不像在把快乐与痛苦视若草芥时那样慷慨激昂。

性情温良的皇帝,世界上所有文明地区的那位至高无上的君主,他对自己所获得的高位当然没有抱怨的特别理由,他乐于表达自己对事物的日常进程感到心满意足,他乐于指出在那些庸夫俗子难以发现美的地方所存在的美。他说人无论在耄耋之年,还是在风华正茂时期,都有十分得体的美以及迷人的魅力;垂暮之年的体弱多病,同血气方刚时期的生机勃勃一样,都是符合自然规律的。死亡恰好只是老年的终止,就像青年是少年的终止,成年是青年的终止一样。正如我们经常所说,造物主在另一种场合表示,医师已经吩咐这样一个人去骑马,或者洗冷水浴,或者赤足而行,我们应该这样说,即,造物主,整个宇宙的这位伟大的主宰者和医师,已经下令这个人疾病缠身,或者残肢断臂,或者断子绝孙。患者根据人间普通医师的药方吞下不少苦药,做过不少手术。但是那种非常不确定的希望,即可能会带来健康,让他高高兴兴忍受了这一切。造物主这位伟大医师最涩口的药方,同样能使患者以同样的方式指望它会带来健康以及繁荣幸福:他完全可以相信,对于宇宙的健康,对于宇宙的繁荣昌盛和幸福,对于朱庇特伟大计划的推动和进展,它们不仅在发挥作用,而且是不可或缺的。如果它们没有做到这些,宇宙就不会造就它们,而宇宙的那位全知全能的建筑师和主宰者永远不会忍受这些情况的发生。因为宇宙间所有的事物,即便是那些相互依存的最小者,也都为构建一个庞大而又互相联系的系统发挥作用;因此,所有事件,即便那些接踵而至的最微不足道的事件,也都在为那无始无终的因果构成的伟大连锁充当不可或缺的环节,而这些环节显然都是来自这个整体的原始安排和设计;因此它们不仅对宇宙的繁荣昌盛,而且对它的延续和维持都显然是非常必要的。那些不热情拥抱落到自己头上命运的人,那些为落到自己头上的命运感到遗憾的人,那些希望命运没有落到自己头上的人,都在自欺欺人地希望结束宇宙的运转,希望打碎那一可以让系统得以继续和保持的伟大的连续链,而且为了自己那点小小的方便,就使世界的整个机器陷于瘫痪。他在别处说:"啊,世界。所有适宜我的东西也都适宜你。任何事情对我都不过早或过迟,这些东西对你也是正逢其时。按时按季收获的东西对我来讲都是丰硕的果实。一切东西都来源于你,一切东西也都归属于你;一切东西也都为了你。有人说,啊,可爱的塞克罗普斯城! 他为何不说,啊,可爱的上帝之城?"

斯多葛派人士,或至少是斯多葛派的一些人士,都试图从这些崇高的理论中演绎出他们所有的奇谈怪论。

斯多葛派的智者努力接受伟大的宇宙主宰者的观点,以神看待事物的眼光来看待事物。但是对于伟大的宇宙主宰者来说,天意实施的整个过程所引发的不同事件,对我们来说似乎最小和最大的事件,就像蒲柏所说,比如一个泡泡的破灭和一个世界的毁灭,都是毫无二致的,这两者都是天意永恒注定的伟大链条的同等重要的环节,同样都是准确无误的聪明才智引发的效果,同样都是爱心无量、慈航普渡引发的效果。对斯多葛派智者来说,所有那些不同的事件都以相同的方式展示出绝然相同的风貌。在所有那些不同的事件中,他确实被分配了一个小小的部门,他在那里拥有少许的管理与指挥权。在这个部门里,他竭尽全力,努力使自己行为适宜,根据为他指定的、为他自己所能理解的那些法令行事。但是,对于自己最热衷的奋斗目标的成功与否既不忧虑,又不热心关注。那个小部门以及从某种程度讲交由他负责的那个小小系统的兴旺发达还是彻底垮台,对他来讲完全无关宏旨。如果那些事件取决于他,他就会从中选择其一而摒弃其他。但是因为这些事并非取决于他,他便委托给一位超级智者,并会心满意足地对待如下事实,即无论那些事件是什么,如果他对其中存在的联系与依赖关系了如指掌的话,就都是他自己极其热心、极其真诚期望的一切。他在那些原则的影响和引导之下无论做出什么事都是完美的;举一个通常会用到的例子,当他伸出一根手指头时,这就是一件从任何角度来看都像他为国捐躯那样值得赞扬与追捧的事情。因为对于伟大的宇宙主宰者来说,最大限度与最小限度地行使自己的权利,一个世界的形成与瓦解,与一个泡沫的形成与破灭,难易程度完全相同,同样值得赞扬,同样都是相同的大智慧大慈悲引发的效果,因此,对斯多葛派智者来说,我们所说的伟大行动所需要做出的努力并不比细小行动所需的多,二者,不仅同样轻而易举,而且都是以绝对相同的准则为出发点,因此这样的事情无论从任何角度看,都不值得受到更高程度的赞扬与钦佩。

正像所有达到如此完美无缺程度的人都同等幸福一样,所有那些哪怕在很小程度上存在欠缺的人,不论他们离完美无缺是多么地接近,他们都同样感到痛苦。因为一个只在水面之下一寸的人,正像他们所说,他也不能比在一百寸以下的人吸入更多的空气;所以一个尚未完全克服个人的偏见和自私激情的人,一个除了普天下民众的幸福之外还有其他渴求的人,他还没有完全脱离痛苦和混乱的深渊,在这一深渊中,他所渴望的就是他是他的个人偏见和自私激情的满足,而这样的人也并不能比那些离开这种情况最远的人吸到更多的自由独立的空气,也不能够享受到智者所感受到的安全与幸福。因为智者的所有行为都完美无缺,而且互相之间完美的程度毫无二致,因此尚未达到这种绝顶智慧的人,他的所有行为就都是不完美的,而且正如一些斯多葛派所说的那样,各种行为的不完美程度之间也是毫无二致的。他们说,因为一种真理不能比另一种更真实,一种错误也不能比另一种更荒谬;因此,一种高尚行为不能比另一种更高尚,一种可耻行为也不能比另外一种更无耻。因为朝一个目标射击时,脱靶一英寸和脱靶一百码同样是脱靶;因此,一个人在那种对我们来说似乎最微不足道的行为中表现欠佳,而且缺乏充分的理智,就如同他在那种对我们来说似乎最重要的行为中表现欠佳一样;一个人比如说很不恰当地、缺乏充分理智地杀死一只公鸡,无异于杀死自己父亲。

如果说这两个怪论中的第一个显得很暴力,那第二个则显然十分荒谬,不值得加以认真对待。它的确十分荒谬,令人不禁怀疑是否有某种误解或误述。无论如何,我无法相信像芝诺或者克莱安西斯,据说他们既是最简朴也是最具卓越辩才的人,居然既是这些论点的创始人,也是斯多葛派其他大部分极其离谱的怪论的始作俑者,这些怪论并没有给他们那些我不想做进一步论述的学说增添什么光彩。我倾向于将这些怪论归于克里西波斯,即芝诺和克莱安西斯的门徒及追随者,但是从一直传承至今的有关他的传说来看,此人似乎只是一个毫无品位或风度的夸夸其谈的空谈家。他很可能是第一个将他们的学说篡改成一个专注于人为定义、分类、再分类的经院式或者技术性体系的人。在把道德或或形而上学学说的意义消灭殆尽上,这一体系可能会颇为有效。这号人最能十分片面地去理解他们的导师在描述情操高尚者的幸福或道德败坏者的痛苦时,提出的一些鲜明生动的学说。

总体来讲,斯多葛派似乎承认,那些在道德和幸福方面都不十分完满的人,可能也会在一些方面很出色。他们根据这些人实现美德的程度,将他们分成各种等级;他们不是将那些人应该可以达到的不完善的美德称为正直,而是称为得体、适度、体面、相称的行为,而这些行为可以归因于某种可能的理由,西塞罗用拉丁文 officia 来表达,而我认为塞内加用拉丁文 convenientia 来表达则更加准确。有些美德虽然并不完善,却可以达到,这种学说似乎已经构成我们所说的斯多葛派的实用道德学说。它是西塞罗《责任论》一书的主题。据说另有一部马库斯·布鲁图的著作也论及这种学说,不过现在早已失传。

造物主为我们行动描绘的蓝图和机制似乎与斯多葛派哲学的完全不同。

在造物主看来,直接影响着我们具有少许管理操控权的小天地的事件,直接影响着我们自己、我们的朋友、我们的国家的事件,也正是最令我们感兴趣,激发我们的欲望和厌恶、希望与恐惧、欢乐与忧伤的事件。万一这些激情过于强烈——它们十分容易这样,造物主就提供一种适当的补救和纠正方法。那位公正旁观者真正的,甚至想象当中的出现,以及心中那个人的权威,总是能够震慑它们,让它们中规中矩。

尽管我们忠于职守,但是如果所有那些能影响这一小天地的事情最终结果都是极其不幸,乃至灾难性的,造物主也决然不会将我们置于无人加以慰藉的困境。那种慰藉不仅可以来自心中之人全面的肯定,如果可能,还会来自更加高尚、更加慷慨的准则,来自对引导人生所有事情的大慈大智表现的坚定的乃至不无敬畏的依赖,如果不幸对于整体利益来说并非不可或缺,这种大慈大智是不会容忍它们发生的。

造物主并没有把这种崇高的沉思指定为我们生活中伟大的事业与职业。他只是向我们指出那是对我们的不幸给予的慰藉。斯多葛派哲学则把它描绘成我们生活的伟大事业和职业。这派哲学教导我们,除了涉及到一个我们既没有也不应该具有管理和操控权的部门,亦即宇宙主宰者所管理的部门,不要对我们平和心绪之外的任何事情,不要对适当取舍之外的任何事情感兴趣。对我们所有那些私人的、偏颇的、自私的情感,我们不仅要严肃地加以节制,而且要坚决清除,不要对降临我们自己头上,降临到我们朋友和国家头上的东西产生感情,即便是公正旁观者那样已经大打折扣的激情,这种哲学坚持让我们不要去关心造物主为我们指定的那些生活中适当的事业和职业的成功与否。

哲学推论,虽然可能使认识发生混乱和迷惑,却永远不能打断造物主在因果之间建立的必然联系。自然激发欲望和厌恶、希望和恐惧、欢乐与悲哀的种种原因,毫无疑问,尽管有斯多葛派的论断存在,也将根据每个人实际的敏感度对他产生适当而必然的结果。但是我们内心的那个人的判断却会受到这些论断的很大影响,这些论断教他试图将我们所有那些个人的、偏颇的、自私的情感归于一种或多或少十分彻底的宁静之中。指导居住在内心世界那个人的判断的是所有道德体系的伟大目标。毋庸置疑,斯多葛派哲学对其追随者的品格和行动产生各方面的影响;它虽然有时也会引发不必要的暴力,但其总体倾向却是激励他们变得颇具英雄气概的宽宏大度和广慈博爱。

除了这些古代的学说之外,还有一些现代学说,根据这些学说,美德存在于得体之中,或存在于引发行为的情感的与其原因和目标的适当性之中。克拉克博士的学说将美德置于根据事物内在关系采取行动的过程中,置于根据行动是否与事物适宜或不宜来调整我们行动的过程中。沃拉斯顿的学说则将其置于根据事物真理,或根据适宜的本质与本性采取行动之中,或者置于根据事物是什么、不是什么来加以对待的过程中。沙夫茨伯里博士的学说将其置于保持情感平衡之中,置于不允许激情超出适当限度之中。所有这些学说或多或少都是对相同基本观点不准确的描述。

那些学说没有任何一个能够提供或自称提供精准无误的尺度,凭借它,这种情感的适宜度与得体度才能够得到确定和判断。那一精准无误的尺度只能从公正广博的旁观者表示的怜悯情感之中发现。

此外,那些学说已经提出,或至少打算提出的有关美德的描述(因为一些现代作家在表达自己的想法时并不幸运),毫无疑问是非常恰当的。

没有不得体的美德,只要存在某种得体,就值得赞扬。然而即使如此,这一描述依然并不完美。因为,虽然得体在每一种高尚的行为中都是基本因素,但它并非总是独一无二的因素。慈善的行为本身就含有另一种品质,根据这一品质看,那种行为似乎不仅值得赞许,而且还应得到回报。对于这样一种行为所应赢得的高度尊重,对于行为自然激起的情感变化,所有那些学说都没有醋畅淋漓地给予充分的阐述。对于罪恶的描述也都不充分,因为,同样,虽然不得体是每一种罪恶行径中必不可少的因素,但并非总是唯一的因素;在那些最无害、最微不足道的行动中恰好存在着最荒唐最不得体的因素。伤害周围人的罪恶倾向所引发的行动,除存在不得体性之外,还存在一种不仅应该受到谴责,而且应该受到惩罚的特殊品质,它不仅成为不喜欢的目标,而且成为怨恨和报复的目标,我们对这些行为感到极其厌恶,但那些学说对此都没有醋畅地加以充分描述。

第二章　论认为美德存在于谨慎之中的学说

认为美德存在于谨慎之中,而且有相当多的遗稿留传给我们的那些学说中,最古老者非伊壁鸠鲁学说莫属,但据说他所有那些主要的哲学原理都借鉴于他的前人,尤其是亚里斯提卜;即使其论敌的这种断言属实,但至少他运用那些原理的方式很可能完全是自己的独创。

根据伊壁鸠鲁的学说,肉体的快乐与痛苦是天然欲望与厌恶感的唯一终极目标。他认为,它们永远是那些激情的天然目标,这是毋庸证实的。快乐有时可能的确显得被压抑了;但是,这并非因为它是快乐,而是因为我们享受这些快乐就会失去更大的快乐,更有甚者,会使我们遭受一些痛苦,我们宁可设法避免这样的痛苦,也不想去享受那种快乐。痛苦有时可能同样显得并非坏事;但这并非因为它是痛苦,而是因为忍受它,我们就可能避免一种更大的痛苦,或者获得一些显得更有价值的快乐。肉体的痛苦与快乐因此就永远是欲望与厌恶的天然目标,他认为这已经被充分证实。他认为,它们就是那些激情唯一的终极目标,这也同样已经被充分证实。因此,想要得到或者避免任何其他对象,根据他的说法,都取决于产生这种或那种感觉的的意向。获得快乐的意向就使权力和富足变成理想目标,反之亦然,产生痛苦的意向则使贫穷和卑微成为厌恶的目标。荣耀和声誉是很有价值的东西,因为赢得身边人的尊敬与爱戴是获得快乐和免遭痛苦意向的最重大结果。相反,耻辱和坏名声则是应该加以避免的,因为遭到身边人的仇恨、鄙视和怨怒使安全感毁于一旦,而且必然使我们遭到最严重的肉体伤害。

根据伊壁鸠鲁的学说,心灵的快乐与痛苦归根结底来自肉体的快乐与痛苦。想起以往肉体的快乐,心里就快乐,并希望新的快乐会接踵而至;想起以往肉体忍受的痛苦,心里就难过,进而惧怕同样的甚至更大的痛苦会不期而至。

但是,心灵的快乐与痛苦,虽然最终是来自肉体的快乐与痛苦,却要比最初的肉体痛苦强烈得多。肉体感到的只是当时瞬间的感觉,心灵感到的则是过去和将来的感觉,前者凭借记忆,后者凭借预料,但最终遭受的痛苦和享受的快乐都会更多。当我们遭受极其剧烈的肉体痛苦时,他说,如果我们认真体会,就会发现折磨我们的主要不是当时瞬间遭受的痛苦,而是对以往痛苦的回忆,或者是预料将来时所产生的更加可怕的恐惧。每一瞬间的痛苦,就其本身而论,如果与在其前者分离,或与在其后者割裂,那不过小事一桩,不值得多虑。但这就是人们对肉体与痛苦关系的全部理解。同样,当我们享受最大快乐的时候,我们总会发现,肉体的感觉,当时瞬间的感觉,只会使我们感到很少的快乐,我们享受的快乐主要来自对以往快乐的回忆,或者说是从对将来的预料中获得更多的快乐,而其中心理作用在愉悦中所占的份额堪称最大。

既然我们的快乐与痛苦主要决定于心灵,那么,如果我们天性的这部分处理得当的话,如果我们的思想和看法都是应该的那样,我们肉体以何种方式受到影响,则是小事一桩了。在遭受肉体痛苦的情况下,如果我们的推理判断能够保持其自身的优势，我们就依然可以享受相当大的快乐。我们可以借助于对以往快乐的记忆和对将来快乐的憧憬自得其乐；我们借助于回想是什么使我们处于必要的痛苦，即便在当前的处境中，也可以缓解遭受痛苦的剧烈程度。这仅仅是肉体的感觉，是当前瞬间的痛苦，这种痛苦永远也不会非常大。由于惧怕极度痛苦的继续而从这种极度痛苦中所遭受的一切，就是内心某种意见的效果，这种效果可以凭借更恰当的情感来纠正，可以凭借这样的想法：如果我们的痛苦非常剧烈，它们也许就是短暂的；如果这种痛苦持续时间很长，它们就将是温和的，并且经常有轻松的间隔；而死亡，无论如何都总是唾手可得，召之即来，按照伊壁鸠鲁的说法，那会结束所有的情感，无论痛苦还是快乐，这并不能被看作是一种罪恶。伊壁鸠鲁说，我们活着，死亡就不存在；死亡存在，我们就不能活着；因此死亡对我们来说，根本就算不上什么事。

如果对实际的痛苦产生的实际感觉本身十分微弱，不能引起恐惧，那么快乐产生的实际感觉本身则更加微弱，不能引发欲望。快乐感觉的刺激性自然比痛苦感觉的刺激性要微弱得多。因此，如果痛苦的感觉很少能削弱良好心情感觉到的愉悦，快乐的感觉就简直不会为其添加任何东西。当肉体感觉不到痛苦，内心感觉不到恐惧与忧虑时，肉体快乐得以增加的感觉就会微乎其微；虽然这可能使快乐产生多样的变化，但不能说它会为所处境况增添任何快乐。

根据伊壁鸠鲁学说，在肉体的舒适和心灵的安宁中，存在着最完美的人性，亦即人类所能享受的最完全的快乐。达到天然欲望的这一伟大目的是所有美德的唯一目标，根据他的观点，这些美德之所以吸引人，原因并非在其本身，而在于它们具备造就这一境界的倾向。

比如谨慎，亦即所有美德的源泉和准则，根据这一哲学，它之所以令人追捧，原因并非在其本身。那种认真的、勤奋的、慎重的心境，对于每一个行动最遥远的目标都能非常关注，但它不是因为某种仅为自己的原因才令人期盼，而是因为他具备一种摒恶扬善的倾向。

以放弃快乐来抑制享受愉快的激情,这也是自我节制的功能,它永远也不会因为自身的缘故而大受追捧。这种美德的全部价值,都来自对它的应用,来自它能够让我们推迟享受愉悦,为的是有更大快乐出现,或者避免更大痛苦的出现。简而言之,自我克制只不过是一种与愉快相关的谨慎行为。

经受辛劳,忍受痛苦,面对危险和死亡,刚毅性格常常引领我们进入这样一些处境,它们成为自然欲望对象的可能性当然更小。它们之所以被选择,只是为了避免更大的不幸。为避免贫穷导致更大的羞耻和痛苦,我们必须工作;为捍卫我们的自由和财产,为捍卫赢取欢乐和幸福的方法与手段,或为保卫我们的国家,为保卫我们所必须拥有的安全,我们就要去面对危险和死亡。刚毅的性格能使我们很愉快地去做这些,把它们当作我们目前处境中最佳的选择,则毅的美德不过就是深谋远虑、准确判断,镇定自若地面对痛苦、辛劳及危险,总是选择更小,以便避免更大。

公正的问题也是如此。放弃属于他人的东西,这样做之所以受人追捧,并非因为这件事本身;对你来说,我拥有自己的东西并不一定比你拥有它更好。但是你应该放弃属于我的东西,因为你如果不这样做,你会激起人们的怨恨和愤慨。你安然宁静的心境就会化作乌有。一想到那种惩罚你就会惊恐万状,因为你会想象到人们随时都准备让你遭受痛苦,因为这种惩罚会使你在想象中得不到任何权力、艺术或伪装的充分保护。另外一种公正,它存在于根据邻居、亲戚、朋友、恩人、上级或同事等不同关系来善待各类人,由于同样的理由而受到我们追捧。在这些不同的关系中做事得体,就会使我们赢得我们身边人的尊敬与爱戴,否则就会遭到人们的鄙夷和仇恨。通过前者,我们自然就会得到保护,通过后者,就必然会危及我们的舒适与宁静,危及到我们最终追求的伟大目标。公正所包含的全部美德,因此也可以说所有美德中最为重要的,就仅仅是在与邻居相处时的谨慎行为。

这就是伊壁鸠鲁关于美德本质的学说。这位被描绘成最和蔼可亲的哲学家居然对下述诸多问题讳莫如深,岂非咄咄怪事:无论那些美德的倾向,或者与之相反的罪恶的倾向,在涉及到我们肉体的舒适与安全时,这些美德在他人身上自然激起的情感就是一种比所有其他后果更加强烈激情的目标;为人和蔼可亲、备受尊敬,做人们尊敬的适当目标,在心态良好时人们就会认为这比爱戴、尊敬、敬重所能带来的所有舒适安全更有价值;相反,为人可憎、卑鄙无耻、做人们憎恨的适当目标,这比我们肉体所遭受的仇恨、鄙夷或者憎恨都更加可怕;我们尊崇一种品质,憎恶另外一种品质,最终的原因都不是上述两种品质可能在肉体上产生的效果。

这一学说毫无疑问与我一直在努力建树的那个学说是完全不一致的。但是不难发现,对事物的这种解释究竟来自本性的哪一方面,如果我可以这样说的话,来自哪一特殊观点或角度。根据造物主明智的安排,美德在所有普通情况下,即使关乎今生的情况时,也就是真正的智慧,以及获取安全或优势而采取的最可靠最灵便的手段。我们在事业中的成败在很大程度上取决于人们通常对我们所持观点的好坏,取决于我们身边人的一般倾向,即,支持我们还是反对我们。但是,获得优势或者避免他人不利判断时所采取的最好、最保险、最容易、最灵便的手段,毫无疑问就使我们成为前者,而不是后者的恰当目标。苏格拉底说,"你想拥有一位音乐家的名誉吗? 赢得它的唯一可靠办法就是成为一位好音乐家。同样,你想被人认为你能够作为一位将军或政治家来报效国家吗? 在这种情况下,可靠的办法同样是掌握指挥作战和管理国家的艺术和经验,使自己适于担任将军或政治家。同样,如果你想被人认为严肃、稳健、正义、公平,赢得这些美誉的方法就是使自己为人严肃、稳健、正义、公平。如果你确实能使自己为人和蔼可亲、备受尊敬,成为敬重的适当目标,你就无需担心自己不会很快赢得你身边那些人的爱戴、尊敬和敬重。"因为实践美德一般对我们都是很有利的,而实践邪恶则完全相反,对那些相反倾向的考虑无疑会给前者打上一种无比完美和得体的烙印,后者则会被打上一种新的、丑恶的、不得体的烙印。克制、宽容、公正、仁慈,不仅被视为它们固有的品质,而且被视为高度聪明和最谨慎的附加品质而受到赞扬。同样,与之相反的邪恶品质,诸如放荡、卑怯、偏见、恶毒或者利欲熏心、自私自利,则不仅被视为它们的固有品质,而且还被视为最短视的愚行和懦弱等附加品质遭到抨击。伊壁鸠鲁似乎在每一种美德中仅仅关注得体性。这种情况最容易发生在那些努力劝说他人调整行动的人身上。当人们通过实践,也许还通过他们的恪守的准则,清楚地表明美德的天然美似乎对他们影响并不大,除了凭借表现其愚行来打动他们外还能有什么办法呢,他们最终又可能会遭受多少痛苦呢?

把所有不同的美德也归结为得体性之后,伊壁鸠鲁就沉迷于一种嗜好,这种嗜好对所有人来说都是很自然的,哲学家特别容易以某种特殊的喜好来养成这种嗜好,以作为展示自己机智的重要手段,而这种嗜好就是以尽量少的原则来解释所有的表象。毫无疑问,当他把自然欲望和厌恶的基本目标都归结为肉体的愉悦与痛苦时,他就已经更深地沉迷于这种嗜好了。这位原子哲学最伟大的护航人,乐此不疲地通过物质细小部分最清楚最熟悉的数字、运动、物质微小成分的安排,来演绎肉体的力量和品质,当他以各种最明显以及最熟悉的东西来演绎内心的情感和激情时,他无疑感到满意。

伊壁鸠鲁的学说与柏拉图、亚里士多德和芝诺的学说一脉相承,都认为美德存在于为达到自然欲望之基本目标而采取适当行动的过程中。不过在下述两方面却与他们迥然相异:首先,在解释自然欲望的那些基本目标方面;其次,在解释美德的优点,或者说解释那品质为何应该受到尊重的理由方面。

根据伊壁鸠鲁的学说,自然欲望的基本目标存在于肉体的快乐与痛苦之中,仅此而已,别无其他!但根据其他三位哲学家的学说,还存在许多其他目标,诸如知识、亲属的幸福、朋友的幸福、国家的幸福,所有这些最终都因为自身的缘故而成为目标。

根据伊壁鸠鲁的学说,即便美德也不值得因其自身的缘故而受到追捧,其本身也不是自然欲望的一个终极目标,只是因避免痛苦和赢得舒适快乐的倾向才成为适当的追求目标。相反,根据其他三位的观点,美德不只是充当达致自然欲望其他基本目标的手段,而是其自身价值超过所有其他目标。他们认为,人生来就为行动,其幸福必然不仅存在于被动的愉悦感觉之中,而且存在于积极的身体力行的得体性之中。

第三章　论认为美德存在于仁慈之中的学说

认为美德存在于仁慈之中的学说,虽然我认为它并不像我已经加以阐述的所有那些学说那样古老,但去今也非常久远了。它似乎就是大约在奥古斯都时期或其后的那些哲学家中大部分人的学说,他们自命折中派,自称主要是信奉柏拉图和毕达哥拉斯学说,有鉴于此,通常都以后柏拉图主义者闻名于世。

根据这些作者的观点,在神的天性中,仁慈或者博爱是行为的唯一准则,它指导着所有其他一切品质的付诸实施。神的大智大慧,就是用以发现达到其善心提出的那些目标的手段,正如他那无限的力量已经被用以实现这些目标一样。然而仁慈仍然是至高无上的主导性品质,所有其他品质都要臣服于它,神的行动表现的全部优点,或者道德,恕我如此表达,最终都来自于它。人类内心中的尽善尽美以及美德,都存在于和神的至善至美的某些相似或相同之中,最终存在于内心充满仁慈与博爱的准则中,而影响神所有行动的也正是这些相同的准则。单单是人们出自这一动因的行为,在神的眼中就的确值得赞扬,或者应该赢得赞誉。只有凭借慈善和爱的行为我们才能将神的行为模仿得像我们自己的一样,我们也才能对神的至善至美表达出谦恭虔诚的赞美之情,也才能通过在我们自己的内心中树立与神相同的准则,使自己的品质和神的大部分神圣品质类似,也因此才能成为他喜爱和尊敬的适当目标;最后直到我们达到与神直接交谈和交流的程度,而这一哲学的伟大目标正是要把我们提高到这一水平。

这一学说因为受到许多古代基督教会神父的大力尊崇,因此在基督教改革运动之后,它就被几位最虔诚、最具领导力、态度最和蔼可亲的神学家所采纳;尤其是被拉尔夫·卡德沃斯博士、亨利·莫尔博士,还有剑桥的约翰·史密斯先生所采纳。但是在这一学说所有的古今追捧者里,已故的哈奇森博士无疑是其中的佼佼者,其眼光最敏锐、最杰出、最富哲理,而最主要的是,最合理、最有见地。

美德存在于仁慈之中,这是一种得到人类天性诸多表象证实的见解。前文早已提及:适当的仁慈之心是各种情感中最美好、最令人愉悦的;它是以加倍的同情心征服我们的;因其倾向必然体现在善行上,它便成为感激和酬报的适当对象;有鉴于此,拥有一种超越任何人的荣耀显然就是我们的自然情感。同样前文也已提到,有鉴于其他所有激情的不足总是极其令人憎恶,因此即便仁慈之心表现得很微弱,它对我们而言依然不会十分令人生厌。谁不厌恶过度的憎恨、过度的自私和过度的怨怒? 不过即便是过度沉湎于不无偏爱的友谊,也并非太令人生厌的。只有仁慈的激情才能使我们在尽情发泄时无需考虑或注意得体的问题,并能保持一些迷人之处。即便在纯本能的良好愿望中也存在某些令人愉悦的东西,无需考虑这一行为是否是抱怨或赞扬的适当对象,就能不断地发挥良好作用。但是另外一些激情却不能如此。一旦遭人遗弃,得体感便会悄然消失,从而不再讨人喜欢。

因为仁慈会给予出自仁慈的行为一种超卓之美,因此缺乏仁慈,更有甚者,出现与仁慈相反的意向,都会使诸如此类的迹象带有一种特殊的道德缺陷。恶行经常是应该受到惩罚的,其理由只是因为它们对身边人的幸福没有表现出足够的关注。

除了所有这些,哈奇森博士还说,采取行动时,假设这种行动出自仁慈之心,如果发现存在其他动因,这种行动的功德就会在这种动因被认为发挥了影响时大大缩水。如果一个行动,假设它出自感激之情,人们就会发现它是出自对一些新追求的期待,或者说,如果人们认为是出自公众精神的行动,结果却被发现是源于一种对金钱回报的期望,这种发现就会减弱或完全打消人们对这些行动的功德或值得赞誉的看法。因此,任何自私动因的混入就像假的合金一样,它会削弱或完全消除原本会完全属于某一行动的荣耀,很显然,他认为美德必须仅存于纯真无私的仁慈之心。

相反,当那些一般被认为出自自私动机的行为被发现居然起因于一种仁慈的动机时,它就会大大提升我们对那些行为的好感。如果我们认为一个人一直努力增进他的财富,只是为了对朋友做善事,对恩人给予适当回报,那我们就只会更加爱戴他、尊敬他。这种观察似乎更加会证实这样的结论,即,只有仁慈才能为任何一种行为打上美德品质的烙印。

最后要说的是,他认为,在对美德这番公正的描述中,可以在决疑家就正当行为和公众利益问题展开的所有争辩中找到一个明证,那就是他们一直提到的标准;因此他们普遍承认,旨在促进人类幸福的东西就是正确的、值得称赞的和高尚的,反之,就是错误的、应该被指责的和邪恶的。在最近就被动服从和正当抵制问题展开的辩论中,在通情达理的人们中间引发争议的唯一问题就是,当特权受到侵犯时,绝对服从所招致的罪恶是否要多于临时抗命。从整体来看,有助于人类幸福的行为是否就是道德的行为;他说,这从来也没有被当作是一个问题。

因此,既然仁慈是赋予行为以美德品质的唯一动因,为行为所证实的仁慈之情愈浓,所应得到的赞扬愈烈。

目的在于谋求一个大团体幸福的行动,与那些目的仅在于谋求一个小集团幸福的行动相比,展示了一种更加伟大的仁慈之情,所以也就相应地更加高尚。而一切情感中的最高尚者因此就是那些能够将所有理智者的幸福视为其追求目标的情感。反之,在那些算得上体现美德品质的情感中,最劣者就是那种仅仅追求诸如一个儿子、一个兄弟或一个朋友的幸福的情感。

最完美的美德就在于,引导我们所有的行动去促进最伟大的事业,让所有低俗情感服从于追求人类普遍幸福的理想,将自己视为芸芸众生中一分子,其幸福只能在与整体的幸福休戚相关时才值得追求。

自爱是一种在任何程度上、在任何方面都根本不能与美德同日而语的品行。它在妨碍普遍利益时显得极为卑劣。当其仅限于个人考虑自身幸福时,它既不值得赞扬,也不应该遭到任何指责,它仅仅是天真无知而已。那些仁慈行为,即便有时出自追求自身利益的强烈动因,但依然颇为高尚。它们展示了仁慈品行所特有的无穷力量与勃勃生机。

哈奇森博士非但不承认自爱在一些情况下能够充当高尚行为的动因,更有甚者,在他看来寻求自我赞赏的快乐,使我们的良心得以慰藉的的考虑,已经使仁慈行为的高尚情操大大缩水。这是一种自私的动机,只要它能对行为产生影响,就显示了纯真无私的仁慈之情的弱点,而这种纯真无私的仁慈之情本身就能使美德的品性在人们的行为上打上烙印。但是在人们一般的判断中,这种对我们自身心灵之赞许的考虑,不仅没有被认为在任何方面能够使行为体现的美德缩水,而且被认为是当得起美德之名的唯一动机。

这就是一种温和可亲的学说对于美德本质的描述,这是一种具有滋润人心最高尚、最令人愉悦的所有情感的学说,其目的不仅在于纠正自爱的不公,而且在某种程度上会给那种脾性泼冷水,它把自爱视作一种根本不能给那些受其影响的人带来名誉的秉性。

我所描述过的一些其他学说,都不能充分地解释仁慈这种极高境界的美德的奇妙之处究竟从何而来,而这种学说似乎具有相反的弊病,即不能充分解释我们对诸如谦虚、机警、谨慎、克制、坚定、耐久这样一些次等美德的赞赏因何而起。我们情感所涉及到的观点与目标,以及它们将会产生的有益但却痛苦的效果,就是这一学说中备受关注的唯一品格。对于产生上述那些品格的原因来说,它们是否得体以及是否适当则完全被忽略了。

对于我们自己个人幸福与利益的考虑,在许多情况下似乎都是值得称赞的行动准则。勤俭、勤奋、谨慎、专注以及思想的运用这些习惯，一般都被认为是在追求私人利益的动机下培养而成的，与此同时，它们也被认为是值得赞扬的品格，因而应该得到每个人的尊敬与认可。包含有自私动机在内的混合情感，的确经常显得会玷污那些应该来自一种仁慈之情的行为所体现的美。然而造成这种情况的原因并非自爱永远不会成为美德行为的动机，而是因为仁慈的品行在这种特殊情况之下显得缺乏适当的力度，于是就完全不适合其目标。因此这种品质明白无误地显示出它并非完美无缺，而且从整体利益来看，它将受到指责，而不会受到称赞。一种仅仅自爱就能引发的行为，如果其动机中含有仁慈的成分，它就不大可能削弱我们的行为得体感，或者使行为者的美德受到损害。我们绝不怀疑人会缺乏自私自利。这既不是人性的弱点，也非毋庸怀疑。但是，如果我们真的能够相信任何人，如果他不是出于对自己家人或朋友的考虑，他就不会对他的健康、他的生活或者他的命运加以适当的关注——自我维护本身就足以能够促使他的这种关注——这毫无疑问就将是一种不足，虽然是令人倍感亲切的不足，并会成为同情的目标，而不是鄙视或仇恨的目标。虽然如此，它依然会或多或少地削弱他自己品行的尊严和可敬。然而，粗心大意、缺乏勤俭持家的品行普遍备受指责，并不是因为缺乏仁慈之心，而是因为对自身利益的目标缺乏适当关注。

决疑家经常用来确定人们行为正确或错误的标准，就是看其倾向是为社会谋福利还是社会动乱，但是不能因此就认为对社会幸福的考虑应该是行动高尚的唯一动机，而只能说在任何比较中应该考虑它与其他所有动机的平衡。

仁慈也许是神的行为的唯一准则，有一些并非不恰当的理由都在说服我们相信事情就是如此。很难想象出一位独立自主、无所不能的神会根据其他什么动因来决定自己的行为，这位神无求于外界，其幸福全部存在于自身之内。然而，无论神的情况如何，像人这样的生物却是如此地不完美，其存在需要借助许多外部事物，往往必须根据许多其他动机来决定自己的行动。如果凭借我们人类本性中往往会影响自己行为的那些情感，那么在任何情况下都不能有高尚的表现，或者无法从任何人那里赢得尊敬和称赞，而人类存在的状况就会是非常艰难的。

前三种学说中，其一认为美德存在于得体之中，其二认为美德存在于谨慎之中，其三认为美德存在于仁慈之中，它们都是迄今为止对美德本性所做的重要阐述。对美德进行的所有其他论述无论显得如何不同，都很容易归纳为其中之一。

那个认为美德存在于对神意之遵从的学说，可以被归入那些认为美德存在于谨慎之中，或存在于得体之中的学说一类。但若有人问，我们为何应该遵从神意，这个问题是对神的大不敬，也是极端荒唐的，如果出于疑虑问到我们为何应该尊崇神的问题，那我们就只能接受两种不同的答案。那就必须这样说，我们应该遵从神意，因为他无所不能，如果我们这样做他会不断地回报我们，否则就将不断地惩罚我们；或者必须这样说，姑且不考虑我们自身的幸福，或任何种类的回报或惩罚，那就会有一个很合适、很恰当的回答，即：一个生灵应该服从其创造者，一个有限的、不完美的人，对一位威力无穷、法力无边的至善至美的神就应该服从。撇开这两者，都不可想象对这一问题还会有任何其他的答案。既然出于这种原因，我们必须服从神意，那么如果第一种答案是恰当的，美德就存在于谨慎之中，否则就存在于对我们自己最终利益和幸福的合理追求之中。既然我们应该遵从神意的理由，乃是谦卑的情感，同服从于激发这些情感的卓越对象是合适的或一致的，那么如果第二种答案是恰当的，美德就存在于得体之中。

认为美德存在于效用之中的学说与认为美德存在于得体之中的学说也很吻合。根据这一学说，思想中所有那些品质，如果对于具备这些品质的人本身或其他人来说都是令人愉悦或有利的，那就应该被认为是高尚的，反之则被认为是邪恶的，因而应该遭到反对。但是任何情感的愉悦性与效用都取决于它被允许继续存在的程度。任何情感，当它被限定在某一适当程度时,都是有用的;而每一种情感超过限度时就无益了。因此根据这一学说,美德并不存在于任何单一的情感之中,而是存在于所有的适度情感之中。在这一点和我一直在努力确立的学说之间,唯一的区别就是那种观点认为效用,而非同情,或者旁观者相应的情感,才是衡量这种适度的自然和原始的标准。

第四章　论出格的学说

迄今为止我所阐述的所有这些学说都假定,无论邪恶与美德存在何处,这两者之间都存在一种真实而本质的区别。在任何情感的得体与失体之间,在仁慈与任何其他行为准则之间,在真正的谨慎与短视的蠢行或莽动之间,都存在一种真实而本质的区别。大都是为值得赞扬的事物喝彩,对应该遭到指责的倾向泼冷水。

有可能的是,一些学说在某种程度上允许人们打破情感的平衡,在心中对一些行为准则有一种超乎寻常比例的特殊偏向。认为美德存在于得体性之中的古老学说似乎主要赞同那些伟大的、令人敬畏的、令人尊敬的美德,以及自制的美德;刚毅,宽宏,不受命运摆布,从容应对所有外来突发事件、痛苦、贫困、流放及死亡。只有在所有这些都能付诸实施的情况下,最高尚的行为得体性才能得以展示。然而相比之下,温柔体贴、和蔼可亲、彬彬有礼的美德,以及所有那些宽容博爱的美德,却很少为人们所坚持,更有甚者,似乎经常被斯多葛派视为智者不允许在心中存在的弱点。

另一方面,仁慈的学说,当它培养并极力鼓励所有那些温柔的美德时,似乎全然忽略了心中那些令人敬畏、令人尊重的品质。它甚至否认它们堪称美德。它把这些品质称为道德能力,认为它们不应得到货真价实的美德所应得到的那种尊敬与认可。至于所有那些仅仅着眼于我们自己利益的行为准则,如果可能的话,它会视它们为更糟糕的东西。它还声称,这些品质不仅本身没有自己的任何优点可谈,而且在与仁慈的品质合作时还会削弱它的优点。至于谨慎的品质,则被断言,当它仅仅被用以谋求个人利益时,根本就不能想象它会是一种美德。

认为美德仅仅存在于谨慎之中的那种学说,当它极力鼓励诸如慎重、警觉、自制、理性节制之类的习性时,似乎对和蔼可亲和令人尊敬的美德同样有所贬抑,一方面使前者的美化为乌有,另一方面使后者的崇高荡然无存。

然而,即使存在这些不足,那三种学说的总体倾向都是鼓励人心中最佳的、也是最值得称赞的习性;如果全人类,甚或是自称根据某种哲学法则而生活的少数人,都能根据任何一种学说的规则调整自己的行为,那对社会来说堪称好事一桩。我们从每一种学说中都能学到一些既有价值又具备特性的东西。如果可能,凭借各种法规和戒律,利用坚毅和宽宏的品质来提升人们的思想境界,看重得体性的古老学说似乎就完全能够胜任。或者,如果可能,以相同的方式通过软化使之融入人性之中,并且唤醒对与我们共处者所应给予的善良博爱的情感,仁慈说所展示的一些图景也许就显得有能力产生这种效果。即使所有这三种学说无疑都并非尽善尽美,但是我们却可以从伊壁鸠鲁的学说中学到一些东西,比如和蔼可亲和令人尊敬的美德多么有益于我们自己的利益,有利于我们今生今世所渴望的舒适、安全和宁静。因为伊壁鸠鲁认为幸福存在于获得安逸与安全的过程中,他以一种具体的方式身体力行来表明,在获得那些无价之宝时,那种美德不仅是最佳以及最安全的,而且也是唯一的手段。美德对于内心世界的宁静与平和所产生的良好效果也是其他哲学家所鼎力追捧的。伊壁鸠鲁没有忽视这一话题,他主要坚持的是那种和蔼可亲的品质对我们外在的幸福与安全所产生的影响。正是因为这个缘故,他的著作才在古代世界里被各个哲学派系的人所研读。正是从他那里,伊壁鸠鲁学说的大敌西塞罗借用了他最脍炙人口的论证,即单单是美德就足能担当幸福的保障。塞内加,虽系斯多葛派人士,却堪称伊壁鸠鲁学说最激烈的反对者,居然也引述这位哲学家的论点,而且其频率往往要超过对任何其他哲学家的引述。

然而另有一个学说似乎将邪恶与美德之间的差异一笔勾销了,正是因为如此,其倾向就完全是有害的了:我这里是指孟德维尔博士的学说。最然这位作家的见解几乎在各个方面都是错误的,但是也揭示了人性的一些表象,当我们以某种方式来观察的时候,起初还会赞成它们。这些被生动幽默的笔调所描绘和夸张的观点,虽然不无粗陋,却依然为其学说增添一种真实和恰当的色彩,这一点十分容易欺骗那些不够成熟老到的人。

孟德维尔博士认为,出于得体感所做的事,出于对值得赞扬与否的考虑所做的事,就如同出于对赞扬的爱,或出于他所说的虚荣而做的事一样。他说,人自然对自己的幸福比对他人的幸福更感兴趣,人不可能在自己的心中真正视他人的幸福重于自己的幸福。每当他显得是那样做的时候,我们可以肯定他是在欺骗我们,在此之后,他就会像在其他所有时候那样,依然根据同样自私的动因来采取行动。在他的其他自私的激情当中,虚荣心是最强烈的,他总是最容易接受吹捧,并会因为那些人对他的喝彩而心花怒放。每当他显得要为同伴牺牲他自己的利益时,他就知道他的表现会高度迎合那些人的自恋之心,他们还会给予他最高的赞扬以示对他的满意之心。他从这里期盼的快乐,在他看来,是会超过他为产生这种效果而放弃的一切。因此,他在这种情况下的行为实际上只是自私的,仅仅出于一种与其他动因同样卑劣的动因。他接受他人的吹嘘,同时他也自我吹嘘,不过他心里明白,这其实于事无补,索然无味,因为他知道,如果不这样装一下,无论在他自己的眼中,还是在他人的眼中,那就不会显得值得赞赏。因此,所有的公众利益,以及为公众利益而放弃私人利益的表现,根据他自己的见解,都只是一种对人类纯粹的欺瞒与哄骗;人类如此热捧的人类自身的美德,人们之间极力效仿的那种美德,其实仅仅是为满足自尊心而进行吹捧的结果。

最慷慨、最符合公益精神的行动在某种意义上讲,是否可以看成是来源于自恋情结,对此我暂且不加考察。我认为这一问题的结论对于树立真正的美德来说无关宏旨,因为自恋情结经常是一种高尚的行为动因。我只是努力表明做出光彩高尚行为的欲望,以及使自己成为尊敬与认可的适当对象的欲望,都不能恰当得体地被称为虚荣。即便是那种对合情合理的荣耀与名声的热爱,以及通过令人尊重的手段赢得尊敬的欲望,都不应该被冠以那个名称。第一是热爱美德,热爱人性中最高尚最美好的激情;第二是热爱真正的荣耀,这种激情无疑逊色于前一种激情,但是它也仅仅是略逊一筹。有这样一种人,他想为自己根本不值得赞扬的品质赢得赞扬,或者赢得这种激情程度的赞扬,而他本人却又只想通过衣物虚华的装饰,或者通过平凡表现做出的同样虚华的小小成绩,来体现这些品质,这种人就是虚荣徒。而另外一种人,他想为那些的确值得赞扬的品质赢得赞扬,但是他心知肚明那些品质并不属于他,这种人同样会因为虚荣而问心有愧。那些空虚无度的纨绔子弟装出一副本来与自己无缘的不同凡响的架势,那些愚蠢的骗子接受根本没有发生过的冒险经历所带来的荣誉,那些无能的剽窃者自称就是他本无权冒充的作者,所有这些人都应该为这种嗜好遭到恰如其分的谴责。如果一个人并不满足于默不作声的尊敬与认可之情;如果他似乎对他人用语言表达尊敬和高声喝彩比对尊敬与喝彩之情本身更加喜欢;如果他除了对自己的赞扬之声不绝于耳的时候之外,从来不能满足;如果他焦虑不安、纠缠不休地寻求表示尊敬的外部标记,那他就是喜欢头衔、喜欢美言、喜欢被拜访、喜欢被关注、喜欢以异乎寻常和吸引眼球的外表被置于众目睽睽之下。这种轻浮的激情不仅与前两者中的任何一种大相径庭,而且是人类最低等最微不足道的激情,因为前两者是最高尚最伟大的激情。

这样的三种激情,即:使我们自己成为赞扬和尊敬的适当对象的欲望,或者使自己变得值得赞扬与尊敬的欲望;通过应该赢得那些情感的实际行动来赢得荣誉与尊敬的欲望;以及无论如何也要赢得赞扬的轻浮的欲望;虽然它们之间存在广泛的不同,虽然前两者总是备受称赞,而后者总是遭到蔑视；但是在它们之间依然存在某种细微的类似之处，这些类似之处不仅被这位机智的作家欢快诙谐的修辞夸张化了，还使他欺骗了读者。在虚荣与对真正荣耀的热爱之间存在某种细微的类似之处，因为这两种激情的目标都在于赢得尊敬与认可。但是它们在这方面却又存在差异：其中之一是一种正当、合理、公平的激情，而另外一种则是偏激、荒唐、有悖常理的激情。一个人，如果他想为真正值得尊敬的事物赢得尊敬，那他想得到的也只是他公平合理有权得到的东西，那些如若没有某种伤害就不能拒绝他得到的东西。相反，一个人，如果他想通过其他手段赢得尊敬，那他就会要求自己本无正当理由索取的东西。第一种欲望容易得到满足，不易引起妒嫉，或令我们怀疑没能充分尊重他，而且对于得到我们表示关切的外部标记也很少操心。相反，另外一种欲望却永远得不到满足，其间充满嫉妒与疑虑，总怀疑我们对他的尊敬没有达到他所要求的程度，因为他怀有一些隐秘的意识，即，他想赢得超出应该得到的东西。他把对礼节的稍加忽略看成是关乎道德问题的当众凌辱，也看成是最强烈蔑视的表达方式。他忐忑不安，缺乏耐性，总是害怕我们会失去对他的尊重，而且会因此对赢得新的尊敬满心焦虑，只有持续不断地受到阿谀奉承才能保持正常情绪。

在使自己变得荣耀可敬的欲望与得到荣耀与尊敬的欲望之间，在对美德的热爱与对真正荣耀的热爱之间，都存在某种密切关联。它们不仅在这方面彼此相似，即二者的目的都在于真正变得可尊可敬和高尚不俗，甚至在另一方面也很相似，即对真正荣耀的热爱与被恰当地称为虚荣的东西十分相似，它们都与别人的情感存在某些关联。一个极其宽宏大度的人，他只为美德而求美德，他对于人们对他的实际看法漠不关心，但是他一想到他们的看法究竟如何，一旦意识到虽然自己并没有受到尊敬和赞扬，但依然是尊敬和赞扬的适当目标，如果人们能够冷静、公正、始终如一，并且对他的行为动因及环境了如指掌，人们就不会不尊敬和赞扬他，他就会心花怒放。虽然他十分藐视人们实际上对他持有的看法，但是高度重视人们应该对他持有的看法。无论别人对他的品质有何看法，他也许会认为自己就应该赢得那些令人尊敬的情感；当他将自己置于他们的处境之下，考虑的不是他们有什么样的看法，而是他们的看法应该如何时，他就总是能够对自己给予极高的评价，而所有这些，就是促使他采取行动的伟大而崇高的动因。因此，即便在对美德的热爱中，也依然存在与他人看法的关联，虽然不是与实际的看法相关，但却与他人理应有的得体的看法相关，即使在这一方面，在对美德的热爱和对真正荣耀的热爱之间，也依然存在一些密切关联。但与此同时，二者之间却存在一种非常大的差异。如果一个人的行为仅仅出于做什么才算正确与合适的考虑，以及什么才是合适的尊敬与认可对象的考虑，虽然这些情感永远也不会落在他身上，但他的行为却是基于人类所能够想象得到的最崇高、最符合天意的动机。另一方面，如果一个人渴望得到认可，而与此同时，他又为得到认可而忧虑，虽然他基本上值得称赞，但是他的动机却混有很多人性的弱点，于是这个人就面临遭受世人无知与不公正待遇伤害的危险，他的幸福就要遭受其敌手的嫉恨以及公众蠢行的挑战。而另外一个人的幸福，相反却完全能够得到保障，不受命运和邻人诡异想法的摆布。世人的无知可能将鄙视与仇恨一股脑地向他袭来，但是他却把这些当成与己无关的，丝毫不为所动。世人出于对其品质和行为的错误见解而鄙视他仇恨他。他们如果对他更了解一些，就会尊敬他喜欢他。恰当地说，他们仇恨和鄙视的并不是他，而是另外一个被他们误以为是他的人。我们在敌手的化装舞会上万一遇到自己的朋友，在那种伪装的情况下，我们如果对他发泄仇恨，他不仅不感到受伤害，反而十分开心。这就是一个具备真正宽宏大量气魄的人在遭遇不公正责难时所应有的情操。然而人性中的坚强意志达到如此之高境界的情况罕有发生。虽然只有世人中最懦弱最卑鄙的人才会因虚荣而喜，但怪异而有悖常理的是，无端受辱却能使那些看似坚毅无比的人感到备受伤害。

孟德维尔博士不满足于将虚荣心这种轻浮动因作为通常所说的美德

之源提出来。他极力指出人的美德在其他许多方面的不足。他声称，在任何情况下这种人性美德都缺乏它声称的全面自制，因此谈不到征服激情的问题，通常最多不过是将沉湎激情的情况加以掩饰罢了。在我们对快乐加以限制的地方，只要没有达到苦行僧的地步，他就说是奢华滥性。根据他的见解，任何事情，只要超过维持人性所绝对必需的限度，那就算是奢华，因此，即使穿一件干净衬衫，或者使用一处方便的寓所，这都算是罪恶。即便是最合法的联姻，如果随心所欲地沉湎于性爱，他也认为这同样是以无尽的痛苦来满足激情的需要，进而讽刺说那种克制以及那种贞洁竟然能以如此低廉的价格付诸行动。于是他在推理时所利用的那种巧妙的诡辩就被模棱两可的语言所掩盖了。另外我们还有一些其他的激情，其名称只是些表示不满和愤怒程度的符号。旁观者更容易在这种程度上，而不是在其他程度上来注意这些激情。当这些激情刺激了他自己的情感时，当这些激情使他感到某种反感和不安时，他就必然不得不应对它们，并因此而自然地为它们命名。如果这些激情正好与他自己的思想相符，他就非常容易完全忽略它们，或者根本就不给他们取名，或者，如果他为它们取名，那也就是一个反映征服及克制激情的名称，而不是反映在它被征服和克制之后，依然允许维持那种激情所允许的程度的名称。于是，诸如喜欢快乐、喜欢性事之类的名称就反映出那些激情的一种不端的和令人不快的程度。另外，克制和贞洁这两个词所表示的似乎是对激情进行的节制和克服，而不是激情依然允许维持的程度。当他可以表明激情依然在某种程度上继续维持下去的时候，他就认为，他已经完全颠覆了克制与贞洁这两种美德存在的事实，并且已经表明所谓的克制与贞洁仅仅是对世人漫不经心和天真烂漫态度的一种欺骗。但是，那些美德并不要求对它们想控制的激情对象采取麻木不仁的态度。它们的目的仅仅在于克制那些激情的过激表现，使事态仅仅局限于既不伤及个人，也不扰乱社会及触犯社会的范围之内。

　　孟德维尔著作的大谬之处在于把每一种激情都作为彻头彻尾的邪情

恶意,而不论其各种程度与各个方面。他把每件事都作为虚荣来对待,不论其所涉及的他人情感究竟是什么、应该是什么:正是凭借这种诡辩术,他才得出自己最得意的结论,即私人的罪恶就是公众的福祉。如果对华丽壮美的喜爱,对优雅艺术及改善人生状况的兴致,对服装、家具或者设备的爱好,对建筑学、雕塑艺术、绘画、音乐的喜爱,统统被视为追求奢侈、沉湎声色、炫耀夸示,即使在那些境况允许,并不会产生任何不便的情况时,也是如此,那么豪华、性事、夸示当然就是公众的福祉:因为没有这些他认为应该给予这类骂名的品质,精美的艺术之花就根本得不到鼓励,从而必然会因为无人问津而凋谢枯萎。一些流行于他那个时期之前的禁欲主义学说,认为美德全然存在于我们所有激情的彻底根除和消灭,正是这一出格学说的真正基础。对孟德维尔来说,证明以下两点易如反掌:第一,这种全面征服的现象在人类之间从未发生过;第二,如果这种情况曾经普遍发生过,这就会对社会有百害而无一利,因为它会终结一切勤俭节约的风气,并且以某种方式终结全部人类生活。他似乎是在凭借第一种主张来证明真正的美德并不存在,而声称如此的那些东西则仅仅是对人类的一种欺瞒与蒙骗;凭借第二种主张,他企图证明私人的罪恶就是公众的福祉,因为没有它们,任何社会都无法繁荣昌盛。

这就是孟德维尔博士的学说,曾经在世界上名噪一时,虽然它也许没有产生更多的罪恶,但它至少是在教唆出于其他原因的恶行,使它们更加厚颜无耻,并且以一种前所未闻的厚颜无耻来宣称其动机的败坏。

然而,若非这一学说在某些方面十分接近真理,否则,无论它多么有害,也根本不会欺骗这么多人,也不会在恪守更佳原则者中间居然引起如此普遍的惊慌。一种自然哲学学说可能会显得十分合情合理,而且长期以来如此普遍地为世人所接受,然而它并没有自然的基础,也没有任何与真理的相似之处。笛卡尔漩涡效应在近乎一个世纪里,一直被一个智慧的民族视为对天体演化最令人满意的诠释。然而产生那些奇妙效应的所谓原因不仅不存在,而且完全是不可能的,如果存在,也不会对它们产生那样的影响,这一点已经令全人类坚信不疑地得以证实。但是道德哲学学说则当别论,一位声称对我们的道德情操寻根探源的作家就不能如此恶劣地欺骗我们,也不能在背离真理的道路上滑得如此之远,以致与真理毫无相似之处。一名旅游者给我们描述一个遥远的国度时,就可以利用我们对他们的轻信,把最无根据最荒唐的胡编滥造说得和真实情况一般无二。但是如果一个人想告诉我们他路过我们邻居时看到的情况,以及我们教区的事情,尽管我们由于粗心大意并没有亲眼见过相关事情,从而使他在许多方面都可能欺骗我们,但即使以最离谱的假象来欺骗,那些假象也必须与真相有几分相似,而且必须在那些假象中混杂相当的真实情况。一位作家,如果他是在研究自然哲学,声称是在解释宇宙宏大概念的原因,声称是在描述一个遥远国度的事情,他可能会把自己最喜欢的事情告诉给我们,只要他讲述的情况没有超出看似可能的范围,他就无需为让我们信任而担心。但是,如果他想对我们的欲望及情操、对我们的认可和批评加以解释,他就好像是在对我们教区的事情,还有我们自己家庭所关注的问题加以解释。因此,虽然我们有时会像懒惰的船长轻信船员那样非常容易受骗,但是我们不可能相信任何离真理太远的描述。某些文章至少必须公正,即便那些最夸张的文章,也必须具备一些基础,否则欺骗也能被我们最粗心的检查所戳穿。如果一位作家根据自然情感产生的原因提出一些原则,这些原则既与那种情感毫不相干,也与任何其他与之有联系的原则毫无相似之处,他在那些即便最不明智、最无经验的读者面前也显得荒诞不经。

第三篇　论关于认可之原理的
各种不同学说

导　言

探究过美德的本性之后，道德哲学中下一个重要问题就是认可的原理，它涉及到使各种性格能否令我们高兴的心灵力量或官能，这种力量或官能使我们选择一种行为趋势，而摒弃另外一种，使我们认为其中之一是正确的，另外一个是错误的，而且还会认为其中之一是认可、表扬和酬谢的对象，而另外一种则是抱怨、谴责和惩罚的对象。

对于认可的原理，已经有三种不同的论述。根据一些人的看法，我们赞同或不赞同我们自己的行为和其他人的行为，仅仅取决于自爱，或者取决于我们如何看待那些导致自己幸福或受损害的倾向；根据另外一些人的看法，所谓的理性，也就是我们借以辨别真假的那种官能，能够使我们区别在行为上或者情感上什么是合适的，什么是不合适的；再根据另外一些人的见解，这种区别完全是直接情感所产生的效果，取决于我们是感到满意还是厌恶，有了这种满意或者厌恶的感觉，我们对行为和情感的观察才会使我们形成看法。自爱、理性以及情感是我们用来解释认可之原理的三个不同出发点。

在开始对那些不同的学说加以论述之前，我必须说，对第二个问题的解答，虽然在思考时很重要，但在实践中却无关宏旨。关于美德本质的问题在很多特殊情况下，对于我们辨别正确与错误的见解必然产生某些影响。有关认可之原理的见解可能没有这种效能。考察那些不同见解或情感产生于何种内部结构或机制，纯粹是一个颇具哲理性的好奇心问题。

第一章　论以自爱推断认可之原理的学说

从自爱角度诠释认可之原理的那些人，并非以相同的方式来阐述的，因此在他们各种不同的学说中都存在很多混乱与谬误。根据霍布斯先生及其众多追随者的见解，一个人托庇于社会并非出于对其同类怀有的自然而然的爱，而是因为没有他人的支持，他就无法轻而易举、安然无虞地继续生存下去。有鉴于此，社会对他来讲就成为必不可少的，凡是有维护社会及福祉迹象的东西，都被他视为有利于自己利益的长远倾向，反之，任何可能扰乱和破坏社会的东西，都在某种程度上被他视为对自己有害或致命的东西。美德是人类社会伟大的维护者，邪恶是人类社会凶恶的破坏者。因此，对每个人来讲，前者是令人愉悦的，后者则是令人厌恶的，因为人们从前者能预见到幸福，从后者则预见到对于舒适安全地继续生存所必需的东西的破坏与干扰。

美德有促进社会秩序的倾向，邪恶有破坏社会秩序的倾向，我们冷静而理智地思考这一点时，就会看到前者反映出一种非常伟大的美，后者反映出一种非常邪恶的丑，而这，正像我之前说过的那样，是不能称为一个问题的。人类社会，当我们以一种抽象而富于哲理性的眼光思考它时，它就像是一台巨大无比的机器，其正常而和谐的运作就产生出成百上千种令人愉悦的效果。正像在人类艺术产生的任何一台完美高贵的机器内一样，能保证其运转顺利而容易的任何东西都能从这种效果中获得美，反之，破坏其顺利运转的任何东西都会因此而变得令人不快，所以美德作为社会齿轮的抛光器,必然总是会令人愉悦;反之,邪恶就像斑斑锈迹一样,使社会齿轮总是相互撞击摩擦,必然令人反感。因此,这种基于对社会秩序的考虑而做出的关于认可与不认可根源的论述,就与那种给予效用以美的原理相互吻合,这种原理我曾在之前阐述过。而这一体系也因此而从它所具备的可能性中找到了外在形式。当那些作者描述一种文明的社会生活,而不是一种野蛮的离群索居的生活时,他们阐述美德与良好秩序对于维持前者的必要性,并展示邪恶与违法行径究竟是如何使后者死灰复燃时,读者就被展现在他们面前的那些观点的新颖和宏伟所深深迷住:他就会清楚无误地看到美德中的一种新奇的美以及邪恶中的一种新的丑,而读者对此从未加以注意,于是他往往会因此感到心花怒放,很少花时间去反思这种在他之前的生活中从来没有过的政治观点。这种政治观点不可能是他对于那些不同品质认可或不认可的基础。

另一方面,当那些作家从自爱的角度来推断我们从社会福利中所获得的利益,以及我们出于那种原因给予美德的敬重时,他们并不是说,我们如今赞扬加图的美德,厌恶喀提林的邪恶,是因为我们的情感都受到我们会从前者那里获得的利益,以及会从后者那里受到的伤害的看法的影响。并不是因为久远年代的国家和社会的繁荣或崩溃对我们当今时代的幸福与痛苦产生了影响;而是因为,根据那些哲学家的见解,我们敬重高尚伟大的品格,憎恶目无法纪的品格。他们根本不认为我们的情感会受到从两者那里实际获得利益或损害的影响;而是认为,如果我们也生活在那久远的年代和国家,我们也会受到我们从其中获得的利益或损害的影响;如果我们在当今的时代也遇到具备同类品格的人,那我们也可能会受到从中获得的利益或损害的影响。简而言之,那些作家在探索却不能清晰展示的观点,就是我们对那些从如此大相径庭的品格获利或受损者的感激或怨憎之情的间接同情;他们模糊地指出的就是这种同情,当他们说激起我们赞赏或愤恨之情的原因并非是我们想到了自己的所得或所失,而是因为我们想到,如果在社会中同这种人共事,我们会获得哪些利益或受到哪些损害。

　　但是同情之心无论从任何意义上讲，都不能被看成是一种自私的本能。当我们同情你的悲伤或你的义愤时，的确有可能误以为我的情感是建立在自爱的基础之上，因为我的情感起源于把你的情况看作我的情况，设身处地地为你着想，而后设想我在类似的情况下该如何感觉。但是，虽然同情心可以非常恰当地被说成起源于当事人一种想象中的处境变化，但是这种想象中的处境变化却可能并不会发生在我本人的身份与角色上，而是发生在我所同情的人身上。当我为你失去独子而向你表示哀悼时，就是为了同情你的悲伤，而我不认为我，作为一个具有这样一种角色及职位的人，如果也有个儿子，如果我那个儿子也不幸身亡，我就应该产生你这种悲伤；但是当我考虑到如果我真的就是你时所应产生的情感，我就不仅与你互换了处境，而且也互换了身份和角色。因此我的悲伤就完全取决于你，而丝毫不取决于我自己。我的悲伤也就因此而没有丝毫的自私成分。有些悲伤甚至都不是产生于对所发生的事，或与我自己本来的身份和角色有关的事，而是完全产生于与你相关的事情，这种悲伤何以能被看作是一种自私的情感呢？一个人可能同情一位产妇，虽然他不可能想象到以他自己本来的身份与角色会遭受她那种痛苦。那种从自爱角度推断所有情感的对人性的解释，那种曾经鸣噪于世的理论，在我看来根本没有充分明晰地解释人性，其产生的全部原因，在我看来似乎就是对同情心规律的混乱不堪的误解。

第二章　论将理性视为认可之原理的学说

　　自然状态就是战争状态；在公民政府建立之前，人们中间不可能存在安全和谐的社会，众所周知，这是霍布斯先生的学说。因此根据他的观点，维护社会就是支持公民政府，而破坏公民政府就等同于毁灭社会。然而公民政府的存在则依赖于对最高行政长官的臣服。其权威丧尽之日，就是政府结束之时。因为自我维系教导人们赞扬倾向于促进社会福利的事物,谴责可能有损社会福利的事物,所以,如果他们的思想与言行一致,同样的道理应该教导他们在一切情况之下都要臣服于行政长官,都应该谴责所有犯上和背叛行径。有关赞扬和谴责的思想与那些关于臣服与犯上的思想应该是相同的。因此行政长官的法规就应该被视为公正与不公、正确与错误的唯一终极标准。

霍布斯先生公开的意图就是以宣传这些观点为手段,立即使人们的良知臣服于公民政府,而不是臣服于基督教会的权势,他那一时代的事例已经教他将教会的那些动乱及野心视为社会动荡不安的主要祸根。正是由于这个原因,他的学说尤其得罪了神学家,于是他们便不失时机、义正辞严地对他表达了愤慨。他的学说同样使所有那些忠实的道德学家十分恼火,因为他的学说里在正确与错误之间似乎没有自然明确的区别,他的理论都是变幻无常的,而其所依靠的也仅仅是行政长官的意志。因此各方人士都以各种武器,合情合理的辩论以及慷慨激昂的演说,来攻击所有这些理论。

为了驳斥如此可憎的一种学说,非常有必要证实,在所有法律及明确的制度产生之前,人类的心灵就已经被自然地赋予一种官能,凭借这种官能,人才能在某些行为及情感中区分出正确的、可赞扬的和高尚的品格,在另外一些行为及情感中区分出错误的、应该加以谴责的和卑劣的品格。

卡德沃思博士公正地说过,法律可能是那些区别的渊源,因为如有这样一种法律,要么遵守它是正确的,要么违背它是错误的,或者我们遵守还是违背它都无关大局。那种遵守与否都无所谓的法律显然根本不可能是那些区别的渊源;遵守就正确,违背就错误,这也不能成为那些区别的渊源,因为即便这如此,也假设了已经存在正确与错误的观念,假定了守法符合正确的观念,违法符合错误的观念。

因为头脑里有一种关于那些区别的观念,而这种观念又先于所有的法律,因此似乎必然可以推论,头脑根据理性得出这种观念,这种观念不仅指出正确与错误之间的区别,而且以相同的方式指出真理与谬误之间的区别:这一结论虽然在某些方面是正确的,但是在其他方面却是非常草率的,也因此才在抽象人性科学处于雏形时期,或者人脑不同功能的明显优点及力量未被细致地观察和鉴别之前,才比较容易被接受。当与霍布斯先生的这种争论激烈展开的时候,尚没有其他官能被认为是这种区别的源头。因此这个时候有一种很流行的学说,即,美德及邪恶的核心并不存在于人们行为与君主法律一致或不一致之中,而是存在于和理性一致或不一致之中,而理性也因此被视为认可和不认可的原始渊源与原理。

美德存在于与理性的一致之中,在某些方面的确如此,从某种意义上讲,这一官能可以被非常公正地视为认可和不认可的的渊源,以及有关正确与错误的所有确实可靠的判断之渊源。只能通过理性我们才能发现自己应该借以规范行为的那些正义规则;也是通过相同的官能,我们才能形成那些更加模糊不清、更加不确定的诸般概念,其中包括谨慎的概念、优雅的概念、慷慨的概念以及高尚的概念,我们都无时无刻不抱持凡此种种概念,努力且尽可能据此来规范我们的行为趋向。道德的基本准则犹如所有其他基本准则一样,通过经验与归纳而形成。于是我们就在千姿百态的大量具体事例中去观察取悦或触犯我们道德官能的东西,以及这些道德观能所赞同或反对的东西,而且通过对这种经验的归纳,我们就建立起那些基本准则。然而归纳法总被视为理性的一种运作。于是,我们就被恰如其分地说成是通过理性来获得所有那些基本准则与概念。然而我们也正是通过这些来规范我们大多数的道德判断,而如果我们完全依赖变化多端、随不同健康及情绪状态发生根本变化的情感,那么上述判断就会变化无常、毫不确定。因为我们对正确与错误所做的大多数有根有据的判断,都应来自理性的推断,所以美德就可以十分恰当地被说成是存在于一种与理性相符的状况中,也正因为如此,这种官能就可以被认为是认可与不认可的渊源及原理。

不过,虽然理性毫无疑问是基本道德法则的渊源,也是所有凭借这些法则所做出的道德判断的渊源，但是假定正确与错误的最初概念可以来自理性，即便在涉及基本法则借以形成的那些经验的特殊情况下也如此，这就完全是荒诞不经和难以理解的了。这些最初的概念，以及所有其他那些基本准则赖以建立的试验，都不能成为理性的对象，只能算是直觉和情感的对象。我们只是通过在各种事例中发现一种行为倾向不断地以某种方式愉悦他人，而另外一种行为倾向则不断地令人心中不快，来形成道德基本法则。但是理性却不能使任何具体事物因其自身之故而令人心中愉悦或不快。理性可以表明这一对象是获得其他令人愉快或不快事物的手段，而凭借这种方式，为了其他的缘故而变得令人愉悦或不快。但是任何事物都不能因为自身的缘故而令人愉悦或不快，除非这种愉悦和不快是因直觉与情感而生。因此，如果每一具体事例所体现的美德都一定因为自身缘故而令人愉悦，如果邪恶都一定令人心中不快，那并不是因为理性，而是因为直觉与情感，直觉与情感以这种方式令我们与前者一致，而与后者异趣。

快乐与痛苦是欲望与反感的大目标，但是这并非由理性而是由直觉和情感来加以区分的。因此，如果美德因其自身缘故而令人向往，而邪恶也同样成为反感的目标，那最先区别那些不同品质的就不可能是理性，而应该是直觉和情感。

但是因为理性从某种意义上看，可以被合理地视为认可与不认可的原理，这些情感长期以来就被漫不经心地看成源于这种官能的实际运作。哈奇森博士堪称第一人，极为精确地区别在哪些方面所有的道德差异可以说是来自理性，在哪些方面它们却又建立在直觉和情感的基础之上。他在其对道德观念的阐述中对此进行了十分全面的解释，而且在我看来，是无可辩驳的，因此，如果对这一主题的任何异议依然存在的话，我只能将其归因于大家对那位先生所写的东西漫不经心，或者归因于对某种表述形式盲目的依赖，而这不仅仅是一种在学者中间并非罕见的弱点，尤其是在目前这个引起广泛兴趣的主题上更是如此，在这类事情上，一位高尚的人是不愿意放弃哪怕只是他所习惯的一个适当词语的。

第三章　论认为情感是认可之原理的学说

认为情感是认可之原理的学说可以分成不同的两类。

1. 根据一些人的看法,认可的原理建立在一种性质特殊的情感之上,建立在心灵面对某种行为或情感而运用的一种特殊感知力量之上,而这些行为和情感中,有一些是以一种令人愉快的方式影响这一官能,另一些则以一种令人不快的方式产生影响的,前者被打上正确无误、值得称赞、高尚美好的烙印,后者则被打上错误荒谬、应受指责、卑鄙邪恶的烙印。这种有特殊性质的情感和各种其他情感是相互区别的,而那种特别的感知力量,他们为其取了一个特殊的名字,那就叫做道德感。

2. 根据另外一些人的看法,为了解释认可的原理,似乎没有必要假设那种前所未闻的新的感知力量。他们,就像在其他所有情况下坚持精简原则一样,想象是造物主在这里发挥作用,而且因为相同的原因产生了很多结果;而同情之心,一种永远备受关注的力量,就是这种结果之一,有了这种人们内心中显然赋有的力量,他们就认为完全能够解释为何所有这些结果都应归因于这一特殊官能。

哈奇森博士为了证实认可的原理并非建立在自爱的基础之上,曾煞费苦心。他证明认可的原理并非来源于任何理性的作用。他认为,除了将它假设为一种特殊种类的官能之外,别无他途,而造物主就是通过把这一官能赋予人们的内心,以便产生这一特别重要的效果。当自爱与理性都被排除的时候,他就再也想不出还存在任何其他与这一目的相符、为人所知的内心官能。

他将这种新的感知力量称为道德感,并设想它与外部感觉或多或少有些类似。因为环绕我们周围的各种物体,通过某种方式对这些外部感觉产生影响,来显示它们具备的不同声音、味道、气味、颜色;所以人们内心世界受到的各种影响通过以某种方式来接触这一特殊的官能,来显示其具备的不同品质,诸如可亲抑或可憎、高尚抑或邪恶、正确抑或错误。

人们心中赖以产生各种简单观念的那些感觉或感知力量,根据这一学说,可分为两个不同的类别,一类被称为直接意识或先行感觉,另一种则被称为反射感觉或跟进感觉。直接感觉就是人们心灵产生感知的那些官能,这时并不需要预设对其他事物的先行感知。声音与颜色就是直接感觉的对象。听到一种声音或者看到一种颜色并不是在预先假定与任何其他品质或对象相关的先行概念。另一方面,反射感觉或跟进感觉就是那样一些官能,即人们心中预先假设其他事物的先行感知,从中产生与这类事物相关的概念。和谐与美就是反射感觉的对象。为了感知一种声音的和谐,或一种颜色的美,我们必须首先感知这种声音和颜色。道德感就被视为这样一种官能。洛克先生称之为反思的那种官能,亦即他认为与人们内心世界不同激情和情感相关的简单观念得以产生的那种官能,根据哈奇森博士的见解,就是一种直接的内部感觉。我们凭借来领悟那些与不同激情和情感相关的美或丑、美德或邪恶的官能,就是一种反射的内部感觉。

哈奇森博士为努力论证这一学说,进一步说明这一学说与自然类比是一致的,而思想则被赋予各种其他类似道德感的反射感觉:比如外在目标所体现的美和丑的感觉,我们同情自己同胞的快乐与痛苦时所利用的公众意识,荣辱意识与讥讽意识。

然而,即使这位天才的哲学家费尽周章,证明认可之原理是建立在一种或多或少类似外在感觉的感知力量之上,依然存在一些他承认出于这种学说的后果,被许多人视为一种足以驳倒他自己学说的悖论。他所承认的那些属于任何感觉对象的品质,如若不是荒谬至极,是不能归因于感觉本身的。谁会想过把视觉称为黑和白?把听觉称为高和低?把味觉称为甜和苦?根据他的见解,把我们的道德官能称之为美德或邪恶、善或恶同样是荒谬的。属于那些官能之对象的这些品质,并不属于官能本身。

因此,如果任何人声称将残暴和偏见当作最崇高的美德加以赞同,将公平与人道当成最可鄙的罪恶加以反对,那他就是荒诞不经,这种头脑就可能被视为对个人和社会都不利,本身也是奇怪的、令人吃惊的、有违自然的;然而,若非荒唐之至,那是不能被称为邪恶或道德败坏的。

可确定无疑的是,如果我们看到任何人在某个侮慢的暴君下令执行野蛮无良的行刑时,却大喊大叫地表示赞扬和鼓励,我们不认为将这种行为叫做野蛮罪行和极度道德败坏会让自己感到荒唐,虽然这种行为只是表明其败坏的道德官能,竟然对这样一种恐怖活动表现出荒唐的赞扬,视之为高尚、大度、伟大。据我想象,看到这样一位旁观者,我们的心就会暂时放下对受难者的怜悯,而对这样一位可憎之徒感到恐怖与厌恶。我们对他的憎恶应该超过对这样一位暴君的憎恶,后者可能会遭到嫉妒、恐惧、愤慨之类强烈激情的煎熬,而正是由于这个原因,他就变得可以原谅了。然而旁观者的情感就会显得完全没有理由和动机,因而也就会变得极端可憎。对此我们内心绝然难以同情,并且会怀着深仇大恨加以拒绝;我们不会把这种心灵仅仅视为奇怪和不利的东西,没有邪恶与道德败坏,而是会把它视为道德败坏最终和最恐怖的阶段。

相反,正确的道德情操在某种程度上显得在道德方面的确非常高尚,很值得赞扬。如果一个人的指责和赞扬在各种场合都与被指责和赞扬的对象是否有价值相符,他似乎在道德方面就应该被认可。我们钦佩他在道德情操方面的精准程度:他的道德情操在引导我们的判断,而且正因为它们具备非同寻常的、令人惊讶的公正性,也才能激发我们的好奇心和赞赏之情。我们确实不能总是那么肯定,这样一个人的行为将会在各方面都与他对他人行为所做出的精准判断相符。美德不仅需要习性和坚强的意志,还需要细腻的情感,但不幸的是,前两种品质有时很缺乏,而后者却十分完美。不过,这种心性虽然有时可能伴有不完美之处,却与任何纯粹的犯罪行径水火不能相容,它是至善美德赖以建立的最恰当基础。世间有很多人,他们的出发点很好,他们是真的想做自认为是义务的事情,却因其情操之粗卑而为人所厌。

也许可以这样说，虽然认可的原理并非建立在任何与外在感觉相似的感知力量之上，但是它仍然可以建立在一种特殊的情感之上，这一情感只符合这一独特的目标，仅此而已。认可与不认可，可以假设它们都是在看到不同品格和行为时在头脑中引发的某些感觉或情感；因为愤怒可以被称为一种受害感，而感激则可以被称为一种受益感，所以这些都可以恰当地命名为对错感，或者道德感。

但是对事情的这种说法，虽然可能不易遭到与前面相同的反对意见，却遭到了其他一些同样无从答复的反对意见。

首先，无论何种特殊感情可能经历何种变化，它依然保持其作为这样一种情感而独具的总体特征。与它在具体情况下经历的变化而言，这些基本特征总是显得更加强烈更加令人注目。气愤就是这样一种特殊情感；相应而言，其基本特征也总是比它在具体事例中经历的各种变化要更加吸引人。毫无疑问，对一个男人发怒与对一个女人发怒多少有些不同，与对孩子发怒相比，则又有不同。在这三种情况的每一种里，愤怒的基本激情都会因发泄对象的具体品质而有某种不同的改变，这一点可能很容易被细心人观察到。但是激情的基本特征在所有这些情况下依然占据主导地位。要区别这些，无需很好的观察；相反，为了发现其变化，倒需要高度的注意力；每个人都对前者加以注意；很少有人会注意后者。因此，如果认可与不认可都像感激与怨恨那样，是一种互相区别的特殊的情感，我们就应该预料到在二者可能经历的所有这些变化中，它们仍将继续保留能够清晰简洁、易于区别地表明它们是一种特殊情感的基本特征。但实际情况却往往是另外一回事。如果我们注意自己在不同场合里表示赞同或反对时我们的真实感觉，我们就会发现自己的情感在一种情况下经常和在另一种情况下完全不同，在二者之间根本不可能发现任何相同之处。于是，我们在观察温馨、优雅、人道的情感时所持的认可态度，就相当有别于我们为似乎伟大、勇敢和大度的情感所触动时的认可态度。我们对二者的认可在不同场合可能十分由衷和彻底,但是我们的情绪却被前者柔化,被后者提升,而且在它们激发我们产生的这些情感之间没有任何相似之处。不过根据我们一直在努力建立的那一学说,情况必然如此。因为我们表示赞同的那个人的情感,在那两种场合下大相径庭,又因为我们的认可出于对那些截然相反的情感的同情,我们在一种场合下的感觉就与在另一种场合下的感觉毫无相似之处。然而,如果认可是一种特殊情感,就不会发生这种情况,而这种特殊情感不仅与我们赞同的情感风马牛不相及,而且产生的原因是由于我们观察到了那样一些情感,就像我们在看到适当对象而产生其他一些情感一样。不认可的情况亦复如此。我们对残酷行径的恐惧与我们对卑鄙行径的蔑视毫无相似之处。我们自己的心灵与那些其情感和行为颇受我们关注的人的心灵,看到那两种不同劣行时,所感到的完全是两种类型的不谐调。

其次,我已经说过,不仅是人们头脑中那些得到赞同或不赞同的不同激情或情感显示出道德方面的好与坏,就连那些适当或不适当的认可,对我们的自然情感来说,也被打上了同样烙印。于是我就会问,根据这一学说,我们赞同或不赞同那些恰当或不恰当的认可,这究竟是怎么回事?针对这一问题,窃以为,所能给予的只有一种合理的回答。必须说,当我们的邻居对第三者的认可与我们自己的认可一致时,我们就同意他的认可,而且认为这在某种程度上是道德良好之举;相反,当它并没有和我们的情感相吻合时,我们就不赞成它,而且将其视为在道德方面某种程度的邪恶。因此必须承认,至少在这一情况下,观察者和被观察者情感的吻合或相悖就构成了道德方面的认可或不认可。而如果在这一情况下事情是如此,我就要问:为什么在其他情况下不是如此,或是为什么我们要想象出一种新的感知力量以便解释那些情感?

我反对任何使认可之原理依赖一种特殊的、与任何其他情感都迥异的情感的解释;奇怪的是,造物主无疑旨在使其成为人性主导原则的这种情感,到目前所受关注竟然如此之少,以致在任何语言中尚未获得一种名称。道德意识（moral sense）一词也只是最近才问世，而且还不能被视为英语的组成部分。认可（approbation）一词也仅仅是近几年内才被借用来表示这类情感。在语言得体方面，我们赞成完全令人满意的东西，比如一座建筑物的形状、一部机器的设计、一碟肉的味道。良心（conscience）一词并非直接表示我们表达赞成或反对时所用到的任何道德官能。良心的确假设这样一些官能的存在，它所确切表示的是我们对自己行为与其所指示的方向是一致还是相反的意识。当爱、恨、快乐、悲伤、感激、怨恨，与如此众多的、被假设服从于这种原理的其他激情一起，使自己足以获得人们借以认识它们的名号时，它们的统领者至今居然如此鲜为人知，以致除了很少几位哲学家之外，竟然没有人认为它应该被赋予一个名称，这岂非咄咄怪事？

当我们赞同任何一种品格或行为时，根据先前的学说，我们感觉到的情感有四个来源，它们在某些方面相互之间存在差异。第一，我们同情当事人的动机；第二，我们同情那些从其行为中获利者的感激之情；第三，我们注意到他的行为符合那两种同情心付诸行动时所遵循的基本法则；最后，当我们将这种行为看作是旨在促进个人或社会幸福的行为体系的一个组成部分时，它们似乎就从这一效能中获得了美，而这种美，就像我们归因于任何设计精良的机器的美。在任何一种具体情况下，除去必须承认出自上述四条原则的情感，我将很高兴知道还会剩下什么，只要有人能清楚地确定这些剩余部分究竟是什么，我就会容许将这一剩余部分归因于一种道德感，或者任何其他特殊官能。也许可以预料，如若的确存在这种特殊的原理，也许就是这种道德感，那我们就应该在一些彼此相隔的特殊情况下感觉到它，就像我们经常感觉到欢乐、悲伤、希望及恐惧等等，所有这些都是纯之又纯，与任何其他情感都如冰火不能共荷。不过我认为这样的设想无法成立。我从来就没有听说过任何这样的事例，在其中这种原理可以被说成是单枪匹马地在大显身手，而不与其他诸般情感为伍，诸如怜悯或厌恶、感激或怨恨、对行为符合或不符合业已存在的法则的感知、对生物或非生物对象激发的美或秩序所具有的一般趣味。

还有另外一种学说试图从同情的角度来诠释我们的道德情操产生的渊源，这完全有别于我一直在努力构建的学说。正是那一学说，认为美德存在于功用之中，而且通过旁观者对受效用影响者的快乐所感到的同情，来解释旁观者考察任何品质的效用时所感到的快乐。这种同情心既有别于我们理解当事人的行为动因时所产生的同情心，也不同于我们理解那些从其行为获益者的感激之情时所产生的同情心。这就是我们赞许一部设计精良的机器时所依据的相同的原则。然而没有任何一部机器可以同时是最后提及的两种同情心的抒发对象。我已经在本书的第四卷对这一学说做出一些诠释。

第四篇　论不同作者诠释
道德实践准则的方式

　　本书的第三卷提到,正义准则是唯一清楚明白、准确无误的道德准则;所有其他美德的准则都是不严谨、不清楚、不确定的;前者可与语法规则相比;后者则可与评论家为评论崇高优美的音乐作品之造诣而规定的准则相比,这些准则向我们提供的只是关于我们应该努力追求的至善至美的一般思想,而不是为使我们达此目的而指引的坚定不移、准确无误的方向。

　　因为不同的道德准则容许的精准程度如此不同,那些一直努力搜集整理这些准则的作者就采取了两种不同的方式;第一种是宽松的方式,也是他们考虑一系列美德时自然而然地采取的方式;第二种方式则普遍致力于使他们的道德规则具有精准度,但只有部分规则才有这样的精准度。第一类作者酷似评论家;第二类作者则颇像语法家。

　　1.那些我们可以算上古代道德家的第一类人,满足于以一种概括的方式描绘不同的罪恶与美德,指出一种性情隐含的丑陋与不幸,以及另一种性情体现的得体与快乐,虽然如此,却没能制定出很多明晰的准则,以便毫无例外地适于所有特殊情况。他们仅仅致力于就语言所及的程度确定两点:首先是每一种特殊美德赖以存在的内心情感究竟是什么,构成友谊、人道、慷慨、正义、大度以及所有其他美德之本质的究竟是何种内在感觉或情感,以及构成与这种准则背道而驰的罪恶之本质的究竟是何种内在感觉或情感;其次,每一种情感引导我们达到的一般行为方式、通常行为取向与基调是什么,一个友好的人、一个大方的人、一个勇敢的人、一个正义的人、一个人道的人在普通场合对自己的行为是如何选择的。

要描绘每一种特殊美德赖以存在的内心情感,就需要一支既细腻又准确的笔,不过这件事还是可以相当准确地做到。要想把每一种情感根据环境可能发生的每一变化而必将或可能经历的所有变化表达出来,这的确是不可能的。变化是无穷无尽的,而语言却缺乏借以标示它们的名称。比如我们对一位老人所感到的友谊之情,就有别于我们对一位年轻人所感到的情感;我们对一个冷峻严厉的人所怀有的情感,则有别于对一个温文尔雅的人所怀有的情感,也有别于对一个欢快活泼、生龙活虎的人所怀有的情感。我们对一个男人所怀有的友谊,有别于一个女人给予我们的情感,即便不混杂任何粗俗激情时亦复如此。什么样的作者才能够列举与确定这种情感所能经历的所有这些和其他无限的变化?但是,对他们来说都很普通的那种友谊及次生感情所体现的一般情感依然能够以足够的精准度被加以确定。据此所绘的图画,虽然在很多方面总是不能达到十全十美,但依然会近似,而当我们遇到它的原本时,我们能认出它,甚至把它和与它极其相似的情感区别开来,诸如善意、尊敬、崇敬和赞扬。

以一种概略的方式来描述各种美德促使我们采取行动的一般方法,要容易得多。要描述美德赖以存在的内心情感或情绪,如果不做一些这类的事情,那的确是不可能的。要想用语言来表达激情的所有不同变化在内心所表现的那些无形的特点,窃以为是不可能的。除了描述它们在脸色、风度和外在行为上导致的变化,以及它们显示的决心和它们促成的行为等,再没有其他办法来标示它们和将它们与其他特点区别开来。正是因为如此,西塞罗在其《论责任》的第一章里竭力指导我们去实践四大基本美德,而亚里士多德在其《伦理学》的实践部分,向我们指出他希望我们调控自己行为时所利用的不同习性,诸如慷慨、宏伟、高尚,甚至还有诙谐、善意等他认为值得归入美德之中的品质,虽然我们自然给予它们的认可似乎不足以赋予它们如此令人起敬的名字。

这类著作向我们提供了有关行为方式的令人愉悦、栩栩如生的画面。他们通过自己活灵活现的描述,点燃我们热爱美德的自然光焰,加深我们对罪恶的憎恶之情:他们通过自己公正不阿、细致入微的观察,在行为得体方面,经常帮助我们修正和确定我们的自然情感,令我们加以诸多美好而得当的关切,并使我们对行为的公正性有更加精准的理解,远远超过在我们尚未接受这般指导之前所易于想象到的水准。在以这种方式诠释道德准则时,他们使那种被恰当称为伦理学的科学与另外一种科学并驾齐驱,而这后一种科学不仅非常有用,而且令人愉悦,虽然它像批评一样并不具有最高的精准度。在所有科学中,它对雄辩的修辞最为敏感,而且可能的话,以修辞为手段,向最微小的义务准则注入一种新的重要性。其规则,经过这样一番修整装饰之后,就能够对年轻人的活跃心灵产生最高贵、最持久的影响,而且因为它们合乎那一宽宏大度时代自然的宽容之心,它们就能够至少在一个时代里鼓舞那些最勇敢的决定,于是就倾向于培养和确定最好也是最有用处的习性,而人们的心灵对这些习性也最为敏感。警示与规劝激励我们将美德付诸实践的一切行为,都是由以这种方式传播的这一科学所完成的。

2. 在第二类道德家中间,我们可以算上基督教会中期和晚期所有的决疑家,以及所有那些在本世纪和上一世纪中诠释过所谓自然法理学的所有决疑家,他们都对以这一概略的方式诠释他们向我们推荐的那些行为意向不满足,而努力为我们于各种环境中的行为方向制定严谨清晰的准则。正义就是唯一被给予这种精确性的美德;正是这种美德才主要属于那两类不同作者的考虑之列。但是他们诠释这种美德时却采取一种非常不同的方式。

那些论述法理学的作者,只考虑相关权利人会认为自己有权享受的东西,每一个公正的旁观者将会赞同他所要求的东西,以及受理案子的法官或仲裁人,亦即必须为他秉公执法的那些人应该使他人承受或执行的事。另一方面,决疑家却并不怎么去考察可以适当地要求什么;只是考察义务人出于对一般正义准则最神圣最审慎的考虑,出于惧怕错待邻居或违背自己人格的正直而产生的最自觉恐惧,认为自己必须做什么。法理学家最终要去制定法官和仲裁人在做出决定时所遵循的准则。而决疑术最终要去为一个好人制定行为准则。遵照法理学的所有准则,假设它们十分完美,我们应该做的就只是如何免遭外界的惩罚。遵照决疑术那些准则,假设这就是它们应有的样子,我们就应该由于自己准确、审慎而又得体的行为大获追捧。

经常发生这样的事情,一个好人,出于对正义的一般准则的神圣而自觉的考虑,认为自己有义务去做很多事,但这些事,如果是出于他人的强迫,或者法官或仲裁人迫他去做,就是最不公正的了。举个平常例子,如果一个拦路劫匪,以死相威胁,强迫一位游客允诺给他一笔钱。这种为不公正外力胁迫而做出的允诺是否应该被视为必须履行的义务,是一个备受争议的问题。

如果我们仅仅把它视为一个法理学问题,其结论就是毋庸置疑的。假定这个拦路劫匪有权使用暴力来强迫他人做事,那是荒诞不经的。胁迫他人做出允诺是一种应该遭到最严厉惩罚的罪行,强迫他人采取行动则更是罪加一等。如果一个人仅仅受到那个本来可能杀掉他的人的欺骗,他就不能抱怨受到伤害。认为法官应该迫使承诺人履行其允诺,或者行政长官应该承认这是法律认可的行为,那便是荒中之最,谬中之极。如果我们因此而将这一问题视为一个法理学问题,那么结论便不言而喻。

但是,如果我们将其视为一个决疑术问题,做结论便绝非易事。一个好人出于良心而尊重最神圣的正义准则,而这种准则要求履行一切认真的允诺。无论这个好人是否认为自己应该履行这种允诺,至少这也是个有疑问的问题。他无需考虑这个令自己陷入困境的坏蛋会失望,因为对劫匪没有造成任何伤害,结果也就没有任何事情要被强迫执行,而所有这些都是毋庸争辩的。然而，在这种情况下，他自己的尊严和名誉是否就不应加以考虑，他性格中令他尊重诚实法则以及憎恶变节和错误的那种强烈神圣感，是否就不应该给予考虑，而所有这些也许都能更加合理地被认为是一个问题。在这一问题上，决疑家截然分成两派。其中一派，我们不仅要算上古代的西塞罗，还要算上几位现代人物，诸如普芬道夫、巴比莱克及其评论者，除此之外还有后来的哈奇森博士，他在大多数情况下绝非是一位散漫的决疑家。这派人毫不迟疑地决定，这类允诺无需给予任何考虑；另有想法那就只能是懦弱与迷信。另外一派，我们可以算上一些教会的古代神父，则一直持有异议，把所有这类允诺判定为应尽的义务。

我们如果根据人类通常的情感思考问题，就会发现甚至针对这种允诺，也是要加以考虑；但是不可能根据普遍而毫无例外的规则，决定应该给予多少考虑。一个十分草率而容易做出这种允诺的人，以及食言之后脸不变色心不跳的人，我们不应该选择他来做朋友和伴侣。一位谦谦君子，如果只是允诺把五英镑交给劫匪但并未那样做，他就会招致一些责备。可如果允诺的款项金额很大，那就将更加令人质疑，究竟应该如何做才算适当。如果事情果真如此，比如说，这笔款项支付之后将会彻底毁掉允诺者的家庭，如果其数额之大足够达成那些最有用处的目的，那在某种程度上就似乎属于刑事犯罪了，而如果仅仅因为不拘小节，就把钱扔到如此卑鄙的人手中，那就是极端地不适合。虽然为信守与一个窃贼的誓言，或沦为乞讨，或将十万英镑扔掉的人，尽管他拿得出那样大的一笔款项，但那种行为对于人类起码的常识来说，却是极端荒诞、极端离谱的。这种慷慨之举似乎有违他自己的义务，他对自己或他人的责任，对承诺的这种考虑就决不可能被认可。但是，凭借任何明确的准则来确定应该对它给予何种程度的关注，或由此而支付的最大款项应该是多少，这显然是不可能的。这种情况将会因人们的性格而变，因他们的环境而变，因允诺的严肃程度而定，甚至因相遇时的各种插曲而变，而如果承诺者都受到如此之多的慷慨礼遇，就像在性格豪放的人中间发生的那样，那么与在其他场合相比,他就应该付更多的钱。总体来讲,严格的得体性需要对所有这类允诺加以遵守,只要与其他一些更加神圣的义务并非不一致,比如关心公众利益、关心那些我们出于感激、自然亲情和仁慈法则而加以关照的人。但正像此前所注意到的那样,我们没有明确的准则来决定,出于对此类动因的考虑,究竟怎样的外部行动才是恰当得体的,因此也没法决定什么时候那些美德会与对此类允诺的遵守不一致。

但是应该注意,这些允诺遭食言时,虽然有极其必要的理由,但是对于做出允诺的人来说,总是有点不光彩。当做出这些允诺时,我们可能确信遵循它们是欠妥的。但是做出这些允诺依然是一种过失。这起码可以说是背离了高尚和诚实准则的最高要求。一个勇敢的人应该去死,而不是做出我们若遵守就是愚蠢、若违背就是耻辱的允诺。某种程度的羞耻总是伴随着这一情况。背叛和欺骗是罪行,它们如此危险、如此可怕,同时又是如此容易,而且在许多场合下,更是可以如此安全地沉湎其间,以致我们对它们比对几乎其他任何罪行都更加疾恶如仇。于是我们的想象就将耻辱观与在每一种环境、每一种状况下所有背叛诚信的行径相连。它们在这方面与女性失去贞操相似,贞操是一种美德,出于类似的原因,我们总是对失去贞操非常在意;而我们的情感对其中一种罪行并不比对另外一种更加敏感。失去贞操不啻补天乏术。无论在任何环境下发生,无论提出任何理由,都是不可饶恕的;任何悲伤、任何忏悔对此都是无法补偿的。我们也太无辜啦,即使在一桩强奸案中我们都会蒙羞,在我们看来,纯洁的心灵也不能洗涤肉体上的污染。即使是对人类中最微不足道的人信誓旦旦,违反诚信也不光彩。忠诚是一种必需的美德,依照我们的理解,不仅是对那些除此之外别无所有的人,甚至是对那些我们认为法理不容的人,都应该忠诚。违背承诺的人,信誓旦旦地做出承诺以便保住自己的一条性命,说违背自己的诺言是因为要想实践自己的诺言就无法与其他一些方面的义务保持一致,这是毫无意义之举。这些条件可以减轻但不能全部消除他的耻辱。他似乎是因为某种行为而获罪,按照人们的想象,这种耻辱在某种程度上和那种行为有密不可分的联系。他没有履行自己曾经信誓旦旦保证要维持的承诺;他的品格,如果污损程度尚未达到不可救药,至少已经很荒谬了,而这根本就无法完全地加以清除;据我设想,世界上经历过如此冒险行为的人中间,没有任何一个人会喜欢讲述自己的经历。

这一事例可用以表明在决疑术和法理学之间的差异,即使在它们考察正义之一般准则的义务时。

但是,虽然这种差异是真实的与基本的,虽然那两种科学提出的目标非常不同,但是主题的相同却使它们之间形成了相似之处,以致大部分宣称是在研究法学问题的作者,就他们所考察的问题作出决定时,有时是根据法理学的原则,有时是根据决疑术的原则,而且没有加以任何区别,也许还没有意识到他们何时在做前者,何时又在做后者。

然而,决疑家的学说绝非仅囿于去探究对正义基本准则的的自觉关注会要求我们做什么。它会涉及到基督教和道德义务的许多其他部分。为这种科学成长提供机会的,似乎主要就是在野蛮无知的时代,由罗马天主教的迷信观念所倡导的那种秘密忏悔习俗,人们最秘密的行动,甚至对基督教纯粹教义哪怕只有些微背离的个人思想,都要被揭示给忏悔神父。而忏悔神父则需在他能够以遭亵渎的神的名义赦免他们之前,告知他的忏悔者,他们是否已经或者在哪方面已经违背了他们的义务,以及他们应该如何进行悔罪。

良心,甚或就是那种对做错事的疑虑,对每个人的心灵来说都是一种负担,而且在所有那些尚未被由来已久的罪恶习俗折磨得麻木不仁的人们中间,忧虑与恐惧便随之应运而生。沉浸在这种或其他各种悲痛忧伤之中的人们,自然渴望向一些相信能够谨慎行事以及守口如瓶的人吐露自己的精神痛苦,以期摆脱自己感觉到的精神压迫。他们从这种坦白中感受到的耻辱,由于听他们坦白者的同情会减轻他们内心的不安,而得到全部的补偿。这便使他们得以解脱,从而发现自己并非全然不值得关注,虽然他们过去的行为可能会遭到谴责,但目前的意向至少是获得赞许的,而且或许足以补偿过错,起码能使他们继续得到朋友一定程度的尊敬。众多高明的牧师在那些迷信大行其道的时代,曾经巧妙地赢得几乎每一个私人家庭的信任。他们具备那个时代所能给予的那点少得可怜的知识,他们的风度虽然在很多方面尚嫌粗俗失态,但与自己生活的年代相比,却又显得白璧无瑕,他们因此被尊为所有宗教义务,乃至所有道德义务的伟大导师。乐于亲近他们的人就会名声鹊起,不幸遭到他们指责的人就会蒙羞受辱。他们被视为评判正确与错误的伟大法官,自然会有人向他们咨询各种顾虑,对任何人来说,只要能够使人知道是他向这些神圣的人告白自己所有这类秘密,在得到他们的忠告和认可之前,自己的行动不敢越雷池一步,那就是可敬的。因此对牧师来讲,要想将这树立为一种基本准则并不难,他们应该受到信赖,不仅在那些托付给他们已经成为风气的事情上,而且在那些他们应该被托付的事情上,虽然目前这种基本准则尚未面世。使自己成为合格的忏悔神父,于是就成为教士牧师们研习中不可或缺的部分,而他们由此被引导着去搜集所谓的良心案例,即在其中很难决定行为得体性究竟可能存在何处的那些微妙处境。他们认为这类作品对于良心导师以及受指导的人来说都可能很有用处,于是便有了决疑家的著作。

受到决疑家关注的道德责任,主要是那些至少在某种程度上可以在基本准则范围之内确定的,一旦违背它们自然会引起某种程度的自责和对遭受惩罚的恐惧。促使他们写出这些著作的意图,就是解除伴随违背这种责任而产生的那些良心上的恐惧。并非缺失每一种美德都能引起这种非常严重的内疚,没有人会因为他未采取在其条件下可能采取的最慷慨、最友好或最大度的行为,而向神父忏悔。在这种过失中,遭到违背的准则通常并不是十分明确的,但总体来讲,应该是也具备这样一种特点的,即虽然遵守它可能会赢得荣誉和回报,但是违背它却也似乎不会招致抱怨、谴责或者惩罚。践行这种美德似乎被决疑家视为一种余功,它并不需要十分严格的准确度，因此对他们来讲并没有论述的必要。

向神父忏悔，并因此而备受决疑家注意的那些违背道德责任的行径，主要有三个不同的种类。

第一也是基本的就是对正义准则的违背。这里所说的准则都是明确而积极的，违背它们自然会有遭罚意识，以及对神人惩罚的恐惧应运而生。

第二是对贞操准则的违背。在所有那些严重事例中，这些都是对正义准则的真正的违背，任何人犯下这种罪行，都不可能不对他人造成不可饶恕的伤害。在一些较轻的事例中，当它们充其量不过是违反两性交谈应遵守的那些明确礼节时，公正地说，这并不应该被视为对正义准则的违背。但总体来讲，这是对一种十分明白的准则的违背，起码两性中的一方会给那个犯下这种过失的人带来羞辱，结果就会让认真之人在其内心引发某种程度的羞辱和悔悟。

第三是对诚信准则的违背。违背真实据说并非总是对正义的违背，虽然这种情况发生在如此之多的场合，后果也并非总会遭到外在的惩罚。普通的说谎，虽然那是一种极其严重的卑劣行为，往往不会对任何人造成伤害，而在这种情况之下，无论受害方还是其他人都不会有报复或赔偿的诉求。但是，虽然违背真实并非总是违背正义，但是对一种非常明确的准则的违背，自然也会使犯这种过失者丢脸。

少年人似乎有一种听信他人言辞的本能意向。为了保护儿童，造物主好像已经判定孩子们至少在一段时间内必须明确地信任那些在他们孩提时代照顾他们的人，以及负责他们最初和最必要的教育的人。根据实际情况看，他们轻信过度，要使他们具有合理程度的不信任与怀疑，需要对欺骗有长期而大量的体验。在成年人中间，轻信他人的程度无疑是非常不同的。最聪明最有经验的人通常都是最不轻信他人的。然而事实上很少有人在轻信他人方面不超过应有的程度；在很多场合还是会相信道听途说，虽然这些已被证实完全是谎言，略微考虑和略微注意就能使他明白这些故事不是真的。自然倾向总是相信。但这需要聪明才智和经验，只有它们才能教我们不轻信。但我们永远也学不够。我们中间即使最聪明、最谨慎的人也往往会相信道听途说，而此后他既惭愧又吃惊，自己怎么可能会相信呢！

我们所相信的人，在那些我们相信他们的事情上，必然是我们的领导人或指导者，我们总是以一定程度的敬意来看待他们。但是正如对他人的赞赏，我们也希望他人赞赏我们；因此正如被他人领导和指导，我们也会希望自己成为领导者和指导者。因为我们不能总是满足于仅仅被赞赏，如果我们不能同时说服自己相信我们在某种程度上是值得赞赏的；那么我们也不能满足于仅仅被他人相信，除非我们同时意识到我们是真正值得信任人的。因为赞赏的欲望和值得赞赏虽然非常相近，但同时又是一些不无区别的的欲望，所以被相信的欲望，和值得相信的欲望，虽然也非常类似，但总体来说又是一些互相区别的不同欲望。

被信任的欲望，劝说，领导及指挥他人的欲望，似乎都是我们天生欲望中最强烈者。也许说话的才能正是建立在这种本能上，而说话是人性所独具特的才能。没有任何其他生物具备这种才能，我们也不能在任何其他动物身上发现意欲引领和指导他人判断和行为的欲望。巨大的野心，获得真正优势的欲望，以及引领和指导的欲望，都是特别属于人的，而说话既是表达雄心的绝妙手段，也是表达真正优势的极佳方式，还是引领和指导他人进行判断和采取行动的有效途径。

得不到相信总是一件伤感情的事情，尤其当我们怀疑那是因为我们可能不值得他人相信，或可能有严重而故意欺骗意图的时候，更加如此。告诉一个人他在说谎，这是最致命的当众侮辱。但是那个严重而故意欺骗的人，他自己一定心知肚明：他应该当众受辱，他不值得信任，他丧失了所有与信誉有关的资格，诸如在与自己地位相当的群体中应得的安逸、抚慰及满足。那个不幸的人，他想象没有人相信他说的哪怕一个字，他感到自己已经被人类社会剔除，一想到要进入这个社会，或暴露在这个社会之前,他就惊恐万状,窃以为绝望会使他必死无疑。但是也许根本就没有人有充足的理由对自己抱这种丢人的见解。我倾向于相信,最臭名昭著的骗子至少说二十次真话才会有一次是在彻底的故意撒谎;如同在那些最谨慎者那里,相信的意向很容易战胜满腹狐疑的意向;因此,在那些最轻视真相的人们中间,自然的意向在大多数场合下都要战胜欺骗的意向,或者在某些方面都去改变或掩饰这种意向。

当我们因为自己受骗而碰巧欺骗他人时,虽然是无意之举,但我们却感到羞耻。虽然这种无意的欺骗没有任何欠缺诚意的迹象,或者欠缺对真理之爱的迹象,但这在某种程度上总是一种缺乏判断的迹象,缺乏记忆的迹象,不当轻信的迹象,以及某种程度的鲁莽草率的迹象。这总是要使我们的说服力大大缩水,而且给我们是否适合领导及指导工作带来一定程度的疑虑。但是,有时因差错而误导他人者与故意欺瞒他人者之间存在天渊之别。前者可能在许多场合安然赢得信任;后者却少有这样的机会。

坦率开朗可以赢得信任。我们信任看上去愿意信任我们的人。我们认为已经清楚地看到他想引领我们的道路,于是我们就非常高兴地听任他的指导。相反,保守和隐瞒则会导致不同的结果。我们不敢跟随我们不知道要往哪里走的人。此外,交谈和交往的极大乐趣会来自情感和意见间一定的吻合,来自心灵间一定的和谐,就像很多乐器之间相互合拍那样。然而,除非能在情感和意见方面自由沟通,这种令人极为快乐的和谐是无法达到的。由于这种原因,我们都希望感到相互之间如何情意相通,如何穿透彼此的心灵,体验真正存在于内心的情谊。令我们沉浸在这种自然激情之中的人,吸引我们进入其内心世界的人,事实上也就是向我们打开心扉的人,似乎在向我们施展一套比其他任何手段都令人愉悦的殷勤好客之道。一般好脾性的人,如果有勇气抒发自己的真实情感,那他就不会令人感到不快。正是这种毫无保留的真诚使孩童的无忌令人愉悦。无论坦率者的认识是多么的肤浅和不足,我们也乐于和他们产生共鸣,并竭尽全力使自己的认识符合他们能力的真实水平,进而以他们的眼光来观察每一课题。发现他人真实情感的这种激情天生非常强烈,以致它经常蜕变成一种麻烦多多、并不恰当的好奇心,以窥探我们身边人有正当理由加以掩饰的秘密;而在许多场合下,这需要审慎的态度以及一种强烈的得体感和人性的其他激情来加以控制,以便将其缩减到任何公正的旁观者所能赞许的水平。给这种好奇心泼冷水,把它控制在适当的限度之内,让其目标不是任何有正当理由加以掩饰的东西,反过来会同样令人不快。那个回避我们最单纯问题的人,那个最不能满足我们合理要求的人,那个把自己包裹得秘不可测的人,实际上似乎已经在自己心灵周围构筑了一堵墙。我们怀着一颗毫无伤害之意的急迫之心想跑过去时,却感到自己突然之间被最粗暴最唐突的暴力推了回来。

保守隐瞒的人,虽然很少具备和蔼可亲的性格,却并非不受尊敬或令人鄙夷。他似乎对我们感觉冷漠,我们也能感觉到对他的冷漠。他不大受人称赞或喜爱,但他也很少遭人仇恨和责备。不过他很少会有为自己审慎态度后悔的时候,他的基本倾向是视自己的保守为审慎的美德。因此,虽然他的行为可能很不完美,有时甚至不无伤害,但是他很少会将自己的事情交由决疑家裁决,幻想自己会被宣判无罪,或得到认可。

对于因虚假信息、疏忽或粗鲁草率而无意中欺骗他人的人来说,情况并非总是如此。比如说在讲述一条普通新闻时,由此产生的后果并非十分严重,然而如果他的确是喜欢真相的人,他就会为自己的粗心大意感到惭愧,因而会不失时机地全然承认自己的过失。如果后果严重,他的悔悟之情便会更加强烈;如果由他发出的错误信息招致不幸乃至致命的后果,他便很少会宽恕自己。虽然谈不上犯罪,他却感到自己已经在最大程度上犯下了古人所说的罪责,于是他们就在自己能力之内,迫不及待地进行赎罪活动。这种人可能经常倾向于将自己的案例交给决疑家裁决,而一般来讲,这对他颇为有利,虽然他们有时会义正词严地谴责他的草率,但普遍来讲总是会免除他的欺诈罪名。

但是经常到决疑家那里去咨询的是这样的人,他们含糊其辞,心怀顾虑,既存心欺骗,同时又想自吹的确是在讲真话。他们千方百计地应付他。当他们很大程度上认可他欺骗行为的动机时,有时就为他开脱,但持平而论,他们通常或非常频繁地是在谴责他。

决疑家著作的主要议题因此就是自觉地对待正义准则的要求;我们对邻居的生命财产应该尊重到什么程度;赔偿的责任;贞洁和谦虚的法则;在他们的语言中所谓的欲念之罪在于何处;诚实的法则;履行誓言、诺言、各类合约的责任。

总体而言,决疑家的著作可以说是在徒劳地试图通过明确的准则,来指导要由感觉和情感做出判断的事物。如何可以通过法则来确定,在各种情况下,正义感细致到什么地步就演化成一种琐碎踌躇的疑虑。保密和含蓄何时开始演化成掩饰? 一种可被接受的嘲讽可以达到何种程度? 它又是在哪一个准确点上开始蜕化成一种可憎的谎言? 被视为优雅恰当的行为可以自由无拘的程度最高有多高? 它在何时开始变成一种粗心大意、敷衍草率、放荡无羁的行为? 关于所有这些问题,适合一种情况的准则很少能够准确地适合另外一种,构成行为得体性和令人快乐的准则在每一种情况下都随着环境的微妙变化而变化。因此决疑术的书籍基本没有丝毫用处,通常都会令人生厌。对于一个偶然求教于他们的人,即使假设他们做出的决定都是公正的,那也没有多少用处,因为即使他们搜集到大量事例,也会受到更大量具体环境变化的影响,因此,如果能在所有那些事例之中发现一种能与当下被考虑的情况完全相符,那也纯属偶然。一个确实渴望尽职尽责的人,如果他认为有很多场合能用到这些著作,他必定十分脆弱;如果一个人不在乎责任,那些著作的风格就不太能够引起他更多的注意力。那些著作中没有任何一本能帮助我们培养慷慨高尚的品格。没有一本能帮助我们敦厚心灵以期达到温文尔雅及善良慈悲。相反,很多书都教唆我们欺骗我们自己的良心,狡猾地认可了种种巧言托辞以帮助我们推卸最根本的责任。他们试图将那种毫无意义的准确性引入那些根本就不承认它的议题中,但那样做的结果几乎必然会使他们犯下危险的错误,与此同时,还使他们的著作变得枯燥乏味,囿于深奥的形而上学的区别,却不能在人们心中激发那些高尚情感,而有关道德的书籍首要用途就是激发那些感情。

道德哲学两个有用的部分因此就是伦理学和法理学;决疑术应该被彻底拒绝;古代道德家似乎已经做出了好得多的判断,这些人在讨论相同议题时,并没有青睐这样美妙的准确性,而是满足于以概括的方式来描绘正义、谦虚、诚实赖以存在的那些情感,以及那些美德通常会激励我们所采取的普通行为方式。

事实上,有些不同于决疑家学说的东西,似乎由一些哲学家尝试讨论过。在西塞罗《论责任》的第三卷中就有这样的论述,他在那里像一名决疑家那样努力为许多好的情况中我们的行为给出准则,但在这些情况中,要想决定行为得体点究竟存在何处那是很难的。同一本书的许多章节也似乎表明其他几位哲学家在他之前就曾尝试过同类探讨。但是无论他还是他们,似乎都未致力于提供一个完整的体系,他们此举仅仅旨在表明情况可能如何,而在这些情况中,行为的高度得体性是存在于对一般情况中构成责任准则的东西加以坚持还是加以回避,则无法确定。

成文法规的每一个体系,都可被视为建立自然法学体系,或者是详尽列举具体正义准则的多少不完美的尝试。因为违背正义是人们不能容忍的,公共行政长官必定会行使全体国民给予他们的权力强行实践这种美德。缺乏这种防备,文明社会就要变成血流成河、动荡不安的所在,每个人都会因为想象自己受到伤害而赤膊上阵,进行报复。为了避免这种只为个人自己维护正义的混乱局面,在所有具备权威的政府内的所有行政官员,都会保证秉公执法,都会承诺要倾听和赔偿每一个关于伤害的申诉。在治理良好的国家里,不仅法官被指派去解决私人纠纷,各种法规也已规定出来,以调控那些法官的决定;总体来讲,这些准则都旨在和自然正义准则相互吻合。这种情况事实上并非在每一种场合都会发生。有时,被称作国家的体制,意指政府利益;有时凭暴政治理国家者的特殊命令所涉及的利益扭曲了这个国家的正义准则,使之背离自然正义的规定。在一些国家里,人民的粗鲁野蛮阻碍自然的正义情感去达到那种准确和清晰性,而这种准确和清晰性在很多文明国度里,都会自然而然地获得。他们的法规就像他们的生活方式一样粗俗野蛮和杂乱无章。在其他一些国家里,那种不幸的法院制度阻碍了正规的法理体系在他们中间的建立,虽然业已改善的民众也许会接受最精准的体系。没有任何一个国家,其成文法做出的决定,会在每一种情况下都绝对精准地合乎自然正义感所规定的准则。因此,成文法体系作为人类情感在不同时代和国家的记录应该享有最大的权威,也根本不能被视为自然正义准则的准确体系。

人们可能一直在期待,法学家们针对不同国家法律的各种不完善和欠缺所做的论证,应该能够提供机会去探究什么是独立于所有成文法规的自然正义准则。人们也可能期待,这些论证应该引导他们致力于建立一个可以恰当称为自然法学的体系,或者一种有关基本准则的理论,这些基本准则应该贯穿所有国家的法律,并且是这些法律的基础。虽然法学家的这些论证的确产生过这类东西,虽然没有人能够在不向其著作加入许多这种观察的情况下系统地诠释任何具体国家的法律,但是这类基本体系只是到很晚才被世人所想到,或者说法哲学只是到很晚才在不考虑任何国家具体法规的情况下、仅就其本身而被加以探究。我们发现,没有任何一位古代道德学家曾经试图具体地列举正义准则。西塞罗在其《论责任》中,亚里士多德在其《伦理学》中,都以相同的方式论及过正义问题,他们还都论及过所有其他美德。在西塞罗和柏拉图的法律中,我们本可以自然地期待他们试图论及那些应该被每个国家的成文法规所强制实行的自然公正准则,但实际上并不存在。他们的法只是警察法,而非正义法。格劳秀斯似乎第一个试图向世界提供那类准则的一种体系,那些准则应贯穿所有国家的法律,而且应该是所有国家法律的基础;而他关于战争与和平法的论文,虽然很不完善,在这一问题上也许算是当今最完善的著作了。我将会在另外一部论著中努力对法律和政府的基本准则问题加以诠释，此外还会论及它们在不同时代和社会阶段所经历的不同的革命，不仅涉及与正义相关的问题，还会涉及警察、税收、武器，以及其他一些能够成为法律对象的问题。因此，我不会在此探讨与法理学历史相关的任何进一步的具体问题。